봄비
내리는
날

봄비 내리는 날

초판 1쇄 발행 • 1992년 11월 25일
초판 27쇄 발행 • 2014년 5월 9일
개정판 1쇄 발행 • 2017년 11월 17일
개정판 2쇄 발행 • 2019년 5월 20일

지은이 / 김한수
펴낸이 / 강일우
책임편집 / 박지영 김성은
조판 / 황숙화
펴낸곳 / (주)창비
등록 / 1986년 8월 5일 제85호
주소 / 10881 경기도 파주시 회동길 184
전화 / 031-955-3333
팩시밀리 / 영업 031-955-3399 · 편집 031-955-3400
홈페이지 / www.changbi.com
전자우편 / lit@changbi.com

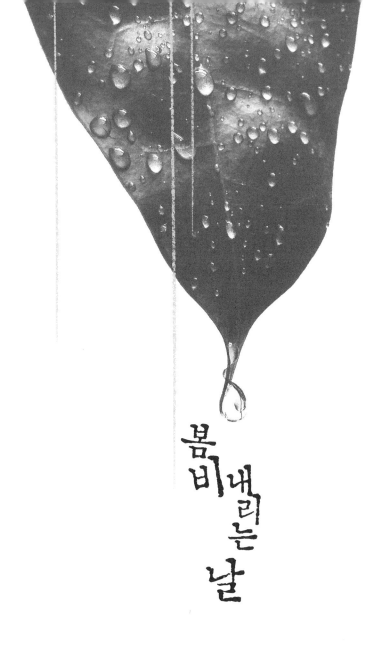

봄비
내리는
날

김 한 수 소 설 집

창비

성
장

1. 아! 세상이여 가난이여

"정말 이놈의 짓거리를 때려치우든가 해야지, 나 원 참 더러워서."

방금 전 친구가 경영하는 전화상을 나온 이씨의 마음은 어두웠다. 귀갓길에 친구의 전화상을 모처럼 들러보았던 그였다. 그러나 친구는 반기기는커녕 인상을 찌푸리며 알은체도 안했다.

"자넨 아직도 그 모양이구먼."

친구는 신문을 들여다보며 그 한마디만을 내뱉었다. 이씨는 수치심과 무시당한 모욕감에 그만 그곳을 나와버렸다. 다시는 발길을 안하리라 다짐하며 그는 집으로 향했다.

"실례합니다."

이씨가 정류장을 향해 골목을 막 빠져나갈 때 순경 두명이 앞을 가로막았다.

"무슨 일이죠?"

"잠깐 신분증 좀 보여주실까요?"

순경들은 이씨를 이리저리 살피며 말했다. 이씨가 신분증을 내밀자 한 순경이 그의 가방을 뺏어들고 뒤지기 시작했다. 날은 이미 어두워져 있었다. 이씨는 두려운 기색으로 지켜보았다.

"잠깐 서까지 같이 가시죠."

검문을 끝낸 순경들이 말했다.

"왜요. 난 죄진 거 없수."

몇발짝 뒤로 물러서며 이씨는 떨리는 목소리로 물었다.

"죄가 있는지 없는지는 가보면 알아."

"왜 이래요. 난 죄가 없어요."

순경들은 그런 이씨의 양쪽 팔을 다짜고짜 뒤로 비틀었다. 왜 이러냐고, 난 죄가 없다고, 이거 놓으라고 소리치며 몸부림을 쳤으나 이미 그의 몸은 옴짝달싹할 수가 없었다. 이들은 왜 나를 잡아가려는 걸까? 이씨는 까닭은 몰라도 이대로 잡혀가면 안된다는 본능에 더욱더 몸부림을 쳤으나, 순경들이 잡아끄는 대로 끌려갔다. 이씨는 파출소의 긴 의자에 거칠게 앉혀졌다.

"그 새긴 뭐야?"

파출소 안에서 제일 높아 뵈는 자가 순경에게 물었다.

"도둑놈이에요. 이게 저 새끼가 갖구 다니던 거구요."

순경은 이씨의 낡은 연장가방을 들어 보이며 말했다.

"개자식, 해먹을 게 없어서 도둑질이야."

그때까지도 영문을 몰라 두려움에 떨고만 있던 이씨는 벌떡 일어섰다.

"아녜요, 나으리. 전 도둑이 아니에요. 오해예요. 그건 흉기가 아니에요. 전 전화기를 고치러 다니는 사람이에요."

이씨는 제일 높아 뵈는 자에게 호소했다.

"이 새꺄, 조용히 해! 도둑인지 아닌지는 금방 드러날 테니. 어이, 이 새끼 신원조회 해보고 조사해서 넘겨."

이를 어쩌면 좋은가. 이씨는 얼굴을 감싸쥐었다. 그는 취조실로 끌려들어갔다.

"사실대로 부는 게 신상에 좋아."

건장해 뵈는 순경이 말했다.

"너 뭐 하는 놈이야?"

"뭐 하는 놈이라뇨. 전 전화기를 고쳐요, 나으리. 그게 직업이에요. 전화기를 고쳐 마누라와 애들을 먹여 살리굽쇼."

"너 혼 좀 나볼래? 좋게 말할 때 불어. 이 연장들 어디다 쓰려던 거야?"

순경은 이씨의 가방에서 드라이버, 펜치, 납땜기 등을 꺼내 보이며 물었다.

"전 도둑이 아니에요, 나으리."

"이 새꺄, 그럼 이따위 걸 들고 왜 밤길을 어슬렁거려?"

"집에 가던 길이구먼요. 참말로 수리를 끝내고 집에 가던 길이라구요."

이씨의 목소리는 떨렸다. 무서웠다. 그들은 무턱대고 도둑으로 몰았다. 어이가 없었다. 왜 도둑으로 모는지도 몰랐다. 그냥 콩밥 먹인다는 그들의 협박에 떨며 부인할 뿐이었다. 그들은 주먹질을 하고 구둣발길로 찼다. 그리고 다시 물었다.

"너 도둑이지?"

"아녜요. 정말 아녜요."

그들은 다시 구타를 했다.

"개새꺄, 아니긴 뭘 아니야."

"정말예요. 친구가 전화상을 해요. 전화를 해보면 금방 알 거예요."

"웃기지 마, 자식아. 넌 전화기 수리를 가장한 낯털이잖아."

오, 하느님! 그들은 다시 구타를 했다. 이씨는 맞는 아픔보다도 빠져나갈 길 없는 험악한 분위기에 눌려 새파랗게 공포에 질렸다.

"그럼 한가지 묻겠다. 네가 진짜 전화를 고친다면 오늘 수리를 한 집이 있겠지?"

이씨는 지푸라기라도 잡는 심정으로 눈을 둥그렇게 치켜떴다.

"그럼요, 있구말굽쇼."

"어디 약도를 그려봐."

이씨가 약도를 그렸다. 그러나 그들은 약도를 힐끗 보고 나서 찢어버렸다.

"너 그런 식으로 염탐해서 몇집이나 털었어?"

이씨는 포기를 했다. 이젠 감옥엘 가겠구나 하는 절망감이 밀려왔다. 무죄를 증명할 길도 없고, 설사 증거를 대더라도 그들은 확인도 해보지 않고 몰아세우기만 했다. 도대체 내가 어쩌다 이리 되었을꼬. 이씨는 새벽까지 구타를 당했다. 완주댁이 왔다. 그녀는 가슴을 심하게 헐떡거렸다. 그녀는 순경들에게 남편의 무죄를 호소했다.

"나으리, 저이는 죄가 없어요. 이날 이때까지 죄라곤 손톱만큼도 짓지 않고 성실히 살아온 분예요. 죄가 있다면 가난이 죄예요. 나으리, 가난해서 돌아다니며 전화기를 고친 게 죄예요."

그녀는 순경들에게 담배를 사주고 돈을 쥐어주며 호소했다.

이씨는 그 이튿날 아침에 풀려났다. 그들은 웃으며 말했다.

"죄송합니다. 요즘 하도 도둑이 많아서 실수를 했습니다. 이해하십시오."

이해하라고? 실수였다고? 그러나 그 말은 두 내외에게 들리지 않았다. 파출소를 나오며 완주댁은 울먹였다. 이씨는 멍하니 하늘만 쳐다보았다.

이씨의 몸은 시퍼런 멍투성이였다. 몇날 며칠을 끙끙 앓았다. 움직이지도 못했다. 그러나 정작 견딜 수 없는 것은 마음의 상처였다.

"원, 세상에 그런 놈들이 다 있누. 고소를 해버려."

이씨는 고소를 하라는 주위 사람들에게 고개를 저었다.

"필요없구먼. 우리의 고소를 받아줄 세상이라면 애시당초 잡아갔겠는가. 이게 다 없어서 당하는 설움인 겨. 힘이 없응께 당하고 힘이 없응께 하소연할 곳도 없는 겨."

이씨가 다시 몸을 회복하기까지는 많은 시간이 걸렸다. 그러는 동안 집에 쌀이 떨어졌다. 완주댁이 행상을 해서 버는 돈은 몽땅 그의 약값으로 없어졌다. 애들은 배가 고프다고 칭얼댔다.

그러나 몸이 나은 뒤로도 이씨는 일을 나가지 않았다. 낡은 연장 가방을 메고 거리를 떠돌며 수리하는 일을 다시는 하고 싶지 않았다. 그는 술만 마셔댔다.

"여보, 빚 좀 얻어봐."

"무얼 하게요."

"조그만 전화상이라도 하나 차려야지 더이상 떠도는 짓거린 못 하겠구먼. 돈 백만 어디서 구해봐."

"원, 당신두. 누가 우리에게 그런 큰돈을 빌려나 준답디까?"

"아, 그럼 친정에라도 가봐. 젠장할, 어떤 놈은 여편네가 척척 잘 도 밀어주더만. 아니, 그깟 것도 못한단 말야? 내가 이 모양 이 꼴 인 것도 다 네년 탓이라구."

이씨의 언성이 높아졌다. 그녀는 아무 대꾸도 하지 않았다. 그녀 는 남편이 불쌍했다. 남편은 가진 게 없었다. 그는 국민학교도 나오 지 못했다. 그래서 하고 싶은 것을 할 수 없었다. 남편에겐 희망이 란 게 없었다. 그녀는 남편을 이해했다.

"윤희야, 끝집에 가서 쌀 좀 꾸어오너라."

"싫어. 창피해."

"그럼 굶어!"

완주댁은 방에서 술만 먹는 남편을 흘겨보며 어린 윤희에게 짜증을 냈다. 며칠 뒤 그녀는 남편에게 일숫돈을 얻어주었다.

"에구, 지지리도 복도 없는 년아."

친정어머니는 그렇게 한마디 하고 보증을 서주었다.

돈을 받아든 이씨는 꿈에 부풀었다. 그는 잘 아는 복덕방 한쪽에 세를 얻어 가게를 차렸다. 앵글을 사서 몇대 안되지만 전화기를 진열하고, 초라하나마 간판을 해달았다. 아들의 이름을 따 '창진전화상'이라는 간판을 달았다.

그러나 개업식날 찾아오는 이는 없었다. 가족끼리 개업식을 치렀다. 쓸쓸했다. 괜히 눈물이 나려 했다.

"여보, 고생돼도 쪼깨만 참고 살자고."

이씨는 아내의 거친 손을 잡았다.

"아빠, 이제 아빠도 돈 많이 버는 거야?"

"그럼."

이씨는 아이들을 안아주며 웃었다. 제 아버지가 돈을 많이 번다니 아이들도 웃었다. 완주댁은 왠지 가슴이 저려왔다.

'그래요, 여보. 이대로라도 좋아요. 성공하지 않아도, 당신이 남에게 무시만 안 당해도 전 얼마든지 좋아요.'

이씨는 이른 아침부터 늦은 저녁까지 가게에서 살았다. 그가 가게에 쏟는 정성은 이만저만이 아니었다. 그러나 웬일인지 손님이 없었다. 가게 위치가 구석지고 볼품없는 규모라 그런지 어쩌다 한

두명 찾아올 뿐 한산했다.

'처음이라 그런 겨. 원래 어떠한 장사든 처음 이삼년은 꼬라박고 서야 기반을 잡는다 하지 않던가.'

이씨는 애써 스스로를 위로하며 힘을 냈다. 명함을 돌리기도 하고 예전처럼 수리할 집을 찾아 돌아다니기도 했다. 그러나 두세달이 지나도 사정은 달라지지 않았다. 현상유지는 물론이거니와 이 잣돈 갚기도 벅찼다. 생활은 아예 아내가 행상을 해서 버는 돈으로 꾸려야 했다. 그는 다시 술을 입에 댔다.

"여보, 힘을 내요."

완주댁은 남편을 위로했다. 하지만 말로 위로될 일이 아니었다. 그러던 차에 뜻하지 않게도 이씨의 가게 바로 근처에 전화상이 생겼다. 누가 봐도 번듯하고 규모도 컸다. 개업식날 보내온 떡을 이씨는 집어던져버렸다. 그 집은 금세 장사가 잘되는 게 눈에 보였다. 울며 겨자 먹기로 가게 문을 닫아야 했다.

이씨는 날마다 술을 먹었다.

"술 좀 그만해요. 살 궁리를 해야지 그러고 있음 해결이 난답디까?"

"시끄러, 이년아. 이게 다 네 탓이야. 어디서든 돈만 더 끌어왔었어봐. 실패를 했겠는가. 젠장할, 여편네라고 하나 있는 게……"

"………"

"젠장할, 어느 놈은 여편네 덕도 본다더만 난 그런 복도 없으니."

"그럼 애초에 뭐 하러 결혼은 했수?"

"시끄러워. 언다 대구 말대꾸야?"

이씨는 소리를 질렀다. 그러곤 술을 들이켰다.

"여보, 애들 생각해서라도 그놈의 술 좀 그만하시구랴. 술하고 웬수라도 졌수?"

그 말은 이씨에게 효과가 있었다. 큰아들 창진이의 국민학교 졸업식이 다가왔다. 이씨는 다시 일을 나갔다. 예의 그 낡은 가방이 그의 어깨를 짓눌렀다. 큰아들의 중학교 입학금을 벌어야 했다. 가뜩이나 빚에 짓눌린 내외에게 돈을 모으기란 쉽지 않았다.

"밥 좀 작작 처먹어. 제 에미 애비 죽는 줄은 모르고 뭔 새끼들이 밥을 저리 처먹누. 배 속에 거지새끼가 들었나."

이씨는 애들이 밥 먹을 때마다 야단을 쳤다. 애들은 식사 때마다 아버지 눈치를 봤다.

창진이 졸업식날, 두 내외는 옷을 차려입었다. 하나밖에 없는 아들 졸업식이었다. 꽃다발을 사들고 학교로 갔다. 줄 지어 늘어선 아이들 속에서 아들을 찾아낸 내외는 흐뭇하게 웃었다. 하늘은 맑았고 햇볕도 따스했다.

"이어서 우등상 시상식이 있겠습니다. 6학년 5반 이창진."

이씨 내외는 자신들의 귀를 의심했다.

"시방 우리 창진이 이름이 불린 겨?"

아들이 앞으로 걸어나갔다. 이씨는 눈시울이 뜨거워졌다. 아들이 상을 받았다. 두 내외는 서로 손을 마주 잡았다. 얼굴에 버짐이 피고 다 낡은 옷을 입고 있었지만 누구보다도 잘난 아들, 내 아들.

'아이구, 보시오. 내 아들을 보시오.'

졸업식이 끝났을 때 아들이 환하게 달려왔다.

"엄마, 이것 봐. 장학금도 받았어. 이제 내 입학금 걱정은 없지?"

"그래, 그래."

완주댁은 아들을 꼭 끌어안았다. 그러나 기쁨은 잠시였다. 사진기를 펑펑 터뜨리고 선물을 주고받는 인파 속에서 두 내외는 자신들의 초라함을 느꼈다. 이씨네는 도망치듯 아들의 손목을 잡아끌고 학교를 빠져나왔다. 다행히도 아들은 불평을 하지 않았다.

"엄마, 이제 입학금 걱정 안해도 되니까 짜장면 먹으러 가요."

"엄마가 집에 가서 맛있는 거 해줄게."

"다른 애들은 다 외식하러 가는데, 엄마 짜장면 먹으러 가."

완주댁은 앞서 총총히 걸어가는 남편의 뒷모습을 물끄러미 보았다. 푸른 하늘이 왠지 쓸쓸하게 보였다.

창진은 집에서 밥도 안 먹고 짜장면 타령을 했다. 이씨는 그날 저녁 동네 친구들이 모이는 술집으로 가서 술을 먹었다.

"이거 봐. 오늘 우리 자식놈이 우등상을 탔구먼. 장학금꺼정 받았다구."

이씨는 아들의 우등상장을 품에서 꺼내 흔들어 보이며 자랑을 했다.

"그래도 날 무시하는 놈 있으면 나와보라 그래. 언놈이 날 무시할 겨. 돈 많은 놈 자식들을 제끼고 우리 아들이 일등을 했는데. 흥, 언놈이 날 무시할 거냔 말여."

그러나 술이 취하자 이씨는 끝내 울음을 터뜨리고 말았다. 짜장면 이야기를 하며 그는 울었다. 아무도 그런 그를 말리지 않았다. 그는 울음을 그치지 않았다. 밤하늘이 어두웠다.

창진은 얼마 후 중학교에 입학을 했다. 이씨는 다시 전화기 수리를 하러 다녔고 그의 아내는 행상을 다녔다.

오늘도 완주댁은 여느 때처럼 행상을 나갔다. 김밥, 떡, 과일, 음료수 등을 광주리에 이고 서울대 옆 관악산으로 갔다. 그곳은 언제나 놀러 오는 사람들로 붐볐다.

"김밥 사세요."

여느 때처럼 완주댁은 자리를 잡고 앉아 장사를 시작했다. 그녀의 김밥 사라는 소리 너머에서 놀러 나온 사람들의 웃음소리가 퍼져나왔다. 그 웃음소리는 그녀에게 소외감을 느끼게 했다. 아이들의 손을 잡고 놀러 가본 기억이 그녀에겐 없었다. 그녀는 언제나 일만 했다. 그게 지겨울 때도 있었다. 그럴 때는 이렇게 살아서 뭐 할까 싶었다. 그래도 일은 해야 했다.

완주댁은 안해본 일이 없었다. 채소 장사, 우유 배달, 계란 배달, 노가다, 삼립빵 공장…… 그녀는 삼립빵 하면 호빵 생각이 났다. 겨울에 집에서 굶고 있을 애들 때문에 그녀는 속곳에 호빵을 숨겨 퇴근하곤 했다. 검색하는 수위가 얼마나 무서웠던지. 들키면 해고되나 그래도 그녀는 날마다 호빵을 훔쳐냈다.

완주댁은 관악산에 김밥 장사를 나올 때마다 서글픔을 느꼈다. 그러나 좋기도 했다. 국내 최고 명문 대학생들을 볼 때마다 그녀는 궁색을 털어버리고 힘을 내었다. 언젠가는 우리 아들도 저렇게 의 젓하고 훌륭하게 커주겠지, 후후.

"후루룩!"

그때였다, 멀리서 호루라기 소리가 들린 것은.

"튀어!"

밑에서부터 도망쳐 올라오는 사람들이 소리치고 있었다. 동시에 그때까지 장사를 하던 노점들이 번개같이 펼쳐놓았던 것들을 싸안 고 숲속으로 달아났다. 이미 단속반에 익숙해 있던 완주댁도 황급 히 광주리를 들고 숲속으로 튀었다. 그녀는 여기저기 풀숲을 살피 다 그중 무성한 풀숲에 광주리를 숨겼다. 그때 누군가 덥석 그녀의 뒷덜미를 잡았다. 그녀는 가슴이 덜컹 내려앉았다. 잡혔다는 두려 움에 가슴이 심하게 뛰었다. 그녀는 파출소로 끌려갔다. 이미 몇몇 행상인들이 잡혀와 있었다.

"순경 아저씨, 한번만 봐주세요. 집에서 애들이 굶고 있어요. 연 탄도 팔아야 해요."

완주댁은 호소를 했다. 그러나 소용없었다. 벌금이라는 명목으 로 그녀는 그날 번 돈을 모두 빼앗겼고 밤늦게까지 파출소에 갇혀 있어야 했다. 그냥 풀어주면 또 장사를 하리라는 생각에서 나온 신 중한 배려(?)였다. 그녀는 자정이 다 되어서야 집으로 들어갔다.

"어딜 싸돌아다니다가 이제야 기어들어오는 게야?"

이씨는 냅다 소리부터 질렀다. 완주댁은 울기만 했다. 억울해서 울기만 했다. 이씨는 곧 파출소로 달려갔다. 아내는 안된다고, 참아야지 어쩌겠느냐고 말렸지만 그에겐 들리지 않았다.

"이 병신아, 참을 게 따로 있지, 우리는 사람도 아니란 말여? 이 개놈의 새끼들."

따지러 간다고 나간 남편은 날이 새도록 돌아오지 않았다. 그 이틀날도 돌아오지 않았다. 그녀는 그 파출소로 찾아가보았다. 그러나 그들은 모른다고 대답했다. 스무날이 지나서 남편이 돌아왔다. 머리가 박박 깎이고 온몸에 멍이 새파랗게 든 채로 돌아왔다.

"아이구 여보, 이게 웬일이오?"

이씨는 방 안에 들어서자마자 쓰러졌다. 그는 아무 말도 하지 않았다.

"우리는 인간쓰레기입니다. 새 인간이 되어 사회에 나가겠습니다."

남편은 자면서 중얼거렸다. 식은땀을 흘리고 온몸을 떨면서 중얼거렸다.

"파출소로 따지러 갔는데, 거기서 어디론가 끌려갔어. 그곳엔 군인들이 있었고 스무날 동안 맞기만 했어."

남편은 순화교육을 다녀온 것이었다.

"아이구, 이 등신 같은 인간아. 그러길래 내가 뭐랬어. 참아야 한다구 했잖아, 으허헝……"

완주댁은 오열을 토해냈다.

"우리는 인간쓰레기입니다. 새 인간이 되어 사회에 나가겠습니다. 우리는……"

오열하는 아내를 등지고 이씨는 그렇게 되뇌기만 했다. 증세는
그뿐만이 아니었다.

"창진아, 아빠 집에 없는 동안 어떤 아저씨가 집에 와서 엄마 손
잡구 그러지 않았니?"

"아뇨."

"괜찮아, 사실대로 말해봐."

이씨는 몸이 좀 나은 어느날부터 아이들에게 자꾸만 물었다. 그
는 일 나갔다 들어오는 아내를 보면 무섭게 노려보며 술만 마셨다.
하루 종일 술에 취해 살았다.

"더러운 년!"

이씨는 그렇게 욕을 했다. 완주댁은 무서웠다. 남편이 왜 그렇게
변했는지 알 수가 없었다.

"여보, 도대체 왜 그래요?"

"그래, 난 못난 인간이라 네년 고생만 시켰어."

"전 아무렇지도 않아요."

"그래, 좋은 사람 있으면 가버려. 애들은 내가 키울 테니……"

"제발 그런 소리 말아요."

완주댁은 남편의 손을 잡고 울었다. 창진은 아버지가 왜 그러는
지 알 수가 없었다. 아버지는 매일 술을 먹고 나서 동생들과 자기
를 때렸다.

"창진이 너 이리 와봐."

창진이 눈치를 살피며 아버지 앞으로 다가갔다.

"너 우리나라 초대 대통령부터 지금 대통령까지 이름을 외워
봐."

"이승만요."

"그리고?"

"박정희요."

"그 중간에 또 있잖아."

"몰라요."

"이런 등신 같은 새끼야, 그것도 몰라? 윤보선이잖아."

"그런 건 학교에서 안 배워요."

"그런 것도 안 갈치면 뭐 하러 댕겨?"

이씨는 대통령 이름을 모른다고 아들을 때렸다. 창진은 왜 맞는
지도 모르고 맞았다. 왜 대통령의 이름을 묻는지, 왜 그걸 알아야
하는지 모르고 맞았다.

"이리 와 앉아봐."

창진은 홀쩍이며 앉았다.

"넌 커서 꼭 대통령이 돼야 해. 최고 권력자가 돼야 해! 뭐든지
최고가 돼야만 해. 안 그러면 이 아버지는 끝장이야. 알겠어?"

"예."

"알았지. 꼭 되어야 해, 꼭."

그리고 이씨는 울었다. 창진은 왠지 몰라도 알았노라고 대답을
해야 할 것 같았다. 매가 무서워서만은 아니었다.

그해 겨울은 몹시 추웠다. 세상을 꽁꽁 얼릴 것만 같았다. 이씨는

여전히 술병만 끼고 살았다. 완주댁은 그 순화교육인가 뭔가가 남편을 버려놨다고 생각했다. 그러나 발단은 그게 아니었다. 모든 게 가난 때문이었다.

"엄마, 아부지 싫어. 아부진 왜 술만 먹어?"

"그런 소리 하면 못쓴다. 아버진 괴로우신 거야."

그날 완주댁은 얼음에 미끄러져 발목을 삐어서 일을 나가지 못했다. 쌀이 떨어졌고, 연탄도 떨어졌다. 더이상 외상을 할 수도 없다.

"여보, 제발 술 좀 그만 먹어요. 그런다고 뭐가 해결이 난답디까."

"………"

"애들 굶겨 죽일 작정이오? 이젠 일 좀 나가보시구랴."

그러나 이씨는 술만 먹었다. 이틀을 온 식구가 꼬박 굶었다.

"엄마, 배고파. 밥 줘."

"여보, 제발…… 이러다 굶어죽겠소."

"차라리 죽어버리자구. 이깟 놈의 세상 콱 뒈진다고 여한 될 것도 없어."

이씨는 여전히 술만 마셨고 아이들은 오들오들 떨며 제 어미만을 흔들어댔다.

삼일을 굶었다. 천장이 뱅뱅 돌았다. 창진은 더이상 누워 있을 수가 없어서 일어나 앉았다. 김이 오르는 허연 쌀밥이 자꾸만 눈앞에 어른거렸다. 창진은 방 안을 둘러보았다. 아버진 또 어디 가서 술을 먹는지 보이지 않았고 어머닌 잠이 들었는지 간간이 앓는 소리만

냈다. 칭얼대기도 지쳤는지 동생들은 윗목에서 인형놀이를 하고 있었다. 창진은 어떻게 하면 밥을 먹을 수 있을까 곰곰이 생각했다. 아, 그래, 하며 창진은 벌떡 일어나 밖으로 나갔다. 그는 나는 듯이 산동네를 뛰어내려갔다. 산동네 아래에는 학급 친구인 영구가 산다. 지금은 저녁시간이다. 밥을 얻어먹을 수가 있다. 아아, 밥을 먹을 수 있다. 초인종을 누르자 영구 어머니가 나왔다.

"안녕하세요. 영구 있어요?"

"심부름 갔는데."

온몸의 힘이 빠져나와 어지러웠다.

"들어와서 기다리거라. 금방 올 게다."

창진은 영구의 방에 들어가서 기다렸다. 방 안을 둘러보았다. 갑자기 현기증이 일었다. 영구의 방 한구석에는 쌀 두가마니가 놓여 있었다. 창진은 떨리는 손으로 틀어진 가마니의 쌀을 만져보았다. 창진은 허겁지겁 쌀을 집어 먹기 시작했다. 그러다 문득 동생 생각이 나서 쌀을 주머니에 퍼담기 시작했다.

'이건 도둑질이야!'

창진은 동작을 멈추었다.

— 엄마, 밥 줘. 배고파.

— 네 아버지에게 얘기해라.

— 아버지, 배고파요.

— 뭔 놈의 애새끼들이 처먹는 것밖에 몰라. 이건 자식이 아니라 웬수여, 웬수.

창진은 다시 쌀을 퍼담기 시작했다. 겨울인 게 고마웠다. 주머니가 여러개여서 쌀을 많이 담을 수 있었다. 그런 뒤 살그머니 방을 빠져나왔다.

"왜 가려구? 좀더 기다리잖고."

창진은 그 자리에 우뚝 섰다. 가슴이 뛰었다. 보았을까? 그는 눈치를 살폈다.

"아…… 아녜요. 다음에 올게요."

창진은 도망치듯 빠져나와 달렸다. 얼마나 달렸을까. 집 근처 개천이었다. 아직도 가슴이 뛰었다. 좋아할 동생들의 얼굴이 떠올랐다. 창진은 잠시 주저앉아 쉬었다. 개천 물소리가 듣기 좋았다. 그러나 개천에서는 심한 악취가 났다. 갑자기 비참하다는 기분이 들었다. 이렇게 살아서 뭐 할까? 이렇게 뭐 하러 살까? 그는 하늘을 올려다보았다. 눈물이 나왔다.

창진은 종종 흙을 집어 먹고는 했다. 그 동네 아이들이 다 그랬다. 수제비를 끓여먹고 칡을 캐서 끼니를 때우곤 했다. 산 아래 동네 애들은 잘살았다. 윗동네 애들은 종종 아랫동네 애들과 돌쌈질을 하곤 했다. 발단은 언제나 아랫동네 애들이었다. 그애들은 언제나 윗동네 애들을 놀려댔다. 그래서 싸웠다.

—너 또 싸웠구나.

—그 새끼들이 먼저 놀렸어, 거지라고.

창진은 갑자기 주머니에 든 쌀을 개천 바닥에 거칠게 뿌렸다. 싫어, 비참해, 하며 그는 쌀을 훔친 걸 저주했다. 창진은 아버지가 원망스러웠다.

"아버지 미워! 아버진 개새끼야!"

창진은 쌀을 집어던질 때마다 그렇게 소리쳤다. 문득 동생들의
칭얼대는 모습이 떠올랐다. 창진은 그만 그 자리에 주저앉아 엉엉
울기 시작했다. 밤하늘은 어두웠다. 별만 밝았다. 어디선가 벌레 우
는 소리가 났다. 얼마나 울었을까. 창진은 일어서서 집으로 향했다.

"어? 할머니."

집에 도착하니 외할머니가 밥을 짓고 계셨다. 외할머니가 밥을
해서 상을 차렸다. 애들은 게걸스럽게 먹어댔다. 그러나 내외는 먹
지 않았다.

"에구 이년아, 죽지 않을라면 먹어."

장모는 이씨가 마시던 술병을 부엌으로 내던졌다. 병 깨지는 소
리가 났다.

"술 좀 그만 먹게. 처자식을 죽일라고 아예 작정을 했는가?"

이씨는 말이 없었고, 완주댁은 고개를 돌려 흐느꼈다. 장모는 혀
를 차다가 얼마 후 돌아갔다.

이씨는 그 이튿날부터 다시 일을 나갔다. 그의 낡은 가방이 어느
때보다도 무거워 보였다. 완주댁도 다시 행상을 다녔다. 다리가 다
낫지 않아 그녀는 절뚝거렸다.

"아줌마, 잠깐만 봐요."

완주댁이 부엌에서 저녁밥을 지을 때 주인집 여자가 불렀다.

"아줌마, 저도 이런 말 하는 게 사람으로서 할 짓이 못되는 줄 알

지만 어쩔 수가 없군요."

"무슨 말씀이신지……"

완주댁은 왠지 불안했다.

"방을 비워주세요."

하늘이 무너지는 듯했다. 완주댁은 가까스로 몸을 지탱했다.

"아주머니, 조금만 더 기다려주세요. 이 한겨울에 애들을 데리고 어디로 가겠습니까. 애 아빠도 벌이를 하고 있으니 방세는 금방 해 드릴게요."

"우리도 참는 데까진 참았어요. 보증금까지 쳐도 방세가 두달치 나 밀렸어요."

"아주머니, 제발……"

"비워주세요!"

완주댁은 돌아서는 주인집 여자를 멍하니 보다가 휘청거렸다.

"여보, 왜 그래."

일을 마치고 온 이씨가 들어서며 마당에 주저앉아 우는 아내에 게 물었다. 그날밤 완주댁은 한숨만 내쉬는 남편의 가슴을 치며 울 었다. 이씨는 말없이 천장을 보면서 담배만 피워댔다. 30촉 전등이 그런 그를 비추었다. 밖에서는 세찬 겨울바람이 불고 있었다. 그는 이 겨울이 또 얼마나 길고 무서울까를 생각했다.

이튿날부터 완주댁은 방을 구하러 다녔으나 보증금이 없어 방을 구할 수가 없었다. 주인집에선 자꾸 성화였다. 며칠을 돌아다닌 어 느날 여인숙 방을 구할 수가 있었다. 이사하는 날 눈이 내렸다. 이씨는 술에 취했고 창진은 조용히 아버지를 노려보았다. 이삿짐센터 기사는 이 초라한 가족을 보고 혀를 찼다. 여인숙은 다행히도 골목 안에 있어 남의 이목을 조금이나마 피할 수 있을 듯싶었다.

여인숙으로 이사하고부터 이씨는 다시 매일같이 술을 마셨고 걸핏하면 아내를 의심했다. 밤마다 여인숙 방방을 둘러보았고 화장실까지 아내를 쫓아다녔다. 하루도 거르지 않고 처자식에게 매질을 해댔다. 주위에선 인간도 아니라고 쑥덕거렸다.

"이혼해버려요!"

"애들만 데리고 어딘가로 가버려요!"

그러나 완주댁은 아무 말도 없이 묵묵히 모든 것을 견뎌냈다. 아이들은 밖에서도 기를 펴지 못했고 안에서도 숨을 크게 쉬지 못했다.

"정신병원에 보내봐요!"

"술 끊는 약을 먹여봐요!"

여전히 사람들은 수군댔고 이씨의 술주정은 갈수록 심해졌다.

"나가, 이년아. 어떤 놈하구 붙어먹다 기어들어오는 게야?"

이씨는 방에 들어서는 아내를 향해 재떨이를 집어던졌다. 완주댁은 들어서다 말고 우뚝 서버렸다. 벽에 부딪친 재떨이가 요란한 소리를 냈다.

"당신도 사람이오?"

"무에야? 구렁이보다 징그러운 년. 이년아, 내가 못난 놈이라 딴 놈들처럼 척척 돈 못 벌고 고생을 시킨다고 그래 아무 놈하고 뒹굴어?"

"당신이 봤수? 하루 종일 땡볕에서 장사하다 온 사람에게 수고했단 말은 못할망정 욕질이라니. 못난 사내나 제 여편네 의심하고 매질하는 법……"

"이년이……"

우악스러운 매질이 완주댁에게 가해졌다. 아이들은 윗목에서 울기만 했다.

"이놈아, 차라리 죽여라, 죽여."

"오냐, 이년아."

이씨는 완주댁의 머리채를 휘어잡고 밖으로 끌고 나갔다.

"이씨, 참아요."

"씨팔, 말리지 마. 쌍, 다 패죽일 테여."

말리러 나왔던 사람들은 그의 사나운 기세에 뒤로 주춤 물러서 있다 들어가버렸다.

"이년아, 난 네년 때문에 신세 조졌어. 이날 이때까지 요 꼴로 사는 건 다 네년 탓이야."

"그래, 다 내 탓이다, 이놈아. 나도 이젠 지쳤다. 차라리 날 죽여라."

이씨는 삽을 휘둘렀다. 순식간의 일이었다. 완주댁의 머리에서 피가 솟구쳤다. 아악! 하고 그녀가 비명을 지르며 풀썩 쓰러져 움직이지 않았다.

"퉤!"

이씨는 침을 뱉으며 방으로 들어갔다. 비명소리를 들은 아이들

은 엄마가 죽었을 거라고 생각했다. 무서워 내다도 못 본 채 구석
에 옹기종기 모여 오들오들 떨면서 울었다.

"창진이, 가서 술 사와."

술을 안 사오면 죽을지도 모른다고 창진은 생각했다. 밖으로 나
오니 저만치서 엄마가 쓰러져 있었다. 움직이지 않았다. 피를 흘리
고 있었다.

'그래, 죽은 거야. 엄마는 죽었어.'

창진은 무서워 도망치기 시작했다. 인적이 끊긴 어느 골목에 쪼
그려앉은 창진은 덜덜 떨며 울었다.

벌레 우는 소리가 들렸다. 완주댁은 비틀거리며 일어섰다. 머리
를 만져보았다. 온몸이 피투성이였다. 찢어진 상처가 만져졌다. 그
녀는 왈칵 설움이 복받쳤다.

'그래, 죽자. 차라리 죽어버리자.'

완주댁은 근처 야산으로 올라갔다. 칠흑 같은 어둠에 싸인 산은
무섭고 괴괴했다. 나무에 끈을 매달았다. 그녀는 줄을 목에 걸었다.
차가운 줄의 감촉이 목에 와닿았다. 그러자 여태껏 겪었던 모든 일
들이 영화처럼 떠올랐다. 살면서 겪은 모든 일들이 고통의 연속이
었다. 지독한 가난, 살려는 몸부림, 언제나 그랬다. 그래도 꿋꿋이
버티며 살 수 있었던 것은 남편이 있었고 자라는 애들이 있었기 때
문이었다. 그녀는 남편을 사랑했다. 하나 이젠 그 사랑은 허무했다.
그녀는 눈을 감았다. 마음이 착 가라앉았다. 그때였다.

── 엄마, 난 이담에 돈 많이 벌 거야.

―왜?

―엄마 행복하게 해줄 거야.

―엄만 지금도 행복하다.

―피, 거짓말. 난 엄마가 불쌍해.

'내가 죽으면 저 어린것들은 어찌 될꼬? 난 애들에게 죄를 짓는 게야. 애들이 무슨 죌가. 내가 죽는다면 그애들은 제대로 살지도 못할 게야. 난 죽어선 안돼.'

완주댁은 털썩 주저앉아 오열을 토하기 시작했다.

"아이고, 어머니. 왜 날 낳았소…… 왜 날 낳아 이 고생을 시키오……"

완주댁의 울음소리가 산을 휘감았다. 산을 내려온 그녀는 집으로 가지 못했다. 끔찍하고 무서웠다. 그녀는 친구 집으로 갔다. 친구는 피투성이인 완주댁을 보고 아무것도 묻지 않았다. 친구의 남편은 아이들 방으로 자리를 피해주었다.

"에구, 징그러운 인간. 그래도 네가 참고 살아야지 어쩌겠니."

친구가 말했다. 완주댁은 이대로는 살 수 없다고 생각했다.

"집을 나갈 테야."

머리에 약을 발라주던 친구가 눈을 크게 떴다.

"뭐? 애들은 어쩌고?"

"설마 제 자식을 죽이기야 하겠니. 이대로는 못 살아. 애들 학교도 못 보내. 나가서 돈을 벌어 애들을 키우겠어."

"네 남편은?"

"그러다보면 정신을 차리겠지. 그때 가서 들어갈란다."

"그래, 잘 생각했다."

험한 세상을 살아나가기 위해서는 모질고 독해야 한다고 완주댁은 생각했다. 그날 그녀는 잠을 이루지 못했다. 이튿날, 친구 집에서 그녀는 아이들을 만났다. 아이들은 엄마를 보자마자 울었다. 죽은 줄만 알았던 엄마였다. 아이들을 보자 약해지는 마음을 다시 다져먹으며 완주댁은 입을 열었다.

"창진아, 네가 맏이니 엄마가 하는 말 잘 듣거라."

"응."

"이대로 살면 너희들은 학교도 못 간다. 엄마는 엄마대로 매일 맞고, 또 너희들은 맨날 배가 고플 테고…… 그래서 말이다……"

완주댁은 자꾸 눈물이 나오려 했다.

"엄마는 집을 나가 살면서 돈을 벌어가지구……"

완주댁은 말끝을 잇지 못했다. 아이들의 얼굴에는 당혹해하는 빛이 역력했다.

"싫어. 아빠가 때린단 말야. 엄마, 나도 엄마 따라갈 테야."

큰딸 윤미가 제일 먼저 울음을 터뜨렸다.

"엄마가 한달에 한번씩 올게."

창진이는 아무 말도 하지 않고 고개만 끄덕였다.

"창진아, 그럼 동생들 잘 데리고 있어. 너희들은 오빠 말 잘 듣고……"

완주댁은 말끝을 채 맺지 못했다. 아이들이 엄마를 쫓아가려 했다. 창진은 동생들을 붙들었다. 그는 울지 않았다. 엄마가 보면 가슴 아플 거라고 여기며 속울음을 삼켰다. 비가 올 모양이었다. 날이 흐렸다. 잠시 후 빗방울이 떨어졌다. 아이들은 길바닥에 주저앉아 앙앙 울며 비를 맞았다. 비가 세찼다.

완주댁이 직업소개소를 거쳐 가정부로 들어간 집은 우이동에 있는 저택이었다. 엄청나게 큰 집도 집이지만 없는 게 없는 집이었다. TV 연속극에서나 그런 집을 보았던 그녀는 그 저택에 들어서자마자 눈이 휘둥그레졌다. 여기가 천국일 거라고 그녀는 생각했다. 나중에 안 일이지만 그 집 주인남자는 병원 원장이라고 했다. 그녀는 한달에 십오만원을 받기로 했다.

가정부 일을 처음 해보는 완주댁은 몹시 힘들었다. 삼층집 구석구석을 청소하고, 세끼 밥해주고, 하루도 거르지 않고 산더미같이 쌓이는 빨래…… 새벽 다섯시에 일어나서 밤 열한시까지 그녀는 일을 해야 했다. 잠자리에 누우면 온몸이 욱신욱신 쑤시고 아파왔다. 그러나 정작 힘든 건 생활 격차에서 오는 열등감이었다. 나이도 한참 어린 여자가 눈꼬리를 치켜뜨고, 이것 해요! 저것 해요! 하고, 저는 하루 종일 화장이나 몸단장을 하러 다니고, 옷을 해입으러 다니고, 동창회다 계다 하며 돈이나 쓰러 다니고, 갑자기 와르르 제 친구들을 몰고 와서 고스톱 치며 술 처먹고…… 커다란 냉장고에 언제나 가득 들어 있는 고기, 주스, 아이스크림, 외국 과자, 통조림. 그러나 그 집 애들은 죄다 반쯤 먹다 내버리고 고기는 또 노린내가 나서 못 먹겠다니…… 그녀는 굶주린 아이들을 끌어안고 얼마나 울었던가. 그뿐이 아니었다. 수천만원 하는 자가용도 싫증난다고 갈아치우고 조금 망가졌다고 새 차를 사고, 이불은 무슨 이딸리아제인가 뭔가가 백만원도 넘었다. 그런 것들이 완주댁을 어지럽게 만들었다. 완주댁은 자신이 꿈을 꾸고 있다고 생각했다. 그 집 여자는 완주댁을 인간으로 대우하지 않았다.

"아줌마, 파마 좀 해요. 머리가 그게 뭐예요."

"옷이 그게 뭐예요, 창피하게. 친구들한테 흉잡힌단 말예요."

완주댁은 예예 하고 굽실거리면서 참아야 했다. 그녀는 그 집 식구들과 함께 식사를 하지 못했다. 그 집 식구들이 밥을 다 먹고 나면 그 여자가 퍼주는 밥을 저희들이 깨작거려놓은 반찬에다 먹어야 했다. 그녀는 항상 배가 고팠다. 그 여자는 한공기 이상 밥을 퍼주는 법이 없었다.

"에구, 내 팔자야."

완주댁은 한숨을 쉬며 종종 이 불평등한 차이를 생각해보았다.

'도대체 저 여자와 난 뭐가 다를까? 똑같은 여잔데 나는 왜 이렇게 못살까?'

─어이 김기사, 차 준비시켜.

이 집 남자는 언제나 그렇게 출근을 했다.

─여보, 제발 허리 좀 펴고 다녀요.

완주댁은 종종 이씨에게 이렇게 짜증을 내곤 했다. 남편의 허리는 언제나 구부정했다. 남편의 팔자가 남편을 그렇게 만들었나보았다. 남편은 언제나 허리를 굽혀야만 했다. 남편보다 높은 사람들이 세상엔 많았다. 살기 위해 남편은 허릴 구부려야 했다. 남편은 허릴 굽히지 않고 살고 싶어했다. 그러나 그건 남편의 타고난 팔자였다. 완주댁은 그의 아내였다. 따라서 천한 가난뱅이 여편네가 그녀의 팔자였다. 이 집 여자와 결코 똑같은 사람이 아니었다.

"난 팔자가 더러운 겨."

완주댁의 생각은 언제나 그 한마디로 끝났다. 그러나 정작 괴로운 건 그깟 팔자타령이 아니었다. 밤마다 아이들이 미치도록 보고 싶었다. 그녀는 아이들의 사진을 끌어안고 울곤 했다. 별천지에 혼자 있다는 서글픔 너머 남편이 그립기도 했다. 그녀는 날마다 기도를 했다. 성경에 나온 대로 구원받길 빌었다. 그 한해는 그렇게 지나가고 있었다.

창진은 오늘도 외상술 심부름을 했다. 이씨는 날마다 술에 취해 있었다. 칼이며 도끼를 들고 완주댁을 죽이겠다며 동네를 헤집고 미쳐 돌아다니곤 했다. 아이들은 날마다 아버지에게 맞았고, 아버지 없이는 살아도 어머니 없으면 못 산다고, 거지꼴을 하고 학교에 다녔다. 모두가 지옥에서의 삶을 살았다. 그러나 아무도 죽지 않고 살아갔다.

완주댁은 월급날 때마다 아이들을 만났다. 창진은 엄마가 학교로 찾아오면 아버지 몰래 동생들을 데리고 나갔다. 아이들은 짜장면을 좋아했다. 완주댁은 언제나 짜장면집에서 아이들을 만났다. 아이들은 입이 째지게 짜장면을 입에 물고 웃었다. 완주댁은 그렇게 보고 싶은 아이들을 만났는데도 웃을 수가 없었다.

그러는 동안 해가 바뀌었다. 이씨는 무슨 생각을 했는지 술을 끊고 착실히 전화기 수리를 하러 다녔다. 아이들을 학대하지도 않았다. 아이들은 저러다 또 예전처럼 아버지가 술주정을 할 거라고 생각했다. 아이들은 아버지에 대한 믿음을 갖지 않았다. 그러나 이씨는 다시 예전의 착실함을 되찾아갔다. 집에 들어올 때면 과자를 들고 오기도 했고, 손수 밥을 지어 아이들에게 먹이기도 했다. 아이들은 고개를 갸웃거렸다. 얘기를 전해들은 완주댁은 눈물을 글썽였다.

설날이 다가오고 있었다. 모두들 설 분위기에 들떴다. 그러나 설날을 맞은 이씨네는 썰렁했다. 여느 때처럼 김치와 밥만이 아침상에 올랐다. 아이들은 아버지에게 세배를 하려 했으나 이씨는 세배를 받지 않았다.

"이 애비가 무슨 면목으로 너희들에게 세배를 받겠니. 그만두거라."

이씨가 창진을 조용히 불렀다. 그런 이씨의 표정은 어두웠다.

"창진아, 아버지가 너희들에게 몹쓸 고생을 시키는구나. 미안타. 헌데 혹시 너 엄마 만난 일 없니?"

"없어요!"

창진은 굳은 표정으로 잡아뗐다. 이씨는 길게 한숨을 내쉬었다. 슬퍼 보이는 얼굴이었고 후회와 깊은 회한이 배어 있는 얼굴이었다.

"잡아뗄 건 없다. 창진아, 약속하마. 아버진 이제 다신 전처럼 살지 않고 착실히 살 테니 말해다오. 엄마가 있는 곳을 말이다. 이 아버진 엄마가 보고 싶어서 그래."

이씨의 눈가에 눈물이 괴었다. 그는 정말로 아내가 보고 싶었다. 고생만 시킨 아내, 그 가여운 사람에게 용서를 빌고 다시 정상적인 가정을 꾸려 좋은 남편, 좋은 아버지가 되고 싶었다. 이씨의 눈에 괴어 있던 눈물이 흘러내렸다.

"창진아, 아버지가 이렇게 빌게."

창진은 아버지의 눈물에 거짓이 없다고 생각했다. 창진도 엄마와 함께 살고 싶었다. 창진은 아버질 믿기로 했다. 창진이 고개를 끄덕였다.

"고맙다. 이제 다시는 너희들에게 맘고생 안 시킬 거구면."

이씨는 그러면서 아들의 손을 잡았다. 아들의 손이 가늘게 떨리고 있었다.

두 부자는 버스를 타고 우이동으로 향했다.

어제 밤늦게까지 음식을 만들고 새벽부터 주인집 설 뒤치다꺼리로 정신을 뺀 완주댁은 늦은 아침나절에야 한쪽 구석에 쪼그려앉아 식사를 할 수가 있었다. 몹시 허기가 졌으나 밥이 넘어가지 않았다. 주인집 식구들의 행복한 웃음소리가 들려왔다. 완주댁은 수저를 내려놓았다. 마당으로 나가 하늘을 보니 한숨이 절로 나왔다.

'애들이 행여 울지나 않을까? 명절 아침밥은 어찌 먹었을까?'

주인집 식구들의 깔깔거리는 소리가 마당으로까지 흘러나와 완주댁을 휘감았다.

"딩동."

"누구세요?"

"엄마, 나야."

완주댁은 황급히 대문께로 달려갔다. 그러나 문을 열고는 그만 그 자리에 꼿꼿이 얼어버렸다.

"여…… 여보."

완주댁은 자기를 부르는 남편을 외면하고 문을 닫아버렸다. 무슨 생각에선지 다시 문을 연 그녀는 앞장서서 골목을 빠져나갔다. 그 뒤를 이씨가 다급히 쫓아갔다. 걸음을 멈춘 완주댁은 돌아서서 내뱉듯 말했다.

"돌아가요. 여긴 뭐 하러 왔어요?"

"여…… 여보. 내가 잘못했어."

"필요없어요. 우린 이미 남남이우."

"열심히 살게. 당신이 필요해."

완주댁이 창진을 보고 말했다.

"나쁜 자식, 제 애빌 닮았어."

창진은 고개를 떨구었다.

"그앤 잘못이 없어. 애들이 무슨 죄가 있어. 죄를 진 것은 나야. 여보, 그만 돌아와줘. 애들에겐 엄마가 필요해."

"난 애들을 버린 적 없어요. 가족을 저버린 건 당신이잖우. 당신은 당신이 괴로울 때마다 가족을 학대했어요. 우리의 고통을 당신은 몰라요."

"이제 와서 무슨 말을 하겠소."

갑자기 완주댁이 소리를 질렀다.

"이 개 같은 놈아, 왜 날 괴롭히는 거야. 왜 괴롭히냔 말이야, 이 웬수야."

완주댁은 흐느꼈다. 그녀는 자기가 용서할 수밖에 없다는 걸 알았다. 아니, 애초에 용서할 그 어떤 것도 없었다. 이씨는 아이들의 아버지요 남편이었다. 그뿐이었다. 그는 불쌍한 사람이었다. 그녀는 그것을 너무나도 잘 알고 있었다. 그녀는 그를 이해했고 사랑했다. 그는 죄가 없는 사람이었다.

그날 완주댁은 집으로 돌아왔다. 그리고 얼마 후 여인숙에서 이사를 했다. 아픈 기억이 있는 곳에선 머물고 싶지 않았다. 이씨는 하루도 쉬지 않고 연장가방을 메고 나갔다. 완주댁은 다시 김밥 행상을 다니기 시작했다. 가난은 여전했다. 그러나 이씨네엔 간간이 웃음소리가 들리기 시작했다.

이른 아침부터 비가 내렸다. 왠지 이씨는 일을 나가기가 싫었다. 그러나 텅 비어가는 쌀통이 그의 등을 떠밀었다. 마지못해 가방을 메고 거리로 나갔다. 그는 우산을 쓰고 거리를 돌아다니며 전화기를 고치라고 소리쳤다. 그날은 운이 좋았다. 수리를 여러건이나 맡았다. 억지로라도 나오기를 잘했다고 그는 내심 좋아했다. 이미 어둑해지려는 터라 그는 일을 끝내고 집으로 향하고 있었다. 참 지겹게 비는 그치지 않았다. 그가 막 골목을 꺾어돌 때 무언가 시커먼게 달려들었다. 그의 몸이 허공에 떴다가는 떨어졌다. 그는 정신을 잃었다.

"여기가 어딜까?"

눈을 뜨고 보니 이씨는 병원에 눕혀져 있었다. 한쪽 다리가 온통 붕대로 감겨 있었다. 주위엔 아무도 없었다.

— 아악, 안돼!

전쟁이 터지고 마을엔 낯선 사람들이 들어왔다. 꼬마의 아버진 마을 면장이었다. 꼬마는 골목에 숨어 부모가 죽는 걸 보았다. 순하던 마을 사람들이 그의 부모를 총살시켰다. 꼬마는 그들이 왜 부모님을 죽이는지 몰랐다. 꼬마는 무서워 울기만 했다. 그때 꼬마는 열 살이었다.

— 오빠, 배고파.

꼬마에겐 누이동생이 있었다. 이 마을 저 마을 떠돌며 남매는 동냥을 했고 밤이면 남의 집 처마 밑에서 가마니를 덮어쓰고 잤다. 전쟁이 휩쓸고 지나간 거리의 인심은 흉흉했다. 고아도 많았고 거지도 많았다. 그해 겨울은 너무도 추웠다. 눈도 많이 내렸다.

— 오빠, 추워.

꼬마는 동생을 꼭 끌어안았다. 아침에 일어나보니 여동생은 싸늘히 식어 있었다. 눈에 덮인 동생의 얼굴은 예뻤다. 꼬마는 울지도 못했다. 자꾸만 아버질 죽인 마을 사람들의 분노에 찬 얼굴이 떠올랐다.

"깨어나셨군요."

간호사가 말했다.

"어떻게 된 거죠?"

"교통사고예요."

문이 열렸다. 이씨는 문가를 바라보았다. 들어온 사람은 아내였다. 아내는 문가에 가만히 서 있었다. 이씨는 아내의 표정이 이상하다고 생각했다. 그녀의 얼굴엔 표정이 없었다. 이씨는 고개를 돌려버렸다.

"이거 마셔요."

아내는 통조림을 내밀었다.

"생각 없어."

아내는 더 권하지 않았다.

"집으로 갔음 좋겠구먼."

"한달가량 입원해야 한대요."

내외는 침묵했다.

이씨는 뺑소니 운전사를 원망했다. 달아난 것은 원망스럽지 않았다. 이왕 들이받을 거 이 세상을 하직하도록 들이받지 하며 그는 모진 목숨을 원망했다.

"너무 걱정 말아요."

아내는 과일을 깎으며 말했다. 이씨는 아내의 얼굴이 여느 때보다 수척해졌다고 생각했다.

아내의 얼굴은 병실에 올 때마다 수척해졌다. 이씨는 견딜 수 없이 괴로웠다. 며칠이 지났다. 이씨는 입원비 걱정에 누워 있을 수가 없었다. 병원에선 말이 없었다. 사람이 죽어가도 수술비가 없으면 외면하는 게 병원이었다.

"여보, 입원비……"

아내에게 물어보려던 이씨는 입을 다물었다. 필요없는 일이었다.

한달 뒤 이씨는 퇴원을 했다. 집에 와보니 달라진 건 없었다. 다만 빚더미만이 산처럼 똬리 틀고 있었다. 숨이 막혔다. 퇴원을 했어도 일은 나갈 수가 없었다. 더 쉬어야 했다.

"차라리 그때 콱 뒈지고 마는 건데……"

이씨는 다시 술을 입에 댔다.

"엄마……"

창진은 말끝을 흐리며 어머니에게 쪽지를 건넸다. 쪽지를 받아든 완주댁의 손끝이 파르르 떨렸다.

　가정통신문

　위 학생은 하반기 수업료를 기간이 지나도록 납부치 아니했으므로 학교 측에서는 더이상 사정을 봐드릴 수가 없어 부득불 수업료 납부 시까지 출석 정지라는 징계를 취함을 통보해드립니다.

통신문을 다 읽은 완주댁은 눈을 감았다.

"아버지 때문이야."

아들은 이를 악물고 벽을 노려보았다. 완주댁은 아무 말도 할 수가 없었다.

"난 이제 아버지 믿지 않아요. 수업료는 내가 벌겠어요."

완주댁은 아버지를 탓하지 말라고, 아버지는 불쌍한 분이라고, 말하고 싶었다. 그러나 입안에서만 뱅뱅 돌 뿐 끝내 아무 말도 못하고 그녀는 흐느끼고 말았다.

이튿날부터 창진은 동네 벽돌공장에 가서 벽돌 쌓는 일을 했다. 판에 열두장씩 찍혀 나오는 벽돌을 날라다 쌓는 일이었다. 한판을 쌓는 데 오원이었다. 아침부터 저녁까지 부지런히 쌓으면 오백판을 쌓을 수 있었다. 두 내외는 아들을 말리지 않았고 말릴 수도 없었다. 창진의 손은 부르텄다. 이 일은 어른에게도 힘든 일이었다. 매서운 겨울 날씨는 무자비했다. 창진은 입김으로 손을 녹이고 발을 동동 구르며 벽돌을 쌓았다. 추위가 뼛속까지 스며들었다. 저녁 때면 행상을 끝낸 완주댁이 아들과 함께 벽돌을 쌓았다. 아침에 벽돌공장으로 향할 때 또래의 아이들이 재잘대며 학교로 향했다. 그 광경이 창진을 슬프게 했다. 어린 창진은 더욱 이를 악물고 벽돌을 날라다 쌓았다. 구멍 난 목장갑 속의 고사리 같은 손은 이내 꽁꽁 얼어붙어버렸다. 점심녘이 되어도 추위는 해마저 꽁꽁 얼릴 듯했다. 시장기가 느껴졌다.

"뭐 하시는 거예요?"

점심을 먹으러 집에 들어온 창진은 아버지에게 물었다. 이씨는 낡은 연장가방에 옷을 꾸려넣고 있었다.

"이따 엄마 오시걸랑 아버지는 친구 따라 지방에 일 간다고 얘기해라."

"무슨 일요?"

"아파트 공사 하는 데 사람을 쓴다는구나."

옷을 다 꾸린 이씨는 가방을 메고 일어섰다.

"언제 오시는데요?"

"두달가량 걸릴 게다."

"아직 다리 다 안 나으셨잖아요."

이씨는 웃었다. 거친 웃음이었다.

"괜찮다. 이깟 다리가 문제냐. 네놈 학교 못 가게 생겼는디."

창진은 골목 어귀까지 아버질 따라갔다.

"다녀오세요."

창진은 골목 어귀를 빠져나가는 아버지의 뒷모습을 물끄러미 보았다. 왠지 왜소해 보이는 모습이었다. 아버지는 원래 왜소했지만 창진은 이번에 처음으로 그걸 느꼈다. 그게 아마도 아버지의 삶일 거라고 느끼며 창진은 이번 겨울 역시 얼마나 추울까를 생각했다.

"아버지 어디 갔냐?"

장사를 끝내고 함께 벽돌을 쌓으며 완주댁은 아들에게 물었다.

"지방에 일하러 가신댔어요. 두어달 걸린대요."

완주댁은 더이상 묻지 않고 벽돌만 쌓았다. 아이들은 아버지가 돈 벌러 갔다고 해해거렸다. 그러나 한달이 지나서 이씨는 아이들의 기대를 깨뜨리고 돌아왔다. 술을 못 이겨 부엌 바닥에 엎어진 이씨의 어깨엔 낡은 가방이 울고 있었다.

"아이구 여보, 이게 웬일이오?"

완주댁은 남편을 부축했다.

"여보…… 나 창진이놈 등록금을 벌려구 했구먼."

완주댁은 이부자리를 펴고 남편을 눕혔다. 이씨는 얼마나 술을 마셨는지 정신을 차리지 못했다. 그런데도 무슨 말인가를 계속 중얼거렸다.

"창진이놈 무슨 일이 있어도 갈쳐야 돼…… 오야지가 달아났구먼. 그 새끼가 우리들 노임을 몽땅 챙겨 달아났구먼…… 그 자식이 내 새끼 등록금을…… 그 새낄 잡을라고 했지만…… 난 왜 이러지? 난 열심히 살려고 하는데 망할 놈의 세상이 날 가만두질 않아. 언제나 그랬구먼……"

이씨는 곧 잠이 들었다. 잠든 이씨의 손을 잡은 완주댁은 멍하니 천장만 쳐다보다가 혼잣말로 중얼거렸다.

"제발 흔들리지 말아요. 끝까지 버텨요. 사는 게 억울하고 비참해도 쓰러지면 안돼요. 그럼 모든 게 정말로 끝나는 거예요. 우리 살아요. 당하는 만큼 모질게 살아보자구요."

철없는 아이들은 과자 한봉지 안 사왔다고 제 아버질 흘겨보고 있었다. 무슨 결심을 하는지 창진은 두 주먹을 꼭 부르쥐었다. 이튿날 창진은 학교에 가서 자퇴를 신청했다. 자퇴를 하고 운동장 한가운데 서보았다. 학교 담장 옆 나무들, 철봉대, 교실에서 들려오는 아이들의 글 읽는 소리…… 창진은 오락실로 갔다. 모든 것을 때려 부수고 싶었다.

"아버지, 학교 그만뒀어요."

"무슨 소리냐, 그게?"

이씨는 술잔을 떨어뜨렸다.

"전 알아요. 우리집은 가난해요. 중학교를 졸업하고, 고등학교, 대학을 나와 출세한다는 건 환상이에요. 아버진 절 공부시킬 능력이 없어요."

"넌 배워야 한다. 넌 이 집의 기둥이여."

이씨의 얼굴에 핏줄이 섰다.

"환상은 빨리 깨야 돼요. 환상이 길수록 상처만 깊어져요. 전 취직을 하겠어요."

"안된다. 넌 아직 세상이 어떤 덴지 모른다."

"더이상 말리지 마세요."

완주댁이 아들의 뺨을 때렸다.

"이 나쁜 놈. 이놈아, 네가 무얼 알어. 넌 평생 후회할 게다."

창진은 눈을 감았다.

'그래요, 후회할지도 몰라요. 하지만 아버지나 어머니는 틀려요. 나도 자퇴하고 싶진 않았어요. 그러나 이놈의 가난이 그렇게 만들었어요. 난 돈을 벌 거예요. 그깟 놈의 돈, 못 벌 것도 없어요.'

— 이제 아랫동네엔 가지 마라.

— 왜요?

— 가지 말라면 가지 마.

그러나 부모님은 언제나 아랫동네에 가셨다. 그곳에 가서 일을 해주고 쌀을 팔아 오셨다. 이제 창진도 부모님이 갔던 곳에 가는 것이다. 그러나 창진은 자신이 부모님이 섰던 그 자리에 그대로 섰을 뿐이란 사실을 알지 못했다.

2. 운명

"자, 여기가 네가 일할 곳이다."

창진은 엄청나게 큰 기계가 요란하게 울어대는 공장 이곳저곳을 살피기에 여념이 없었다. 쇠를 깎아내고 불로 달구어서 모양이 생기게 찍어내기도 하고, 쇠를 가는 여기저기서 불똥이 튀어오르기도 하는 공장이었다. 첫 사회생활, 첫 출근이었다. 그 두렵고도 설레는 느낌과 모든 것이 신기하고 낯선 속에서 온갖 감정이 뒤죽박죽이 되어 창진은 정신을 차릴 수가 없었다.

"야 꼬마야, 이리 와봐."

창진이 넋을 빼놓고 서 있을 때 프레스라는 무섭게 생긴 기계를 만지던 이가 창진을 불렀다.

"이거 저쪽으로 갖다 쌓아."

"예."

창진은 프레스에서 찍혀 나오는 제품을 쌓는 일을 오전 내내 했다. 시간이 어떻게 가는 줄도 몰랐다. 창진은 부지런히 일했다. 벽돌 쌓는 일보다 훨씬 재미있었다.

"때르르르릉."

점심시간이 되었다. 사람들은 중국집 음식을 시켰고 창진은 짜장면을 맛있게 먹었다.

"꼬마야, 너 몇살이냐?"

담배에 불을 붙여 물며 한 사내가 창진에게 물었다.

"열여섯살요."

사람들은 창진에게 집이 어디냐, 부모님은 뭐 하시냐, 학교는 왜 그만두었느냐 등등을 묻고는 힘들어도 참고 일해라, 열심히 해서 기술을 배우라는 말을 해주면서 힘을 북돋아주었다. 창진은 밝게 웃었다.

오후에도 내내 창진은 땀을 뻘뻘 흘리며 제품 나르는 일을 했다. 오후에는 아침보다 힘들었지만 창진은 잘 참아냈다.

여섯시에 퇴근을 하면서 창진은 이제 나도 사회생활을 하고 돈을 번다는 생각에 비록 몸은 피곤했지만 스스로가 대견하고 자랑스러웠다. 창진은 콧노래를 흥얼거리며 퇴근을 했다.

"이봐, 아줌마. 여기 술 좀 더 줘!"

이씨는 술에 취해 벌겋게 달아오른 채 탁자를 손바닥으로 탁탁 치며 술을 더 청했다.

"그만 일어나시구려. 많이 취했수."

뚱뚱하면서 인상이 좋아 보이는 주인여자는 방금 손님이 빈 자리를 청소하며 말했다.

"아주머니, 모르는 소리 마슈. 내 심정 아무도 몰라요…… 아무도 몰라. 술이라도 먹지 않음 견딜 수가 없어요."

주인여자는 이씨를 달랬다. 그러나 이씨가 들리지 않는다는 듯이 계속 술을 청하는 바람에 짜증이 난 주인여자는 톡 쏘아붙였다.

"술 없수. 그러니 어서 일어나시우."

게슴츠레 눈을 치켜뜬 이씨는 탁자 위를 홱 쓸어버렸다. 술병이니 접시 등이 여기저기 팽개쳐지며 와장창 깨졌다.

"흥, 여기서도 날 무시한다 이거지."

"아니, 이 새끼가 술을 처먹으면 곱게 처먹지, 왜 남의 살림을 부수고 지랄이야."

성난 멧돼지처럼 이씨에게 달려든 주인여자는 이씨의 멱살을 쥐고 흔들었다. 이 소란에 주인남자까지 가세해 이씨는 길바닥에 내팽개쳐졌다. 팽개쳐지면서도 이씨는 술을 찾았다.

"에구, 어느 여편넨지 불쌍하다, 불쌍해."

그래도 분이 안 풀리는지 자빠진 이씨를 향해 술집 내외는 욕설을 내뱉고 손가락질을 해대고서야 술집 문을 닫았다. 이씨는 술에 취해 비틀거리며 일어나 한참 동안 가게 앞에서 욕설을 퍼부었다.

이씨는 비틀거리며 걷기 시작했다. 허허 하고 그는 허탈한 웃음을 웃었다. 그의 얼굴은 웃는 건지 우는 건지 알 수 없게 묘하게 뒤틀렸다.

"아무도 몰라. 내 속이 뒤집히고 환장한 걸 누가 알어. 이 답답한 심정을 누가 알어. 다 필요없어, 필요없다고."

얼마 동안 비틀대며 걷던 이씨는 전봇대를 붙들고 엎어졌다. 왝

왝, 갑자기 토악질을 해대었다. 지나가던 사람들이 힐끔거리며 피해갔다. 토악질을 하던 그는 전봇대 옆에 털썩 주저앉았다.

"다 끝났어, 히히. 다 끝났다고, 히히. 히히히."

갑자기 이씨는 실성한 사람처럼 킬킬거렸다. 킬킬거리는 그의 눈에서는 눈물이 흘러내렸다. 무겁고 헤어날 수 없을 것 같은 절망이 온몸에 죄어들었다.

"이제 무슨 낙으로 살꼬. 나의 마지막 희망이, 내가 살아가는 마지막 이유가 없어진 이제 무슨 하늘을 올려볼까. 내가 그 산전수전을 다 겪어가면서도 버틸 수 있었던 건 아들놈 하나 잘 가르쳐 잘 사는 걸 보자는 욕심 때문이었어. 그런데…… 후후, 그놈이 오늘 공장엘 갔구먼. 이 못난 애비가 그놈 중학교 하나 제대로 가르치지 못해 그놈이 학교를 자퇴하고 공장에 취직을 했어. 공장? 이제 그놈은 그른 겨. 그놈은 이제 평생 공돌이로 살다가 이 애비처럼 늙고 마는 겨. 가난이 그놈을 따라댕길 것이구먼. 발버둥 쳐봐야 소용없구먼. 배우지 못한 놈이 뭔 재주로 출세를 할 거여. 내가 그렇게 만든 거여. 내가 죽일 놈이구먼. 자식놈 신세 조진 인간이 무슨 낯짝으로 살 겨."

이씨는 휘청거리면서 일어났다. 비틀거리며 걷는 그의 입에서는 노랫소리가 흘러나왔다.

이 풍진 세상을 만났으니
너의 희망이 무엇이냐

부귀와 영화를 누렸으면

희망이 족할까

………

쓸쓸한 노랫소리가 캄캄한 골목 안에 울음소리처럼 떠돌았다. 그 골목을 이씨는 휘청거리며 걸었다. 아니, 그 캄캄한 골목이 휘청이며 이씨를 흔들고 있었다.

창진이 시계 부품을 만드는 프레스 공장에서 일한 지도 어느덧 여러달이 지났다. 창진은 아침마다 코피를 쏟았다. 무거운 쇳덩이를 다루는 철공장 일은 이제 열여섯 된 소년에겐 벅찬 일이었다. 그러나 창진은 잘 견뎌내었다. 물건 나르기, 담배 심부름, 포장, 쇠 달구는 일, '빼빠'질…… 창진은 열심히 일했다. 그 과정에서 야단도 많이 맞았다. 말을 못 알아들어 우물쭈물하면 여지없이 공구들이 날아왔고, 간혹 일을 잘못해 뺨을 얻어맞기도 했다. 그때마다 창진은 사회생활은 힘들고 괴로운 법이라고 스스로를 위로했다. 처음에는 공장 뒤뜰에서 울기도 했지만 이젠 하는 일에 익숙해지고 요령과 눈치가 생겨 전처럼 힘들지 않았다. 공장 사람들도 창진에게 잘해주었다.

그러나 이씨는 술로 세월을 보냈고, 아내를 의심하며 때렸다. 마치 살기를 포기한 사람 같았다.

"꼬마야, 이리 와서 이거 한번 해봐."

창진은 드디어 기계를 잡게 되었다. 창진의 입이 벌어졌다.

"인마, 병신 되기 싫으면 조심해서 일해."

손가락 두개가 없는 형이 주의를 주었다. 창진은 고개를 끄덕였다. 창진은 그날 하루 종일 기계를 밟았다.

그후부터 창진은 서서히 기술을 배워나갔다. 그러면서 꿈에 부풀었다. 어서 빨리 기술을 배워 돈을 벌리라. 창진은 날마다 그렇게 결심을 했다. 가정불화를 잊기 위해서도 열심히 일했다.

"덜커덩 덜컹 덜커덩 덜컹……"

오늘도 귀청을 찢는 기계소리와 푹푹 찌는 열기, 뿌연 먼지 등이 공장 안을 메워 정신이 없었다. 게다가 졸음까지 몰려와 더욱 일하기가 짜증스러웠다. 창진은 부지런히 기계를 밟았다. 퇴근시간은 한시간 남짓 남아 있었다. 그 한시간이 쏟아지는 졸음 때문에 아득하게만 느껴졌다. 그때였다.

"윽!"

졸음이 퍼뜩 달아났다. 창진은 자신이 다친 것을 알았다. 졸면서 시퍼런 기계 날 사이로 물건을 넣었다 뺐다 하며 일을 하다 그만 자신도 모르게 손을 집어넣고 스위치를 밟아버린 것이다. 아차 싶었을 때는 이미 늦어버렸다. 손에서 피가 떨어지고 있었다. 아프진 않았다. 갑자기 더럭 겁이 났다. 창진은 주위를 둘러보았다. 실수로 다친 것이다. 어쩌면 혼이 나고 일 못한다고 쫓겨날지도 모른다. 다행히 다친 걸 눈치챈 사람은 없었다. 창진은 얼마나 다쳤는지도 살피지 않고 기계를 끄고 현장을 슬그머니 빠져나와 공장건물 뒤로 갔다. 장갑을 벗어 보니 가운뎃손가락 중심부에 살점이 없고 허연

뼈가 드러나 있었다. 그곳에서 피가 뚝뚝 떨어지고 있었다.

"에고, 이를 어째."

창진은 더럭 겁이 났고 우둔우둔 가슴이 뛰었다. 어쩔 줄 모르고 발만 구르고 서 있는데 불현듯 집으로 도망가버릴까 하는 생각이 들었다.

"너 손 좀 보자."

그때 어떻게 알고 왔는지 옆에서 일하던 형이 와 창진의 손을 낚아챘다.

"이런 병신 같은 자식아, 이렇게 다쳤음 얘길 해야지. 도망쳐 와 있으면 어쩌자는 게야."

창진은 고개를 떨구었다. 병원으로 가서 손가락을 꿰맸다. 잘리지 않은 게 천만다행이었다. 붕대를 감고 집으로 돌아왔다. 이씨 내외는 크게 놀랐다. 저러다 저놈 병신 만들겠다 싶어 공장을 그만두게 했다.

손이 다 낫자 창진은 위험하지 않은 전자공장에 취직을 했다. 이백여명이 일하는 공장이었다. 한달에 십만원을 받기로 했다. 월급제였다. 창진은 포장하는 일을 했다. 근무시간은 오전 여덟시 삼십분부터 오후 아홉시 삼십분까지였다. 일요일도 한달에 두번은 일을 했다. 완주댁은 아들이 월급을 타올 때마다 울었다. 그런 날이면 이씨는 더욱 술에 취했다.

여느 때처럼 밤늦게 퇴근을 해서 집으로 들어오던 창진은 우뚝 서버렸다.

"에라, 죽어라 죽어, 이년아!"

이씨의 패악질이 방에서 한창이었다. 창진은 방 안으로 뛰어들었다. 동생들은 무서워 한쪽에서 울고만 있었다. 창진은 아버지에게 달려들어 뒤에서 아버지의 몸을 양팔로 붙들어잡았다.

"아버지가 뭘 잘했다고 어머닐 때리는 거예요!"

뜻밖이었다. 창진 스스로도 놀랐다. 언제나 무섭기만 하던 아버지였다. 이씨도 아들의 뜻밖의 저항에 주춤거렸다.

"뭐? 이놈이 애비에게 대들어?"

"아버지면 답니까? 뭘 잘한 게 있다고 가족들에게 행팹니까?"

창진은 더이상 아버지가 무섭지 않았다. 아버진 타락했다. 인생에 진 패배자의 모습, 그게 아버지의 모습이었다. 못난 인간이었다. 무능한 인간이었다.

"누가 아버지에게 돈 못 번다고 뭐라고 하지도 않아요. 오직 오순도순 살기만 해도 좋아요. 그런데 잘 먹이지도 입히지도 못하면서 왜 가족들의 작은 소망마저 짓밟는 겁니까?"

이씨의 얼굴이 일그러졌다.

"이놈아, 그건 다 네 에미 탓이야. 저 더러운 년 때문에 내가 이 꼴이야."

"웃기지 말아요! 어머닌 훌륭해요."

"이 녀석아, 넌 몰라. 저년은 네 에미가 아냐. 부정한 년이란 말이다."

갑자기 창진이 벽력같이 소리를 질렀다.

"당신이 봤어? 말로만 씨부리지 말고 증거를 대봐요. 왜 아무 소리 못하죠? 도둑이 제 발 저린다더니……"

"이…… 이놈이……"

이씨가 아들의 멱살을 잡았다. 그리고 주먹을 날렸다.

"퍽!"

그러나 창진이 그보다 빨랐다. 이씨는 얼굴을 싸안고 뒤로 넘어졌다. 완주댁은 이 충격적인 사태에 아연실색할 뿐이었다.

"이 씨팔놈! 도저히 참을 수가 없어. 넌 애비도 좆도 아냐."

이씨가 부엌으로 뛰어나가서 칼을 들고 들어왔다.

"이놈, 죽여버린다."

"그래, 죽일 테면 죽여봐. 당신은 인생의 패배자야. 그 패배를 가족에게 뒤집어씌운 비겁자야."

"이……놈!"

이씨의 눈에서 불꽃이 튀었다. 일촉즉발의 사태였다.

"안돼요, 여보!"

완주댁이 두 손으로 얼굴을 싸쥐었고 이씨는 칼을 곧추세우며 아들에게 달려들었다.

"퍽!"

그러나 나동그라진 것은 이씨였다. 창진은 이씨의 가슴팍을 깔고 앉아 목을 조르기 시작했다.

"끄윽…… 끄으으……"

"창진아, 안된다. 이놈아, 네 아버지야."

완주댁은 아들에게 매달렸다. 이씨가 몸부림을 쳤다. 창진이 손의 힘을 풀었다.

"아버진 비겁해요. 왜 이렇게 못나게 굴죠? 난 잘사는 거 바라지 않아요. 학교 못 가고 공장 다니는 거 원망 안해요. 그런데 왜 이렇게 추한 모습을 보이죠? 살기가 어려우면 어때요. 어려우면 어려운 대로 열심히 살면 되잖아요."

창진은 울면서 일어섰다. 앞이 보이지 않았다. 격한 감정이 복받쳐올라왔다. 창진은 와락 어머니를 끌어안고 울음을 터뜨렸다. 멍하니 넋을 잃은 사람처럼 움직이지 않던 이씨는 비칠거리며 밖으로 나갔다.

"엄마, 무서워요. 내가 왜 이렇게 변했는지 몰라요. 아버지에게 그러다니, 싫어요. 나도 아버지에게 잘하고 싶지만 이런 아버지의 모습은 정말 싫어요."

완주댁은 아들의 등만 다독일 뿐 아무 말도 할 수 없었다. 무슨 말을 하랴. 네 아버지는 불쌍한 분이라고, 옛날엔 그 이상 좋은 아버지일 수가 없었노라고 말해 무엇 하랴. 이 아인 제 아버지를 아직 이해하지 못하는 것을. 이해하기엔 너무도 어린 것을.

그러나 완주댁은 이대로 살 수 없다고 생각했다. 이대로 간다면 나머지 애들의 학업도 걱정이요, 창진이 비뚤어지게 갈지도 모른다.

"애야, 옷을 꾸려라. 나가자. 넌 기숙사로 들어가거라. 엄만 다시 가정부로 들어가야겠다."

창진은 울면서 옷을 꾸렸다. 어린 동생들은 저희들을 데려가달라고 엄마에게 울며 매달렸다. 울며 매달리는 딸들의 호소를 완주 댁은 뿌리쳤다.

"이것들아, 네 아버지가 너희를 잡아먹기라도 한다더냐."

완주댁은 아들을 데리고 집을 나갔다. 아이들의 울음소리가 그들의 뒤를 붙들었다. 동네를 빠져나가며 두 모자는 눈물을 뿌렸다.

밖으로 나온 이씨는 술을 마셨지만 견딜 수가 없었다. 아들에게 수모를 당한 것 이상으로 아들에게조차 버림받은 자신은 아무짝에도 쓸모없는 인간이라는, 이제는 어느 곳에도 자신이 설 곳이 없다는 절망감이 파도처럼 밀려왔다. 이씨는 새벽녘까지 술을 마시다 집으로 들어갔다.

"엄마 어디 갔냐?"

방에 들어선 이씨는 애들이 모여 훌쩍거리는 것을 보고 우뚝 그 자리에 섰다. 혹시, 아아, 혹시 하고 그는 불안에 떠는 딸들에게 물었다.

"오빠랑 나갔어요, 흑흑. 안 들어온대요."

이씨는 밖으로 뛰쳐나갔다.

"안돼, 여보. 난 더이상 설 곳이 없어. 내가 잘못했어."

그렇게 울부짖으며 이씨는 버스정류장으로 달려갔다. 그러나 그곳에 사람이 있을 리가 없었다. 그는 그만 털썩 주저앉고 말았다. 멀리서 동이 터오고 있었다.

창진은 공장 기숙사로 들어갔고 완주댁은 여의도 어느 아파트

가정부로 취직을 했다. 다시 어머니와 아이들은 비밀 만남을 시작했다. 집안살림은 중학교에 갓 입학한 윤미가 해야 했다. 어려서부터 엄마가 일을 다닌 탓으로 엄마 역할을 해온 윤미는 집안일을 잘 해내었다.

"아빠가 안 때리니?"

"응, 엄마. 그런데 아빠가 이상해."

"이상하다니, 뭔 소리냐?"

"하루 종일 앉아만 있어. 말도 안해. 술 취해도 가만히 앉아만 있어."

"일은 안 나가시고?"

"응. 그리고 밤마다 울어."

완주댁은 눈을 감았다. 슬픔에 가슴이 저려왔다. 당장이라도 달려가 남편을 감싸안고 싶었다. 그러나 그녀는 고개를 저었다.

이씨는 오늘도 잠을 이루지 못했다.

"아아, 여보, 창진아!"

이씨는 눈물이 쏟아져서 잠을 이룰 수가 없었다. 그의 몰골은 말이 아니었다. 그는 밥을 먹지도 않았다. 두 눈이 움푹 패고 광대뼈가 툭 튀어나왔으며 온몸은 뼈만 남았다. 그는 술만 마셨다. 스스로를 지탱할 아무런 힘도 의지도 남아 있지 않았다. 죄책감, 삶에 대한 회의, 깊은 소외감과 좌절, 그런 것만 남아 있었다. 아내가 보고 싶었다. 아들이 보고 싶었다. 아내와 아들이 자신을 용서하고 돌아와준다면, 어린 딸들이 더러운 벌레를 보듯 자신을 쳐다보지 않는다면 다시 일어설 수 있을 것 같았다. 열심히 살 수 있을 것 같았다. 그리움은 커져만 갔다. 비참해진 인간에게 그리움은 견딜 수 없는 고통이었다.

"윤미야, 엄마 어디 있는지 아니?"

"몰라요!"

"윤미야, 부탁이다. 엄마 어디 있는지 말해봐."

"몰라요!"

'그래, 이젠 내가 애비 같지도 않겠지.'

이씨는 가슴을 쥐어뜯었다. 날마다 천장만 바라보고 누워서 꼼짝도 하지 않았다.

"윤미야!"

"왜요?"

"혹시 엄마를 만나거든 이 말만이라도 전해다오. 용서해달라고……"

'애들 엄마가 돌아오지 않더라도 용서는 빌어야 한다. 창진이 그놈, 그놈에게도 용서를 구해야 한다. 찾아갈까? 그놈 공장으로 찾아가볼까? 하지만 두려워, 완전히 버림받을까봐, 용서를 빌기도 전에 버림을 받을까봐 두려워, 무서워. 하지만 더이상 견딜 수가 없어. 버림을 받더라도 이 그리움, 이 안타까움은 참을 수가 없어. 그래, 가자. 찾아가자.'

이씨는 깨끗이 씻고 옷을 갈아입었다. 모처럼 나온 바깥세상이었다. 눈부신 햇살, 향긋한 바람을 느끼며 그는 구로공단에 있는 아

들의 공장으로 갔다. 그는 공장문 앞에서 걸음을 멈추었다. 담배를
피워물었다. 하늘을 우러러보니 푸르기만 했다. 아들을 만나는 일
이 막상 닥치고 보니 더욱 두려웠다. 그는 다시 용기를 내었다. 수
위실로 들어갔다.

"실례하구먼요."

"무슨 일이우?"

"면회 좀 안될까요. 우리 아들이 여기서 일을 해요."

"작업시간엔 면회가 안돼요."

"기다려도 될까요?"

이씨는 수위실 옆 벤치에 앉아 아들을 기다렸다. 퇴근시간이 되
려면 아직도 두시간을 기다려야 했다. 이씨에게 그 두시간은 여지
껏 살아온 세월보다 더 길게만 느껴졌다. 얼마나 기다렸을까, 사람
들이 쏟아져나오기 시작했다. 그는 몸을 일으켰다. 가슴이 떨렸다.
심한 갈증이 느껴졌다. 그때 그는 사람들 속에 섞여 나오는 아들을
보았다. 이씨는 숨을 멈추었다. 아들은 이씨를 발견하고는 걸음을
멈추었다. 사람들이 떠들며 지나갔다. 그러나 아무 소리도 들리지
않았다. 이씨는 천천히 아들을 향해 다가갔다. 아들이 돌아서서 되
돌아가고 있었다. 이씨는 뛰었다. 뛰어가서 아들의 어깨를 잡았다.

"창진아!"

"뭐 하러 오셨어요."

아들은 돌아서지도 않고 물었다. 이씨는 목이 메어왔다. 말이 생
각나질 않았다.

"얘야…… 우리 여기서 이럴 게 아니라 어디로든 들어가자."

"찾아온 용건이나 말하세요."

이씨는 돌아서 있는 아들의 주먹이 꼭 쥐어져 있는 걸 보았다.

"얘…… 얘야……"

"돌아가세요."

"나…… 난 네 애비다. 네가 보고 싶었다. 보고 싶어서 견딜 수가 없었다."

아들은 그제야 돌아섰다.

"보고 싶었다고요? 아버지라고요?"

"용서해다오. 용서한다는 말만이라도 해다오. 제발……"

이씨의 눈에 눈물이 괴었다.

"다시는 절 찾아오지 마세요. 또다시 찾아오시면 공장을 옮기겠어요!"

"얘…… 얘야……"

창진은 돌아서서 뚜벅뚜벅 기숙사로 들어갔다. 창진의 악문 입으로 눈물이 스며들었다. 뒤에서 소리를 지르는 아버지의 울부짖음이 들려왔다.

"이놈아, 난 네 애비야…… 네 애비란 말이다, 이 나쁜 놈아!"

이씨는 움직일 수가 없었다. 그 자리에 주저앉아 울부짖지도 못했다. 여동생이 눈 속에 얼어죽었을 때도 그는 울지 못했다. 그때도 지금처럼 온 세상이 한꺼번에 무너져내렸고 지금처럼 숨이 막혀 가슴을 쳤다.

"끄으으으윽……"

숨을 쉴 수가 없어 가슴을 쳤지만 온 세상이 무너져내려와서 가슴을 짓눌러 숨을 쉴 수가 없었다.

그날밤, 윤미는 이상한 소리에 잠을 깼다. 어디선가 웅얼웅얼대는 소리가 들려왔다. 윤미는 일어서서 불을 켜고는 소스라치게 놀랐다.

"히히히…… 안돼, 난 갈 수가 없어…… 넌 누구야…… 히히힛, 삼촌, 날 욕하지 말아요. 글쎄, 그렇게 비웃듯이 날 쳐다보지 말래도요. 난 벌레가 아녜요……"

벽 한쪽 구석에 쪼그려앉은 아버지가 벽을 바라보며 누군가와 얘기를 하고 있었다. 그 눈에는 초점이 없었다.

"아…… 아버지, 뭐 하시는 거예요?"

윤미는 아버지의 어깨를 잡고 흔들었다.

"낄낄낄, 웃기지 말아요. 난 죄가 없어요. 그건 당신도 알잖아요…… 가지 말아요. 더 얘길 해요……"

"아버지, 왜 이래요. 정신 차리세요."

윤미는 세차게 아버지의 어깨를 흔들었다. 그러나 이씨는 계속 허공을 보며 누군가와 중얼중얼 얘기를 했다. 윤미는 아버지가 미쳤다 생각하니 순간 소름이 온몸에 쫙 끼쳤다.

"아버지, 왜 이러세요. 누구와 얘길 하시는 거예요?"

"응? 윤미구나. 글쎄 저 친구가 우스운 얘길 하는구나."

윤미는 허공을 가리키는 아버지의 손끝을 보았다. 그러나 그곳엔 사람이 있을 턱이 없었다.

"누가 있다는 거예요? 정신 차리세요. 여긴 집이에요. 그런데 누가 있다는 거예요. 지금은 새벽이라고요."

"예끼, 이 녀석. 애빌 놀리면 못써. 윤미야, 넌 먼저 집에 가거라. 아빤 좀 있다 들어갈게."

"가긴 어딜 가요. 여긴 우리집이란 말이에요. 모르시겠어요? 우리집이라고요."

그날부터 이씨는 누군가와 매일 얘길 했다. 죽은 사람들과 얘길 하기도 했고 윤미가 모르는 사람들과 얘기를 하기도 했다. 간간이 정신이 돌아오면 술을 찾았다. 그러나 막상 술을 마실 때면 심하게 손을 떨어 술을 다 흘리고는 반잔도 마시지 못했다. 알코올중독의 가장 심한 증세였다. 이씨는 걸음을 걸을 때면 벽을 의지하지 않고서는 걷지도 못하였다. 화장실에 가면 중심을 잃어 변기통에 빠지기도 했다. 그러다 나중에는 대소변을 가리지도 못해 윤미가 대신 가려주어야 했다. 오래 앉아 있지도 못했다.

완주댁은 도무지 일이 손에 잡히지 않았다. 아이들에게 전해들은 남편의 모습이 자꾸만 눈앞에 어른거렸다. 저녁에 잠을 청할라치면 자꾸만 불길한 생각이 들었다. 불안을 견디다 못해, 가봐야 되는 게 아닐까 하며 그녀는 하루에도 몇번이나 남편에게 달려갈 생각을 하곤 했다. 그러나 그것이 쉽지 않았다. 들어가는 일이야 어렵지 않지만 다시 예전처럼 남편과 매일 싸우고 벌이도 제대로 못해 애들을 굶기고 학교 수업료도 못 낼까 두려웠다.

완주댁은 생각 끝에 아들을 불러내 만났다.

"창진아, 아무래도 네가 집에 들어가야겠다."

"싫어요!"

"아버지 상태가 심상찮아. 아무래도 불안하다."

"알 바 아녜요. 그건 아버지 스스로 책임질 일이에요."

"이놈아, 네 동생들 고생이 시방 오죽허겄냐. 이 에미를 봐서라도 네가 아버지를 살펴드려라. 부탁이다. 아무리 네가 아버질 미워해도 아버진 아버지다."

"아뇨, 틀렸어요. 난 아버지가 없어요. 집을 나온 순간부터 내게는 아버지가 없어요."

"이 못된 놈의 자식!"

완주댁은 아들의 뺨을 철썩 올려붙였다.

"넌 네 생각만 하는구나. 이놈아, 널 이나마 키워주신 분이 누군데. 네놈은 하늘에서 떨어지기라도 했단 말이냐? 엄마는 어디 아버지가 미워서 나와 사는 줄 알어? 에미가 집을 나온 건 다 네놈들 먹여 살리려구, 행여 네 아버지 제정신 돌아오지 않을까 해서 나온 겨."

창진은 입술을 꼭 깨물었다.

"알았어요. 들어가면 될 거 아녜요. 까짓것 못 들어갈 것도 없어요. 하지만 이건 알아두세요. 엄마랑 동생들 때문에 들어가는 거지 아버지 때문에 들어가는 건 절대로 아니에요. 난 아버지를, 아니, 아버지 스스로 자초한 무능을 용서할 수 없어요."

완주댁은 아들을 노려보았다. 당장에라도 이놈아, 네 아버지가 누굴 위해 살았는데, 네 아버지가 왜 그렇게 되었는데, 네놈이 아버지에 대해 무얼 안다고, 아버지가 살아온 세상에 대해 무얼 안다고 용서할 수 없다는 게냐, 넌 용서할 것도 없고 네 아버진 용서받을 것도 없다, 나쁜 건 네 아버지가 아니고 세상이다, 하고 꾸짖고 싶었으나 그녀는 그래도 저놈에게 못해준 것 또한 부모의 죄가 아니겠느냐고, 저놈이 원망을 하게 된 것도 부모의 죄가 아니겠느냐고 자문하며 입을 봉했다.

"창진아!"
이씨는 자신의 눈을 의심했다. 꿈에도 그리던 아들이 방 안에 들어서고 있는 게 아닌가. 이씨는 몸을 일으켰다. 움푹 꺼진 이씨의 눈에는 누런 눈물이 그렁그렁 맺혔다.
"네가…… 네가 돌아왔구나."
"좋아하지 마세요. 동생들 때문에 온 거지 아버지 때문은 아녜요."
그래도 이씨는 좋았다. 아들이 돌아와준 것을 하늘에 감사라도 하고 싶었다. 창진은 아버지의 추한 모습을 보며 아마도 무능한 인간의 마지막 모습이 저런 것이 아닐까 하고 생각했다.
창진이 돌아오고 난 뒤부터 매일 이씨는 일을 나가야 한다면서 낡은 연장가방을 메려 했다. 그러나 이씨의 몸은 이미 그의 몸이 아니었다. 그래도 그는 아들에게 부모의 책임을 다하지 못한 죄과를 용서받기 위해선 다시 일을 나가야 한다고 일어섰으나 그 자리에서 고꾸라질 뿐이었다.

이씨는 모든 게 끝났다는 걸 비로소 알았다. 모든 게 너무 늦었고 잔인했다. 그는 아들로 인해 희망을 얻었으나 다시 깊고 깊은 절망의 늪에 빠지고 말았다.

그해는 그렇게 또 넘어갔고 봄은 언제나처럼 찾아왔다. 꽃이 피는 4월 어느날이었다. 그날 아침은 무척 청아했다. 무슨 힘이 어디서 솟았는지 아침에 자리에서 일어난 이씨는 머리를 감고 면도를 한 후 옷을 갈아입었다. 아이들은 놀란 눈으로 아버지를 바라보았다.

"창진아, 돈 있으면 육천원만 다오."

"뭐 하시게요?"

창진은 뭔가 아버지가 이상하다고 느끼며 툭 뱉듯이 물었다.

"꿈속에서 돌아가신 네 할아버지가 보였단다. 네 할아버지 묘소도 보였는데 대나무와 잡초가 우거져 있더구나. 벌초를 하러 고향엘 다녀와야겠다."

창진은 참 별일도 다 있다고 생각하며 돈을 건넸다. 아버진 한번도 고향에 간 적이 없었다. 그런데 갑자기 벌초라니.

"언제 오실 거예요?"

"한 사나흘 걸릴 겨."

창진은 아버지가 낡은 연장가방을 메고 일어서는 것을 보았다.

"그 가방은 뭐예요?"

"왠지…… 그냥……"

이씨는 집을 나섰다. 창진은 그 뒷모습을 물끄러미 바라보았다. 문득 창진은 아버지의 뒷모습이 이상하다고 생각했다. 그건 아버지의 모습이 아니었다. 아버지는 언제나 왜소하고 초라했다. 그러나 지금 저 뒷모습은 초라하지도 왜소하지도 않았다. 하지만 그건 틀림없는 아버지의 뒷모습이었다. 아버지는 골목을 뚜벅뚜벅 걸어나갔다. 그 위로 노을이 지고 있었다. 피보다 붉은 노을이었다. 온통 세상을 활활 불태울 듯한 노을, 아니, 불바다였다. 창진의 눈에서 갑자기 눈물이 괴기 시작했다. 그 자신도 까닭을 알 수 없는 눈물이었다. 창진은 돌아섰다. 돌아선 그의 뺨을 타고 눈물이 떨어졌다. 떨어지는 눈물에 아버지의 뒷모습과 그 위를 뒤덮은 붉은 노을이 비쳤다.

보름이 지나고 한달이 지나도록 아버지는 돌아오지 않았다. 며칠이면 돌아오리라던 아버지였다. 어머니는 집으로 들어와야 했다. 근심이 닥지닥지 붙은 한숨을 내쉬는 어머니를 보면서도 창진은 차라리 잘되었다고, 이대로 영원히 아버지가 돌아오지 않기를 바랐다. 그건 동생들도 마찬가지였다. 동생들은 이제 아무런 눈치 없이 좁은 방 안에서 인형놀이, 공기놀이를 하고 때로는 쿵쾅거리며 신나게 장난을 치기도 했다.

어느날 어머니가 말했다.

"아무래도 내가 아버지 고향엘 다녀와야겠다."

창진은 대답하지 않았다.

"넌 그동안 가출신고를 해놔라."

창진은 이번에도 대답하지 않았다.

창진은 전라선 통일호 열차에 올라타는 어머니의 모습을 지켜보며 아무 성과 없이 어머니가 돌아오길 바랐다. 동생들은 언제나 기가 죽은 채 지내왔다. 밖에서는 과자를 사먹는 아이들이 부러워 침을 흘리다 동네 개천 뚝방에서 흙을 집어 먹으며 기가 죽었고, 안에서는 가난을 팔자로 타고난 것을 비관한 아버지 때문에 기가 죽었다. 이제 그런 일 따위는 없을 것이다. 그런데 왜 어머니는 아버지를 찾으려는 건지 창진은 이해할 수가 없었다. 이제 안에서만큼은 기죽는 일 따위도 없고 단란하게 살아갈 수 있는데 뭐가 문젠지 도통 이해가 되지 않았다.

아버지 고향에 통일호를 타고 내려갔던 어머니는 삼일 만에 넋이 나간 모습으로 돌아왔다. 올라오자마자 울기부터 했다. 물어보지 않아도 그 울음에서 결과를 알 수 있었다.

"고향에는 내려가지도 않으셨단다. 네 할아버지 묘소에 들러봤더니 네 아버지가 꿈에서 봤다는 대로 대나무와 잡초가 우거져 있는데…… 흑…… 이를 어쩌면 좋냐. 틀림없이 무슨 사고를 당하신 게야. 아이구, 매정한 양반아. 이 애들은 어쩌라고 흐흑…… 난 또 어쩌라고…… 이렇게 갈 바에야 그 험한 세상 뭐 하러 몸부림치며 살았소. 이렇게 갈 바에야."

창진은 어머니의 울음소리를 뒤로하고 뚝방으로 갔다. 건너편의 구로공단에서 웅웅거리는 기계소리가 들려왔다. 그는 개천물을 보았다. 공장 폐수가 섞인 개천물은 썩어서 심한 악취가 났다. 거의 모든 동네 사람들은 지하수를 파서 먹었으나 요즘에 들어서는 여간 정화를 해서 걸러 먹지 않으면 먹을 수가 없었다. 아버지는 언제나 이 동네를 떠나자고 얘기하곤 했다. 그러나 아버진 동네를 떠나긴커녕 동네에서 버티며 사는 것도 못했다.

창진은 어머니가 흐느끼는 소리가 듣기 싫었다. 어머니에겐 장남인 자기가 있는데 왜 흐느끼는지 모르겠다고 생각했다. 그는 개천 건너편 구로공단을 보면서 자신이 다니는 공장이 있는 곳을 어림짐작하며 열심히, 더욱 열심히 일하리라 다짐했다. 열심히 일해서 돈을 벌 것이다. 그러면 아버지가 벗어나지 못했던 이 동네를 벗어나 폐수에 썩어 심한 쇳내가 나는 물을 먹지 않고, 3평짜리 좁아터진 사글세 단칸방에서 살지 않아도 될 것이다. 동생들은 대학도 가게 될 것이다. 어머니는 그때가 되면 흐느끼지 않고 아버지가 죽었길 바라는 자신을 옳다고 인정할 것이다.

어머닌 아버지의 낡은 웃옷 주머니에서 유서를 찾아냈다.

설 곳이 없다. 산다는 것이 지겹고 덧없다. 고통뿐이다. 이날 이때까지 살려고 해봤지만 소용없었다. 운명이 있다. 가난한 게 내 운명이다. 그게 나를 죽이려고만 하고 가진 것도 몽땅 뺏어갔다. 신문팔이, 껌팔이, 채소 장사, 노가다, 지겨운 전화기 수리…… 안 해본 게 없지만 지금은 알 것 같다. 차라리 죽는 게 낫다.

내 나이 사십 줄을 넘었다. 더이상 설 곳도 버틸 곳도 없다. 세상이 저주스럽다. 증오한다. 무섭게 증오한다. 하지만 힘이 없으니 증오도 쓸데없다.

여보, 당신이 보고 싶소. 못난 인간에게 시집와 고생만 쌔빠지게 하고 호강 한번 못하고 살아온 당신이 보고 싶소. 당신만 생각하면 슬프오. 난 당신을 사랑할 자격도 없소. 이젠 모든 게 끝나오. 창진아, 아버질 용서해라. 넌 장남이니 이젠 아버지 대신이다. 어머니랑 동생들이랑 잘 보살펴라.

비가 온다. 눈물이 흐른다. 살고 싶다. 그러나 나는 죽어간다.

아버지의 유서를 읽고 난 어머니는 더욱 섧게 울었다. 그러나 창진은 머지않아 자신의 손으로 그 서러움을 끝낼 것만을 결심했다.

어머니는 다시 파출부 일을 나가기 시작했다. 창진은 더욱더 공장에서 일을 많이 했다. 이제는 그가 아버지 대신이었다. 창진도 그걸 알고 있었다. 그는 날마다 잔업을 하고 특근을 했다. 일주일에 세번씩 철야를 했다.

"야, 나 저번 달에 이백시간 채웠어."

"겨우 그것 갖구 큰소리여. 난 이백오십시간을 채웠다구."

쉬는 시간에 화장실에 모여 담배를 피울 때면 창진은 서로 잔업을 많이 했다고 입씨름을 하는 패에 끼어들어 기세 좋게 힘주어 말하곤 했다. 그 패들은 모두가 기혼자였고 대개는 자식이 딸린 가장이었다.

그들은 사이좋다가도 일감이 줄어 잔업이 없는 시기엔 서로 잔업을 하려고 눈치들을 보곤 했다. 그건 창진도 마찬가지였다. 그가 타는 월급은 언제나 아슬아슬하게 이십만원을 웃돌았다. 그는 어쩌다 집에서 쉬는 일요일이면 엎드려서 가계부와 씨름하는 어머니를 목격해야 했다.

쌀 20킬로그램에 16,000원, 연탄 30장에 5,400원, 방세 40,000원, 윤미 차비 120원, 콩나물 200원, 윤희 샤프심 100원, 두통약 300원, 가게 외상값 5,000원……

창진이 월급봉투를 내밀 때마다 어머니는 한숨을 쉬었다. 그 한숨이 창진을 짜증나게 만들었다. 창진은 처음 공장에 취직해 첫 월급 탈 때를 생각해보았다. 월급봉투를 꼭 끌어안고 나도 돈을 벌었다고, 나도 이젠 돈을 벌 수 있노라고 얼마나 좋아했던가. 그러나 달이 가고 해가 바뀌면서 월급날의 기쁨은 점차로 줄어들고 이젠 기쁨은커녕 허탈하기만 했다. 차라리 월급날 없이 그냥 일만 했으면 싶을 때도 있었다.

"어머니, 제발 그놈의 밤일 좀 하지 마세요."

완주댁은 하루에 세 집의 파출부 일을 했다. 집에 돌아오는 시간은 밤 열한시였다. 창진은 열한시가 넘어 파김치가 되어 들어오는 어머니에게 두 집 일만 하고 일찍 들어오시라고 소리치곤 했다. 그러나 언제나 어머니의 대답은 똑같았다. 이 철없는 놈아, 그런다고 누가 밥 먹여주더냐, 하는 그 한마디에 창진은 더 쌩기지 못했다. 자신의 월급만으로는 가족이 살아갈 수 없었다. 어머니가 함께 벌어도 살기는 힘들었다. 창진은 피로회복제와 쌍화탕을 날마다 마시는 어머니를 볼 때마다 그 나이의 다른 집 어머니들을 생각했다. 그리고 편안히 자식의 월급으로 살아가는 사람들과 자신의 어머니를 비교했다.

창진은 생전 처음으로 무능이란 걸 생각해보았다. 그는 자신이 무능력하다는 걸 깨달았다.

—당신은 무능해요. 그런 당신은 나의 아버지가 아니에요.

아버지는 자신의 무능을 인정했었다. 그러나 창진은 자신의 무능을 인정할 수 없었다.

'무능력하다니, 내가 무능력한 인간이라니, 그럴 리 없어.'

창진은 삼십 줄 혹은 사십 줄에 접어든 공장 사람들을 생각해보았다. 그들이 하고 있는 노동의 양과 그 댓가를 생각해보았다. 그들도 자신처럼 가난했다. 그 가난이 노동의 양을 결정하고 그 댓가가 가난을 결정했고 다시 그 가난이 노동의 양을 결정했다.

창진과 같은 포장과에서 일하는 김씨 아저씨는 나이가 마흔다섯이었다. 김씨는 이 공장에서만 십년째라고 했다. 그는 하루에 칠천원을 받았다. 그는 언제나 다른 일을 하고 싶어했다. 그러나 그건 김씨 아저씨의 희망에 불과했다. 창진은 두려웠다. 처음 김씨를 보았을 때 창진은 아버지를 생각했다. 아버지는 자신의 인생을 포기했지만 김씨 아저씨는 열심히 살아가고 있었다. 그러나 무능은 두 사람 모두 다를 게 없었다. 열심히 일하면 가난을 벗어날 줄 알았던 창진은 김씨의 모습에서 자신의 미래를 발견하고 생각을 수정해야 했다. 가난은 열심히 일한다고 벗어날 수 있는 게 아니었다. 창진은 날마다 왜 그럴까를 생각했다. 그러다가 공장 사람들 모두가 학력이 낮다는 데 생각이 미쳤다. 나이 든 사람은 거의 국퇴, 국졸이거나 학교 근처에 가지도 못했고 젊은 층은 중졸이거나 기껏해야 고졸이었다. 창진은 못 배우면 못산다는 법칙을 뼈저리게 느꼈다.

"어머니, 저 야간학교에 다닐래요."

창진은 열한시가 되어 들어와서 쌍화탕을 마시는 어머니에게 말했다.

"그래, 잘 생각했다. 동생들은 못 배우더라도 너만은 배웠어야 했는데."

완주댁은 늦공부를 시작하려는 아들의 등을 다독거렸다. 배워야 면장이라도 해먹는 세상이었다. 언제나 아들이 학교를 다니지 못한 게 가슴에 한이 되었다. 가난해서 학교를 다니지 못했고 못 배워서 공장에 가야만 했던 아들이었다.

창진은 중학과정을 가르치는 야간학교에 입학했다. 정규학교가 아니고 검정고시를 치러야 학력을 인정받을 수 있는 학교였다. 학생 수도 백명밖에 안되었고 연령층은 십사세부터 이십대, 간혹 삼십대도 있었다.

공장에서 정상 퇴근을 한 뒤 첫 등교를 해 급우들과 인사를 하면서 창진은 그들이 자기와 처지가 비슷한 사람들일 거라고 짐작했다. 정말 그랬다. 그들은 대개가 창진이처럼 낮엔 공장을 다녔다. 창진은 열심히 공부했다. 공장에선 메모지에 영어 단어나 수학 공식을 적어 일을 하면서 외우기도 했고, 하교를 하고 집에 와서는 다락방에서 새벽 두시까지 교과서와 씨름을 하기도 했다. 창진은 아침마다 코피를 쏟았고 퇴근 후 밤에 야간학교에 가서 졸다가 코피를 쏟기도 했다. 그때마다 창진은 가난을 증오했고 공장 사람들과 아버지를 생각했다. 이 망할 놈의 가난을 벗어나려면 공장을 벗어나야 한다. 그 길은 대학 가는 것 외에 무엇이 있으랴. 창진은 이를 악물고 공부를 했다. 밤에는 잠이 안 오는 타이밍이란 약까지 먹었다. 그는 일기에 이렇게 썼다.

1983년 ×월 ×일

너무너무 힘들다. 너무 힘들어서 자꾸만 마음이 흔들린다. 오늘은 작업시간에 메모지를 작업대에 붙여놓고 암기를 하다 반장에게 욕을 먹었다. 이 새꺄, 작업시간에 뭐 하는 거야. 오후엔 졸다가 욕을 먹었다. 학교에 가서 졸다가 코피를 쏟았고, 집에 와서는 30촉짜리 전등이 있는 다락방에서 타이밍 두알을 먹고 공부를 했지만, 내일은 타이밍 세알을 먹어야 할까보다.

아, 자꾸 불안해진다. 자꾸만 자신이 없어진다. 악착같이 공부하려는 야간학교 친구들을 보면 힘이 나지만, 자꾸만 자꾸만 가난이 저주스럽다. 그럴수록 이를 악물고 할 수 있는 데까지, 할 수 있는 데까지 하자고 채찍질하며 새벽까지 불을 밝힌다.

　가난이 싫을수록,

　가난이 싫을수록,

　가난을 벗어나기 위해서.

　창진은 그 이듬해 4월에 검정고시를 쳤다. 그러나 떨어졌다. 그는 실망하지 않고 더욱 열심히 했다. 시험에 붙은 사람은 육십명 중 겨우 세명에 불과했다. 시험에 떨어지자 야간학교를 그만두는 사람이 많아졌다. 창진은 그들을 불쌍하게 생각했다. 가난에서 벗어날 수 있는 통로를 찾아들어와 비록 그 고생이야 이루 말할 수 없지만 포기를 한다는 것은 어리석은 일이었다. 그러나 포기를 하는 것이 꼭 시험에 떨어져서만은 아니었다. 경제적인 어려움도 컸다.

　창진은 야간학교에 다니면서부터 집에 칠만원밖에 갖다주지 못했다. 잔업을 할 수 없으니 본봉 십만원만 달랑 타서는 그중 이만원은 수업료로 냈다. 아마 포기를 한 사람들의 생활도 그랬을 것이다. 그러나 창진은 포기는 결코 옳지 않다고 생각했다.

　수업은 밤 열시에 끝났다. 첫 시험에 떨어진 창진은 밤 열한시 삼십분까지 교실에 남아 공부했다. 그런데 자신처럼 늦게까지 남아 공부하는 어떤 여학생이 있었다. 창진과 그 여학생은 자연히 함께 공부했다. 서로 모르는 것을 물어보면서 가르쳐주기도 했다. 둘은 자신들도 모르는 사이에 친숙해졌다.

　그 여학생의 이름은 숙희였고, 나이는 스물둘이었다. 남동생 둘에 여동생이 하나 있는 그녀는 봉제공장에 다닌다고 했다. 어머니는 빌딩 청소부이고 아버지는 무슨 회사 야간경비원이라고 했다. 나중에 창진이가 안 사실이지만 그녀의 아버지는 술은 안 먹으나 의처증이 심하다고 했다.

둘은 급속히 친해져 급우들 사이에서 잉꼬라고 불렸다. 창진과 숙희는 서로의 처지를 위로하고 대학을 향한 걸음을 걸어나갔다.

그해 8월, 검정고시에서 창진은 합격을 했고 대검 전문학원에 입학을 했다. 그러나 숙희는 떨어졌다.

그날밤 둘은 공원으로 갔다. 달이 밝은 밤이었다.

"창진씨, 나 포기할까봐."

지친 얼굴로 숙희가 말했다.

"안돼, 포기하지 마."

"더이상 견딜 수가 없어."

"뭐가 견딜 수가 없다는 거야. 가난보다 고통스러운 건 없어. 가난도 참아내는데 못 견디겠다니 무슨 소리야."

"돈을 벌어야 돼."

"공장에서 잔업 따위를 해봐야 돈을 벌 수는 없어. 잘 알잖아."

갑자기 숙희가 울음을 터뜨렸다.

"아버지가 일을 못 나가시게 됐어. 허리를 다치셨어."

창진은 갑자기 말문을 잃어버렸다. 뭐라고 위로를 해줘야 된다고 생각했지만 위로의 말이 떠오르지 않았다. 갑자기 아버지 생각이 났다. 그때 그녀가 물었다.

"창진씨, 나 사랑해?"

"………"

창진은 그녀가 갑자기 왜 그런 걸 묻는지 알 수가 없었다.

"오늘밤 나 가져도 좋아."

창진은 그녀의 얼굴을 똑바로 바라보았다. 그녀는 울고 있었다.

"대신 조건이 있어. 창진씨는 무슨 일이 있어도 대학에 가야 돼."

"………"

"난 공장 다니는 창진씨 모습이 싫어."

"………"

"그것만 약속한다면 난 창진씨에게 모든 걸 다 줄 수 있어."

"약속할게!"

"꼭!"

"그래, 꼭! 대학 가서 절대로 공장 따위 다니지 않겠어."

숙희는 블라우스의 단추를 끄르기 시작했다. 눈부신 그녀의 앞가슴이 드러났다. 그러면서도 그녀는 다시 물었다.

"꼭이야!"

"그래, 꼭!"

달이 밝았다. 어디선가 벌레가 울고 있었다.

대학을 향한 창진의 행진은 계속되었다. 그 이듬해 봄에 동생 윤미와 윤희는 각각 고등학교와 중학교에 입학을 했다. 큰일이었다. 둘의 수업료가 엄청난 짐이 되었다.

어느날 창진이 숙희를 불러내 말했다.

"숙희야, 나 포기해야 되겠어."

"무슨 소리야, 그게?"

"나도 어쩔 수가 없어. 동생들이 상급학교엘 진학했어. 그애들을 공부시켜야 돼."

창진은 숙희의 얼굴이 파르르 떨리는 걸 보았다.

"그리고 설사 대학엘 간다고 해도 그 돈을 감당할 능력이 내겐 없어. 이건 현실이야."

파르르 떨리던 숙희의 얼굴이 굳어졌다.

"대학을 가는 게 우리 처지에선 환상이라는 걸 알았어. 못 배워서 가난하지만 그 이전에 가난해서 못 배우는 거야."

"그럼 우리 사인 끝나는 거야."

"………"

"잘 있어."

숙희는 자리에서 일어섰다.

"숙…… 숙희야……"

숙희는 뒤돌아보지도 않고 걸어나갔다. 걸어나가는 그녀의 어깨가 심하게 떨리고 있었다. 창진은 그녀를 잡아야 된다고 생각했지만 온몸이 얼어붙은 듯 움직일 수가 없었다.

"끄으으윽……"

창진의 입에서 갑자기 이상한 소리가 새어나왔다. 무거운 절망감이 엄습해왔다.

―아버진 패배자예요. 왜 바보같이 지기만 하고 살죠?

창진이 소리친 그 밤에 아버진 돌아누워 누런 눈물을 흘렸었다. 그런데 이제 창진도 패배자가 되었다. 지고 싶지 않았다. 열심히 살았는데 서 있는 곳을 보니 패배자의 자리였다. 사라져가는 숙희의 뒷모습을 보며 그는 아버지 생각을 했다.

"아…… 아버지……"

— 세상이 나에게 기회를 주지 않았다.

아버지가 말했었다.

— 무슨 소리죠? 그건 변명이에요.

— 아니다. 그건 가난한 자의 운명이야.

창진은 그게 구차한 변명이라고 우겼었다. 그러나 창진이 틀린 것이었다.

그날 창진은 처음으로 술을 마셨다. 견딜 수가 없었다. 취할수록 자꾸만 아버지 생각이 났다. 창진은 답답해서 가슴을 쳤다. 그러나 치면 칠수록 더 답답했다.

"아…… 아버지……"

얼마나 마셨는지 몰랐다. 아버지를 부르며 창진은 엎드려 잠이 들었다.

그날로부터 얼마 후 창진은 숙희가 술집에 다닌다는 것을 풍문으로 전해들었다.

"김형은 이번 휴가 때 어디로 갈 거요?"

"뭐니 뭐니 해도 여름 하면 바다 아니겠소."

"에이, 해수욕장은 사람이 많아 정신이 없어. 그저 조용한 계곡에 가서 푹 쉬었다 오는 게 제일이야."

공장 안은 며칠 전부터 휴가 얘기로 들뜨기 시작했다. 모였다 하면 휴가 얘기였다.

"그런데 보너스는 얼마나 나온대?"

"글쎄."

"섭섭지 않게 나오겠지. 이번 달은 물량도 많이 뽑아냈잖아."

"한 오십 프로 나오지 않겠어?"

보너스는 몇프로 준다고 딱히 정해진 게 없어 사람들은 몇프로다, 아니다, 서로 짐작들을 하며 그래도 섭섭지 않게 나오지 않겠느냐고 입을 모았다. 거기에는 다른 어느 때보다도 이번 달은 휴가를 의식하며 물량을 많이 뽑아내 믿는 구석이 있었기 때문이다. 휴가 전날은 모두들 시계만 쳐다보았다. 휴가 분위기에 들떠 일이 손에 잡히지 않았다. 창진도 그날 하루가 길게만 느껴졌다. 그날 오후까지도 보너스를 얼마 준다는 얘기가 없어 사람들은 더욱 설레며 기대를 했다.

— 오빠, 우리 어디로 놀러 갈 거야?

— 이 녀석아, 가긴 어딜 가. 오빠 보너스 타면 너희들 등록금 내야 돼.

— 피, 엄만 괜히 그래. 다른 애들은 다 놀러 간단 말이야.

— 어머니, 놔두세요. 금년엔 우리도 놀러 가요. 여태껏 놀러 가 본 적이 없잖아요.

── 애들 등록금은?

── 좀 늦게 내더라도 금년만큼은 한번 놀러 가요.

── 오빠, 정말이지?

── 그럼.

창진은 아침의 일을 생각하며 피식 웃었다. 다른 날보다 일찍 청소를 마치고 사람들은 공장 한가운데에 모여서 농담들을 주고받았다. 보너스는 한 사람 한 사람씩 사무실로 불려가 받는 방식으로 지급이 되었다.

애들을 데리고 강원도 해수욕장으로 가겠다던 손씨가 제일 먼저 불려 들어갔다. 잠시 후 손씨가 사무실에서 나왔을 때 모든 시선이 일제히 그에게 쏠렸다. 모두들 침을 꿀꺽 삼키며 손씨의 표정을 살폈다.

"먼저 들어갑니다."

손씨의 표정은 어두웠다. 동시에 모두의 표정이 어두워졌다. 한창 주고받던 농담들도 중단이 되었다. 침묵이 흘렀다. 공장을 총총히 빠져나가는 손씨의 뒷모습을 지켜보고 있는데 창진은 자신의 차례가 되어 사무실로 들어갔다.

"수고했어. 얼마 되진 않지만 차비에 보태 쓰게."

웃으며 말하는 사장 옆에서 공장장이 하얀 봉투를 건네주었다. 봉투를 받아든 창진은 슬쩍 봉투를 들여다보았다. 얼핏 만원짜리 석장이 보였다. 그동안 지녔던 기대가 일시에 와르르 무너져내렸다. 부아가 치밀었다. 사장은 여전히 웃고 있었다. 그의 낯짝에다

침을 뱉고 싶었지만 꾹 눌러 참고 창진은 고개를 떨군 채 사무실을
나왔다.

"에이 씨팔!"

창진은 거칠게 침을 뱉었다.

"이봐, 이형은 얼마나 탔어?"

창진은 힘없이 손가락 세개를 펴 보였다.

"술이나 마시러 가자구."

보너스 지급이 끝나자 모두들 침을 뱉으며 공장을 나와 술집으
로 몰려갔다.

──이놈아, 술 퍼먹지 말고 일찍 들어와.

어머니의 얼굴이 떠올랐으나 창진은 도저히 그냥 집으로 들어갈
기분이 아니었다. 실망할 어머니의 얼굴이 떠올랐다.

"개자식들, 이걸 보너스라고 주는 거야?"

"보너스 얘기는 꺼내지도 마. 술이나 마시자구. 자, 잔 받게."

어머니는 창진이 어디로 놀러 갔으면 좋겠느냐고 물었을 때 동
생들 등록금 얘기를 하며 집에서 돼지고기나 한근 볶아 먹자고 했
었다.

창진은 허탈했고 왠지 배반을 당했다는 기분에 사로잡혔다. 억
울하다는 생각이 치밀어올랐다. 해주면 해준 만큼 생각해주길 기
대한 게 어리석었을까?

"씨부랄, 인간 같지도 않은 새끼들."

"술이나 마시라니까. 자꾸 얘기해 뭘 하나. 성질만 나지."

"욕이라도 해야 분이 풀릴 게 아냐."

창진은 이깟 돈 안 쓰고 말겠다고, 차라리 술이나 먹고 잊자고, 아니, 밤새 술이라도 퍼먹고 어디 가서 칵 뒈져버리자고 생각했다.

창진은 사람들과 일차, 이차를 가며 밤새도록 술을 마셨다. 무슨 술을 어떻게 마셨는지 몰랐다. 눈을 떠보니 집이었다.

"이놈아, 뭔 놈의 술을 그리 퍼먹어. 그래, 보너스는 얼마나 탔냐?"

창진은 귀찮다는 듯 내뱉었다.

"삼만원 줍디다. 그래서 다 술 먹어버렸어요."

"아이구, 이놈아. 네가 정신이 있는 놈이냐, 없는 놈이냐. 네가 이 에밀 아예 죽일라구 작정을 했구나."

"………"

"이놈아, 이 에민 뼛골이 빠지게 너희들을 키워왔어."

"그만하세요. 저도 뼈 빠지게 일했어요."

"그래, 그런 놈이 돈 삼만원으로 술 퍼먹어?"

"그만하시래도요."

"네 애비가 날 괴롭히더니 이젠 너마저 날 괴롭히는구나. 내가 에미 노릇 한 건 없다만 나도 이젠 지칠 대로 지쳤다."

완주댁은 한숨을 내쉬었다.

"그만하시래도요. 제발 절 몰아세우지 마세요. 저도 지쳤어요."

"누가 널 몰아세웠냐?"

"그게 몰아세우는 거지 뭐예요, 에이."

창진은 밖으로 나와버렸다.

─아버지, 우리도 놀러 가요.

─나중에 가자.

─싫어요. 친구들이 자랑해요. 기가 죽어요.

─너희들은 애빌 볶으려고만 드는구나. 제발 이 애빌 괴롭히지
좀 마라.

아버진 해마다 역정만 내셨었다.

어디서 구해왔는지 어린 동생들은 코펠과 가스버너를 빌려다놓
았는데 원망스러운 눈길로 그것을 만지작거렸다. 창진은 여름휴가
동안 방에서 잠만 잤다. 어머닌 애들 등록금 때문에 한숨만 내쉬
었다.

"오빠, 할 얘기가 있어."

창진이 퇴근을 하니 둘째동생 윤희가 어두운 표정으로 말을 걸
어왔다.

"무슨 얘긴데?"

"엄마는 야단만 치니까 오빠에게 얘기하는 건데……"

"그런데?"

"오빠, 나 인문계 가고 싶어."

"뭐?"

"엄만 상업계 가래. 난 인문계 가고 싶단 말이야."

"이 철딱서니 없는 녀석아, 아예 오빠를 팔아먹어라."

창진이 짜증이 나서 쏘아붙이자 윤희가 고개를 떨구었다.

"나도 우리집 형편 알지만 상업계는 가기 싫단 말이야."

"네가 정신이 있는 게냐. 이 녀석아, 밥 굶지 않는 것만 해도 다행으로 생각해. 오빠 중학교도 못 나왔어."

"오빠 내 맘 몰라. 인문계 가는 애들이 상업계 가는 애들을 얼마나 무시하는데. 난 무시받는 게 싫어. 나도 남들처럼 인문계 가서 대학 가고 싶단 말이야. 난 가난이 싫어!"

"이 나쁜 녀석!"

"내가 뭘 잘못했어? 오빠가 나에게 해준 게 뭐야? 뭐냔 말이야!"

눈을 부릅떴던 창진은 그 자리에서 얼어붙어버렸다.

─아버지가 우리에게 해준 게 뭐예요. 뭘 잘해주었다고 큰소리예요.

윤희는 울면서 밖으로 뛰쳐나갔다. 창진의 손이 파르르 떨렸다.

'오빠가 해준 게 뭐냐고? 뭘 해주었느냐고? 저 아이가 나에게 그런 소릴 하다니. 난 여태껏 저희들을 위해 뼈 빠지게 일해왔는데. 그 하기 싫은 잔업, 특근도 저희들을 위해 한번이라도 더 하려고 애를 썼는데.'

창진은 문득 심한 배신감을 느꼈다. 그러나 그는 자기에게 그럴 자격이 없다는 걸 알았다. 윤희의 말이 틀린 건 없었다. 사실이 그랬다.

'내가 동생들에게 해준 게 무엇이 있나. 잘 입히기를 했는가, 잘 먹이기를 했는가. 하지만 그건 내 탓이 아니야. 난 하는 데까지 했

어. 난 일할 수 있는 데까지 일했어. 그건 정말 내 탓이 아니야. 그럼 누구 탓이란 말인가.'

창진은 다시 자기의 무능력을 확인해야 했으나 그건 정말 억울했다.

"넌 네 아버지랑 다른 게 없구나."

어머니는 가끔 그렇게 되뇌곤 했다. 창진은 문득 자기 옆에 아버지가 있는 듯한 착각에 빠져들었다. 아니, 자신의 얼굴은 아버지의 얼굴이었다. 그는 거울을 보았다. 아무리 다시 보고 또 보아도 그가 그렇게 저주했던 얼굴, 그 무능과 무력과 패배가 덕지덕지 붙은 볼품없고 초라한 아버지의 얼굴이 자기에게 달라붙어 있었다.

── 난 절대로 아버지처럼 되지 않을 거야.

── 아버지를 미워 마라. 아버진 좋은 분이야.

── 엄만 왜 아버지를 감싸기만 하죠? 아버지가 술 먹고 때리는 게 지겹지도 않아요?

── 네 아버진 하는 데까지 하셨어.

창진은 얼굴을 쥐어뜯었다. 그러나 여전히 자신의 얼굴은 아버지의 얼굴일 뿐이었다. 그는 눈을 감고 털썩 주저앉아버렸다.

어머닌 언제나 열한시에 돌아와서 똑같은 가계부를 들여다보았다. 창진은 언제나 같은 노동량에 언제나 똑같은 월급을 탔다. 그는 사는 게 허무했다. 왜 살아야 하는지 알 수가 없었다.

"어이, 술이나 먹으러 가자구."

창진은 월급봉투만 보면 한숨이 나왔다. 그는 떵떵거리며 살지는 못하더라도 그놈의 돈 걱정만은 안하며 살고 싶었다. 하지만 그게 안되었다. 아무리 몸부림을 쳐도 그놈의 가난에서 벗어날 수가 없었다. 그는 다람쥐를 생각했다. 조그만 상자에 갇혀 자유로운 바깥세상을 그리며 열심히 쳇바퀴를 도는 작은 동물. 그건 그 다람쥐의 운명이었다. 그는 자기 자신과 갇힌 다람쥐를 비교해보곤 했다.

창진은 술을 마셨다. 술을 마시면 잊을 수 있을 것만 같았다. 모든 걱정과 근심을 잊을 줄 알았다. 그러나 취하니 걱정과 근심이 더 가까이 다가왔다. 행여 더 취하면 잊을까 싶어 더 많이 술을 마셨지만 그러자 울음이 터져나왔다. 그는 많이 취해 있었다.

"어이, 우리 이차 가자구."

이차는 스탠드바로 갔다. 번쩍번쩍 터지는 조명, 현란하게 울리는 음악, 그 아래서 흔들고, 마시고, 흔들고, 마시고…… 그러면서 창진은 잊었다고 생각했다. 동생들의 학비를 잊었고, 두통약을 매일 복용하는 어머니의 한숨을 잊었고, 월급의 액수를 잊었고, 자기의 신세를 잊었다. 그러나 그뿐이었다. 밖으로 나오니 다시 그 자리였다.

"으흐흑!"

창진은 갑자기 길거리에 주저앉아 울음을 터뜨렸다. 동료들이 영문을 모른 채 그를 둘러쌌다.

"이 사람아, 왜 그래?"

"난 견딜 수가 없어. 이게 어디 사람 사는 거야? 이제 공장이라면 이가 갈려. 정말 공장에 확 불이라도 싸질러버리고 싶다구."

"이 사람아, 공장생활 한두해 해본 것도 아니고 또 몰랐던 것도 아닌데 새삼스럽게 왜 그러나? 또 좋아서 하는 사람이 어디 있는 가. 다 참고 사는 게지. 그게 세상 사는 것 아니겠나."

— 얘야, 너 요즘 왜 그러냐. 왜 허구한 날 술만 먹고 그러냐. 제 발 마음 좀 잡아라.

— 어머니, 산다는 게 지겨워요.

— 얘야, 참고 살아야지 어쩌겠니. 없으면 없는 대로 살아가면 되는 거야.

"허허, 이 사람아. 다 큰 사람이 길거리에서 이게 뭔 짓인가."

그러나 창진의 울음은 그칠 줄 몰랐다. 그는 더욱더 섧게 울었다. 밤공기가 찼다.

"어머니, 저 사표 냈어요."

"뭐?"

창진은 어머니의 얼굴이 굳어지는 걸 보았다.

"공장을 그만두었단 말이냐?"

"예."

"도대체 어쩔 작정이냐. 왜 그만둔 거냐?"

"다른 일을 해보고 싶어서요. 이제 공장이라면 지긋지긋해요."

"그래, 무슨 일을 하겠다는 거냐?"

"장사를 할까 해요."

완주댁은 기가 막혔다. 아들이 철이 없다고 그녀는 생각했다.

"장사는 돈이 있어야 하는 거야."

"방문판매부터 시작해 돈을 모으겠어요."

남편은 가진 게 없었다. 언제나 장사를 하고 싶어했으나 그때마다 실패했다.

"애야, 그냥 공장에 착실히 다닐 수 없겠니?"

"전 공장에서 썩기 싫어요."

"왜 그렇게만 생각하냐."

"전 하루라도 빨리 이놈의 가난에서 벗어나고 싶어요. 공장에서 바랄 수 있는 건 아무것도 없어요. 이십년, 삼십년, 공장에 착실히 다닌 사람들을 보세요. 그들은 이십년 전이나 후나 언제나 제자리에 머물러 있어요. 그게 공장이에요."

"네 아버지도 이것저것 안해본 게 없었지만 결과는 늘 같았다."

"전 아버지가 아녜요."

"다를 건 없다. 넌 상처를 입게 될 거다. 에미는 그게 걱정이다."

완주댁은 아들을 말리고 싶었으나 말리지 않았다. 말려도 소용이 없다는 것을 남편에게서 이미 충분히 경험했던 그녀였다. 그녀는 아들을 위해 기도했다.

"어머니, 그 기도 때려치워요. 예수가 밥 먹여준답디까?"

"이놈아, 그런 소리 말어. 네놈이 그 모양인 것도 다 주님을 안 믿어서 그런 겨."

"예수는 무슨 얼어죽을 예숩니까."

창진은 양말과 수세미 판매를 시작했다. 중간상인이 조그만 공장에서 떼온 물건을 받아 팔아서 60대 40으로 나눠먹는 것이었다. 커다란 가방에 물건을 담아 메고 서울 시내를 돌았다. 어느 집 초 인종을 눌렀다.

"누구세요?"

"저, 실례합니다. 양말이나 수세미 좀 사세요."

"필요없어요."

커다란 집이었다. 창진은 태어나서 그렇게 좋은 집을 본 적이 없 었다. 그 동네엔 그런 집만 있었다. 그는 기가 죽은 채로 물건을 팔 았다. 그러나 사주는 사람은 없었다. 스피커를 통해 들려오는 필요 없다는 소리가 그를 얼어붙게 하곤 했다. 그는 그 동네를 돌면서 사 람 얼굴을 보지 못했다. 초인종과 그 옆 조그만 스피커만을 상대했 고 언제나 필요없다는 쇳소리만을 들었다. 물건을 하나 팔면 육백 원 이문이 떨어졌다. 고작 하루에 두개 팔아 천이백원만을 벌었다.

창진은 서울 변두리의 산동네도 돌았다. 신림동, 시흥, 봉천동, 낙골, 신정동…… 조그만 술집, 식당…… 그러나 이 동네 사람들은 사고 싶어도 돈이 없어서 사지 못했다. 다 쓰러져가는 판잣집, 다 헐어 찢어진 루핑으로 덮인 지붕, 부엌문 틈새로 보이는 지겨운 가 난. 부모가 일을 나가 골목에서 흙을 집어 먹는 아이들.

산동네에서는 더이상 방문판매를 계속할 수가 없었다. 창진은 다시 부자들이 모여 사는 동네로 갔다. 물건을 팔기 위해서는 아니 었다. 으리으리하고 무서운 동네, 커다란 대문, 온갖 나무로 꾸며진 정원, 지붕이 보이지 않는 담장, 차고로 드나드는 외제 승용차……

초인종을 눌렀다.

"누구세요?"

"양말이나 수세미 좀 사세요."

"필요없어요."

부아가 치밀었다. 수치심도, 열등감도, 소외감도 아니었다. 세상이 왜 이리 불공평한가! 창진은 다시 초인종을 누르고 누구냐고 묻는 소리를 향해 소리쳤다.

"그래, 이 씨팔년아, 잘 먹고 잘 살아라."

그리고 그는 달렸다. 어서 이 무섭고 화나는 동네를 떠나고만 싶었다.

다시 공장에 취직을 했으나 창진은 떠돌이 공장생활을 했다. 조금이라도 더 준다는 데가 있으면 공장을 옮겼다.

"이놈아, 남자란 한곳에 지긋이 붙어 있어야 성공하는 겨. 넌 왜 그렇게 한곳에 붙어 있질 못하냐."

"한곳에 붙어 있는다고 뭐가 나아지죠, 어머니?"

"옮겨다닌다고 나아지는 건 뭐냐?"

창진은 대답하지 못했다.

"그럼 저더러 어쩌란 겁니까?"

창진은 팩하니 소리를 지르면서 밖으로 뛰어나갔다. 눈물이 나왔다. 이것이 운명일까? 그는 하늘을 올려다보았다. 별이 반짝였다. 그는 갑자기 세차게 고개를 저었다. 아니라고, 이건 운명이 아니라고.

3. 원죄

창진은 기계공장에 취직을 했다. 쇠를 깎아내는 밀링 기술을 배우기 위해 삼십여명이 일하는 조그만 공장에서 그는 일당 사천원을 받고 일을 시작했다. 그는 기술자가 되겠다는 새로운 희망에 부풀었다. 그는 열심히 일을 했다. 그러던 차에 창진이 사는 동네에 이상한 소문이 돌기 시작했다. 철거가 되고 아파트 단지가 들어선다는 거였다.

막연히 소문으로만 떠돌던 하안동의 철거 얘기는 10월 어느날 조간신문에 기사가 나면서 현실이 되었다.

대한주택공사는 경기도 광명시 하안지구 토지 60만평을 매입해 오는 1989년 초부터 공사에 착수, 1991년도에 걸쳐 대규모 아파트 단지를 조성할 재개발계획을 발표하였다.

퇴근 후 집에 돌아와 신문을 읽던 창진은 은근히 걱정이 되었다.
"어머니, 철거가 되면 그냥 쫓겨나는 거 아녜요?"
"글쎄다, 낸들 아냐."
기사가 난 지 며칠 뒤 주택공사에서 각 집에다 공문을 발송하였다. '이주대책 안내문'이라는 공문에는 다음과 같은 내용이 실려 있었다.

금번 대한주택공사에서는 하안동에 대한 재개발사업의 일환으로 다음과 같은 이주대책을 확정 발표한다.

보상혜택 기준: 1987년 8월 26일 이전 전입자.

가옥주: 1. 분양아파트 입주권. 2. 건물 보상(주공 및 시청의 보상기준에 의거해 지급). 3. 이주 보조비: 4인 기준하여 88만원 지급. 이는 도시근로자 평균임금을 산술하여 두달치를 지급. 4. 이사비용 7만원.

세입자: 1. 임대아파트 입주권(11평, 13평 기준). 입주 권리를 포기할 시는 이주 보조비 지급. 2. 이사비용 7만원.

단, 위의 보상은 이주 확인 후 지급.

공문은 동네에 일대 파문을 불러일으켰다.

"아니, 세입자는 사람도 아니란 말여? 입주권과 이주 보조비 중 양자택일하라니. 가뜩이나 세 사는 것도 서러운데 왜 이리 차별을 하는 겨?"

"이 개자식들, 건물보상을 저희들 기준으로 한다더니 건물값을 아예 똥값으로 매겨놓았어."

"이사를 하고 나서 보상을 해준다면 도대체 뭔 돈으로 이사를 가란 거여?"

"아주 저그들 멋대로구먼."

모이기만 하면 철거 얘기가 화제였다. 세입자는 세입자대로 가옥주는 가옥주대로 엉터리 이주대책에 핏발을 세우며 분개했다.

"한번 따져봐야 되지 않겠어? 이거 불안해서 살 수가 있어야지."

주공의 이주대책은 동네 주민들의 밤잠을 설치게 만들었고 불안 감을 조성했다. 그러나 대부분의 주민들은 구로공단에 생계를 붙 들어매고 있어 아침에 일을 나가면 밤늦게야 돌아왔다. 하루 결근 하면 사흘치 일당이 월급에서 까졌다. 당장 입에 풀칠하는 게 우선 인지라 따지자는 말들만 무성했지 막상 나서는 사람이 없었다. 혹 시 나섰다가 괜한 봉변을 당할지 알 수 없는 노릇이기도 했다. 공 문이 발표된 지 여러날이 지났건만 동네는 조용했다. 뭐가 잘못되 었다, 가서 항의라도 해보자, 하는 말들만 무성했다.

창진네도 두 모자가 각각 파출부 일과 공장일을 하며 먹고살기 에 바빴다. 창진은 설마한들 죽기야 하겠느냐고, 여기가 철거되면 그때 가서 또 살길이 생기지 않겠느냐고 생각했다.

동네에는 소문이 많이 돌았다. 주공에서 예비비로 몇억을 준비 해놓았다가 하안동엔 순한 멍청이들만 모여 사니 그냥 대충대충 어르고 구슬리면 된다고 해서 그 예비비를 없애버렸다고 하기도 했고, 철거가 어떠쿵저떠쿵 떠드는 놈 중에 불순한 놈들이 섞여 괜 히 주민들을 선동하려 한다고 하기도 했다. 그러나 그 소문도 이내 잠잠해졌다.

그러던 어느날 가옥주들이 먼저 침묵을 깼다. 건물값의 올바른 책정을 요구하며 이백여명의 가옥주들이 도로를 점거했다. 그러자 전경들이 몰려와 최루탄을 쏘며 해산을 시켰다. 강제해산이 된 가옥주들은 동네로 흩어져 들어와 울화통을 터뜨리며 술을 마시면서 떠들어댔다.

"허 참, 우리가 뭘 잘못했당가. 최루탄은 대학생들에게나 쏘는 줄 알았는데 먹고살려고 발버둥치는 주민들에게도 쏘는구먼."

"내일 다시 모이자구."

"난 싫네. 이건 쓸데없는 짓거리야. 몇몇이 괜히 꽥꽥거려봐야 정부에서 들어주기나 할 것 같아?"

동네 사람들은 밤마다 모여 술을 마셨다. 낮술을 마시는 사람도 있었고 괜히 사소한 일로 시비가 붙어 주먹질을 하다 방범에게 끌려가는 사람도 있었다. 철거 얘기가 나오기 전보다 나온 후에 그런 일들이 더 자주 일어났다.

"옥이 엄만 어디로 이사 갈 작정이우?"

어머니가 옆방 아주머니에게 물었다.

"글쎄, 모르겠어요. 아직 나가라는 말은 없으니 기다려봐야죠."

이사 갈 생각을 하고 있는 사람들도 많았다. 괜히 나중에 더러운 꼴 당하기 전에 내 발로 나가겠다는 생각에서였다. 그러나 정작 이사 가는 사람은 드물었다. 돈이 없었다. 동생들은 매일 준비물을 산다고 돈을 가져갔다. 어머니는 백원, 이백원에도 한숨을 쉬었다. 어머닌 일이 끝나고 귀가를 할 때도 한숨을 쉬었다. 창진도 한숨을 쉬곤 했다. 창진은 언제 생겼는지 한숨을 깊게 내쉬는 게 버릇이 되었다.

"젊은 놈이 웬 한숨이냐. 벌써부텀 그러면 나중에 어쩔려구."

어머닌 그럴 때마다 창진을 꾸짖었다.

"오빠, 이거 읽어봐!"

퇴근을 하고 들어오는 창진에게 윤미가 시험지처럼 생긴 유인물을 내밀었다.

주민신문

그동안 우리 주민들은 대한주택공사에서 주민들의 사정과 요구를 무시하고 일방적으로 진행시키고 있는 택지 재개발사업에 대해 불안한 마음으로 지켜보기만 했습니다.

하루 벌어 하루 먹고사는 처지에 주공의 이주대책은 나가 죽으라는 것이나 다름없습니다. 너무도 부당하고 억울하나 그것을 호소할 곳도 없어 불안하기만 합니다. 이에 우리 주민들은 더이상 불안에 떨고 있을 수가 없어서 철거대책위원회를 만들었습니다.

주민 여러분, 우리 더이상 불안에 떨지 말고 정부 측에 우리의 답답한 심정을 호소하고 우리의 요구를 모아 건의해봅시다.

"오빠, 우린 언제 이사 갈 거야?"

주민신문을 읽고 난 창진에게 윤미가 물었다.

"넌 공부나 해!"

창진은 퉁명스레 쏘아붙이곤 주민신문을 다시 읽어보았다. 그리고 그것을 한쪽 구석에다 팽개쳤다. 그는 뚝방으로 나갔다. 없으면 없는 대로 있으면 있는 대로 참고 열심히 살리라 결심을 했지만 그럴수록 서글픔이 느껴졌다.

하안동은 만여 세대가 모여 사는 큰 동네였다. 원래부터 그렇게 큰 동네는 아니었다. 그들이 하안동으로 이사 올 때만 해도 천여 세대밖에 살지 않던 동네였다. 투기꾼들이 동네를 크게 만들었다. 투기꾼들이 동네에 들어와 무허가 건물을 마구 지어먹었다. 시청에서 단속을 나와 때려부수곤 했지만 두어번 그러다 말았다. 시청에 빽이 있는 투기꾼은 동사무소 옆에까지 무허가 건물을 지었다. 그런데 그 무허가 건물은 부서지지 않았다. 그 건물에 구로공단의 노동자들이 세를 들어 살았다. 그게 이년 전이었다. 결국 철거가 된다면 투기꾼들에게만 좋을 것이다. 창진은 앞번에 시장을 본 적이 있었다. 그때 시장은 이렇게 말했다.

"여러분들의 요구는 알겠지만 예산상 들어줄 수가 없어요. 이건 한두 세대라야 들어주지 자그마치 만여 세대나 되는데 정부로서도 어떻게 할 수가 없어요."

"그건 투기꾼 때문이에요."

누군가 말했다.

투기꾼들이 설치는 걸 지켜만 봐놓고는 투기꾼 핑계를 대었다. 예산이 없다는 말을 믿는 사람은 없었다. 그들은 애초부터 자신들의 이익만 생각했고 우리들의 슬픔은 생각하지도 않았다. 그런 그들에게 우리들의 말이 먹힐 리가 없었다. 그들은 힘이 있고 우리들은 힘이 없었다. 뚝방 아래 앉아 시커먼 개천물이 흘러가는 것을 보며 창진은 그런 생각들을 했다.

철거대책위원회에서는 그 이튿날 주민들을 모아 집회를 가졌다. 퇴근을 하고 발을 씻던 창진은 옆방 아주머니에게서 집회 얘기를 들었다.

"세상에 그럴 수가 있어요? 아, 글쎄 시청에서 나온 도시과장이란 사람이 뭐라고 했는지 알아요. 남들 돈 벌 때 뭐 했냐고 오히려 큰소릴 치지 뭐예요. 남들 무허가 지어먹을 때 그것도 못 지어먹고 이제 와서 왜 시끄럽게 구느냐 그러는데 기가 막힙디다. 그럴 수가 있는 거예요? 법을 지키며 사는 게 죄가 될 줄 난 처음 알았어요."

창진은 발을 닦으며 그렇다고, 결국은 그런 거라고 생각했다.

동네에 형사들이 들락거렸다. 왜 형사들이 들락거리는지 몰라도 주민들은 입조심들을 했다.

11월로 접어들면서 하안동을 들끓게 한 철거 얘기는 잠잠해지고 그 자리에 선거 얘기가 들어앉았다. 사람들은 새로운 대통령을 뽑으면 철거될 상황이 바뀔 거라고 믿었다. 온갖 선거공약이 후보들에게서 나왔다. 빈부의 격차를 해소하고 가난한 서민들을 위한 정책을 펴나가겠다고도 했다. 사람들은 박수를 쳤다. 창진도 박수를 쳤고, 희망을 가졌다. 후보들은 잘못된 정책을 꼬집기도 했다. 창진이 당해왔던, 그리고 괴로워했던 것을 후보들은 얘기했고 앞으론 그렇게 되지 않게 하겠다고 확신에 차서 말했다. 그래서 창진은 또 박수를 쳤다. 그는 누구라도 좋으니 우리들의 심정을 조금이라도 아는 사람이 대통령이 되길 빌었다. 주민들은 후보들을 대할 때마다 철거 얘기를 하며 호소했다. 그때마다 후보들은 걱정하지 말라고 했다. 모두들 기대를 했고, 선거만 끝나면 좋은 세상이 올지도 모른다고 믿는 사람도 생겼다. 선거 분위기는 그렇게 뜨거워져 갔다.

──다 죽여버렷!

믿어지지가 않았다. 벌건 대낮, 그것도 사람들이 모인 자리에서 그런 일이 일어나다니. 직접 목격을 했음에도 불구하고 도무지 믿어지지 않았다. 무서운 일이었다. 정말 무서운 세상이었다.

20여명의 청년들이 각목과 쇠파이프, 칼, 깨진 병 등을 휘두르며 투표소에서 투표를 하려고 줄을 선 주민들에게 달려들었다. 닥치는 대로 흉기를 휘두르며 폭력을 썼다.

'그나저나 그 청년은 무사히 도망갔는지 몰라.'

창진은 공명선거감시단 배지를 가슴에 단 청년을 생각했다. 어찌 찍었는지 그 릴레이 투표인가 뭔가 하는 장면을 카메라로 찍었다지.

──민정당원들이 그 카메라를 뺏으려고 생난리를 친 걸 보면 정말로 부정을 저지른 모양이여. 그걸 말리는 주민들에게 행패를 부린 것만 봐도 틀림없어. 그리고 저그들끼리 다 짜고 한다는 것도 참말일지도 모르는 일이여. 놈들이 그 행패를 부리는데도 경찰이 구경만 하고 있는 걸 본께. 잡아가지도 않았잖여.

점심시간에 외출 나와 투표를 하고 못 볼 걸 본 창진은 회사로 돌아와서도 도무지 일손이 잡히질 않았다. 무서움에 손이 덜덜 떨려 일이 손에 잡히질 않았던 것이다. 자꾸만 박수소리가 들리는 듯했다.

— 믿어주십시오.

— 여러분들을 위해 일하겠습니다.

— 여러분을 위해 희생하겠습니다.

자꾸만 박수소리가 환청처럼 들려왔다. 창진은 그날 밤새도록 개표방송을 지켜보았다. 창진이네 TV는 낡은 24인치 흑백 TV였다. 동생들은 컬러 TV 타령을 했다. 개표방송을 볼 때도 그 망할 놈의 TV는 자꾸만 지직거리며 짜증나게 했다. 새벽녘에 창진은 더 볼 필요도 없다고 생각했다. 누가 대통령이 되든 알 바 아니라는 생각이 자꾸 들었다. 그놈이 그놈이다. 그들 중 어느 누가 이 찢어지는 가난의 아픔과 설움을, 이 터질 듯한 슬픔과 분노를, 이 암담한 좌절과 절망을 알까? 모른다. 그들은 모른다. 그들은 가난하지 않은 사람들이다. 그런 그들이 우리를 이해한다는 건 어설픈 감상 내지는 동정 이외에 아무것도 아니다. 그들은 그들의 방식대로 살아갈 것이고 우리는 우리의 방식대로 고통받을 것이다.

선거는 그렇게 지나갔다. 민정당원에게 맞아 병원으로 실려간 주민 중 한 사람이 죽었다는 말과 함께 말이다. 모 후보가 당선되면 보너스를 주겠다는 회사의 약속도 그냥 약속에 지나지 않았고 아무도 그걸 따지려 들지 않았다.

"넌 모른 체해. 세상이 어수선하고 정치에 관련된 일일수록 모른 체하는 게 세상 살아나가는 지혜인 겨."

어머니는 얘길 하다 말고 답답한 듯 짜증을 냈다.

"윤미야, 밥 탄다."

창진은 그 소릴 들으며 동생의 수업료 납부 마감일을 생각했다.

"너 또 술 퍼먹었구나."

비틀거리며 방으로 들어서는 창진에게 완주댁은 화를 냈다.

"이 속창알머리 없는 놈아, 네가 지금 술 퍼먹을 정신이 있냐?"

"술 좀 먹은 걸 가지구 왜 또 그래요."

"쯧쯧, 내가 지금 잔소리 안하게 생겼냐."

창진은 한쪽에 털썩 주저앉으며 양미간을 찌푸렸다.

"2월까지 이사 가지 않으면 입주권을 안 준댄다."

완주댁은 깁던 속옷을 손에서 놓으며 한숨을 쉬었다. 술에 취해서 거의 눕다시피 벽에 기댄 채 눈을 감고 있던 창진은 벌떡 몸을 일으켰다. 그의 눈이 왕방울만 하게 커졌다.

"지금 뭐라 그러셨어요? 입주권을 안 준다니, 누가 그래요?"

"주택공사에서 그러지 누가 그래."

"정말이에요?"

완주댁은 속옷을 왼손에 들고 바른손에 쥔 바늘을 다시 놀렸다. 눈이 침침한지 가끔 눈을 깜박거렸다.

"옆방 옥이네는 오늘 방을 구하러 다닌 모양이더라."

"에이 씨팔……"

"입주권도 입주권이지만 그때꺼정 방을 안 비우면 강제로 집을 부순다니 우리도 이사를 해야 쓰겄다."

"강제철거 한대요?"

"글쎄, 그렇대두."

창진은 술이 확 깨는 듯했다.

"내일부텀 방을 알아봐야겠다."

바늘귀에 실을 꿰며 완주댁은 혼잣말처럼 중얼거렸다. 갑자기 창진이 고함을 팩하고 질렀다.

"방만 구하면 뭐 해요. 돈이 없는데……"

"왜 고함을 지르고 야단이냐, 이놈아. 입주권을 팔아서라도 이사를 해야지 나중에 그 수모를 어찌 당하냐. 난 그 꼴 못 본다."

"입주권을 팔자고요?"

"그럼 달리 뾰족한 수가 있냐? 옥이네는 빚을 냈다지만 우린 빚을 얻을 데도 없잖냐."

"안돼요. 입주권만큼은 팔면 안돼요."

완주댁은 속옷을 한쪽에 밀어놓고 돌아앉아 아들을 쳐다보았다.

"이놈아, 누군들 팔고 싶어서 팔려는 거냐?"

──세상이 왜 이리 날 괴롭히는지 모르겄다. 당최 날 가만 내버려두지 않으니 칵 혀를 깨물고 뒈지든가 해야지 어디 살겄냐.

막걸리잔을 집어던지며 아버지는 말했었다. 창진은 갑자기 동태찌개를 떠올렸다. 창진은 어렸을 때 동태찌개를 여간 좋아하지 않았다. 그런데 지금은 동태라는 말만 들어도 속이 메슥거리고 금방이라도 먹은 걸 토해낼 듯 왝왝거린다. 아마 열살 때던가, 그 무렵부터 그는 동태를 못 먹었다.

어느날, 부모님이 모두 일 나가고 창진은 집 앞에서 동무들과 흙장난을 하고 있었다. 그때 무섭게 생긴 아저씨들이 몰려와서는 다짜고짜 커다란 망치로 집을 때려부쉈다. 창진은 흙장난을 하다 말고 그들에게 달려들었다.

— 왜 우리집을 부숴요?

— 새꺄, 저리 가!

창진은 그 무서운 아저씨에게 달려들었다가 그만 저만치 떠밀려 나동그라지며 앙 하고 울음을 터뜨렸다.

— 우리집 부수지 마요!

창진은 울음을 터뜨리며 그 아저씨의 다리에 매달렸으나 다시 떠밀려 나동그라지고 말았다. 그날밤, 일을 마치고 돌아온 부모님은 형체도 없이 무너져내린 집 앞마당에 털썩 주저앉아 넋을 잃은 사람처럼 하늘만 올려다보았다. 그러다 어머니가 흐느끼는가 싶더니 이내 바닥에 엎드려 심하게 어깨를 들먹였고 아버지는 그런 어머니의 모습을 보며 눈을 감고 깊은 한숨을 내쉬었다. 이튿날 아버지는 무너진 집 위에 천막을 쳤다. 밤에는 전깃불이 없어 촛불을 켜야 했다. 그날 저녁 어머니가 동태찌개를 끓였다. 창진은 허겁지겁 동태를 퍼먹었다. 체한다고 천천히 먹으라는 어머니의 말도 들리지 않았다. 그렇게 얼마를 퍼먹던 그는 갑자기 입에 있는 걸 토해내고 말았다. 어머닌 시장 바닥에서 시래기며 생선 쪼가리를 주워오곤 했었는데 그날 주워온 동태는 상한 거였다. 그가 심하게 토하고 있을 때 갑자기 촛불이 꺼지고 천막이 무너졌다.

— 왝, 왝……

창진은 엎어져 토악질을 해대다 무너지는 천막 위로 떠오른 그 무서운 얼굴들과 망치를 보았다.

"좌우지간 입주권을 팔면 안돼요."

창진은 입술을 깨물며 다짐을 받듯 말했다.

"나쁜 놈들. 이 한겨울에 이사를 가라니, 인간도 아녀."

창진은 분풀이하듯 거칠게 실을 끊는 어머니를 보며 담배를 피워물었다.

"이것아, 그놈의 담배 좀 나가 피울 수 없냐. 숨이 막혀 죽겠다."

"끄면 될 거 아녜요."

창진은 거칠게 담배를 비벼 끄고는 누워버렸다. 해도 해도 너무한다 싶었다.

'한겨울에 집을 비우라니, 안 비우면 강제로 내쫓겠다니, 이런 억장 무너지는 일이 세상 어느 천지에 있을까. 이건 아예 나가 죽으란 소리가 낫지. 죽일 놈들.'

완주댁은 밖으로 나가더니 옆집 옥이 엄마를 불러냈다.

"방 얻었수?"

"겨우 얻었어요."

"얼마나 주고 얻었수?"

"말도 마세요. 무슨 놈의 방세가 그리 올랐는지 원. 백오십에 칠팔만원씩 하지 뭐예요."

"세상에, 그 돈을 어찌 감당하누. 그래, 방은 몇개나 되는데 그리 비싸우."

"단칸방이에요. 부엌도 쥐꼬리만 하고. 여기가 철거된다니까 너도나도 죄다 방세를 올린 모양이에요. 참, 아줌만 이사 안 가요?"

"글쎄, 가긴 가야겠는데 돈이 있어야지…… 입주권이라도 팔아서 갈까 싶기도 한데."

창진은 밖에서 들려오는 소리를 엿들으며 다시 담배에 불을 붙여 물었다.

"웬만하면 빚을 얻더라도 팔지 말아요."

"입주권이 있다 해도 어차피 아파트에 들어가지도 못할 게 뻔한데 갖고 있어봐야 뭘 하겠수. 그건 그렇고, 요즘 입주권 얼마나 나간대요?"

"요즘은 삼백 하나봐요."

창진은 TV를 켰다. 일부러 볼륨을 높였다. 그러나 고물 TV는 지직거리며 화면이 제대로 나오지 않았다. 그는 발로 TV를 걷어찼다. 혹시나 하고 선거에 기대를 걸었던 동네는 다시 철거 얘기로 시끄러웠다. 동사무소에서는 집집마다 공문을 돌렸다. 2월 말까지 이사하지 않으면 입주권은커녕 아무런 혜택도 받지 못할 거라고 공문에 씌어 있었다. 사람들은 모이기만 하면 주공을 박살내자거나 시청으로 쳐들어가자고 했다. 그러나 하루에도 수십 가구가 동네를 떠났다. 그 대부분은 빚을 얻거나 입주권을 팔았다.

"떠들어봐야 말짱 헛일이여. 그러코롬 떠들다가는 괜히 입주권도 못 받고 쫓겨나기 십상이랑께. 일찌감치 시키는 대로 이사 가서 주는 거나 챙겨먹는 게 상수구먼."

거의 대다수가 억울하다고 생각하고 분해들 하면서도 힘없이 당하고만 살아온 사람들인지라 한숨 쉬면서 속에도 없는 말들을 내뱉으며 동네를 떠났거나 떠나갈 생각들을 했다.

창진은 도무지 잠을 이룰 수가 없었다. 회사에서도 일이 손에 잡히질 않았다. 가시방석이 따로 없었다. 어머닌 걸핏하면 입주권 파는 얘기나 이사 얘기를 읊조렸다.

"모두들 입주권을 팔아제끼고 이사들을 가는 모양이더라."

"좀더 두고 보자구요. 설마한들 내쫓기야 하겠어요."

창진은 애써 말은 그렇게 하면서도 기실 불안해 당장이라도 입주권을 팔아 이사를 가고 싶었다. 그러나 그렇게 되면 내 집 마련의 기회가 날아가버리고 마는 것이니 입이 바짝바짝 마르고 속에서는 천불이 일어났지만, 어찌할 바를 몰라 그저 하루하루 지켜보자는 생각만 할 따름이었다.

그렇게 가시방석 위에서 애만 끓이던 어느날 저녁, 주민신문이 집으로 날아들었다. 창진은 지푸라기라도 잡는 심정으로 주민신문을 펼쳐들었다.

주민 여러분!

그동안 우리는 주공 측에 이주대책의 부당함을 호소해왔으나 주공은 그 호소를 외면하고 강제로 주민들을 내몰려고 하고 있습니다. 아무런 현실적인 대책 없이, 그것도 한겨울에 아이들을 데리고 어디로 나앉는단 말입니까. 없이 사는 것도 서러운데 정든 동네에서 쫓겨나게 되다니 억울해서 살 수가 없습니다.

주민 여러분, 주공의 비인간적 처사에 더이상 참을 수 없어 저희 대책위원회 임원들은 어제부터 무기한 단식농성에 돌입했습니다. 더이상 주공이나 정부 측에 우리의 절박한 생존권을 맡길 수 없음이 분명하고, 이것은 그 누구의 문제가 아닌 바로 우리들의 문제라는 생각에 단식농성에 돌입했으나 주공 측은 아무런 성의있는 태도를 보이지 않고 있습니다.

여러분 모입시다. 모여서 요구합시다.

우리의 요구.

1. 장기저리 임대아파트를 보장하라.

여러분, 입주권이 있다고 아파트에 들어가 살 수 있는 것은 아닙니다. 입주할 때 사백여만원의 보증금을 내야 하고 다달이 임대료를 지불해야 하는데 이는 하루 벌어 하루 먹고사는 우리의 처지에서는 너무도 어려운 일이며, 임대료가 비싼 것은 은행 이자가 비싸서 그런 것이기에 우리는 주공 측에 무보증에 은행 이자를 낮추고 아파트값을 이삼십년에 걸쳐 지불할 수 있게 해줄 것을 요구합니다.

2. 선입주 후철거를 보장하라.

아무런 대책 없이 이주를 강요한다면 우리는 갈 곳이 없습니다. 따라서 먼저 이주대책을 세워주고 철거할 것을 요구합니다.

3. 책임있는 정부당국자와의 면담을 주선하라.

주공 측에서는 재개발사업을 재개발법에 의해 진행하므로 우리의 요구를 들어줄 수가 없다고 합니다. 그렇다면 우리는 정부당국과의 면담을 요구합니다.

하안지구 철거민 대책위원회

'그래, 이대로 쫓겨날 수는 없어. 안되더라도 한번 왕창 떠들어라도 봐야 해. 억울해서 이대로는 쫓겨날 수 없어.'

주민신문을 되풀이해 읽으며 창진은 속으로 중얼거렸다.

이튿날, 그는 공장에 전화를 걸어 결근을 알렸다. 주민대회에 참석할 생각이었다.

대책위원회 총무가 동네 공터에 모인 사백여명의 주민을 둘러보며 말했다.

"주민 여러분, 제가 알기로는 재개발사업이란 주거환경을 개선하고 집 없는 서민들에게 내 집 마련의 기회를 주기 위한 것으로 알고 있습니다. 그런데 잘 알다시피 그것은 허울 좋은 말뿐이고 우린 언제 쫓겨날지 몰라 불안에 떨고 있습니다. 여러분, 왜 우리가 재개발사업의 희생양이 되어야 합니까? 우린 결코 정부 측에 무리한 요구를 한 적도 없고 또 공짜를 바라지도 않습니다. 다만 모든 것을 우리들의 형편에 맞게 해달라는 것인데 이것이 되지도 않을 일을 가지고 생떼 쓰는 건 아니잖아요. 그런데 이것마저도 안된다니 이런 미치고 환장할 일이 어디 있습니까그래. 들리는 말로는 전에 목동에서 1조원을 벌었다는데, 그럼 우리를 희생시켜 돈놀이하려는 심보라는 얘기 아닙니까. 이대로 앉아서 당할 순 없어요. 우린 인간도 아니란 말입니까?”

“이봐요.”

주민 한명이 손을 치켜들었다.

“예, 말씀하세요.”

“백날 말로만 떠들면 뭘 해요. 우린 무시를 당하고 있는 거라구요. 우리끼리 모여서 백날 떠들어봐야 좆도 아니고 몽땅 몰려가서 확 엎어버려야 해요. 주공 사무실에다 불을 질러버리든가, 도로를 막아버리든가, 데모를 하려면 그렇게 화끈하게 해야지, 그렇지 않음 우리 사정을 알아주기나 할 것 같아요?”

박수소리가 터져나왔다.

“옳소!”

“갑시다. 가서 도로를 막아버리자구요.”

주민들이 우 하고 일어나서 주택공사 앞 산업도로를 향해 몰려갔다.

“철거민도 사람이다!”

“주민들 우롱하는 주택공사 각성하라!”

“왜, 우리만 희생을 당해야 하나. 우리도 한번쯤은 인간답게 살아보고 싶고 무시당하지 않으며 살고 싶다.”

창진은 구호를 따라 외쳤다. 도로에 도착한 주민들은 우르르 도로를 가로막고 그 자리에 주저앉았다. 순식간에 도로가 차단되었다. 차들이 빵빵거리며 경적을 울려대었다. 주민들은 노래를 했다.

　　우리의 소원은 내 집
　　꿈에도 소원은 내 집
　　이 정성 다해서 내 집
　　내 집을 만들자
　　………

　주민들이 부르는 노랫소리가 차들의 요란한 경적소리와 뒤섞이며 울려퍼졌다. 경찰들이 왔다.
　"여러분, 이건 불법이오!"
　노랫소리가 멎었다.
　"왜 이런 식으로 도로를 막는 거요. 이런 방법 말고도 얼마든지 방법이 있잖소?"
　"어떤 방법이 있죠? 형사님이 그 방법을 알면 좀 가르쳐주지그래요."
　"허 참, 대화로 얼마든지 일을 풀어나갈 수 있잖소."
　"대화라구요? 이봐요, 형사님. 우리는 여태까지 대화를 했어요. 하지만 아무도 들어주거나 귀 기울여 듣지 않았수. 그런데 이제 와서 대화라구요? 이거 왜 이러슈. 남들 돈 벌 때 뭐 했냐고 비웃는 사람들과 도대체 어떤 대화를 하란 말유."
　형사가 무전기에다 대고 뭐라고 중얼거리고 나서 다시 입을 열었다.

"지금 경찰 기동대가 출동 준비를 하고 있으니 어서 해산을 하시오. 안 그러면 우리는 강제로 해산을 시킬 수밖에 없고 그러면 여러분이 다치게 돼요."

창진이 벌떡 일어났다.

"이보슈, 형사님. 도로를 막는 건 물론 불법이죠. 우리도 알아요. 그러나 이렇게밖에 할 수 없는 우리의 심정은 아무도 몰라요. 우린 도무지 불안해서 살 수가 없어요. 우린 시방 살기 위해서 이러는 거라구요."

"그 심정 우리도 알아요."

"뭘 안다는 거죠? 그걸 안다면 애시당초 이따위로 우릴 내쫓으려고만 들진 않았겠죠."

차들은 여전히 경적을 울려댔다. 그러나 아무도 꿈쩍하지 않았다. 할머니들은 지팡이를 짚고 먼 산을 올려다보았고 아주머니들은 애기를 업거나 안고서 쓸쓸한 미소만을 지을 뿐이었다. 그때 저만치 주택공사 사무실에서 관리과장이 나왔다.

"여러분, 이러지 말고 안으로 들어가서 얘기합시다."

어느 아주머니가 소리를 질렀다.

"필요없어요. 우린 이미 그 안에서 과장님과 얘기를 많이 했어요. 그런데 맨날 똑같은 얘기만 했잖아요."

"맞아요. 과장님은 우릴 깔보고 있는 거라구요."

관리과장이 곤혹스러운 표정을 지었으나 이내 특유의 능글능글한 웃음과 여유를 되찾았다.

"허허, 여러분. 제가 누차 말씀드렸다시피 재개발은 법에 의해서 진행되는 거요. 누가 무시를 한다는 겁니까?"

"그럼 법을 바꾸면 되잖소?"

"법을 바꾸는 게 애들 장난도 아니고 그렇게 쉽게 바꿀 수 있는 게 아니잖소?"

"법이 누구를 위해 있는 거죠? 법이 잘못되었으면 바꿔야지, 그럼 우리만 죽으란 말요?"

"긴말할 것 없수. 우린 뭔가 대책이 있기 전엔 여길 뜨지 않을 테니 그리 아슈."

"좋아요. 다른 건 못 들어드리더라도 면담 주선은 수락하겠습니다."

"정말입니까?"

"오늘 중으로 주선해보죠. 그동안 사무실로 들어가서 기다립시다."

주민들은 믿어보기로 했다. 도로점거를 풀고 주택공사 사무실로 들어갔다. 사무실 안에서 돈을 모아 라면이나 빵을 사서 점심 끼니를 때우고 정부당국자를 만나면 무슨 말을 할 것인지 얘기들을 나누었다. 관리과장은 연락을 한다면서 어디로 나가서는 보이지 않았다.

"높은 분이 오시면 우리네 사정을 알아주실 것이구먼."

"그럼요."

"그래도 모르지. 그놈이 그놈이더라구……"

"아닐 거여."

그때 관리과장이 다시 나타났다. 주민들은 그를 에워쌌다.

"어떻게 잘됐어요?"

"조용히 하고 들으세요. 연락을 했는데 그분들이 이리로 오시는 게 아니라 주민대표 몇분이 주택공사 본부로 가서 면담을 하셔야겠어요."

"뭐요? 약속이 틀리잖소."

"글쎄, 낸들 어쩌겠소, 그리로 오라는데."

주민들이 웅성거렸다.

"그럼 좋아요. 주민대표 몇명이 갈 게 아니라 우리 모두 갑시다."

"그럽시다. 이건 필시 무슨 꿍꿍이가 있어서 몇명만 불러내려는 게 틀림없어요."

"그래요."

"모두 갑시다."

주민들은 너도나도 흥분을 하며 소리를 질렀다. 관리과장이 손을 내저으며 한걸음 앞으로 다가왔다.

"자, 자, 진정들 하세요. 일에는 순서가 있는 거요. 흥분을 해서 될 일이 아……"

"필요없소. 이제 당신들 얘기라면 듣기도 싫어요. 주민들 우롱하는 주택공사 각성하라!"

누군가 구호를 외치자 모두들 구호를 따라 외쳤다.

"주택공사 각성하라!"

관리과장은 휑하니 밖으로 나갔다. 그의 이마에는 진땀이 흘러내리고 있었다. 그는 약속을 어긴 것이다. 처음부터 주민의 시위를 방해하기 위해 계획된 약속이었다. 화가 난 주민들은 주택공사 사무실 유리창을 깨뜨리고 집기를 뒤집어엎고는 그 위에다 똥을 퍼다 부었다.

창진은 집으로 돌아와버렸다. 날은 이미 저문 뒤였다. 그는 밤하늘을 올려다보면서 중얼거렸다.

'힘없는 놈들은 당하고만 사는 게 현실이야. 억울해도, 분통이 터져도 할 수 없어. 억장이 무너진다고 가슴을 쳐봐야 아픈 건 내 가슴이고 알아줄 이 아무도 없는 게 우리네 인생인 걸 인정해야 돼.'

"아주머니, 집을 비워주셔야겠어요."

"아저씨, 조금만 참아주세요."

"이봐요, 아주머니. 그런 소릴랑 마쇼. 빨리 집을 비워주셔야 우리도 보상을 타먹을 게 아뇨."

"일부러 이사를 안 가는 것도 아니잖우. 누군 군소리 들어가면서 있고 싶겠수."

"그럼 당신네 때문에 우린 보상도 타먹지 말란 거요, 뭐요? 사람 골탕을 먹여도 유분수지. 이거야 원……"

"누가 골탕을 먹인단 말이에요?"

방 안에서 밥을 먹던 창진은 어머니와 주인집 남자가 다투는 소리를 듣고는 수저를 놓았다.

"길게 얘기할 것도 없으니 싸게 방이나 비우슈."

창진은 멀거니 밥상을 내려다보다가 밥상을 밀쳐버렸다.

방으로 들어서며 어머닌 혼잣말을 내뱉었다.

"나 원, 더럽고 치사해서…… 누군 좋아서 있는 줄 아나."

창진은 고개를 들어 어머니의 얼굴을 바라보았다. 한쪽에 앉아 한숨을 내쉬는 어머니의 얼굴이 요새 들어 참 많이 늙었다고 그는 생각했다. 그건 나이 탓만은 아니었다. 갑자기 짜증이 났다. 창진은 뒤로 벌렁 드러누웠다. 30촉 전구알이 흔들렸다. 동생들은 간혹 가다 형광등 얘길 했다. 뭐, 전구다마는 사람에게 해롭다나. 그는 질끈 눈을 감았다. 어디 사람에게 해로운 게 그것뿐이랴.

"이것아, 밥을 왜 먹다 마는 겨."

"………"

"밥 냉겨 버릇허면 죄받어."

창진은 갑자기 눈을 뜨고 몸을 일으켰다.

"참, 구정이 언제죠?"

"일주일인가 남았다. 그건 왜?"

"아녜요."

"철거도 철거지만 명절 쇨 일도 걱정이다."

창진은 도로 누우며 눈을 감았다.

막 출근해서 현장에 들어서던 창진은 우뚝 멈춰서고 말았다. 현장 한가운데 걸려 있는 흑판에 시선을 둔 그의 얼굴이 일그러졌다. 먼저 흑판을 본 사람들은 침을 뱉으며 돌아섰다.

"씨팔!"

창진도 침을 뱉으며 돌아섰다.

"저그들 멋대로구만. 니기미, 구정 휴가를 일요일 껴서 사흘 주는 데가 어디 있어."

누군가 작업복을 갈아입으며 투덜거렸다. 여전히 날씨가 추워 작업복을 갈아입으니 오싹하니 한기가 느껴졌다.

"그나저나 보너스 얘긴 왜 써놓질 않은 거야?"

"낸들 아나."

여느 때면 농지거리로 떠들썩할 텐데 모두들 얼굴이 굳어 말들을 안했다.

"모두들 모여봐!"

작업복을 갈아입고 나니 반장이 사람들을 불러 모았다. 사람들은 어깨가 처진 채 현장 한가운데로 모여들었다. 반장이 출석을 부르고 나자 사장이 나타났다. 반장이 차렷, 경례, 하고 구령을 외쳤다. 모두 고개를 숙이며 인사를 했다.

"에, 모두들 알고 있겠지만 올 구정 휴가는 삼일밖에 줄 수가 없게 되어 매우 미안합니다. 하지만 어쩔 수가 없어요. 여러분이 나보다 더 잘 알고 있겠지만 요새 물량이 엄청 밀려 거래처 독촉이 여간 아니에요. 어쩌겠습니까. 불만이 있더라도 여러분이 이해를 해야지. 물량을 대주지 못해 거래처를 잃게 되면 서로 불행한 일 아닙니까."

"사장님!"

"얘기해봐요."

"그건 그렇다 치더라도 보너스는 어떻게 되는 겁니까?"

모두들 마른침을 삼키며 사장의 입에 시선을 모았다.

"그렇잖아도 그 얘길 할 참이었는데…… 허험, 보너스 얘길 하기 전에 먼저 설명할 게 있어요. 금년 초에 공장 증축한 것은 모두들 알고 있겠죠. 그게 돈이 있어서 한 게 아니라 은행 빚을 얻어서 한 건데 그 때문에 회사 자금사정이 여간 악화된 게 아녜요. 게다가 거래처에서도 이 핑계 저 핑계로 어음을 끊어주니 요 두세달에 난 적자만 해도 줄잡아 몇천은 돼요. 여러분에게 차마 할 소리는 아니지만 이번만큼은 이해를 하고 가불들을 해서 명절을 쇠도록 하세요. 그러면 여름휴가 때 그만큼 더 생각을 해줄 테니 이번만큼은…… 어쩌겠어요. 회사가 어려울 땐 여러분들이 이해를 해야지, 허험……"

사장이 반장에게 눈치를 주자 반장은 곧 자세를 가다듬었다.

"차렷, 경례!"

그러나 몇 사람만 고개를 꾸뻑할 뿐 죄다 땅만 내려다보았다. 그러나 사장은 개의치 않는다는 듯 횅하니 현장을 빠져나갔다.

"때르르릉."

작업벨이 울렸다. 그러나 모두들 움직이지 않았다.

"일 안할 거야?"

"지금 일하게 생겼수?"

"허허, 우리들이 이해를 하지 않음 어쩌겠나. 여름휴가 때 생각 해준다니 참고 어서 일들을 하세."

창진은 커억, 침을 뱉어 발로 짓이기고는 자리로 돌아갔다. 기계 스위치를 올렸다. 그러나 영 일할 기분이 나지 않았다. 그는 욱해서 공구를 바닥에 집어던졌다.

그날 하루 종일 일손이 잡히지 않았다.

"여, 오늘 기분도 그런데 한잔 꺾으러들 가자구."

창진은 오늘 술이나 퍼마시자고 생각했다.

'씨팔, 이래도 한세상 저래도 한세상, 술이나 먹자.'

—철거도 철거지만 명절 쉴 일도 걱정이다. 에구, 산다는 게 이젠 지긋지긋허다.

'그래, 정말 지긋지긋하다. 아예 끔찍하다, 끔찍해. 누가 그랬더라. 산다는 건 일하다 병들어 늙어 죽는 거라고. 말이야 바른말이지. 우리네 사는 게 생판 그렇지 뭐야.'

"뭐 해. 싸게 씻지 않구."

창진은 누군가 어깨를 툭 치는 바람에 퍼뜩 정신을 차렸다. 김형이었다. 창진은 힘없이 웃어 보이곤 세면가로 갔다.

날이 궂었다. 눈이 내릴 모양이었다. 게다가 바람까지 불어 모두들 옷깃을 곧추세우고 어깨를 움츠렸다.

단골식당에 들어서자 모두들 난롯가에 모여 손을 모으고 비볐다. 늘 그렇듯이 소주와 순댓국을 시키고 잔을 돌렸다.

"크, 좋다."

"염병할, 좋긴 뭐가 좋아, 보너스도 못 받는데. 집에 가면 마누라한테 볶일 거면서 좋기도 하겠다."

"술맛 떨구고 있네. 그 얘길랑 집어치워."

창진은 툭 쏘아붙이곤 잔을 들이켰다. 모두들 입을 다물었다. 잠시 침묵이 흘렀다. 김형이 그 침묵을 깨뜨렸다.

"이번은 해도 너무한 거 아냐?"

──해도 너무하잖아요.

어머니가 짜증을 냈다.

──뭐가?

──뭐긴 뭐예요. 아니 그래, 수리해주고 한푼도 못 받았단 말예요. 그래, 아무렇지도 않습디까.

──그럼 낸들 어떡해. 나중에 받으러 오라는데.

──아이구, 한심하긴. 그만한 집에 돈이 없어 나중에 받는다는 거요, 어디. 번연히 집에 쌀 떨어진 걸 알면서 그래, 그러랜다고 그냥 와요.

──그럼 어쩌란 거야?

아버지는 팩하니 소리를 질렀다.

"그 자식 공갈치는 솜씨라니. 뭐? 은행 빚이 어쩌구 어음이 어째?"

"시끄러워! 술들이나 먹어."

창진은 술을 거칠게 들이켜며 말했다.

"이봐, 이형. 보너스라도 받아야잖어."

김형의 얘기였다.

"줘야 받지."

공장에서 제일 고참 격인 박씨가 무겁게 입을 뗐다. 그의 얼굴은 술기운으로 벌겋게 달아올라 있었다.

"이보게들, 내 오늘 곰곰이 생각해봤는데 말야……"

모두들 박씨에게로 시선을 모았다.

"그 자식 적자 운운한 거 다 노가리야. 정말 적자라면 이런 소리 하지 않아. 번연히 돈이 있으면서도 안 주니 참질 못하겠어."

"설사 적자라 해도 그동안 제놈이 번 돈으로 메꿔야지 왜 우리들을 희생시켜 그걸 메꾸려 든답니까. 이건 착취라고요, 착취."

김형이 못 참겠는지 말참견을 했다.

"글쎄, 들어들 보라고. 해서 말인데 내일 전부 모여서 따지자구. 혼자 볼이 부어봐야 헛일이구, 내일 따져서도 안되면 전부 일손을 놓는 거야."

"예?"

모두들 놀란 표정으로 마시려던 술잔을 내려놓았다.

"그러다 쫓겨나면 어쩌려구요."

"이런 한심한 사람들 같으니라구. 그러니까 모여서 따지구 다같이 일손을 놓자는 거지. 아, 제놈이 몽땅 쫓아낼 거여?"

"그래도 혹시 알우?"

"아, 명절은 돈 한푼 없이 어찌 쉴 거여."

창진은 단숨에 술잔을 비우며 입을 열었다.

"씨팔, 좋시다. 니미, 어차피 막차인생 겁날 게 뭐 있겠소."

"나도 좋소. 뭉치면 안될 일이 어디 있답니까. 일하는 놈 개 취급 하는 놈도 개새끼지만 병신같이 당하고만 있는 놈은 더 병신이지, 뭐."

김형이 탁자를 치며 말했다.

"이보쇼, 박씨. 그럼 이왕 할 거 화끈하게 합시다. 보너스 얘기만 할 게 아니라 아예 점심시간이랑 작업시간도 따집시다. 사실 말이 났으니 말이지, 점심시간 삼십분에다가 일곱시까지 정상근무 시키 는 데가 세상천지 어디 있습니까."

"자네들도 알다시피 난 애가 둘이나 되네. 게다가 나이도 나이인 지라 취직하기도 쉽잖구. 하지만 자네들 심지만 굳으면 나도 이참 엔 참고 참았던 것 한번 쏟아볼 참일세."

"그럼 우리 건배합시다."

모두들 술잔을 치켜들었다. 쨍하고 잔 부딪치는 소리가 기분 좋 게 울려퍼졌다. 날이 더욱 궂어져서인지 바람소리가 요란했고, 다 시 영하로 떨어지려는지 제법 오싹하니 추웠다.

"속창시가 썩어 문드러진 놈!"

술자릴 파하고 집으로 돌아온 아들을 완주댁은 쳐다보지도 않고 내뱉었다.

"왜 그래요? 또 방 비우라고 성화를 합디까?"

창진은 한쪽에 철버덕 주저앉았다.

완주댁은 하루 종일 해봐야 이천원 벌이인 부업거릴 집에다 쌓아두고 파출부 일을 나갔다 와서 하곤 했다. 이제 그 일도 제법 손에 익어 능숙했다. 그녀는 그 일거리에서 눈을 떼지 않고 말했다.

"알긴 아는구나."

"술 좀 먹고 들어오는 걸 가지구 뭘 그래요."

갑자기 일거릴 손에서 놓고 완주댁이 돌아앉았다.

"내가 지금 잔소리 안하게 생겼냐. 강제철거가 오늘내일이라는 소문이 파다해. 그런데 술이 들어가냐?"

"젠장할, 그럼 나더러 어쩌란 말이에요?"

"입주권 팔란다. 삼백이십 준다더라. 오늘 방 알아보고 다녔다."

"예? 그……"

"잔말할 거 없다. 너 혼자 남든지 말든지 알아서 해. 에민 이사할 텐께. 더이상 볶이는 것도 싫고 당장 불안해서도 못살겠다. 하니 그리 알아."

완주댁은 다시 일거릴 붙들었다. 창진은 잠시 어머니를 쳐다보고는 벌렁 누워버렸다.

"그럼 알아서 해요. 나도 모르겠어요."

윗목에서 윤미가 시험공부를 하고 있었다.

"윤미야, 연탄불 봤냐?"

"아뇨."

"에구, 그저 자식들이란. 이것아, 연탄불 보란 지가 언젠데."

완주댁은 짜증을 내며 부엌으로 나갔다. 창진은 눈을 감았다.

모두들 눈을 빛내며 서로 신호를 주고받았다. 작업복을 갈아입고 공장 복판에 모였다.

"그럼 각오들 된 거지?"

모두들 고개를 끄덕이며 사무실로 몰려갔다.

사장은 언제나 제일 먼저 출근했다. 그가 입버릇처럼 말하는 말 중의 하나가 자신은 쌔빠지게 일해서 지금 위치에 있다는 거였다.

"무슨 일들인가?"

사무실로 모여드는 사람들을 보며 사장이 웬일이냐는 표정으로 물었다. 고참인 박씨가 대표 격으로 말했다.

"저…… 드릴 말씀이 있어 왔습니다."

박씨는 말을 더듬었다. 사장이 시계를 쳐다보았다.

"지금 작업시간일세. 무슨 일인지 모르지만 이따 퇴근시간이 되거든 얘기하게."

"아닙니다…… 지금 꼭 말씀드려야겠습니다."

"그래? 무슨 말인데 그러나?"

"실은 보너스 얘기로……"

갑자기 사장이 얼굴에 웃음을 띠며 일어섰다.

"우선 거기 그러고 섰지들 말고 좀 앉게. 이봐, 미스 리. 커피 좀 준비해. 자, 앉으라니까들."

"아…… 아닙니다."

"허, 괜찮으니 앉으래두."

모두들 주춤거리다 하나둘 엉거주춤 앉았다.

"보너스 얘기를 하려는 겐가?"

"예!"

"실은 나도 여간 미안한 게 아닐세. 자기가 데리고 있는 사람들에게 야박하게 굴고 싶은 사람이 어디 있겠나. 하지만 앞번에 얘기했다시피 자네들이 이런 경우엔 이해를 해줘야지. 회사는 궁지에 몰려 간당간당한데 일하는 사람들이 자기들 입장만 생각한다면 그 회사는 어찌 되겠나. 입장을 바꿔놓고 생각해보라고."

커피가 놓였으나 아무도 마시려 들지 않았다.

"허허, 그러지들 말고 한잔씩 들면서 얘길 하세."

모두들 서로 눈치를 보며 주춤거렸다.

"사람들 참, 한잔씩 들라니까."

몇명이 마지못한 듯 마시자 하나둘 따라 마시기 시작했다.

"사람 산다는 게 공생공존하는 거 아닌가. 회사가 어려울 땐 사원들이 회사를 이해하고, 또 사원들이 어려울 땐 회사가 돕고 그래야 되는 게 아닌가. 솔직히 말하자면 여간 어렵지가 않은 실정일세. 은행 이자도 제대로 못 갚고 있다네. 이 고비만 넘기면 여름휴가 때 그만큼 보답함세."

창진은 짜증이 났다. 어제 그렇게 큰소리들 칠 때의 기세는 어디 가고 모두들 사장 얘기만 듣고 앉았다니, 우리가 이러려고 모인 건가 싶었다. 가만 보니 이대로 사장 얘기나 듣다가 끝날 것 같았다.

"사장님!"

창진이 일어섰다.

"그래, 말해보게."

"우리는 그런 얘기를 들으러 온 거 아닙니다. 단도직입적으로 말씀드리겠습니다. 아무리 회사가 어려워도 그렇지 다른 휴가도 아닌 구정 때 보너스 지급 없는 데가 어디 있습니까. 회사가 어렵다고 보너스 지급을 않으면 그 어려운 게 나아진다는 건 억집니다."

창진은 사장의 표정이 변하는 걸 보았다. 그러나 망설이지 않고 계속 말을 이었다.

"그리고 이왕 말 나온 김에 점심시간은 삼십분에서 한시간으로 늘려주고 여덟시간 근무를 합시다."

"허, 거 젊은 사람이 말귀를 못 알아듣는구먼. 내 그만큼 얘기했으면 알아들어야지. 회사 사정이 오죽 어려우면 이러겠나."

창진은 사람들을 둘러보았다. 모두들 눈치만 보고 있었다. 창진은 화가 났다.

"답답한 건 사장님이십니다. 전 못 배워서 잘 모르지만 그래도 알 건 압니다. 노동자들에게 부당한 대우를 하는 거랑 회사 발전이 무슨 상관이 있다는 겁니까. 제가 볼 때 그건 착취일 뿐이고 회사 발전과는 상관이 없는 겁니다."

"이 사람아, 착취라니, 말조심하게. 회사가 잘되어야 자네들 대우도 나아지는 거야. 회사가 그러다 문이라도 닫아보게."

창진은 주먹을 부르쥐었다.

— 관리과장님은 우릴 무시하는 거예요.

— 누가 무시를 한다는 겁니까. 정부에는 주민 여러분의 요구를 들어줄 예산이 없어요.

창진은 사람들을 돌아보았다.

— 목동에서 사람들 쫓아내고 아파트를 지어서 1조를 벌었다지 뭐예요, 글쎄.

— 그렇다니까. 없는 놈들 등쳐 먹을 생각만 하고 있으니……

창진의 입가가 파르르 떨렸다. 그는 갑자기 소리를 질렀다.

"왜 입들을 다물고만 있는 거야? 갑자기 벙어리라도 됐어? 우리가 뭐 죄 되는 일을 저지르려고 하는 거야? 왜 눈치 보며 말들을 못해. 씨팔, 그러니까 맨날 당하기만 하지. 억울하지도 않아? 분하지도 않냐고! 이 병신들아, 왜 말들을 못해. 어제 그 기세는 어디로들 간 거야. 잘 보이고 싶어서 눈치 살피는 거야? 출세라도 해볼려고? 왜 갑자기 처자식이 걱정이 되어서 그래? 그러니까 맨날 당하고만 살지. 그러니까 무시당하고 평생 짓밟히는 거지. 말들을 해보라고!"

완주댁은 부동산을 나왔다. 그녀의 손에는 백만원이 들려 있었다. 입주권을 팔기로 계약하고 일부를 선불로 받았다. 밖으로 나오니 오싹하니 추웠다. 뉴스에서는 오늘 체감온도가 영하 7도라고 했다. 완주댁은 옷깃을 세웠다. 날은 여전히 궂었다. 바람도 멎질 않고 있었다. 왠지 눈물이 나오려고 했다. 평생에 단 한번 찾아온 내 집 마련의 기회가 날아갔다. 삼백십만원에 입주권을 팔았다. 그 삼백십만원에 내 집 마련의 희망이 날아갔다. 그러나 어차피 들어가 살지 못할 집이었다. 그녀는 문득 아들을 학교에 보내지 못했다는 자책감을 느꼈다. 남편에 대한 원망도 동시에 느꼈다. 그러나 부질없는 짓이었다. 하루하루 살아나가는 것만 해도 감사할 일이었다.

완주댁은 가리봉으로 가는 버스를 탔다. 이미 이사할 집은 봐놓았다. 열평짜리 단칸방이 백오십에 칠만원이라 했다. 그나마 일주일을 돌아다녀서 간신히 얻은 방이었다. 버스 창밖으로 획획 지나가는 거리 풍경이 왠지 낯설어 보였다. 그녀는 그 낯설어 뵈는 풍경을 공허하게 바라보며 산다는 게 뭔지를 생각해보았다. 그건 언제나 골치 아픈 문제였다. 평생을 생각해도 알 수 없는 문제였다. 그녀는 가리봉에서 내렸다. 정류장에서 얼마간 걸으니 낯익은 복덕방이 보였다. 문을 열고 들어서자 약간 머리가 벗어지고 말라 뵈는 사내가 그녀를 맞았다.

"전번에 본 방을 계약했음 싶은데요."

"그러세요. 그럼 잠깐 기다리세요."

사내는 뭐가 그리도 좋은지 싱글싱글 웃으며 어디론가 전화를 걸었다. 불을 쬐고 있으니 뻣뻣이 언 몸이 풀려왔다. 완주댁은 궂은 날씨를 원망했다. 이런 날은 그놈의 신경통이 그녀를 괴롭혔다.

"곧 집주인이 올 거예요."

사내는 그렇게 말하고는 책상서랍에서 계약용지를 꺼내 간추렸다. 그때 문이 열리고 머리가 희끗희끗한 남자가 들어섰다. 인상이 좋아 보였다.

"오셨군요. 인사하세요. 집주인이에요."

"네, 안녕하세요."

완주댁은 몸을 일으켜 인사를 했다. 복덕방 사내는 계약용지에 무언가를 부지런히 써내려갔다.

"자, 읽어보시고 도장들을 찍으세요."

완주댁은 도장을 찍었다. 그리고 계약금을 건네었다.

"이사는 언제 하실 거죠?"

"글피가 일요일이니 그때 하죠."

완주댁은 계약서를 잘 접어 지갑에 넣고 꾸벅 인사를 한 뒤 복덕방을 나왔다. 획 하고 바람이 지나갔다.

동네에 들어서면서 완주댁은 약간의 신열을 느꼈다. 요즘 들어 신경통뿐 아니라 두통도 유난히 심해졌다. 그녀는 약국에 들러 두통약을 샀다. 약사는 약을 지어주며 습관성 두통이라고 했다. 그러면서 매사에 너무 신경을 쓰지 말라고 했다.

날이 저물고 있었다. 이제 이사하는 일만 남았다 생각하니 그동안 엄청난 무게로 가슴을 짓눌러오던 불안이 천천히 가시기 시작했다. 피곤했다. 집이 가까워오자 졸음이 몰려왔다. 바람에 흩어진 머리를 쓸어올리며 고개를 들던 완주댁의 몸이 갑자기 우뚝 굳어버렸다. 가슴이 방망이질쳤다. 저만치 집 근처에 전경들이 보였다.

"무슨 일일까?"

막연한 불안감이 엄습해왔다. 완주댁은 뛰다시피 해서 집께로 다가갔다. 전경들이 사람들을 전경차에 강제로 싣고 있었다. 전경이 그녀 앞을 가로막았다. 그 뒤로 집이 보였다. 웬 사내들이 집에서 살림을 끄집어내고 있었다. 옆집은 낯선 사내들의 해머질에 무너져내리고 있었다. 달려들어 울부짖는 사람들을 전경들이 팔다리를 붙잡아 들고 속속 전경차에 강제로 싣고 있었다. 강제철거!

완주댁은 온몸이 얼어붙는 것 같았다. 갑자기 아무것도 아무 소리도 들리지 않았다. 그녀는 앞을 가로막는 전경을 밀치고 앞으로 나아가려 했다.

"이놈들아, 안돼! 왜 남의 살림을 끄집어내고 지랄이야!"

완주댁은 소리를 치며 전경들을 밀쳤다. 네명의 전경이 사방에서 그녀의 팔다리를 붙잡아 들었다. 그녀는 몸부림을 쳤으나 결국 전경차에 강제로 실렸다.

"이 개새끼들아, 이 개 같은 놈들아…… 크흑!"

완주댁은 철창에 매달려 울부짖었다. 철창을 흔들기도 했고 주먹으로 치기도 했다. 철창 밖에서는 해머질에 집이 힘없이 내려앉고 있었다.

"미안하네."

사무실을 나온 후 사람들은 창진에게 사과를 했다. 그들은 고개를 떨구었다.

"듣기 싫소!"

창진은 거칠게 쏘아붙였다.

사람들은 하나둘 현장을 빠져나가 세면가로 갔다. 창진은 혼자 현장에 남아 그 뒷모습들을 쳐다보았다. 원망스러웠다. 하지만 이해를 못할 바는 아니었다. 이해를 하기에 더욱 원망스러웠다. 창진은 일어섰다. 현장을 가로질러 세면가로 향했다.

　"하하하, 말도 말게. 아주 진땀을 뺐다니까."

　사무실 앞을 지나갈 때였다. 사장의 목소리가 새어나왔다. 누군가와 전화를 하는 모양이군 하며 그냥 지나치려던 창진은 갑자기 걸음을 멈추고 귀를 곤두세웠다.

　"이 사람아, 내가 누군가. 그게 다 사업이라구. 글쎄, 이 자식들이 일을 못하겠다고 나오길래 연극 좀 했지. 뭐라구? 하하, 저희들이 어쩔 거야, 회사 문 닫는다는데. 요즘 애들은 뭐가 그리 요구가 많은지 원. 옛날 같지 않아. 아주 골치가 아프다구……"

　창진은 온몸의 피가 거꾸로 솟구쳤다.

　——그렇다면 나도 어쩔 수가 없네, 문을 닫는 수밖에. 들어줄 형편이면 내가 왜 이러겠나. 나도 미치겠다구. 밤에 잠을 못 자.

　사장은 그러면서 흐느꼈다. 모두들 아무 말도 하지 못했다.

　——흐흑, 그동안 자네들만 믿고 버텨왔네. 그런데 자네들이 그렇게 나오면…… 내가 더이상 누굴 믿고 의지하겠나.

　그래서 모두들 사무실을 나왔다. 사장이 앞으로 서로 믿고 의지하면서 회사를 키우자고, 그때 가서는 고생한 얘길 하며 웃자고, 그런 뜻에서 오늘 화해도 할 겸 회식을 하자고 했다. 모두들 고개를 끄덕였다.

"애들이 귀찮게 굴 땐 슬슬 어르고 때론 강하게 미는 게 상수야. 하여튼 요즘 놈들 보통 건방진 게 아니야. 저그들이 뭔데 내놔라 마라 지랄이야. 마치 제놈들 회사처럼 설친다니까. 다 내가 피땀 흘려 이룩한 것을 모르고 저그들이 회사를 살리는 줄 안다니까. 안 그런가. 뭐? 그럼 그럼……"

창진은 얼굴이 부들부들 떨렸다. 그는 주위를 둘러보았다. 그러고는 환봉 하나를 주워들고 사무실 문을 열어젖혔다. 의자에 몸을 묻고 다리를 책상에 올린 채 한껏 기분 좋게 전화를 받던 사장의 얼굴이 굳어졌다.

"뭐야? 왜 그래?"

전화기를 든 채로 사장이 물었다. 창진은 천천히 사장에게로 다가갔다. 사장의 눈동자에 두려운 빛이 어렸다.

"이…… 이 사람아…… 왜, 왜 이러나……"

"개새끼!"

"경, 경찰을 부르겠어."

사장이 일어서 뒷걸음질을 치며 말했다. 창진은 비웃는 웃음을 입가에 흘리며 사장의 코앞에서 걸음을 멈추었다.

"사…… 사람 살려. 악!"

창진은 환봉을 휘둘렀다. 사장의 머리에서 피가 솟구쳤다.

"개새꺄. 죽어, 죽어."

사장이 머리를 감싸쥐며 뒤로 자빠졌다.

"익, 죽어버려. 개새꺄, 죽어버려."

창진의 눈이 살기로 번득거렸다. 사장이 계속 비명을 질러댔다.

"이…… 이 사람아, 왜 이래."

세면가에서 비명소리를 듣고 달려든 사람들이 창진을 붙들었다.

"이거 놔. 저런 놈은 인간도 아냐. 죽어야 돼."

"안돼."

"놓으란 말이야!"

사장이 부축을 받으며 달아났다. 창진은 몸부림을 쳤다. 그러다가 그의 눈에서 눈물이 왈칵 쏟아졌다.

전경들이 돌아갔다. 집들이 모두 부서진 뒤 전경들은 전경버스에 가뒀던 사람들을 풀어주고 물러갔다. 사람들은 이 믿어지지 않는 현실 앞에서 땅바닥에 주저앉아 하나둘씩 오열을 토해내기 시작했다.

완주댁은 떨리는 발걸음을 한걸음씩 떼어 집 앞으로 다가갔다. 두어군데 벽만 남고 부서진 집. 그 앞에 아무렇게나 내던져진 살림들. 그녀는 털썩 주저앉고 말았다.

"이…… 이럴 수가 없구먼…… 인간도 아녀……"

"엄마, 무서워."

아이들이 제 어미의 품에 안겼다. 아이들은 떨고 있었다. 완주댁은 바닥에 주저앉은 채 움직일 수가 없었다. 가슴 한복판에서 주먹만 한 덩어리가 돌아다녔다. 가슴앓이였다.

남편이 있었을 때 생긴 병이었다. 가슴앓이에는 약이 없었다. 심하면 죽기까지 하는 병이었다. 한번 가슴앓이가 시작되면 온 천지가 샛노래지면서 뱅뱅 돌았다. 남편이 사라지고 나서 가슴앓이도 없어졌다. 아니, 없어진 줄 알았다. 그러나 최근에 두통이 시작되면서 가슴앓이도 함께 나타났다. 완주댁은 가슴을 쳤다. 숨이 막혔다. 가슴을 쥐어뜯었다.

"아이구, 가슴이야…… 아이구…… 가슴……"

완주댁은 가슴을 쥐어뜯으며 데굴데굴 굴렀다. 아무것도 보이지 않았다. 온 천지가 노래지면서 숨이 컥컥 막혔다. 주먹만 한 덩어리가 가슴을 휘젓고는 목구멍에 와서 처박혔다가 다시 가슴을 휘저었다.

'떠나는 겨. 떠나면 되는 겨. 갈 곳이 읎어도 가라고 하면 짐을 꾸려 어디로든 떠나면 되는 겨. 억울하고 분해도 떠나는 겨.'

"어…… 엄마, 왜 그래, 응? 엄마……"

아이들이 나뒹구는 그녀를 흔들며 울음을 터뜨렸다.

'울 필요 없구먼. 어차피 쫓기며 사는 기 우리네덜 인생이여. 기왕지사 쫓길 거면 내 발로 떠나는 겨. 울지 않고 이를 악물며 떠나는 겨. 이깟 것 시련도 아니랑께. 시련이 어디 한둘이던가. 시련을 넘고 나면 또 시련이 있고, 또 넘으면 거긴 또 시련이 있는 거 아닌가베. 그렇게 살아왔어. 이깟 거 아무렇잖게 넘길 수도 있구먼. 억울혀? 그래봤자여. 억울허다고 어쩔 것이여. 그딴 거 따지면 더 다치고 더 억울헌 겨. 그냥 떠나는 겨. 갈 곳이 읎어도 가라 허면 가는 겨. 가슴을 쾅쾅 두들기고 속울음 삼키고 가는 겨.'

얼마나 시간이 흘렀을까. 달이 떴다. 한쪽이 이지러진 달이었다. 구름이 밀려와 달을 가렸다. 그러다가 구름 틈새로 빼꼼히 달이 나왔다 다시 구름 속으로 사라졌다. 바람이 찼다. 어디선가 컹컹 개가 짖고 있었다.

아무렇게나 흩어진 살림살이를 한곳에 모아 비닐을 씌우고 나일론 끈으로 둘러 묶는 일을 끝낸 완주댁은 하늘을 올려다보았다. 산다는 게 허망했다. 아이들을 봉천동 외가에 보낸 그녀는 깊은 한숨을 내쉬었다. 시간은 자정이 넘은 때였다.

무슨 일인지 아들은 돌아오지 않고 있었다.

'망할 자식, 또 어디 가서 술을 퍼먹는 게지.'

사람들은 군데군데 장작불을 지피고 앉아 무슨 얘기들을 수군거리며 불 앞에서 손을 비비고 있었다. 완주댁은 비닐 씌운 살림 앞에 담요를 뒤집어쓰고 웅크려 앉았다. 추위가 뼛속으로 파고들었다.

'이제 이사만 가면 끝나는 겨. 아무 일도 없었다는 듯이 이사를 가서 정착하고 살면 돼.'

장작불 빛이 비닐에 싸인 살림에 그림자를 드리우고 유령처럼 흔들어댔다.

완주댁은 울기부터 하였다. 창진은 쇠창살 너머로 우는 어머니의 모습을 보고 고개를 돌렸다.

"아이고, 이놈아. 네놈이 미쳤지. 어쩌자고 그런 짓을…… 흑."

"………"

고개를 돌린 창진의 얼굴이 파르르 떨렸다.

"참을 수가 없었어요. 용서할 수가 없었어요."

"이 어리석은 놈아, 이 천치 같은 놈아…… 왜 참질 못해. 네놈이 뭐간다…… 누군 설움이 없고 분함이 없어 참고 살더냐……"

완주댁은 눈가를 훔쳤다.

"참지 않으면 어쩌겠냐. 다 참고 사는 겨."

완주댁은 잠시 말을 끊었다. 아들은 허공을 보고 있었다. 허공을 향한 아들의 눈동자에는 불꽃이 일고 있었다.

"철거가 되었다. 네놈이 사고 친 날 집이 부서졌다."

"예?"

아들의 얼굴에 놀라는 빛이 스쳤다.

"딴생각 마라. 입주권도 팔고 이사 갈 방도 이미 계약을 혔어. 그라고 남은 돈으로 합의를 봤다. 네 회사 사장님허고 말이다. 낼 풀려날 겨."

"지금 무슨 말을 하는 거예요?"

창진이 소리쳤다.

"이만큼 수습이 된 거이 다행으로 알아야 혀. 이사만 가면 이제 모든 게 끝난다. 낼 네놈 풀려나면 이사할 테니 그리 알어."

창진의 표정이 일그러졌다.

"아무 일도 없었던 거여. 앞으루 살아나가는 일만 남았어. 딴맘 먹지 마, 알겄냐. 이제 살아나가는 일만 남았어. 이사를 하면 넌 새로 취직을 허고 에민 다시 파출부 일을 해서 먹고살면 돼. 낼 오마.

옷 가지구 왔응께 갈아입구."

완주댁의 목소리는 흐느낄 때와는 달리 차분히 가라앉아 있었다. 조용한 목소리였으나 위엄이 서려 있었다. 창진은 손이 아프도록 주먹을 꼭 쥐었다. 어머니가 돌아서서 나가고 있었다.

"어머니! 어머니……!"

갑자기 창진은 큰 소리로 어머니를 불렀다. 그러나 어머니는 이미 면회실을 빠져나간 후였다. 문이 닫힐 때 쇳소리가 났다.

'이만큼 수습이 된 게 다행이라고요? 아무 일도 없었노라고요? 살아나가는 일만 남고 그러다보면 쥐구멍에도 볕 들 날이 있고 살 만한 날이 반드시 온다고요?'

덜컹.

교도관이 창진의 등을 떠민 후 유치장 문을 잠갔다. 창진은 벽에 기대어 서서 허공을 바라보았다.

'세상을 산다는 게 어떤 의미가 있을까. 거꾸로 돌아가는 세상. 인간이 인간을 억압하고 짓밟고, 한쪽에선 등이 굽도록 일을 해도 굶주리는데 다른 한쪽에선 일을 안해도 수백억 수천억의 돈을 싸안고 도둑이 들까봐 밤마다 잠을 못 자는 불평등이 존재하는 모순투성이의 사회. 돈과 권력만 있으면 인간이 인간을 마음대로 할 수 있는 사회. 인간의 존엄성, 자유, 평등, 평화란 낡은 성경이나 법조문 구석에나 있고, 원하는 걸 선택하거나 가질 수 없는 사회. 희망이 없는 사회. 그 사회에서 삶이 인간에게 어떤 의미가 있을까. 권리는 없고 의무만 강요하는 사회. 어머니, 그런데도 참기만 하면 된다고요? 할머니도 그런 말씀을 하셨고, 할머니의 어머니, 그 어머니의 할머니도 그런 얘길 했었겠죠. 그러나 없잖아요, 나아진 게 없잖아요. 오히려 불평등은 심해지고 갈수록 인간의 가치는 땅에 떨어지고 소외감은 깊어지는데 도대체 아무 일도 없었다니요. 이만하길 다행이라니요.'

창진은 벽을 주먹으로 쳤다. 손에서 피가 날 때까지 쾅쾅 쳤다.

'어머니, 이 잘못된 사회를 깡그리 불태워버리고 싶어요. 갈기갈기 찢어버리고 싶어요! 산산이 부숴버리고 싶어요! 그런데 언제나 부서지는 건 우리였어요. 우리만 부서져왔어요! 하지만 피를 토하고 죽더라도, 부서질 때 부서지더라도 마지막 몸부림이라도 쳐보고 싶어요.'

— 오빠, 부자들은 다 때려죽여야 해.

— 너 왜 이렇게 못됐냐.

어머닌 윤미를 야단쳤다.

— 내가 뭘요? 그 새끼들은 죽어야 돼요.

창진은 오열을 참기 위해 이를 악물었다.

그날밤은 추웠다. 이들이 딱딱 소리를 내며 부딪쳤다. 추위 때문에 온몸이 오그라드는 듯했다.

이튿날 아침에 창진은 풀려났다. 어머니와 윤미가 마중을 나와 있었다. 영하의 날씨였다. 하늘은 온통 찌푸려 있었고 날은 추웠다.

"오빠, 고생 많았지?"

윤미가 말을 건넸으나 창진은 대꾸하지 않았다. 눈이 부셨다. 왠지 마음이 착 가라앉아 모든 것이 덤덤했다. 어머니는 아무 말이 없었다. 걷기만 했다.

집 앞에 이르자 창진은 눈을 감고 말았다. 무슨 시체 더미 같은 무너진 집 앞에 이삿짐 꾸러미가 널브러져 있었다. 문득 인간이 가장 비참해질 수 있는 상황은 어떤 상황일까 하는 생각이 들었다. 어머니가 이삿짐센터를 불렀다.

"그래, 네놈 성질대로 굴고 나니 시원하지. 돈은 돈대로 처들이구."

이삿짐 트럭을 기다리며 어머니가 말했다. 창진은 대답하지 않았다.

"또 그럴래? 그때는 나 죽고 네놈도 죽는 거!"

그때 둑길 위로 들어서는 이삿짐센터 트럭이 보였다.

"야, 눈이다!"

트럭이 둑길을 타고 내려와 골목을 꺾어들어올 때 눈이 내리기 시작했다.

"시끄러, 이것들아. 철딱서니 없는 것들. 싸게 짐이나 실어."

어머닌 눈이 온다고 좋아하는 동생들에게 면박을 주었다. 트럭 위로 이삿짐을 싣는데 그 위로 눈이 내려앉았다. 짐을 다 싣자 어머니와 동생들은 운전석에 타고 창진은 짐칸의 이삿짐 위에 올라탔다. 트럭은 시동을 거는가 싶더니 골목을 빠져나와 둑길에 올라섰다. 창진은 흔들리며 달리는 트럭 위에서 둑길 아래 펼쳐진 동네를 훑어보았다. 비만 오면 잠기던 동네. 동네 가를 따라 흐르는 도

랑에는 몇몇 집에서 기르는 가축들의 똥이 섞여 흐르고, 보안등 하나 없어 밤이면 무섭기만 하던 동네. 수도가 없어 안양천의 폐수나 다름없는 지하수를 끌어올려 정화해서 먹어야 하는 동네. 그런 동네에서마저도 쫓겨난다 생각하니 왠지 서글픔이 느껴졌다.

그때 저만치 공터에서 주민들이 모여서 구호를 외치는 것이 보였다. 포장이 안된 둑길을 달리는 트럭은 심하게 흔들렸다. 가을이면 둑길엔 탐스러운 코스모스꽃이 흐드러지게 피어나곤 했다. 그 코스모스만큼이나 고운 눈이 둑길 위에 내리고 있었다. 공터에서는 사람들이 무언가를 불태우고 있었다. 허수아비였다. 그 허수아비 가슴에 무슨 팻말이 걸려 있었다. 그러나 그 팻말에 무슨 글씨가 씌어져 있는지는 멀어서 잘 보이지 않았다. 사람들은 손을 치켜들며 무언가 외치고 있었으나 그 소리도 멀어서 무슨 소린지 알아들을 수가 없었다. 불타는 허수아비 위로도 눈발이 흩날리고 있었으나 눈은 허수아비에 닿기도 전에 녹아버렸다.

아버지는 언제나 어두운 얼굴을 하고 있었다. 창진은 웃는 아버지의 얼굴을 본 기억이 없다. 그런데 지금 그 자신도 마찬가지여서 웃어본 기억이 없다. 아버지는 언제나 빼앗기고만 살았다. 그도 마찬가지였다. 그래서 가난하다. 창진네가 빼앗긴 걸 가져간 사람들은 부유하다. 빈과 부.

──부자들은 다 때려죽여야 돼.

창진은 문득 인간이 문제가 아니라 사회가, 그 모순된 구조가 문제라는 생각이 들었다. 사회의 모순이 빈을 낳고 부를 낳았다. 인간의 됨됨이가 문제인 것은 아니다.

아냐, 인간이 만든 사회다. 인간에게도 문제가 있다.

— 네 아버지는 죄라곤 짓지 않고 사셨다.

어머니는 언제나 그렇게 말했다. 창진은 그걸 믿었다. 아버지에게는 죄라곤 가난 외엔 없었다. 그러나 아니다. 아버지에겐 원죄가 있었다.

아버진 언제나 총살당한 할아버지를 생각하며 빨갱이를 증오했다. 그래서 어디서 누가 데모를 하면 개탄하고 손가락질을 했다. 할아버지를 총살시킨 빨갱이는 그 마을 사람들이었다. 그 마을 사람들이 굶주릴 때 할아버진 굶주리지 않았다. 할아버지가 창고에 쌓아둔 쌀은 그 마을 사람들이 생산해낸 것이었다. 농사를 지은 사람은 굶고, 짓지 않은 사람들은 배를 두드렸다. 아버지는 할아버지가 총살당한 것만 생각했지 왜 총살당했는지는 한번도 생각하지 않았다. 그것이 아버지의 첫번째 원죄이다.

아버지가 살아온 세상은 불공평했다. 아버지는 그것을 운명으로 돌렸다. 언제나 팔자를 탄식하며 운명은 타고나는 거라고 말했다. 그러나 그것은 운명도 팔자도 아니다. 불공평은 운명이 아니라 잘못된 사회구조 때문이다. 아버지는 왜 불평등한 사회가 존재하는지, 어떻게 하면 그 사회가 바뀌어 모든 인간이 평등할 수 있는지 생각하지 않았다. 두번째 원죄는 그것이다.

허수아비가 불타서 쓰러질 때 사람들이 박수를 치며 함성을 지르는 걸 창진은 보았다.

아버지의 원죄는 또 있다. 아버지는 이 사회가 바뀌지 않으리라고 믿었다. 하지만 그건 틀린 생각이었다. 인간이 자신의 손으로 만든 것이 사회로, 신하곤 상관이 없다. 인간이 만든 사회니 인간의 손으로 얼마든지 이 사회는 바뀔 수 있다. 아버진 그걸 믿지 않았다. 그래서 아버지는 당신이 살았던 잘못된 사회를 그 아들에게 그대로 물려주었다. 그것이 아버지의 세번째 원죄이다.

허수아비가 시커먼 재로 변하는 개천 너머에는 구로공단의 거대한 기계소리가 웅웅거리며 울려퍼지고 있었다. 창진은 갑자기 달리는 트럭 위에서 벌떡 몸을 일으키며 소리쳤다.

"세워요, 차를 세워요."

이제야 모든 것을 알 것 같았다. 창진은 어렸을 때 종종 모래밭에서 동무들과 두꺼비 집을 짓곤 했다. 모두들 한쪽 손 위에 모래를 쌓아올리고 다른 손으로 그 위를 두드리며 노래를 불렀었다.

두껍아 두껍아
헌 집 헐고 새 집 짓자
땅이 하나면 사람도 하나
집이 하나면 사람도 하나
두껍아 두껍아
헌 집 헐고 새 집 짓자

몇번 입을 모아 노래를 부르고 나서 손을 쑥 빼면 신기하게도 모래성은 허물어지지 않고 우뚝우뚝 잘도 서 있곤 했다.

짐칸에서 지르는 소리라 운전석에서는 들리지 않는지 트럭은 멈추지 않았다. 창진은 계속 차를 세우라고 소리를 질렀다.

이제는 더이상 쫓겨나지 말아야 한다. 빼앗긴 그 자리에서 물러나지 말고 버티고 서서 싸워야 한다. 당장 살아남기 위해서라도 싸워야 한다. 그리고 우리들의 2세에게 이 잘못된 사회가 아닌 새로운 사회를 물려주기 위해서라도 싸워야 한다. 인간이 인간을 억압하고, 인간이 인간을 착취하고, 인간이 뭔가를 선택하지 못하고, 희망도 없는 그런 사회는 이제 끝내야 한다. 새로운 사회에는 불평등이 없을 것이다. 모든 인간이 인간으로서 존중을 받고, 억압과 착취가 없고, 원하는 걸 선택하고 이루며, 사랑이 충만하고, 누구나 똑같이 일해 똑같이 분배하고, 만일 개인의 부나 권력을 위해 공동체를 깨려는 자가 있다면 모두에 의해 심판받을 것이다.

여전히 창진의 소리가 들리지 않는지 트럭은 계속 달렸다. 갑자기 울음이 터져나왔다. 눈발이 굵어지고 있었다. 고운 눈이었다. 옛날 흙을 집어 먹으며 배고파 울던 명절날, 다른 사람들이 떡을 한다며 빻던 그 떡가루만큼이나 고운 눈이었다. 눈은 누구에게나 곱고 깨끗하다. 가난한 자에게나 부유한 자에게나 눈은 똑같이 곱고 깨끗하다. 세상 모든 일들은 이 눈 같아야 한다. 그것은 혼자의 힘으로 될 일이 아니다. 억눌린 모든 나, 모든 우리들이 하나가 되어야 가능한 일이다. 창진은 동료를 욕하고 이웃을 욕했었다. 왜 당하기만 하느냐고, 그러니 당하는 게 아니더냐고. 억압의 세월이 너무

길었다. 강요당한 억압의 벽이 너무 두꺼웠다.

창진은 조직을 생각했다. 이제는 우리가 자신을 스스로 지키고 우리를 위한 사회, 노동하는 자들을 위한 사회, 모든 인간의 행복을 위한 사회를 우리 스스로 만들어나가야 한다. 그것은 조직된 힘이 있어야 가능하다.

구로공단에서는 여전히 웅웅거리는 기계소리를 뱉어내고 있었다. 그곳에는 창진의 가난이, 창진의 생활이, 창진의 역사가 있다.

트럭은 계속해서 달렸다. 둑길을 거의 다 빠져나올 무렵 멀리 공터 자리에서 한줄기 연기가 피어오르고 있었다.

창진은 흐르는 눈물을 닦지 않았다. 모든 것은 언제나 시작이었다. 겨울이 지나면 봄이 오고 봄이 지나면 여름이 오고 여름이 지나면 가을이 오는 것처럼 말이다. 눈발이 점점 거세어지고 있었다. 아! 함박눈이다.

세상에 죽은 것은 없다. 죽은 것처럼 보일 뿐이다. 보아라, 저 눈 속에 아버지의 눈물이 웃음으로 온 천지를 뒤덮고 있는 것을.

트럭은 둑길을 빠져나와 개천을 가로지르는 다리 위로 들어섰다. 창진의 얼굴 위로도 눈이 내려앉았다. 그는 눈물을 닦지 않았다. 그리고 웃었다. 힘차게 밝게 웃었다. 처음으로 웃어보는 웃음이었다. 세상이 온통 하얗게 뒤덮이고 있었다.

(『창작과비평』 1988년 겨울호)

봄비 내리는 날

1

사람은 무엇을 위해서 사는가. 삶이 행복하다면 모르되 살아온 날보다 살아갈 날이 더 많은 삶이 늪에 빠진 듯 절망적이고 암담할 때 사람은 무엇을 바라고 살아야 하는가. 아니, 열심히 살아온 삶이 허무하고 허망해 보일 때 희망이란 무엇이며, 그 사람은 무엇을 바라고 꿈꾸면서 칡넝쿨보다 질긴 목숨을 이어나가야 하는 것일까.

빈약한 시장바구니를 들고 시장 여기저기를 두리번거리는 사람들 속으로 파묻히는 강씨의 뒷모습을 물끄러미 보며 만석은 서글픔을 느꼈다. 까닭을 알지 못할 서글픔이었다. 만석은 시계를 들여다보았다. 시침이 일곱시를 넘어서고 있었다. 하늘을 올려다보았다. 하늘은 서서히 어둠에 물들어가고 초승달이 부끄러운 자태를 내보였다. 시장통은 아직 완전히 어둠에 젖어들지 않았다. 봄이 되면서 낮이 길어졌으나 상가나 노점들은 전등불을 환히 밝히고서 소란스러웠다. 강씨의 모습이 보이지 않게 될 때까지 만석은 그 자리에 붙박인 듯 우두커니 서 있었다. 그렇게 있으면서 만석은 갑자기 찾아온 서글픔의 정체를 생각해보았다. 강씨는 당장이라도 무너져내릴 듯한 어깨를 보이며 제자리에 주저앉을 것만 같은 발걸음으로 사라져갔다.

만석은 서서히 집을 향해 발길을 옮겼다. 곱창골목을 빠져나와 좁다란 시장 사거리로 접어드니 혜성극장이 보였다. 삼류 영화만 상영하는데도 공단 주변에 우글거리는 실업자들로 항시 만원을 이루는 극장이다. 공단 게시판에 모집공고가 하루도 거르지 않고 덕지덕지 붙어 있음에도 불구하고 실업자가 득시글댄다는 것은 좀처럼 이해가 되지 않는 일이다. 시장을 벗어나 가리봉시장 입구 버스 정류장을 지나서 비탈진 도로를 따라 걸었다. 도로 양편은 물론이고 도로와 맞닿은 골목들은 향락적이고 자극적인 술집의 네온 간판들로 어지러웠다. 입술살롱, 과부촌, 저녁놀, 황금마차, 맥주 양주, 가라오케, 미녀들의 서비스, 오락실, 팔팔여인숙…… 만석은 양미간을 찌푸렸다. 어쩌자고 발길 닿는 곳마다 저런 향락적인 업소들만 생기는 것일까. 어린 여자들이 몸을 파는 술집들은 우후죽순으로 늘어가고 폭력배들은 백주 대낮에도 설쳐대니 세상이 어떻게 돌아가는 것인지. 만석은 고개를 저으며 발걸음을 재촉했다.

집으로 접어드는 골목 초입에는 조그만 과일가게가 있는데, 두어평가량 되는 공간에 잘 닦인 과일이 빽빽이 진열되어 있고, 그 복판에는 얼추 환갑이 넘어 보이는 주인이 오가는 행인들을 무기력하게 내다보곤 했다. 골목의 다른 편에는 공중변소가 있었다. 가리봉시장 입구에서 경사져 올라온 도로가 공중변소 앞에서 고개를 이루며 구로동 방향으로 서서히 내려갔다. 도로 양편 현란한 네온 간판을 내건 룸살롱에서는 어린 여자들이 짙은 화장을 하고서 사내들을 부르고 있었다. 시장통에서 걸어올라온 만석은 과일가게 앞에서 걸음을 멈추었다. 달걀형에 선해 보이는 그의 얼굴이 술기운으로 불그레했다. 과일가게 앞에 진열된 과일들을 눈여겨보며 만석은 주머니를 뒤졌다. 동전 몇개가 만져졌다. 만석은 가래침을 뱉으며 주머니에서 손을 뽑았다. 보나 마나 백원짜리 두어개와 십원짜리 몇개만 달랑거릴 것이다. 입맛이 씁쓰름했다. 광이 나는 사과 옆에 있는 딸기가 상큼해 보였다. 주인이 눈인사를 보내왔다. 만석은 멋쩍게 눈인사를 받았다. 새빨간 딸기 위로 아내의 얼굴이 떠올랐다. 아내는 유난히 과일을 좋아했다. 과일이라면 종류를 가리지 않고 먹어치우곤 했다.

만석은 발길을 옮겼다. 돈만 있다면 날마다 아내에게 과일을 안겨주고 싶었다. 월급날 이외에 과일을 사들고 들어간 기억이 없었다. 입덧이 한창 심할 때에는 물론이고 해산이 오늘내일하는 요즘에도 사정은 다를 바 없었다. 그저 마음만 굴뚝같아서 퇴근길에 골목으로 들어설 때마다 걸음을 멈추고 주머니를 뒤지는 게 버릇이 되었다. 아무리 열심히 일을 해도 김치에 세끼 밥만 먹는 신세라니, 만석은 혼잣말로 중얼거렸다. 하지만 그래도 열심히 살아야 한다. 열심히 살다보면 언젠가는 좋은 날이 오지 않겠는가. 쥐구멍에도 볕 들 날이 온다고 했다.

골목에 발을 들이자 호남집이라는 선술집에서 혀 꼬부라진 노랫 소리가 새어나왔다. 맞닿아 있는 고개찻집은 아직 조용했다. 몇걸 음 더 옮기면 공중전화가 있는 구멍가게가 나오고 닥지닥지 밀집 한 이삼층짜리 닭장집들이 모습을 드러냈다. 붉은 벽돌로 지어진 닭장집들은 창문과 창문 사이가 두 팔 거리도 채 못되었다. 초라해 보이는 부엌문 앞 빨랫줄에는 양말이며 속옷가지들이 아무렇게나 널려 있었다. 대문 한짝이 떨어져나간 집도 있었고, 쓰레기통마다 쓰레기가 넘쳐 악취를 풍겼다. 비닐이나 종이 쪼가리가 바람 부는 대로 골목을 돌아다녔다. 부모가 일을 나가 돌봐주는 이 없는 아이 들은 더러워진 옷을 입고서 돌멩이나 나무 쪼가리를 가지고 놀거 나 대문 앞에 멍하니 앉아 있었다. 만석은 그런 아이들을 볼 때마 다 제 어린 시절이 떠올랐다. 아버지는 노가다를 다녔고 어머니는 공장일을 했었다. 그래서 그는 이른 아침부터 늦은 밤까지 혼자서 놀아야 했다. 동네 아이들과 놀기도 했으나, 그 아이들이 밥을 먹으 러 집에 가버리면 그는 혼자서 멍하니 하늘에 떠다니는 구름을 쳐 다보곤 했다. 배가 고파 집에 들어가면 썰렁한 방 안에 밥상이 놓 여 있었고 그 썰렁함이 왠지 무서워 어머니가 들어오기 전까지 밥 을 거르기가 예사였다.

만석은 경첩 하나가 달아나 기우뚱하니 열려 있는 철대문으로
들어섰다. 건물 한편에 나 있는 계단을 올라가면 대낮에도 어두운
복도가 나타나고, 복도 양쪽으로는 줄지어 늘어선 부엌문들이 있
었다. 복도에 들어설 때마다 갑갑증이 일곤 하던 만석은 맨 구석에
위치한 문을 두드렸다. 아내 영란은 부엌문 상단에 있는 유리를 통
해 밖을 내다보고 나서 문을 열었다.

"일찍 들어왔네요."

"응, 정전이 되는 바람에 잔업을 못했어."

방 안에는 홑청을 입히다 만 이불이 펼쳐져 있었다. 겨울이불을
준비하려는 모양이었다. 해산을 목전에 두고도 아내는 좀처럼 쉬
려 들지 않았다. 배가 남산만 하게 불러올 때까지 봉제공장에서 미
싱을 밟은 그녀였다. 아내를 대할 때마다 억척스러움도 천성인가
싶었다.

"술 먹었어요?"

이불 앞에서 바늘을 들며 영란이 물었다.

"잔업이 없어서 대식이 형님 댁에 갔었어."

"그 댁은 어떻게 사신대요?"

바늘을 놀리다 말고 영란이 걱정스레 물었다. 만석은 대답 대신
담배를 꺼내 물었다. 그의 표정이 어두워졌다. 가뜩이나 움푹진 눈
가는 그늘이 한결 짙어 보였다. 잠시 고개를 들었던 영란은 다시
바늘을 놀렸다. 그런 아내의 옆모습을 보던 만석은 강씨의 부탁을
떠올렸다. 술자리에서 간신히 꺼낸 그의 부탁은 간곡하기 그지없

었다.

　　—이보게, 만석이. 자네는 내 성질머리 잘 알 것이네. 오죽하면 이 강대식이 자네에게 이런 부탁을 하겠나. 자네 속사정을 번연히 알면서도 돈 부탁을 하는 내 주제가 한심스럽기 짝이 없네만 어쩌겠나. 요즘 내 사는 게 사는 것 같지가 않으이.

　　"저녁 안 들었죠? 어서 씻어요. 이거 곧 끝나니까 끝내고 나서 금방 저녁 차려줄게요."

　　만석은 재떨이에 담뱃불을 비벼 껐다. 담뱃불을 비벼 끄며 만석은 아내의 옆얼굴을 살폈다. 왠지 아내의 목소리가 착 가라앉아 있다는 느낌이 들었다. 그렇게 봐서 그런지 이상했다. 여느 때라면 하던 일이 아무리 중해도 밥상부터 차려주던 아내였다. 대식이 형님 때문에 자신이 신경이 곤두서서 그런 생각을 하나보다고 여기며 만석은 부엌으로 나갔다. 세숫대야에다 수도 호스를 갖다대고 물을 틀었다. 강씨의 부탁을 만석은 뿌리칠 수가 없었다. 아니, 어떻게 해서라도 도와주고 싶었다. 친형님처럼 사귀어오던 관계는 차치하더라도 그 댁의 근래 사정을 제 일처럼 꿰고 있는 터수에 그렇지 않아도 남의 일 같지 않아 가슴 언저리가 아프던 차였다. 며칠 사이로 연락을 드리겠다고 한 것은 어떻게 해서든 도와주고 싶다는 의미를 내포하고 있었다. 아내의 눈치를 봐서 적당히 말문을 열어야겠다고 생각하며 만석은 공장에서 묻혀온 기름때를 씻어냈다.

　　"밥 안 먹어?"

　　"먹었어요."

만석이 밥상머리에 앉을 때 영란은 텔레비전 앞으로 나앉아 스위치를 켰다. 평소 같으면 마주 앉아 그날 일들을 주고받으며 오순도순할 저녁상이었다. 전기세 문제로 주인집하고 다투었나보다고 지레짐작을 하며 만석은 혼자서 밥술을 떴다. 밥알을 씹으며 영란을 흘끔 보니 그녀는 화면으로 어두운 시선을 던질 뿐 미동이 없었다. 어지간한 일로는 미소를 잃지 않는 아내는 유독 주인집하고의 다툼에는 민감하게 반응했다. 간혹 싸우곤 하는 이유가 대개 전기세나 수도세 문제인데, 아내의 말로는 주인집이 세 사는 사람을 깔보는 심보 때문에 세를 턱없이 받아먹으려 든다는 것이었다. 그러나 아내의 말은 으레 셋방살이 신세를 들먹이는 것으로 귀결되곤 했다. 그런 다음 다시 허리가 끊어지더라도 조르고 졸라서 내 집 장만을 해야 한다는 것으로 이어졌다.

"대식이 형님네가 요즘 사는 게 말이 아닌가봐. 형수님이 다시 공장에 다니시더라구."

밥상을 물리고 나서 담배에 불을 붙이며 만석이 조심스레 운을 떼었다.

"그래요?"

영란은 텔레비전 화면에 시선을 고정한 채 건성으로 말을 받았다.

"별수 있어? 사고를 당해 형님이 벌이를 못하시니 형수님이라도 벌어야지."

잠시 침묵이 흘렀다. 담배연기가 가늘게 피어올라 허공으로 퍼지면서 엷어졌다.

"그 양반이 남에게 궁색한 소리 하기를 죽기보다도 싫어하는 성격인데 오죽했으면 아까 술자리에서 돈 빌려달라는 부탁을 하더라구. 어떻게 도와드렸으면 싶은데……"

영란의 눈꼬리가 사나워졌다. 만석은 그런 아내의 시선을 피했다. 태어날 아기에게 들어갈 돈 때문에 신경이 곤두서 있는 아내를 잘못 건드렸다는 생각이 들었다.

"엉뚱한 소리 좀 하지 마요. 그 댁 어려운 것은 알지만 우리 처지가 어디 남 앞가림할 처지예요? 내 목구멍 풀칠하기도 어려운데 남 걱정은……"

만석이 고개를 들었다. 아내의 말이 귀에 거슬렸다. 아무리 생활에 쪼들린다고는 하지만 말이 심하다는 생각에 분기가 일었다.

"말을 그딴 식으로 받을 필요는 없잖아. 그럼 남들은 뒈지거나 말거나 우리만 잘살면 된다는 거야, 뭐야."

"우리가 언제는 잘살아보기나 했나요?"

만석은 치미는 노기를 지그시 눌러 삼켰다. 문득 주인집과 싸운 게 아니고 다른 일이 있었을지도 모른다는 생각이 들었다.

"당신, 오늘 무슨 일 있었어?"

영란은 여전히 텔레비전 화면에 시선을 고정한 채 대답이 없었다. 텔레비전에서는 뉴스가 방영되고 있었다. 시내에서 국민운동연합 주최로 전셋값 문제 해결을 요구하는 시위가 벌어졌다는 짤막한 보도가 흘러나왔다. 만석은 시선을 텔레비전으로 옮겼다. 시위대가 전경을 향해 화염병을 던지고 있었다.

"저놈의 데모 좀 안할 수 없나."

만석은 불만스러운 듯 중얼거렸다. 시위를 한다고 크게 달라지는 것은 없었다. 예전에 다니던 공장에서 사람들이 임금 인상을 요구하며 식당을 점거한 일이 있었다. 임금 인상은 되지 않고 사람들은 해고를 당했다. 그 이튿날부터 출근투쟁을 한다고 공장 정문에서 유인물을 돌리고 구호를 외쳐댔지만 그 사람들 모두 흠씬 두들겨맞고 결국은 경찰서로 끌려갔다. 만석은 시위하는 사람들만 보면 답답하게 여겨졌다. 시위를 한다고 무엇이 달라진단 말인가. 정치판을 봐도 그렇다. 아무리 물러가라고 해봤자 결국은 똑같은 놈들이 권력을 차지하고 있지 않은가. 시위를 할 바에야 차라리 화끈하게 뒤집어엎든가 해야지 꽥꽥거려봐야 다치기만 할 뿐이다. 그러나 만석은 변화를 원하지 않았다. 변화는 누군가의 희생을 담보로하는 것이다. 그저 지금처럼 몸 아프지 않고 밥 굶지 않고 태어날아기가 무럭무럭 자라기만 한다면 그것으로 족할 듯싶었다.

"원, 득도 없는 데모질은……"

"그런 소리 말아요. 데모도 할 때에는 해야 돼요."

만석은 아내를 물끄러미 바라보았다. 아내가 저런 소리를 하다니, 문득 아내가 낯설어 보였다. 그는 영란에게 다가앉으며 정색하고 물었다.

"무슨 일이 있었길래 계속 짜증이야?"

"연락이 왔어요."

뜸을 들이다 영란이 무겁게 말문을 열었다.

"연락이라니?"

여전히 텔레비전에 시선을 고정한 채 영란이 말을 이어갔다.

"주택공사에서 입주하라는 통지서를 보내왔어요."

빨아들이던 담배연기가 목구멍에 턱 걸렸다. 담배를 든 만석의 손이 힘없이 아래로 떨구어졌다. 여기저기 흠집이 난 낡은 옷장 서랍에서 영란은 편지봉투를 꺼내 만석의 앞으로 내밀었다. 만석은 속에 있는 내용물을 꺼내 읽기 시작했다.

임대아파트 입주통지서에는 입주절차와 입주 시 내야 할 보증금, 구비 서류들이 상세히 적혀 있었다. 만석은 절반쯤 읽다가 통지서를 팽개쳐버렸다.

"테레비 소리 좀 줄여."

만석의 목소리에 짜증이 실려 있었다. 만석은 담뱃불을 거칠게 비벼 껐다.

자리를 펴고 누워서도 두 사람은 말이 없었다. 다른 날 같으면 만석이 팔베개를 해주며 꼭 끌어안고 잘 텐데 내외는 나란히 누운 채로 불 꺼진 천장만 멍하니 바라보았다. 시계의 야광 바늘이 두시를 가리켰다.

"여보, 자?"

대답 대신 영란은 벽 쪽으로 돌아누웠다. 만석은 베개를 깔고 엎드리며 머리맡을 더듬어 담배를 찾았다. 담배연기에 답답함이 묻어나왔다.

재재작년 겨울이었다. 그때 만석은 하안동 판자촌에 막 신혼살림을 차렸었다. 동거를 하다가 돈을 좀 모으면 예식장에서 식을 올리자는 그의 주장과 형편이 되는 대로 식을 올리고 살림을 시작하자는 영란의 주장이 엇갈리다 결국 영란의 주장대로 성당에서 조촐하게 식을 올리고 결혼생활을 시작한 지 얼마 되지 않을 때였다. 친가나 처가나 가정형편이 어려웠고 딸린 식구가 많았다. 둘 다 결혼 전에 몇년씩 공장에 다녔어도 따로 모아놓은 돈은 없었다. 신혼방도 자취방 보증금과 부조금에서 남은 돈을 보태 삼십에 오만원짜리를 간신히 얻었다. 첫날밤, 둘은 악착같이 벌어서 내 집 장만을 하자며 손가락을 걸고 언약했다. 그러던 차에 사는 동네에 도시재개발이 들어왔다. 재개발에 걸리면서 동네가 시끄러워졌다. 오갈데 없이 밀리고 밀려 판자촌에 터전을 마련하고 힘겹게 생계를 꾸려가던 대다수 사람들은 철거가 되면 어디로 가야 할지 모르는 불안감에 떨었고, 동네에는 투기꾼들이 설치고 다녔다. 보석으로 온몸을 치장한 복부인들이 자가용을 타고 들락거렸고 동시에 부동산소개업자들이 늘어났다. 주택공사에서는 임대아파트 입주권을 줄테니 하루빨리 이주를 하라며 기간 내에 이주하지 않으면 국물도 없다고 으름장을 놓았다. 투기꾼들은 수십채의 무허가 건물을 지어댔고 거기엔 유령 입주자가 살았다. 빽 있는 자들은 시청 단속반에 걸리지 않았고 동사무소 옆에다 무허가 건물을 짓기까지 했다. 이주하라는 으름장은 나날이 심해졌다. 재개발을 빌미로 주변 지역 월세방들은 보증금이 백만원을 웃돌았고 백오십만원까지 하는 경우도 있었다. 더구나 겨울이었다.

삼사백명의 사람들이 이사를 할 테니 이주대책을 세워달라고 시청과 주택공사로 몰려다니며 호소를 하다가 그것이 통하지 않자 시위를 하였다. 그러자 전경들은 최루탄을 쏘아댔고 형사들은 동네를 들락거리며 까불면 콩밥을 먹이겠다고 협박했다. 오갈 데 없는 사람들의 절박하고 애타는 사정에는 아랑곳없이 주택공사 관계자는 남 돈 벌 때 뭐 했느냐며 입주권이라도 줄 때 곱게 이사 가고 그게 싫으면 좋을 대로 해보라고 배짱을 부렸다. 결국 한두 사람씩 입주권을 팔아 그 돈으로 이사를 가기 시작했다.

입주권만 갖고 있으면 내 집 마련을 할 수 있다는 벅찬 희망에 만석 내외는 사방팔방으로 빚을 얻으러 다녔다. 본가로, 처가로, 친척집으로, 친구에게로…… 죽어라 뛰어다녔다. 그러나 모두들 하루 벌어 근근이 생계를 이어가는 사람들이라 돈을 구할 수가 없었다. 설사 돈이 있더라도 가난뱅이 공돌이에겐 아무도 돈을 빌려주려고 하지 않았을 것이다. 만석에게는 담보로 잡힐 재산도, 돈을 갚는다는 아무런 보증도 없었다. 다만 있다면 월급에 목을 매고 살아온 과거와 월급을 타기 위해 기계를 다뤄온 거친 손마디가 있을 뿐이었다. 백방으로 뛰어다니다 포기했을 때에는 눈물이 핑 돌았다. 이게 세상인가 싶어 여간 서러운 게 아니었다.

몇몇 복덕방을 돌아다니다 삼백만원에 입주권을 팔았을 때 영란은 펑펑 울었고 만석은 술을 억병으로 마셨다. 단돈 백만원을 구하지 못해 평생에 단 한번 있는 내 집 마련의 기회가 물거품처럼 사라지고 말았다. 그들은 직접 들어가 산다는 사람에게 입주권을 판

것으로 위로를 삼았다. 이사하면서 만석 내외가 느낀 건 내 집 장만의 기회를 잃었다는 안타까움이나 억울함이 아니라 소외감과 무력감이었다. 그리고 두해가 지났다. 그 두해의 세월은 상처를 아물게 해주었다.

둘은 최대한 절약하며 주택부금을 부었다. 새롭게 내 집 마련의 꿈을 키워나갔다. 만석은 좋아하던 술까지 끊었다. 그 결과 통장에는 지금 이백만원이 들어 있다. 소록소록 불어나는 통장을 볼 때마다 둘은 내 집이라도 생긴 것처럼 행복해했다.

그런데 백만원이 없어 삼백만원 받고 팔아버린 입주권을 행사하라는 통보가 날아온 것이다. 이미 남의 것이 되어버린 아파트. 물론 통보가 오리라는 것을 몰랐던 것은 아니지만 세월이 말끔히 치료해준 줄 알았던 상처가 입주통지서 한장에 고스란히 되살아났다.

벽으로 돌아누운 영란은 가슴을 쥐어뜯으며 후회했다. 가슴 아파해봐야 부질없다는 걸 알면서도 후회하는 마음은 눈덩이처럼 부풀어만 갔다. 그때 백만원만 있었더라면 내 집에서 아이를 낳을 수 있게 되었을 거라는 생각이 마음을 더욱 아프게 했다. 가슴 한가운데에 구멍이 뚫리기라도 한 걸까, 찬바람이 가슴을 가르고 지나갔다.

"여보, 잊어버려. 열심히 벌어서 나중에 집 사면 되잖아."

담뱃불을 끄며 만석이 위로했다. 그러나 그의 심사 역시 편하지 않았다.

갑자기 옆방에서 거친 욕설이 얇은 벽을 뚫고 날아왔다.

"야, 이 개 같은 년아! 서방을 뭘로 보는 거야. 이 씨팔년이 서방을 아주 호구로 알아."

또 시작이군, 하며 만석은 언짢은 듯 양미간을 찌푸렸다.

옆방에는 사십 줄을 바라보는 부부가 살았다. 남편이란 사람은 어디 건물 수위를 하는 모양이었다. 한데 무슨 장사를 하고 싶다고 제 아내더러 빚 좀 얻어보라고 성화를 부리다 그게 안되면 으레 개 패듯 아내를 팼다. 어디를 어떻게 때리는지 여자의 자지러지는 비명소리가 벽을 타고 넘어왔다.

"이년아, 남들은 여편네 덕에 팔자 편다더라. 네년은 시집올 때 해온 게 뭐 있다고 서방을 알로 보고 지랄염병이야."

"그래, 차라리 죽여라, 죽여!"

"네년 때문에 내 신세는 조진 거야. 오냐, 죽는 게 소원이라면 죽여주마. 이 웬수 같은 년!"

욕설과 비명에 아이들의 울음소리까지 섞여 잠을 깨웠다. 처음엔 놀라서 몇번 부리나케 뛰어나가 말렸으나 이젠 이력이 붙고 무감각해진 탓에 아무도 나가 말리지 않았다.

"원, 해도 해도 너무하는군."

만석은 혀를 찼다. 그러면서도 한편으로는 돈이 원수지 하는 생각이 들기도 했다. 그는 아내를 향해 모로 누웠다.

"여보, 내 더 열심히 일할게. 그만 마음 풀고 자. 몇년 후에 돈이 되면 전세방을 얻고 더 모아서 조금 나은 전세로 옮기고 그러다보면 우리집도 생기겠지."

막상 말은 이렇게 하면서도 만석의 목소리에는 자신감이 없었다. 자는지 아닌지 영란은 반응이 없다. 만석은 돌아누운 아내의 어깨를 가만히 잡아당겼다. 아내를 끌어안고 조심스레 한 손을 그녀의 배 위에 올려보았다. 불룩한 배의 감촉이 느껴지면서 손끝에 아기의 태동이 느껴졌다. 문득 대식이 형님이 떠올랐다. 형님에 비하면 그래도 자기는 낫다는 생각이 들었다. 형님은 요새 무엇을 하고 있을까 하는 생각을 언뜻 해보았다. 형님은 그날 이후로 단 한번도 잠을 이루지 못했을 것이다. 형님을 떠올리니 마음이 한층 무겁게 내려앉았다. 만석은 아내를 살포시 안았다. 이제 며칠 안으로 아이가 태어날 것이다. 최근에 그는 자식을 보게 된다는 설렘으로 하루하루를 보냈다. 아기는 그의 삶에서 커다란 희망이었다. 아기가 태어나면 그애를 위해서 살아야. 열심히 일해서 알뜰살뜰 벌어 그애에게 행복한 삶을 꾸려주어야지. 그것으로 만족하고 살아야지. 그런 애틋한 감상에 젖어 고된 공장일도 즐겁게 할 수가 있었다. 그러나 만석은 입주통지서를 보는 순간 무언가 알 수 없는 불안에 휩싸였다. 왠지 모르게 입주통지서가 그 어떤 파문을 몰고 올지도 모른다는 예감이 들었다. 애써 불길함을 쫓으려는 듯 만석은 고개를 천천히 가로저었다.

정희는 부엌문 열리는 소리에 빨래를 하다 말고 뒤돌아보았다. 아버지였다. 몸을 일으키는 아버지에게서 술냄새가 훅 끼쳐왔다. 정희는 비틀거리는 아버지를 부축했다. 강씨는 딸의 부축을 물리치고 문설주에 몸을 기댔다. 그는 비누거품이 묻어 있는 다라이 속의 빨래를 내려다보았다. 팔꿈치까지 소매를 걷어붙인 정희의 팔뚝에도 비누거품이 잔뜩 달라붙어 있었다.

"엄마는 아직 안 오셨지?"

"예."

공장에서 비지땀을 흘리며 야근을 하고 있을 아내의 파리한 얼굴이 눈에 선했다. 강씨는 잠깐 시선을 떨구었다가 다시 물었다.

"오빠는?"

"방에서 공부해요."

강씨는 안방으로 들어갔다. 막둥이 상철이가 이불도 덮지 않고 잠들어 있었다. 텔레비전이 켜져 있는 것으로 미루어 연속극을 보다 잠든 모양이었다. 그는 옷장에서 이불을 끌어내렸다. 한 손만 쓰는 게 아직도 익숙지 않아 불편했다. 손이 없고 끝이 뭉툭한 오른팔을 잠시 들어 보았다. 한숨이 길게 새어나왔다. 상철이 몸 위로 이불을 덮어주었다. 이불 위로 빼꼼히 내보이는 상철이의 얼굴이 천사처럼 귀여웠다. 아이구, 우리 애기, 하면 녀석은 중학교 1학년이라고 큰소리치며 허세를 부리곤 했다. 강씨는 벽에 기대어 앉았다. 술기운이 올라와 어지러웠다. 눈을 감으니 세상이 핑글핑글 돌았다. 눈을 떴다. 담배 생각이 났다. 상의 주머니에서 담배를 꺼내려다가 강씨는 흠칫하며 손을 거두었다. 무의식적으로 오른팔이 올라온 것이다. 핏, 쓴웃음이 입가에 배었다. 그의 이마에 굵은 주름이 두어줄 드러났다.

프레스에 손이 먹힌 지도 어느새 한달이 지났다. 그렇지만 악몽

같은 한달이었다. 죽음보다도 끔찍한 한달이었다. 그 한달여 강씨는 밤마다 남몰래 울었다.

사고가 난 것은 기계가 고장난 때문이었다. 그가 일하던 공장은 삼십여명이 일하는 마찌꼬바였다. 그 공장은 다른 공장과 마찬가지로 기계가 노후화돼 고장이 잦았다. 프레스공 이십여년 경력의 그는 주로 고장난 기계를 손보거나 고장의 가능성이 가장 농후한 기계를 다루었다. 기계에 대해서는 그가 가장 잘 알기 때문이었다.

강씨는 사고 순간을 떠올렸다.

그날도 여느 때처럼 야근을 했다. 사고는 야근이 다 끝나갈 무렵에 일어났다. 강씨는 가로 세로 이백 밀리미터 되는 철판에 여러가지 구멍과 홈을 파는 일을 하고 있었다. 철판의 너비는 이백이지만 두께가 두껍고, 금형은 철판의 두배 크기였다. 왼손으로 철판을 금형틀에 집어넣고 클러치를 밟으면 숫금형이 내려와서 철판을 사이에 두고 암금형과 맞물린다. 숫금형이 다시 올라가면 여러가지 구멍과 홈이 파인 철판을 오른손으로 빼낸다. 그 작업을 연속으로 해대는 그의 손놀림은 이십여년 경력이 증명하듯 재빠르면서도 자연스러웠다. 넣고 밟고 빼고…… 정신없이 일손을 놀렸다. 철커덩 철커덩, 기계소리의 박자를 맞추어 철판을 넣고 클러치를 밟았다. 쿵, 철판을 내려찍고 난 숫금형이 올라가는 것을 보고 오른손을 집어넣었다. 철판을 금형틀에서 들어내는데 뭔가 이상했다. 기어가 한바퀴 돌면 브레이크가 걸려야 하는데 브레이크 걸리는 소리가 들리지 않았다. 위험을 느끼며 손을 뺐다. 그러나 너무 늦었다. 숫금형이 빠른 속도로 내려왔다. 육중한 압박감이 팔에 전달돼왔다. 피가 튀었다.

강씨의 입에서 비명이 나왔다. 몸서리가 쳐졌다. 그날의 끔찍했던 악몽이 되살아나는 것만 같았다. 눈을 떴다. 심장이 심하게 요동질을 쳤다.

"엄마, 다녀오셨어요?"

정희의 목소리와 함께 방문이 열리고 아내가 들어왔다. 안색이 파리해 보였다. 방에 들어오자마자 아내는 막둥이 옆에 풀썩 쓰러지듯 길게 누웠다. 강씨는 아내의 가슴이 덜컥 주저앉는 소리를 들었다.

"괜찮아?"

눈을 감고 길게 누운 아내는 깊은 한숨을 몰아쉬고는 가늘게 눈을 떴다. 얼굴에 눌어붙은 피로가 불거져 보였다.

"미안해. 당신에게는 면목이 없구먼."

강씨는 한숨을 내쉬며 힘없이 말했다.

"너갱이 빠진 소릴랑 그만두시우."

강씨의 아내는 톡 쏘듯 말하고 정희를 불렀다. 아내는 힘겹게 몸을 일으켜 지갑에서 천원짜리를 꺼내 딸에게 주며 말했다.

"약국에 가서 피로회복제 한알만 사와라."

정희가 근심스러운 얼굴로 돈을 받아쥐었다. 정희가 나가자 강씨가 중얼거렸다.

"그렇게 힘들면 그만두지그래."

강씨의 아내는 도로 누우면서 목소리를 삭여 말을 받았다.

"그럼 뭐 먹고 살고요. 땅 파면 돈이 나온답디까."

강씨는 자신의 오른팔을 내려다보았다. 아내의 가쁜 숨소리가 바늘이 되어 가슴을 찔러왔다.

사고가 난 뒤 강씨는 한달간 병원에 입원을 하게 되었다. 입원해 있는 동안 집요하게 그를 괴롭힌 것은 팔을 다쳤다는 사실보다도 앞으로 무엇을 해서 먹고살까 하는 걱정이었다. 아내는 그가 병원에 입원한 뒤부터 공장에 나가기 시작했다. 막둥이를 낳기 전까지 다녔던 제책공장에 재취직을 했다. 강씨는 처음엔 일을 다니는 아내에게 화를 냈다.

아내는 건강한 여자였다. 적어도 강씨에게 시집오기 전까지는 그랬다. 괄괄한 성격만큼이나 건강한 여자였으나 그에게 시집오고 부터는 자주 아팠다. 아내는 힘든 공장생활을 강씨만큼 오래 했다. 잔업, 철야, 특근을 닥치는 대로 했다. 젊어서 고생을 심하게 하면 나이 먹어서 나타난다고, 아내도 그런 짝이었다. 다른 이유도 있었다. 아이 셋을 낳으면서 아내는 한번도 산후조리를 제대로 해본 적이 없었다. 큰애 세철이와 둘째 정희는 집에서 낳았다. 집안일을 해줄 사람이 없어서 출산한 이튿날부터 빨래며 청소 등 집안일을 했다. 며칠 집안일을 하다가 아내는 다시 돈을 벌러 공장으로 나갔다. 그러다가 막둥이를 낳고 나서는 꿈쩍을 못했다. 병원에 둘러업고 갔더니 산후조리를 못한 것에다 영양결핍과 만성피로가 누적된 탓이라고 했다. 더이상 과로를 하면 큰일난다는 엄포까지 들었다. 집으로 돌아와서 곰곰이 생각하던 강씨는 이러다 아내를 죽이겠다는 생각이 들었다. 몸이 움직일 만하자 아내는 다시 공장에 나가겠다고 고집을 부렸다. 처음으로 강씨는 아내를 때렸다. 결국 강씨의 강압에 아내는 집에 들어앉게 되었다. 그러나 집안일을 하면서도 자주 앓았다. 좀 무리를 했다 싶은 뒤에는 심하게 앓았다.

정희가 사온 알약을 삼키고 나서 강씨의 아내는 다시 쓰러지듯 누웠다. 강씨는 아내의 이마에 손을 얹었다. 이마가 뜨거웠다. 아무래도 몸살 정도로 끝나지는 않을 것 같았다. 그는 안쓰러운 눈길을 아내에게 던지며 그녀의 손을 꼭 쥐었다.

"그 돈만 있었어도……"

강씨는 혼잣말을 중얼거렸다. 사장과 합의를 봐서 받았던 오백만원만 수중에 남아 있어도 그의 심정이 이토록 답답하고 암울하지는 않을 것이었다. 사장에게 받은 오백만원은 건네받기 전부터 그의 돈이 아니었다. 생각하면 할수록 기가 막히고 복장이 터질 일이었다.

손목이 날아가기 한달 전부터 전셋값 파동이 불어닥치기 시작했다. 전셋값이야 해마다 오르는 것이지만 금년엔 달랐다. 마치 폭풍우가 몰아치듯이 휘몰아쳐와 전국을 강타했다. 신문이고 TV고 할 것 없이 전셋값 파동을 들먹였다. 그때만 하더라도 강씨네는 그것을 자신들과는 무관한 일로 여겼다. 그러던 어느날 주인집 여자가 찾아왔다. 오백을 올려달라고 했다. 이십여년간 죽어라 기름밥을 먹어가며 천오백만원을 모아서 지금의 전세방을 얻었다. 거기에는 제책공장에서 피눈물을 흘리며 일한 아내의 노동도 포함되어 있었다. 전세방을 얻기 위해서 이십여년간 공장에서 개돼지처럼 일했고 이사를 스무번도 더 했으며 아이들은 먹고 싶은 것을 먹지도 못했다. 느닷없이 오백을 올려달라는 주인집 여자의 말은 마른하늘에 날벼락이나 다름없었다. 주인집 여자는 올려주지 못하겠으면 되도록 빨리 방을 비워달라고 했다. 그날부터 강씨와 그의 아내는 백방으로 돈을 구하러 다녔고 다른 전세방을 알아보기도 했다. 그러나 돈을 융통할 곳은 하늘 아래 그 어디에도 없었다. 가진 놈들은 은행 융자를 턱턱 잘도 받아서 땅 투기에다 아파트 투기까지 일삼는데 정작 열심히 일한 사람에게는 그 어느 곳에서도 돈을 빌려주지 않았다. 높은 전셋값은 어디나 마찬가지였다. 정말 눈앞이 캄캄했다.

병원으로 사장이 찾아왔을 때 강씨는 합의를 볼 생각이 없었다. 나이 마흔둘에 자식이 셋씩이나 있는데 손목을 기계에 잡아먹혔으니 합당한 보상을 해주기 전에는 어떠한 합의도 받아들이지 않을 생각이었다.

— 이봐요, 강씨. 사백에 합의를 봅시다. 더이상은 어떻게 해볼 도리가 없어요. 회사 실정이 어려운 거 강씨도 잘 알 거 아니오.

전셋값이 떠올랐다. 아내는 날마다 주인여자에게 시달렸다. 아주 대놓고 노골적으로 방을 빼달라고 악다구니였다. 저도 모르게 강씨는 백만원만 더 달라고 사장에게 애걸을 했다. 합의는 그렇게 끝났다.

전셋값 인상만 아니었다면 비록 한쪽 손이 없더라도 포장마차 정도는 할 수 있었을 것이다. 그러나 이제는 무엇을 할 수 있단 말인가. 왈칵 노여움이 솟구쳤다.

아내는 공장일을 오래 버텨내지 못할 것이다. 더이상 일을 하다가는 쓰러져서 영영 일어날 수 없게 될지도 모른다. 아내가 쓰러져버리면 아이들과 우리 가정은 어찌 될 것인가. 만석이에게 부탁을 했지만 막상 기대를 가지고 한 것은 아니었다. 없이 사는 사람들의 사정이 그렇고 그런데 만석이네라고 돈을 모아놓고 살 리 만무했다. 그리고 보면 만석이에게 공연한 부탁을 한 듯싶어 후회스럽기도 했다.

강씨의 얼굴이 일그러졌다. 아내는 지쳐 잠이 들어 있었다. 강씨는 머리카락을 쥐어뜯었다. 온갖 상념이 머릿속을 헤집었다. 머리가 터질 듯이 아파왔다.

'앞으로 어떻게 살아야 한단 말인가. 사십 평생을 가난하게 살아왔다. 돌아가신 아버지는 생애를 고통스럽게 마감했다. 온 평생을 죽도록 일했건만 아버지가 남겨준 것은 가난뿐이었다. 사십년 넘게 살아오면서 그것을 한번도 원망해본 적은 없었다. 오로지 열심히 일해왔을 뿐이다. 모든 유혹과 갈등과 고통을 이겨내며 노예처럼 공장에서 일해왔을 뿐이다. 그것이 나의 인생이었다. 그러나 지금 남은 것은 무엇인가. 전세방 하나? 그것도 손목까지 바쳐서? 결국은 이것이었던가. 내 삶의 값어치는 결국 전세방 한칸이었단 말인가.'

참담한 절망이 강씨의 가슴팍을 짓눌렀다. 강씨는 벌떡 일어나 밖으로 나왔다. 저 아래 구로공단이 내려다보였다. 웅웅거리는 거대한 기계소리가 그의 몸뚱어리마저 잡아먹으려는 듯이 달려들었다. 공단 너머 먼 하늘에서 시커먼 구름이 꿈틀거리는 게 보였다. 강씨는 골목길을 천천히 걸어내려갔다. 문득 이럴 때 대작을 해줄 사람이 있으면 좋겠다는 생각이 들었다. 만석의 얼굴이 떠올랐다. 사고 이후 자신을 찾아주는 사람은 만석이뿐이었다. 친동생처럼 형님 형님 하며 따르는 만석이가 보고 싶었다. 초저녁에 얼굴을 봤지만 마음이 착잡해서인지 그가 그리웠다. 지금의 심정을 이해해줄 사람은 만석이밖에 없기에 봐놓고도 자꾸만 보고 싶었다. 그와 밤을 새워 취하다보면 위로가 될 것 같았다. 찾아가서 한잔하자고 할까 싶었으나 시간이 너무 늦었다.

잔바람에 귀밑 허연 머리카락이 흩날렸다. 어디선가 술 취한 사내의 노랫소리가 들려왔다. 골목을 다 내려온 강씨는 포장마차를 향해 걸었다.

2

평소에는 용 한번 쓰면 거뜬히 들어올릴 무게였다. 팔십 킬로그램가량 되는 금형이 웬일인지 오늘은 한층 더 무거웠다. 두어차례 들어올리려고 시도했으나 허리께가 뻐끗했고 등줄기에서 식은땀이 흘러내렸다. 도무지 일할 의욕이 나지 않았다. 만석은 혼자 드는 것을 포기했다. 굵은 힘줄이 불거진 팔뚝으로 이마를 훔치며 옆사람을 불렀다.

"이형!"

만석이 목소리를 높였다. 삼십여대의 크고 작은 프레스가 좁은 공간에서 동시에 철커덩 쿵, 철커덩 쿵 울어대는 소리는 귀가 얼얼할 정도로 요란했다. 게다가 현장에 설치된 스피커에서는 쉬지 않고 이미자에서 주현미까지 온갖 뽕짝이 흘러나와 사람 말소리가 잘 들리지 않았다. 이 일을 오래 해온 사람들은 가는귀를 먹기 일쑤였다.

"왜요?"

"이것 좀 같이 듭시다."

이동철은 기계를 켜놓은 채 일거리를 놓고 와서 만석과 함께 금형을 들어올렸다. 둘이서 드는데도 허리께가 뻐근했다. 금형을 조심조심 프레스 정반 위로 올렸다.

─ 이제 그만 얼굴 좀 펴.

아내는 만석을 출근시킬 때까지도 얼굴에 그늘을 드리우고 있었다. 다녀와요, 하는 목소리에 그녀의 심정이 그대로 실려 있었다. 일하는 도중에 자꾸만 아내의 그늘진 얼굴이 아른거렸다. 하루 종일 마음에 걸리고 신경이 쓰였다.

금형 위아래 판을 대충 맞추고 양쪽에 볼트를 조였다. 프레스 기어를 손으로 돌려가며 금형을 고무망치로 때렸다. 암수를 정확히 맞춰놓고 멍키에 파이프를 끼워 힘껏 볼트를 조였다. 웬일일까, 이 정도의 일에 쩔쩔맨 적이 없는데. 프레스 앞에 의자를 갖다놓고 앉는데 다리가 풀렸다. 금형틀에 제품을 끼워넣고 클러치를 밟았다. 쿠웅 하는 소리와 함께 편평한 철판이 둥그렇게 되었다. 프레스공 십년, 숙달될 대로 숙달된 만석의 손놀림은 여간 빠른 게 아니었다. 함께 일했던 강씨만큼은 못하지만 연속동작이 아이들의 손장난처럼 매끄럽고 유연했다. 십분쯤 일하다 만석은 기계 스위치를 껐다.

화장실로 가서 담배에 불을 붙였다. 벽에 등을 기대고 길게 담배 연기를 내뿜었다. 자신이 초라하다는 생각이 들었다. 울적해졌다. 어디선가 찍찍거리는 쥐 울음소리가 들렸다. 쥐새끼들이 똥통에 모여 똥을 파먹는 모양이었다. 공장 옆 개천에서 몰려오는지 재래식 화장실엔 항상 쥐가 바글거렸다. 신참들은 용변을 보려다 기겁을 해서 달아나기 일쑤였다. 사람이 똥을 누는데도 쥐들은 달아나기는커녕 대여섯마리가 위를 말끄러미 쳐다보며 똥을 파먹어댔다.

입주통지서는 만석에게 십년 공장생활에 회의를 느끼게 만들었다. 달라질 수 있을까 하는 생각이 자꾸만 뇌리를 맴돌았다. 신혼초에는 힘들어도 행복하기만 했다. 착하고 성실한 아내와 한푼 두푼 모아나갈 때 꿈과 희망이 보였다. 더욱이 아내가 임신했을 때에는 비록 어깨에 와닿는 책임감이 무겁기는 했지만 정말 살맛이 났다. 바로 어제 오후까지만 하더라도 그랬다. 하지만 이제는 삶의 무게가 그의 꿈과 희망과 기쁨을 갉아먹으며 들어오는 걸 절감할 수 있었다.

──요즘 전세방 한칸에 얼마씩 하는지 알고 하는 소리예요? 반지하 코딱지만 한 방 한칸도 천만원은 한다구요.

부지런히 돈을 모아 내 집 장만을 하자는 만석의 말에 아내는 혀를 찼다. 곰곰이 생각하니 평생 먹지 않고 입지 않고 월급을 다 모은다 해도 집 장만하기란 환상일 것만 같았다.

──우리가 백만원을 모으면 전셋값은 이백이 뛰고 이백을 모으면 사백이 뛰는데 돈을 모아 집을 장만하면 된다고요?

만석이 아무리 열심히 일해도 그의 월급은 물가를 따라잡지 못했다. 그러나 설사 모든 일이 그렇다 할지라도 살기 위해서는 매일매일 열심히 일해야 한다. 생활이 그대를 속일지라도 슬퍼하거나 노여워하지 말라고 했지만 오랜 세월 죽은 듯이 살아온 것은 단순히 살아남기 위해서였다. 이것저것을 다 생각하고 따지다보면 고통만 심해질 뿐이었다.

만석은 생각하기 귀찮다는 듯이 담배꽁초를 발로 짓이겨 끄고는 변기에다 오줌을 내갈겼다. 오줌 색깔이 누렇다. 쓴웃음이 이빨 사이로 새어나왔다.

"그럼 반장 당신이 우리 식구 책임질 거요?"

현장에 들어오니 이동철이 반장에게 삿대질을 하고 있었다. 무슨 일인지 반장은 이동철의 삿대질을 고스란히 참고 있었다. 사람들은 일손을 놓고 구경을 했다. 만석은 옆사람 옆구리를 찌르며 물었다.

"무슨 일이야?"

"이형이 내일 결근하겠다니까 반장이 싫은 소리를 한 모양이야."

"결근?"

"주인집에서 전셋값을 올려주지 않았다고 방을 빼라고 한 모양이야. 그래 내일 월세방을 알아보려나봐. 그런데 반장이 일이 바쁘다고 일요일날 알아보라고 하니 이형이 흥분해서…… 열 받을 만도 하지 뭐."

만석은 고개를 끄덕였다.

반장은 알았다는 듯이 손을 내저으며 사무실로 들어갔다. 이동철은 화를 삭이지 못해 혼자 씩씩거렸다.

"이놈의 세상이 확 뒤집히든가 해야지. 나 원 참, 더럽고 아니꼬워서, 씨발 거."

만석은 동철에게 다가가 참으라는 뜻으로 어깨를 툭 쳤다. 동철은 제품 박스를 깔고 앉아 담배를 물었다. 몇 사람이 그의 주위에 둘러앉아 제각기 담배에 불을 붙였다. 자연스럽게 휴식시간이 되어버린 셈이었다. 동철은 누가 묻지도 않았는데 생각할수록 화가 치미는지 제 사정을 늘어놓았다.

"안양에 팔백짜리 전세를 사는데 주인집에서 천이백으로 올려달라는 거야. 사백을 어디 구할 수가 있어야 말이지. 마누라가 안산까지 방을 구하러 다녔는데 구할 수가 없다는 거야. 주인에게 사정을 해봤는데 안된다고 하더군. 도리 있나, 월세방이라도 구해서 이사를 해야지."

모두들 그의 심정을 이해한다는 듯이 고개를 끄덕이거나 혀를 찼다. 용접공 김씨가 동철의 말을 받았다.

"하여간 요즘 전셋값 때문에 다들 난리더구먼. 우리집도 삼백을 올려줬어. 나도 자네 꼴 될 뻔했는데 장모가 돈을 빌려줘서 간신히 숨통을 틔웠다네."

만석은 아내의 얼굴이 떠올랐다. 그 위로 강씨의 한숨이 겹쳐져 왔다.

"원, 사는 게 뭔지."

"그보다 더 어이없는 경우도 있어. 우리 인척 중 한 사람이 육개월 전에 아파트를 샀는데 이천이 올랐다는 거야. 그 소리를 듣는 순간 살맛이 딱 사라지더구만. 니미럴 거, 기름밥 십오년을 먹고도 못 모은 돈을 단 육개월 만에 벌다니, 그것도 가만히 앉아서 말이야. 염병할 놈의 세상이 어떻게 굴러가는 건지."

"돈이 돈을 버는 게 이놈의 세상 아뇨. 없는 놈만 죽어라 일하고, 있는 놈은 우리 같은 놈들이 쌔빠지게 일한 거 싸그리 가져가고. 전셋값만 하더라도 그렇지, 재벌들이 공장에다 투자하는 대신 땅 투기다 뭐다 해서 돈을 챙길 때 우리 같은 놈들은 오른 전셋값 구하려고 피눈물 쏟고……"

모두들 한숨을 내쉬었다.

"그나저나 어제 대식이 형님 댁에 다녀왔는데……"

만석은 담배를 새로이 꺼내 물면서 낮은 목소리로 말했다. 주위 사람들이 그에게 시선을 모으며 한마디씩 했다.

"그 양반 요즘 사는 꼴이 말이 아니겠구먼."

"그러게 말이우. 손모가지 잘라서 전셋값 충당하는 꼴이 세상 어느 천지에 있수."

"조용히 좀 해봐요. 그래서 하는 말인데, 우리들이 돈을 조금씩 모아서 도와주는 것이 어떻겠소."

만석은 좌중을 둘러보며 자신의 생각을 꺼냈다. 사람들은 그의 말이 끝나자마자 일시에 조용해졌다. 누군가, 그러고 싶네만, 하면서 고개를 천천히 가로저었다. 마침 사무실에서 나온 과장의 독촉에 모두들 자리를 털고 일어나 기계 앞으로 갔다. 만석도 힘없이 일어나 제자리로 돌아갔다. 스위치를 올리는데 낙담할 강씨의 얼굴이 떠올랐다. 강씨에게 아무런 도움도 줄 수 없다는 생각에 마음이 울적해졌다. 강씨의 얼굴 위로 입주통지서가 겹쳐져 왔다. 작업에 들어가기 전에 만석은 작업장을 둘러보았다. 삼십여대의 크고 작은 프레스가 좁은 작업장에서 숨막히도록 요란하게 돌아가고 있었다. 대낮에도 불을 켜야 하는 어두운 작업장, 그 어두운 작업장만큼이나 암담한 생계를 위해 자신의 육체를 팔아야 하는 사람들. 반톤짜리 프레스에는 사오십 줄의 아줌마들과 열대여섯 되는 아이들이 매달려 끊임없이 같은 동작을 반복하고 있었다. 죽기 전까진 쓰러질 수도 없고 쓰러져서도 안되는 노동자들이 시퍼런 프레스 칼날에 헉헉대며 자신들의 인생을 쾅쾅 내려찍고 또 찍었다. 만석은 자신의 손을 내려다보았다. 빈손, 아무것도 가지지 못한 빈손. 십년 프레스질에 그의 자랑거리가 있다면 손이 무사하다는 것뿐이다. 일주일에 한명씩은 손가락이 잘리고 손목이 날아가는 속에서도 자기의 손이 멀쩡하다는 게 유일한 위안거리라니, 허허허 하고 만석은 헛웃음을 날리며 프레스를 밟았다. 한번 밟을 때마다 그의 웃음 한번과 희망 한자락과 기쁨 한조각이 잘려나갔다. 그 잘려나감 속에서 돈 백만원이 없어 포기했던 내 집에 대한 미련과 자신의 무능에 대한 비참함이 자꾸만 되살아났다. 그러면서 한편으로는 희생만 강요하며 착취를 일삼는 이놈의 세상에 대한 억눌러온 노여움이 싹터올랐다.

오후작업 종료벨이 울렸다. 모두들 기계 스위치를 내리고 식당으로 향했다. 한푼이라도 더 벌기 위해서는 야식을 먹고 잔업을 해야 했다. 생존을 위해 야근뿐 아니라 특근도 철야도 밥 먹듯 해야 했다.

만석은 식당으로 향하지 않고 반장에게로 갔다.

"반장님, 저 오늘 잔업 못하겠수다."

"왜, 무슨 일 있어?"

"그게 아니고 영 일할 기분이 아닙니다."

"별일이군. 자네가 잔업을 하지 않겠다니. 알았어, 가보게. 하지만 다음부터는 회사 사정 좀 봐가며 잔업을 빠지자구."

만석은 반장의 말이 다 끝나기도 전에 탈의실로 향했다. 그런 그의 뒤에서 반장의 목소리가 날아왔다.

"참, 누가 면회 왔던데."

"알았수!"

만석은 건성으로 대답했다. 면회 올 사람이 없는데 누군지 궁금

했다. 대충 씻고 옷을 갈아입은 뒤 공장문을 나서는데 기다리고 있던 사내가 검은색 로얄살롱에서 나와 그를 불렀다.

"하하, 김만석 씨 오랜만입니다."

사내가 유별나게 반가운 척했다. 안면은 있는 듯했으나 그를 어디서 봤는지 기억이 나지 않았다.

"누구시죠?"

"저 모르겠습니까? 왜 삼년 전에……"

비로소 만석은 사내를 알아보았다. 끙 하는 신음소리가 목구멍 깊은 곳에서 기어나왔다.

만석은 사내가 이끄는 대로 로얄살롱에 올라탔다.

"어디로 가는 거죠?"

달갑잖게 묻는 만석을 룸미러로 넘겨보며 사내가 대답했다.

"식사 안하셨죠? 제가 잘 아는 집이 있습니다."

"그냥 이 근방 아무 데나 가십시다."

"허, 그럴 수야 없지요. 오랜만에 김형을 만났으니 좋은 데로 모시리다."

김형이란 소리에 만석은 신경을 곤두세웠다. 사내의 나이는 서른서넛을 넘기지 않아 보였다. 사내는 첫인상이 좋지 않았었다. 유독 눈빛이 심하게 번들거려 사기꾼 같다는 생각이 들었었다. 단지 두번째 상면할 뿐인데 김형이라며 친절을 베푸는 사내의 태도가 첫 만남 때의 느낌을 살려놓았다. 언뜻 이놈은 뭔가 꿍꿍이속이 있어도 단단히 있다는 생각이 들었다.

사내는 영동의 어느 룸살롱 앞에서 차를 세웠다. 첫눈에 대단히 호사스러운 술집이라는 것을 알 수 있었다. 두 사람이 차에서 내리자 현관 웨이터가 정중히 인사를 했고 다른 한명이 사내의 차를 운전해 주차장으로 몰고 갔다.

　"김형, 들어가십시다. 내 근사하게 모실 작정을 하고 왔으니 부담은 갖지 마십시오."

　"내가 왜 이런 대접을 받아야 합니까?"

　"왜라니요. 미안하기도 하고 고맙기도 해서 대접하려는 것뿐이외다. 자, 자."

　미안하고 고맙다, 그건 필시 입주권과 관련된 얘기일 것이다. 삼백에 입주 권리를 넘겨받았으니 만석에겐 안되고 미안한 일이요, 저는 싸게 샀으니 고맙단 얘기리라. 이리저리 추측을 하는 만석을 사내가 잡아끌었다. 밖에서 보기보다도 훨씬 호화로운 술집이었다. 처음으로 대하는 으리으리함에 만석은 얼떨떨했다. 은은하면서도 화려한 실내등이 비추는 모든 벽은 대리석이었다. 한복판엔 고급스러운 탁자와 소파가 놓여 있고 나무가 주위를 장식하고 있다. 어떻게 룸으로 안내되었는지도 모르는데 늘씬한 팔등신 미녀가 그의 옆에 앉았다. 만석은 당혹스러웠다. 사내의 속내를 알기 전에는 긴장을 풀지 말자고 다짐했지만 낯선 환경에 위축이 되는 것은 어쩔 수가 없었다.

　"최양이에요. 잘 부탁드립니다."

　"예? 아, 예."

만석은 엉겁결에 맞인사를 했다. 사내가 폭소를 터뜨렸다.

"하하하, 원, 김형도. 야, 너 오늘 그분 잘 모셔야 한다. 안 그러면 내 여기와 거래 끊을 줄 알아."

"원, 최과장님도. 저희 집 손님인데 어련하려구요. 더군다나 최 과장님께서 모셔온 손님인데."

사내와 접대부 사이의 수작으로 미루어 사내가 이 술집에 자주 들락거린다는 것을 알 수 있었다.

"김형, 거 뻗대지 말고 한잔 듭시다."

만석은 머뭇거리다가 술잔을 들었다. 잔을 부딪치며 사내의 얼굴을 살피는데 그의 표정이 득의만만했다. 독한 양주가 입안에서부터 타오르며 목구멍을 태웠다.

"최형 단골술집인가보죠?"

자신이 위축되는 걸 느끼며 만석은 사내의 속셈이 뭔지 몰라도 거기에 말려들지 않기 위해서는 대담해져야 한다는 생각에 사내에게 최형이라는 호칭을 붙였다.

"예, 돈이 있어서가 아니라 직업상 본의 아니게 자주 옵니다."

"무슨 일을 하시는데요?"

"ㅅ그룹 영업부에서 근무하고 있어요. 거기 과장으로 있다보니 거래처 사장들이 매일같이 저를 찾아와서는 이런 데로 끌고 오죠. 자기네 물건을 사달라고 말입니다."

"아, 그러세요……"

만석은 말끝을 흐렸다. 프레스공 십년 만에 그의 일당은 만이천원이다. 아무리 열심히 일해도 사장은 월급을 올려주지 않았다. 올려달라면 매일같이 적자라며 죽는 소리만 늘어놓았다. 그러나 그것을 믿는 사람은 없다. 어느 공장이나 마찬가지다. 사장들은 언제나 노동자에게 허리띠를 졸라매라고 강요한다. 허리띠를 졸라매는 것은 언제나 노동자만의 일이었다. 지금 일하는 회사의 사장도 마찬가지다.

만석은 지금 회사의 창업공신이나 다름없었다. 처음에 사장은 입버릇처럼 말하길, 다른 회사의 기업주들은 월급을 떼먹고 달아나거나 회사가 번창하면 사원들을 외면하는데 자기는 절대로 그러지 않을 것이라고 호언장담을 했다. 회사가 어려우면 집을 팔아서라도 월급을 지불하고, 회사가 성장하면 수고한 만큼 대우를 해줄 것이라고 했다. 그러나 이년이 지난 지금 사장은 자기가 한 말을 단 한가지도 실천하지 않았다. 지금껏 만석과 현장 동료들은 월급 이외에는 받지 못했고 생산에서 생기는 모든 이익은 사장에게 돌아갔다. 자기 차를 새로 구입하면서도 회사가 어렵다고 보너스를 지급하지 않았다. 그러나 모두들 사장에게 아무 말도 못하고 묵묵히 일만 했다. 쥐꼬리만 한 월급에 목매달고 흘린 피땀이 저런 놈들의 술값으로 들어가고 섭외비로 들어가다니, 은근히 화가 났다.

"아니, 그렇게 좋은 직책에 있으면서 어째 집 장만을 못하셨소? 게다가 아버님이 그런 일을 하시니 돈도 많을 텐데."

만석의 비웃는 듯한 말에 사내는 손을 내저었다.

"모르는 말씀 마시우. 내 신조가 아무리 어렵더라도 정도를 벗어

나지 말자는 겁니다. 다른 사람들은 부정한 돈을 꿀꺽꿀꺽 잘도 삼
켜 호의호식하기도 합니다만 저는 도통 그러지를 못하겠습디다.
그러다보니 말이 대기업 과장이지 여태껏 집도 없이 이 모양이올
시다. 오죽하면 내 이천짜리 전세를 살겠소이까. 그러니 어디 아버
님 모실 능력이 돼야 말이지요. 복덕방은 그래서 하시는 겁니다."

　만석은 욕지거리가 나오려는 것을 지그시 억누르며 태연히 말을
받았다.

　"그거 뜻밖이군요."

　사내가 술병을 기울였고 만석은 술을 받았다. 입주권을 팔 당시
가 떠올랐다.

　사내는 만석이 입주권을 판 팔팔부동산 영감의 아들이다. 만석
은 당시 부동산 몇군데를 돌아다녔었다. 그러나 시세는 어디나 마
찬가지였다. 팔팔부동산에 들어섰을 때 영감이 말했다.

　―우린 투기하려는 게 아니라오. 외아들이라고 있는 게 서른이
넘도록 남의집살이를 하는 게 마음에 걸려 집 한채 마련해주려고
이러는 겁니다.

　만석은 그 말을 믿지 않았다. 팔팔부동산 정문에도 '입주권 상담
전문'이라는 팻말이 큼지막하게 걸려 있었다. 만석이 거기서 입주
권을 판 것은 부동산 시세의 차이가 없어서였다.

　보통 입주권은 서너명의 투기꾼을 거치곤 한다. 나중에 안 일이
지만 삼백에 판 입주권이 천만원을 웃돌았다. 그러니 한장만 사서
실입주자에게 팔면 누워서 코도 안 풀고 칠팔백만원을 버는 셈이

었다. 게다가 일년여 지나서 팔면 아파트값이 껑충 뛰어 사오천까지도 챙기게 된다. 삼백만원으로 사오천만원을 벌게 되는 것이다.

만석은 이천짜리 전셋집에 산다는 사내의 말을 믿지 않았다. 과부 사정 홀아비가 안다고 가난한 사람은 가난한 사람을 알아보는 법이다. 가난한 사람에게는 오랜 세월 노동에 찌든 고달픔이 있고, 그 속에서 생긴 가슴 썩는 냄새가 나기 때문이다. 투기꾼 아버지와 대기업 영업과장인 아들이 가난뱅이라니. 사내의 속셈이 뭔지 몰라도 자기를 속인다는 게 기분 나빴다. 놀림감이 된 듯한 기분이었다. 만석은 당장 자리를 박차고 나가고 싶은 마음을 가라앉혔다.

양주병 하나가 어느새 다 비고 사내가 한병을 더 시켰다. 만석의 뺨이 붉게 물들었다. 술잔을 살짝 입에 댔다가 내려놓으며 사내가 호주머니에서 라이터를 꺼냈다.

"김형, 이거 받으시오."

잔을 단숨에 비우며 만석은 손을 저었다.

"라이터는 저도 있습니다."

"이건 스위스젠데 바람이 아무리 불어도 불이 꺼지지 않아요."

만석은 실눈을 뜨고 사내를 건너보았다.

"제가 왜 그것을 받습니까."

"그러시면 서운합니다. 나한테 똑같은 게 두개 있길래 김형 생각이 나서 들고 나온 겁니다. 그러니 개의치 말고 받으시오. 자, 우리 기분 좋게 건배합시다."

만석은 망설이다 라이터를 받았다. 그러나 긴장은 풀지 않았다.

유리잔을 부딪치는 소리가 나직이 울렸다. 잔을 내려놓자 아가씨가 안주를 집어 주었다. 밥도 안 먹고 기다릴 아내가 떠올랐다. 만석은 접대부의 손을 밀쳤다.

"최양, 잘 모시라구. 오늘 우리 김형 기분 상하면 정말 거래 끊을 거야."

사내가 접대부의 깊이 파인 가슴팍에 만원짜리 몇장을 찔러주며 눈짓을 했다.

"아이, 최과장님도. 염려 붙들어매세요."

아가씨가 만석에게로 몸을 밀착시켜왔다. 그녀의 손이 만석의 허벅지를 어루만졌다. 향수냄새와 함께 향긋한 살내음이 코를 찔렀다. 만석은 어쩔 줄 몰라하며 당혹해했다. 여자의 손이 만석의 고의춤께를 돌아다녔다. 아랫도리가 뻐근하니 반응해왔다. 물컹한 젖가슴이 어깨에 와닿더니 따뜻한 숨결이 목덜미에서 느껴졌다. 만석의 호흡이 거칠어졌다. 완전히 몸을 밀착시킨 여자의 손이 만석의 허리띠를 풀었다. 만석은 여자를 밀어냈다. 이건 아니라는 생각이 동물적 본능을 밀어내고 고개를 내밀었다. 그에게 시집와서 죽도록 고생만 한 아내가 떠올랐다. 정신을 차리려고 고개를 두어번 흔들고 술을 입에 들이부었다.

"김형, 최양이 무안하겠소이다. 왜 아가씨가 맘에 안 드십니까?"

"그런 게 아니올시다."

"그럼 최양을 이뻐해주시구려."

만석은 사내를 지그시 노려보았다. 놀림감이 되고 있다는 생각이 들었다. 노여움이 일었다. 사내는 여전히 만석을 보고 웃으면서 손으로는 접대부의 가슴을 주무르고 있었다. 만석은 술잔을 빙빙 돌리기만 했다.

'저자는 도대체 무슨 속셈을 가지고 이러는 것일까. 분명히 입주권과 관련된 얘기일 텐데. 하지만 저자의 속셈이 무엇이든 상관없지 않은가. 이미 입주권은 저자의 것이다. 미련을 가질 필요도 없는데 무엇 때문에 신경을 곤두세운단 말인가. 저자는 정말로 미안해서 술을 사는 것인지도 모른다. 신경 쓰지 말고 술이나 마시자.'

생각이 정리되자 마음이 편해졌다. 만석은 자신의 잔을 사내에게 건넸다. 가만히 앉아 있던 아가씨가 안주를 집어 주었으나 만석은 다시 뿌리쳤다. 아가씨의 얼굴에 알 듯 모를 듯 난감함이 스쳤다.

"김형, 아가씨를 바꿔드릴까요?"

"아닙니다."

만석은 아가씨의 얼굴을 쳐다보았다. 아가씨에게 미안한 마음이 들어 그녀의 손을 토닥이며 말했다.

"내게는 사랑하는 아내가 있습니다. 아가씨는 술만 따라주면 돼요."

사내가 호탕하게 웃어젖히면서 말했다.

"하하하, 우리 김형이 저렇게 순진하다니까. 김형, 사람이 어디 짜장면만 먹고 살 수 있습니까. 가끔 가다 짬뽕도 먹고 볶음밥도 먹어야지요."

만석은 대답 대신 술잔을 비웠다. 사내가 만석의 잔에 술을 쳤다. 술병을 내려놓으며 사내는 만석의 얼굴을 살폈다. 만석의 얼굴은 이미 술기운으로 홍조를 띠고 있었다. 사내는 안주머니에서 하얀 봉투를 꺼내 만석의 앞에 내밀었다. 만석은 눈을 치켜뜨며 물었다.

"이게 뭡니까?"

"모처럼 기분 좋은데 뭘 그리 따집니까. 그냥 받아두십시오."

봉투 속에는 오십만원이 들어 있었다. 만석은 정색을 하고 다시 물었다.

"이것을 왜 제게 주는 거죠?"

사내는 술잔을 들었다 놓으며 말했다.

"입주하란 연락 받으셨죠?"

"어제 연락이 왔더군요."

사내가 술을 들이켜며 슬픈 표정을 지었다.

"얼마나 속이 상하셨을지 짐작이 갑니다. 그걸 생각하니 비록 당시 시세대로 김형에게 입주권을 샀지만 여간 미안하지 않습니다. 그래, 모든 것을 떠나서 인간 사는 도리가 이게 아니다 싶더군요. 거기에 생각이 미치자 허심탄회하게 술 한잔 하면서 김형을 위로해드리고 싶었습니다. 이것은 그런 제 성의 표시입니다."

만석은 사내의 말을 듣자 문득 아내의 얘기가 떠올랐다.

─여보, 소문을 들으니까 입주권 판 사람들 중에는 협조를 안 하는 사람도 있고 돈을 요구하는 사람도 있대요.

─그게 무슨 소리야?

―왜 대리입주 해주는 거 있잖아요. 팔 당시에는 어쩔 수 없었지만 막상 다 지어놓은 아파트를 보니 오죽 속이 쓰리겠어요. 돈을 더 요구하는 사람도 있고 계약을 파기하자는 사람도 있대요.

만석은 비로소 사내의 속셈을 간파할 수 있었다.

입주권을 사고파는 것은 위법이었다. 매매 사실이 적발되면 입주권은 무효화되고 매도자와 매입자 양쪽 모두 쇠고랑을 차게 된다. 따라서 입주 시 매도자는 매입자 대신 허위로 전입을 해줘야 하고 자신이 입주하는 듯 행세해주어야 한다. 예전에는 원입주자가 얼굴만 들이밀면 되었으나 재벌들의 투기행위가 사회적 물의를 빚고 여론의 지탄대상이 되자 정부에서 모든 투기행위에 대해 엄중히 조처하겠다며 강경자세로 나온 것이었다.

입주권을 판 사람들은 모두 가난한 사람들이었다. 노점상을 하는 사람, 노가다를 하는 사람, 남편이 병을 앓아 일을 못해서 아내가 파출부 일을 나가 먹고사는 사람, 공장에서 죽어라 일하고 월급을 타는 노동자…… 만석도 아내가 전해준 소문을 들었다. 어떤 이는 입주권을 여러번 팔아 투기꾼을 골탕먹이기도 한다는 소문도 있었다.

사내는 그것을 미리 막고자 함이 분명했다. 우선 제가 가난한 척하는 것부터가 그렇다. 전문 브로커인 아버지와 대기업 영업과장인 아들이 가난하다는 것이 말이 되지 않았다. 만석의 판단에 의하면 사내는 집 장만을 하고자 하는 것이 아니라 한 육개월 살다가 아파트를 팔아먹을 속셈이거나 이미 다른 사람에게 팔았는지도 모른다. 사내가 만석의 것만 사지는 않았을 것이다. 법적으로 나타나는 것도 아니니 아파트 열채를 사든 스무채를 사든 뒤탈이 있을 리 없었다.

'죽일 놈!'

만석은 지그시 이를 악물었다. 분노가 솟구쳤다. 결국 자신은 사내 같은 부류의 희생양이 될 수밖에 없다는 데까지 생각이 미치자 감정이 걷잡을 수 없이 격해져 심장이 심하게 뛰었다.

입주권을 팔 때 작성했던 계약서의 구절이 떠올랐다.

1. 매매계약을 이행치 아니하거나 해약할 시에는 받은 돈의 두배를 변상해야 한다.

2. 매도자는 입주할 때 입주에 필요한 모든 절차(주민등록 이전, 입주에 필요한 모든 서류 제공 등)에 반드시 협조해야 하며 불이행 시에는 받은 돈의 두배를 변상해야 한다.

만석은 봉투를 사내에게 되밀었다.

"미안하지만 나는 이 돈을 받을 수가 없습니다."

사내의 눈이 날카롭게 만석을 쏘아보았다. 사내는 곧 속내를 감추며 얼굴 가득 미소를 지었다.

"김형, 왜 이러십니까. 이러면 제가 섭섭합니다."

"이럴 거 없습니다. 지금 막 생각해봤는데 그 계약 취소하는 게 좋을 거 같습니다."

며칠 전에 본 신문기사가 떠올랐다. 아파트값을 칠십 퍼센트 올릴 것이란 정부의 발표는 만석에게 하나의 절망감이요, 벽으로 다가왔다. 아내의 말이 떠올랐다.

─집은 무슨 놈의 집이에요. 이젠 가난이 지긋지긋해요. 평생 집 한칸도 갖지 못할 팔자라니……

흥분한 아내의 말을 고스란히 들으면서 만석은 담배만 빨아댔었다. 아내의 말이 맞았다. 입주권은 그에게 처음이자 마지막으로 찾아온 내 집 장만의 기회였다. 비록 돈이 없어서 팔기는 했지만 포기할 수는 없다는 생각이 새삼스레 들었다. 이제 곧 아기가 태어난다. 두해 동안 악착같이 일해서 모은 돈이 이백만원이다. 십년? 이십년? 아니, 쓰러질 때까지 프레스를 밟고 라면으로 끼니를 때우며 저축해도 우리 아이는 남의집살이를 면치 못할 것이다.

"김형, 돈이 적어서 그러시는 겁니까?"

"아닙니다. 나에게도 집이 필요해서 그럽니다. 당신에게는 집이 편하게 놀고먹으면서 돈을 벌 수 있는 투기의 대상일지 모르지만 나에게는 피눈물 나는 삶의 보금자리올시다."

사내는 이제까지와는 달리 표정을 바꾸며 픽 하고 웃었다. 비웃음이 분명했다.

"김형, 우리 농담하지 맙시다. 계약을 취소하려면 얼마의 돈이 필요한지 알고나 하는 소리요?"

사내는 양팔을 소파 등받이에 걸치며 물어왔다. 만석은 술을 들이켰다. 만석은 뜸을 들이다 분명하게 말했다.

"알지요."

사내는 가소롭다는 듯이 웃기 시작했다. 사내의 웃음을 보면서 만석은 빚을 얻어야겠다는 생각을 했다. 머릿속으로 계산을 해보았다. 입주할 때 보증금 사백만원을 내야 한다. 만석은 계약서에 명시된 대로 두배를 변상할 생각은 추호도 없었다. 자신이 받았던 삼백만원만 돌려줄 생각이다. 어차피 서로가 불법이다. 서로 부딪치기로 한다면 자기로서는 별로 손해 볼 일도 아니다. 틀어져봤자 콩밥밖에 더 먹겠는가. 그러나 사내는 잃을 것이 많을 것이다. 자기에게 지불했던 삼백만원이 날아가고 콩밥 먹고 회사에서 위신 잃고 입주권도 백지가 돼버린다. 생각할 줄 안다면 사내는 그렇게 미련한 결과를 바라지 않을 것이다.

만석의 계산대로라면 칠백만원이 필요하다. 어떻게 구해볼 수 있을 게다. 통장에 있는 이백만원을 찾고 월세방 보증금을 보태면 삼백오십이 된다. 더 구해야 하는 돈은 삼백오십만원이다. 사장에게 부탁하면 아마 돈을 빌려줄 것이다. 회사 초창기부터 열심히 일해온 그의 부탁을 거절하지는 않을 것이다. 아내에게도 돈을 구해보라고 해야겠다. 그렇게 해도 안되면 할 수 없다. 그냥 포기하기엔 너무 억울하고 허망하다. 이러나저러나 별볼일 없는 인생, 발악이라도 해보는 거다.

만석은 일어섰다.

"그 돈 구할 수 있겠소? 어지간하면 오십 받고 상부상조합시다. 오십이 부족해서 그러는 거라면 내 더 드릴 수도 있소."

"돈을 구하고 못 구하고는 당신이 알 바 아니오."

"오해 마시오. 나는 당신이 돈을 못 구할까 염려가 돼서 해보는 소리올시다."

아가씨의 가슴을 주무르던 사내는 또다시 비웃음을 날렸다. 만석은 문득 생각이 났다는 듯이 태연히 말했다.

"참, 이건 알아두시오. 나는 당신에게 내가 입주권 팔 때 받았던 삼백만원만 돌려줄 생각이오."

사내가 아가씨의 가슴에서 손을 빼며 만석을 노려보았다.

"당신은 계약이라는 것이 얼마나 무서운 줄을 아직 모르는 모양이군."

만석은 미소를 띠며 사내의 말을 맞받았다.

"맘대로 해보시오. 계약이 얼마나 무서운 것인지 어디 맛이나 봅시다."

"어리석군."

"어리석은 건 당신이오. 내 한가지 가르쳐드리리다. 나는 갈 데까지 간 놈이올시다. 더이상 갈 데도 없고 빼앗길 것도 없소. 다시 말해 무서운 게 없다 이 말이오. 그러나 당신은 다르지. 당신 같은 사람이 입맛에 맞지도 않는 콩밥을 먹을 수 있을는지 의문입니다그려."

감정을 억누르는 사내의 시선을 여유있게 마주 보며 만석은 앞에 놓인 술잔을 비웠다. 사내는 그런 만석에게 조용히 그러나 확신에 찬 목소리로 말했다.

"당신은 결코 돈을 구하지 못해. 왜냐하면 지금 그런 능력이 있다면 애당초 입주권을 팔지 않았을 테니까."

만석은 사내의 말을 무시하고 술집을 나왔다. 나오면서 보니 사내는 아가씨의 젖무덤에 얼굴을 파묻고 있었다. 집을 향해 발걸음을 재촉하는데 자꾸만 사내의 마지막 말이 뇌리에 남아 맴돌았다. 사내의 말이 맞을지도 모른다. 그러나 지금 자신에게는 그것이 맞든 틀리든 하등 중요하지 않았다. 만석은 이번이 마지막 기회라는 것을 피부로 느낄 수 있었다. 이번 기회를 놓친다면 자신은 평생 사글셋방을 벗어나지 못할 것이다. 내 집 장만이 노동자에게는 환상이라는 것을 만석은 요즘에 와서야 깨닫기 시작했다. 얼마 전 술자리에서 집 장만만 하면 부자라던 용접공 박씨의 얘기가 떠올랐다. 안심하고 전세라도 살 수 있으면 부자라고 반박하던 동철의 벌건 얼굴도 생각났다. 무슨 일이 있어도 이번 기회를 놓치지 말고 잡아야 한다고 만석은 마음을 다져먹었다.

만석은 발걸음을 재촉했다. 왠지 모를 흥분이 가슴 가득 차올랐다. 아내와 상의를 해봐야겠다는 생각에 마음이 급해졌다.

집은 말끔하게 치워져 있었다. 정희가 청소를 한 모양이었다. 아내가 집안살림을 할 때와 별 차이가 없다. 이제 고등학교 1학년인 녀석이 기특하기는 하지만 강씨에게는 아픔으로 다가왔다. 한창 뛰놀고 공부할 나이에 일 나가는 엄마를 대신해 빨래하고 저녁밥 짓고 청소하는 딸내미가 마냥 안쓰럽기만 했다. 방문을 여니 정희의 가방이 한쪽에 놓여 있었다. 막둥이 상철은 텔레비전 쇼프로에 푹 빠져 있었다. 상철은 아버지에게 인사를 하고는 다시 텔레비전 속으로 빠져들었다. 강씨는 안방으로 들어가지 않고 공부방으로 가서 문을 열었다. 책상에 앉아 공부하던 큰아들 세철은 다녀오셨어요 하는 한마디만 던지고는 책 속으로 다시 몰입했다. 강씨는 잠시 서서 세철의 공부하는 모습을 지켜보았다. 헤드폰을 귀에 꽂은 것으로 미루어 영어공부를 하는가보았다. 강씨는 신발을 벗고 들어가 아들의 뒤에 조용히 앉았다. 열심히 공부하는 녀석의 태도가 기특하기도 하지만 서운하기도 했다. 애비가 왔는데 내다보지도 않는 것하며 다녀오셨어요 하는 한마디만 던지고 제 일을 하는 것이 쓸쓸함을 안겨주었다. 하지만 고등학교 3학년이니 대학입시를 준비하려면 머리를 싸매고 공부해도 모자랄 때이다. 그러나 이상하게 요즘 강씨는 자식들과 얘기를 나누고 싶다는 충동을 부쩍 많이 느꼈다.

"공부 잘돼가니?"

강씨는 망설이다 물었다. 헤드폰 때문에 못 들었는지 세철은 반응이 없었다. 강씨는 아들의 곁으로 다가가 어깨에 손을 얹었다. 세철이 뒤돌아보았다.

"열심히 해야 한다."

강씨는 미소를 지어 보였다. 그에게 자식이란 마지막으로 남은 보루가 아니던가. 세철의 어깨에 얹은 손에 힘을 주었다.

"알았어요. 그만 건너가세요."

강씨는 생각지도 않은 세철의 냉랭한 태도에 가슴 가득 차오르는 섭섭함을 느꼈다.

"얘야, 애비가 아들 공부방에 잠시 들어온 것을 가지고 냉랭하게 굴 필요는 없잖니."

"공부할 게 많단 말예요."

세철의 목소리에는 짜증이 섞여 있었다. 강씨는 아들의 어깨에 얹었던 손을 치웠다.

"애비가 네 공부하는 모습이 보고 싶어 잠시 들어온 게 그렇게 방해가 되는 게냐?"

세철이 헤드폰을 벗으며 뒤로 돌아앉았다.

"아버지, 왜 이러세요?"

"왜 이러다니?"

"말씀드렸잖아요. 저 공부해야 한다구요."

세철의 언성이 높아졌다. 강씨의 눈동자가 흔들렸다. 세철이 말을 이었다.

"다른 친구들은 학원이다 과외다 하면서 공부한단 말예요. 그런 아이들을 제치고 대학에 가려면 날마다 밤새워 공부해도 모자란다고요."

학원이니 과외니 하는 말이 비수가 되어 강씨에게 달려들었다. 현기증이 일었다.

"애비보다 그 영어 단어 몇개 외우는 게 더 중하단 말이냐?"

강씨의 목소리가 떨렸다. 벽 쪽으로 향하던 세철이 몸을 다시 돌리고 큰 소리로 말했다.

"정말 왜 이러세요. 그만 건너가세요."

"뭐라구?"

"대학에 들어가려면 일분 일초라도 아껴야 해요. 그걸 이해해주
셔야죠."

"이놈아, 애비가 너랑 얘기를 하고 싶어서 그러잖니."

"얘기는 나중에 해도 되잖아요."

"알았다. 알았으니까 어서 공부해라. 애비는 아무 말도 않고 보
고만 있으마."

"아버지, 방해된다고 그랬잖아요. 아버지가 그러고 계시면 신경
쓰여서 공부가 안된다고요."

"보고만 있겠다는데도 그러는구나."

"아버지, 아버진 제가 대학에 떨어지면 좋겠어요? 그래서 제가
아버지처럼 살면 좋겠어요?"

강씨는 흠칫 놀라며 뒤로 한걸음 물러섰다.

"내…… 내가 뭘 어쨌단 말이냐?"

강씨는 다리가 후들거렸다.

세철은 돌아앉았다. 아버지에게 그런 식으로 말을 하다니, 자
신이 왜 그러는지 알 수가 없었다. 요즘 들어 대학에 갈 수 없을지
도 모른다는 생각이 세철을 지배했다. 아버지는 일할 능력을 상실
했다. 어머니의 월급만으로는 먹고살기도 빠듯하다. 세철은 대학
에 들어가지 못하면 무엇을 할까 고민해보았다. 많은 밤들을 지새

우며 고민했지만 공장에 취직하는 길밖에 없었다. 싫었다. 공장에서 청춘을 썩히긴 정말 싫었다. 아버지는 열심히 일했지만 그 결과는 너무도 비참했다. 아버지는 자신을 위해서 단 하루도 살아보지 못했다. 먹고살기 위해서 일만 하며 세월을 보냈다. 그것은 아버지가 노동자였기 때문이다. 노동자 생활이란 다람쥐 쳇바퀴 돌듯 한다. 언제나 제자리다. 아버지를 보면 안다. 세철은 그렇게 살고 싶지는 않았다. 무언가를 선택하고 소유하며 여유있게 살고 싶었다. 그러기 위해서는 대학에 가야 한다. 사고 후 아버지를 바라볼 때마다 가슴이 미어지곤 했다. 그때마다 세철은 어떻게 해서든 대학에 들어가야 한다고 생각했다. 대학에 들어가서 출세를 하고 무엇보다도 아버지를 잘 모시고 싶었다. 그러나 무슨 돈으로 대학을 다닐 것인가 하는 데 생각이 미치면 신경은 극도로 날카로워졌다. 세철은 이를 악물었다. 방법은 하나뿐, 장학생이 되는 것이었다. 죽어라고 공부하면 못할 일도 아닐 것이다.

"애비는 열심히 살았다."

강씨는 항변하듯이 말했다. 세철은 아버지를 돌아보았다.

"알아요. 아버지는 우리 가족을 위해서 최선을 다하셨어요. 제 얘기는 대학을 가고 싶다는 거예요. 그런데 요즘 우리집 돌아가는 것을 보면 대학에 갈 수 있을는지 회의가 들어요."

"이놈아, 우리집 꼴이 뭐가 어때서."

저도 모르게 강씨의 언성이 높아졌다. 강씨가 말을 이었다.

"무슨 수를 써서라도 네놈만큼은 대학을 보낼 테니 쓰잘데없는 걱정 말어."

"무슨 수로요? 화내지 마세요. 지금 우리집 사정이 그렇다는 것뿐이니까요. 하지만 포기하지 않고 제 힘으로 대학을 갈 거예요."

세철은 진심으로 말했다. 학벌 없이 가난에서 벗어날 수는 없다. 세상은 아버지 같은 노동자를 사람 취급도 하지 않는다. 학벌로, 지위로, 재산으로 사람을 평가하는 곳이 세상이라는 사실을 비록 어리지만 세철은 알 수 있었다. 가난이 그것을 가르쳐주었다. 가난은 가난 그 자체만으로 족쇄라는 것, 결코 벗어날 수 없다는 것, 단 하나의 길이 있다면 대학에 가는 것임을 가르쳐주었다.

강씨는 휘청거렸다. 아들의 입에서 그런 말이 튀어나오리라고는 상상도 하지 못했다. 그러나 아들에게 화를 낼 수가 없었다. 아들의 말은 틀리지 않았다. 강씨는 비틀거리며 아들의 공부방을 빠져나왔다. 가슴이 찢어지는 듯 아팠다. 참담함이 온몸을 휘감았다.

어제오늘, 강씨는 일자리를 알아보고 다녔다. 프레스공장을 돌아다녀보고 노가다판도 알아보았다. 전자대리점을 운영하는 옛 친구에게도 찾아가보았다. 노량진 수산시장에서 어물전을 경영하는 친척에게도 찾아갔다. 찾아가는 곳마다 강씨를 냉대했다. 동정이나 하려 들었지 아무도 그를 받아주려 하지 않았다.

어지럼증이 일었다. 강씨는 벽을 짚으려고 손을 내뻗었다. 깜빡하고 오른팔을 내뻗었다. 중심을 잃은 몸이 벽에 부딪쳤다.

다급하게 문을 두드리는 소리가 한밤의 정적을 깨뜨렸다. 바닥에 앉아 세철이놈이 퍼붓던 말을 곱씹던 강씨는 몸을 일으켰다. 방바닥에 엎드려 학교공부를 하던 정희가 일어섰으나 강씨는 손을 앞으로 내저었다.

"누구요?"

오른쪽 소매를 주머니에 찔러넣으며 강씨는 문을 열었다. 문을 열던 그는 놀랐다. 웬 낯선 사람의 등에 아내가 정신을 잃은 채 업혀 있었다. 아내를 업은 사람 옆에 있던 아주머니가 숨찬 목소리로 말했다.

"갑자기 일을 하다가 쓰러졌어요."

강씨의 얼굴이 하얗게 질려 백지장처럼 되었다. 아이들이 뛰어나왔다. 아내를 방 안에 눕히고 나서 아내를 데려온 사람들은 돌아갔다. 정희가 수건을 적셔다 어머니의 머리에 얹었다. 강씨는 감정을 억누르며 말했다.

"가서 공부들 하거라. 애비가 간호하마."

세철은 제 공부방으로 건너갔다. 강씨 곁에는 정희만 남았다. 강씨는 아내의 손을 꼭 잡고 움직일 줄을 몰랐다. 한줄기 눈물이 그의 주름진 뺨을 타고 소리 없이 흘러내렸다.

강씨는 이런 일이 있을 줄 예감했다. 그러나 아내를 말릴 수가 없었다. 그에게는 아내를 말릴 아무런 힘도 남아 있지 않았다. 평생을 노동자로 살아온 굴곡진 삶의 회한만 있을 뿐 그 무엇도 그는 움켜쥐지 못했다. 결국 따지고 보면 그는 자신을 위해서 단 하루도 살아보지 못한 셈이다. 뼈 빠지게 일했지만 언제 한번 웃으며 살아본 적이 있던가.

강씨의 아내는 한참 후에야 정신을 차렸다. 주위를 두리번거리던 그녀는 자기가 방에 있다는 것을 알아차리고 땅이 꺼지도록 한숨을 내쉬었다. 강씨는 아내가 깨어나자 담배에 불을 붙였다. 몇모금 담배를 빨고 나서 강씨가 화난 목소리로 말했다.

"그놈의 공장은 월급날에도 잔업을 하나?"

강씨의 아내는 감았던 눈을 뜨며 가라앉은 목소리로 대답했다.

"일이 바쁘다고 해서 몇 사람이 남아 일을 했어요. 한푼이 아쉬운 판에 자청해서 한 거유."

"내일 당장 그놈의 공장 그만둬!"

강씨는 단호하게 말했다. 강씨의 노기에 정희가 놀라 두 눈을 동그랗게 떴다. 가쁜 숨을 몰아쉬던 강씨의 아내는 힘없이 늘어진 눈빛으로 남편을 올려다보았다. 강씨 아내의 안색은 창백하여 오랜 세월을 앓아온 환자 같았다.

"참 철도 없구려."

강씨의 아내는 신음소리를 내며 몸을 일으켰다. 정희가 어머니를 부축했다.

"더이상 말할 것도 없어!"

"당신이 무슨 철없는 어린애요?"

"뭐야? 그럼 그 몸으로 더 일하겠다는 거야?"

"누군 일하고 싶어서 하는 건가요? 공장에서 일만 하면 당장이라도 쓰러질 것 같수. 눈앞이 깜깜하고 하늘이 뱅뱅 돕디다. 그러나 어쩔 것이오. 일을 안하면 누가 우릴 먹여 살려준답니까. 또 아이들

학교는 어떡하고요.”

“글쎄 그만두래도.”

강씨의 언성이 높아졌다.

“나도 당장 때려치우고 쉬고 싶어요.”

강씨의 얼굴 근육이 씰룩거렸다. 그의 눈동자는 당장이라도 불똥을 쏟아낼 것만 같았다. 강씨는 팩하니 고함을 질렀다.

“그만둬. 내 몸뚱이를 팔아서라도 먹여 살릴 테니까.”

강씨의 아내는 고개를 돌리고 외면했다. 강씨는 화가 나서 미칠 것만 같았다. 그는 아내의 뺨을 거세게 올려붙였다. 아내의 몸이 쓰러졌다.

“이 병신 같은 여편네야, 그러다가 죽어. 당신마저 죽어버리면 어쩔 거야. 잔말 말고 그만둬. 내일부터 출근하면 당신 죽고 나 죽는 줄 알라구.”

강씨의 아내는 부스스 몸을 일으켰다.

“차라리 죽이소. 나도 사는 게 징글징글하니까.”

“제발 그만두란 말이야.”

강씨는 다시 아내에게 손찌검을 했다. 그러나 강씨의 아내는 맞으면서도 고집을 굽히지 않았다. 강씨는 손찌검을 계속했다. 옆에서 그 모습을 지켜보던 정희가 양손으로 얼굴을 가리고 소리를 질렀다.

“제발 그만들 두세요. 제가 학교 그만두고 돈 벌 테니까 제발 싸우지 마세요.”

정희는 발딱 일어나서 얼굴을 감싸안고 뛰어나갔다. 부엌문을 여는 소리가 나더니 대문 밖으로 사라지는 정희의 발소리가 들렸다. 강씨는 멍하니 딸이 뛰쳐나간 문밖을 바라보다 제 가슴을 쳤다. 강씨의 아내가 울면서 말했다.

"여보, 당신은 죽도록 고생했잖수. 내가 당신을 위해서 고생할 차례요."

강씨는 아내의 얼굴을 똑바로 바라보았다. 왈칵 설움이 북받쳤다. 그는 일어섰다. 밖으로 나와 옥상에 올라갔다. 옥상에는 벽돌로 쌓아올린 굴뚝만 서 있을 뿐 휑뎅그렁했다. 강씨는 굴뚝에 몸을 기대었다. 체구가 작고 여윈 그의 몸은 굴뚝보다도 외롭고 초라해 보였다. 강씨는 저만치 내려다보이는 공단 쪽으로 눈길을 주었다. 지대가 높은 동네의 4층 건물이라 공단이 한눈에 내려다보였다. 공단은 거대해 보였다. 웅웅거리는 기계소리가 느껴졌다. 공단을 관통하는 도로 양쪽으로 수은등이 박혀 있는데 도로는 늦은 시간이라 차량이 뜸했다. 그러나 공단은 곳곳에서 불을 밝힌 채 기계소리를 토해내고 있었다. 몇몇 공장의 높은 굴뚝은 하늘을 향해 꾸역꾸역 시커먼 연기를 뿜어내고 있었다. 그 때문일까. 하늘은 금방이라도 비를 뿌릴 것처럼 검은 먹구름에 뒤덮여 낮게 내려앉아 있었다. 별 하나 보이지 않았다. 오직 검은 먹구름만이 서로 뒤엉키고 누르고 굼뜨게 움직이면서 하늘을 장악하고 있었다. 시간은 정지되었다. 오랜 세월 동안 쉬지 않고 꿈틀거리면서 살아 움직여온 공단과 그곳에서 평생을 노동해온 강씨, 그 둘을 내려다보는 어두운 하늘

사이에서 시간은 흐름을 멈추었다. 굴뚝에 몸을 기대고서 강씨는 한참 동안 미동 없이 공단을 바라보았다. 소리 없는 눈물이 광대뼈 불거진 그의 주름진 뺨을 타고 흘러내렸다.

"당신, 제정신이에요?"

만석이 오늘 있었던 일을 얘기하고 빚을 얻어 입주권을 도로 찾자는 얘기를 하자 튀어나온 영란의 첫마디였다.

"글쎄, 진정하고 생각을 해봐."

"생각해보나 마나지요."

만석은 단호하게 자르며 돌아앉는 영란의 어깨를 돌려세웠다.

"해보기나 하자고. 되든 안되든 간에 해보고 나서 포기해도 되잖아, 응?"

어린애처럼 보채는 만석을 영란은 답답하다는 듯 쳐다보았다. 그녀는 한숨을 쉬며 타이르듯 조용히 말했다.

"여보, 그 돈을 무슨 수로 어디서 구한단 말예요. 우리 같은 사람에게 누가 그렇게 큰돈을 빌려준대요? 당신은 벌써 잊었어요? 이년 전에 백만원도 못 빌려 입주권을 팔았잖아요. 그때랑 지금이랑 뭐 하나 달라진 거라도 있나요? 누가 옛수 하고 돈을 빌려주기라도 한단 말예요? 그리고 최씨라는 그 사람한테 원금만 돌려준다는 것도 그래요. 그 사람이 그런 꼴을 당하고 가만있을 성싶어요? 세상이 당신 맘대로 그렇게 호락호락한 줄 알아요?"

"그럼 당신은 평생 사글셋방을 전전하며 사는 게 좋단 말이야?"

"누가 좋대요?"

"그런데 해보지도 않고 왜 이러는 거야. 입주통지서 왔을 때 나보다 당신이 더 속을 끓였잖아. 그리고 내가 차차 돈을 모아서 집 장만을 하자고 했을 때 당신은 또 뭐라고 그랬어? 그런데 이제 와서 왜 맥없이 구는 거야?"

"그때는 하도 속이 상해서 한번 해본 소리잖아요."

만석은 기대고 있던 벽에 뒷머리를 쿵쿵 짓찧었다. 영란은 고개를 돌렸다. 만석은 담배를 물었다. 두어모금 빨다 담배를 비벼 끄고 그는 목소리를 가라앉히고 말했다.

"여보, 해보자구. 이런 식으로라도 하지 않으면 우리가 언제 집 장만을 하겠어?"

영란이 한숨을 내쉬며 힘없이 말했다.

"당신 말뜻 알아요. 그렇지만 그 큰돈을 어디서 구하냔 말예요. 그리고 언제 아기가 태어날지도 모르는 판에 그런 일을 벌이고 싶진 않아요."

부아가 치미는지 만석은 제 가슴을 주먹으로 쳤다.

"제기랄, 글쎄 해보기나 하자니까. 그런 놈 좋은 일 시킬 생각만 하면 미칠 것 같아. 그리고 아무리 열심히 저축을 한다고 해도 이 모양 이 꼴로 평생 산다고 생각하면 울화가 치밀어 환장하겠다구. 당신도 친정집에 가서 좀 알아보란 말이야."

만석은 방바닥을 내리치며 고함을 질렀다. 영란은 기가 차다는 듯이 그를 쳐다보았다.

"당신도 우리 친정 사정 뻔히 알잖아요."

영란의 목소리에는 안타까움이 배어 있었다. 화를 누그러뜨리지 못해 붉으락푸르락하던 만석이 그녀에게 언성을 높였다.

"시집을 보내면 딸자식이 아니라 이거야? 당신 시집올 때 빈손으로 보내놓고, 백만원 구하러 다닐 때에도 모른 척하더니, 도대체 당신 친정은 어떤 집구석이야?"

영란은 기가 찼다. 남편이 자기에게 그런 소리를 하다니, 눈앞이 아찔해져왔다.

"당신 지금 제…… 제정신으로 하는 말이에요?"

"왜, 내가 틀린 말 했어? 당신 시집올 때부터 지금까지 그놈의 집구석에서 내게 해준 게 하나라도 있으면 대봐, 대보라구."

만석은 삿대질까지 해가며 고함을 질렀다. 영란의 얼굴에 핏기가 사라졌다. 그녀의 목소리가 떨리기 시작했다.

"그래요. 그래서 당신에게 시집온 나는 호강만 하고 살았군요. 당신 집안은 어지간히 잘난 집안이라 내가 호의호식하고 살았군요."

"이게 얻다 대고 집안을 들먹여."

철썩 하고 만석은 저도 모르게 영란의 뺨을 올려붙였다. 영란의 고개가 돌아갔다.

"다…… 당신!"

영란의 눈에 눈물이 괴었다. 만석은 제 손을 내려다보았다. 아내를 때리다니 믿을 수가 없었다. 영란은 오열이 나오려는 입을 손으로 틀어막았다.

결혼한 지 삼년, 두 사람은 싸움 한번 없이 결혼생활을 꾸려왔다. 고달프면 서로 위로하고 슬플 때면 서로 안아주고 화날 때는 서로 이해하며, 비록 가난했지만 애정 하나로 버텨온 삼년이었다.

만석은 자신이 혐오스러웠다. 아내를 때린 손모가지를 프레스날로 싹둑 잘라버리고 싶었다. 오열을 삼키던 영란은 흐느끼며 밖으로 뛰어나갔다. 만석은 아내에게 손찌검한 것이 후회스러웠다. 함부로 내뱉은 말이 한스러웠다. 홧김에 생각 없이 내뱉은 말이었다. 언제나 고맙기만 하던 아내, 쥐꼬리만 한 월급으로 알뜰살뜰 살림을 꾸려온 아내였다. 그는 자신이 어쩌다가 이런 어이없는 실수를 저질렀는지 스스로도 이해할 수가 없었다. 돈? 돈 때문이었을까. 옆집은 언제나 돈 때문에 치고받고 싸웠다. 잘잘못을 따지기 전에 언제나 발단은 돈이었다. 돈 때문에 아내를 학대하는 옆집 사람을 바로 자기 자신이 비난하지 않았던가.

망할 놈의 아파트. 아니, 그보다는 최진혁이라는 작자가 원망스러웠다. 만석은 입주권을 잊어버리려고 했었다. 그러나 최가가 자신의 안락과 부귀를 위해 만석을 속이고 능멸하는 데에는 견딜 수가 없었다. 더이상 희생하며 사는 데 환멸을 느껴 참을 수가 없었다. 어쩌면 이는 스스로에 대한, 아니, 세상에 대한 분노였는지도 모른다. 가난한 놈은 영원히 가난할 수밖에 없는 이 웃기는 세상에 대해 분노를 느꼈는지도 모른다.

영란은 한참 만에야 들어왔다. 눈이 부어 있었다.

그날밤, 두 사람은 아무 말도 하지 않았다. 옆방에서는 또 그놈의 돈 때문에 싸움이 벌어졌다.

아침이 되자 하늘은 더욱 짙은 먹구름에 가려져 있었다. 먹구름은 한층 두꺼운 층을 이루며 몰려다녔다. 다시금 하늘의 푸른 얼굴을 볼 수 있을까 하는 의구심이 생길 정도였다.

강씨의 아내는 출근을 했다. 강씨는 아무 말도 하지 못했다. 붙잡지도 못했다. 아니, 붙잡을 수가 없었다. 강씨는 아내가 나갈 때까지 돌아앉아 담배를 태웠다. 담배 끄트머리가 타들어갈 때 가슴도 함께 타들어갔다. 나가다 말고 아내가 말했다. 아내의 목소리에는 힘이 없었다.

— 여보, 살아야잖수. 산다는 게 원래 징하도록 모진 거 아니요.

정희는 밤새도록 어디를 싸돌아다니다가 새벽녘에야 돌아왔다. 강씨와 그의 아내는 딸아이에게 아무것도 묻지 않았다. 정희 역시 아무 말도 하지 않았다. 그저 조각처럼 앉아 있다 가방을 들고 학교를 향해 집을 나설 뿐이었다. 그런 소란에도 세철이는 공부방에서 나오지 않았다. 새벽까지 녀석의 공부방에는 불이 켜져 있었다. 세철이 역시 말없이 아침밥을 뜨고 등교했다.

가난했지만 화목하던 가정이었다. 웃음이 있고 가족 간에 애정이 넘쳤으며 서로 아껴주는 사랑이 있었다. 오늘 같은 아침 풍경은 강씨의 가정에 단 한번도 없었다.

온 식구가 집을 비우고 나자 왠지 설거지가 하고 싶어졌다. 한

손으로도 설거지는 어렵지 않게 해낼 수 있었다.

강씨는 세제 거품을 다 헹궈내고 손의 물기를 닦았다. 방에 들어오니 아내의 월급봉투가 눈에 띄었다. 어제 그가 내던진 그대로 놓여 있었다. 강씨는 아내의 월급봉투를 집어들었다. 월급명세서를 읽었다.

월급: 7,000원×30일=210,000원

시간외 수당: 72시간=192,864원

근로소득세 및 각종 세금: 12,000원

의료보험료: 5,400원

가불: 100,000원

합계: 285,464원

월급명세서를 보자 한달 내내 잔업을 거르지 않고 특근까지 마다않은 아내의 고통스러운 노동이 눈에 선했다. 그 노동은 아내의 육체를 서서히 갉아먹으며 들어와 아내를 죽일지도 모른다. 그것을 방관할 수밖에 없는 이 무력한 나란 존재는 무엇인가.

강씨는 가슴을 쥐어뜯으며 괴로워했다. 핏기가 가신 아내의 얼굴이 나타났다가 사라졌다. 이대로 주저앉을 수 없다는 절박함이 그의 몸을 흔들어댔다.

강씨는 세면을 하고 옷을 갈아입었다. 무슨 수를 쓰더라도 일자리를 구해야 한다고 생각했다.

3

"여보, 알아볼게요."

영란은 대문을 나서는 만석에게 말했다. 만석이 뒤를 돌아보며 무슨 말인가를 하려고 하자 영란이 빙긋이 웃으며 말을 막았다.

"출근 늦겠어요. 다녀오세요."

만석이 골목에서 사라질 때까지 영란은 대문 앞에 서 있었다. 만석은 뒤를 돌아보았다. 가슴이 뭉클했다. 아내의 배가 남산만 했다. 만석이 손을 흔들자 아내도 손을 흔들었다. 만석은 눈물이 나오려는 것을 참았다. 당장이라도 아내를 꼭 끌어안고 싶었다. 만석은 공장을 향해 달리기 시작했다.

남편의 모습이 골목에서 사라지자 영란은 집으로 들어왔다. 몸이 무거웠다. 아이가 노는지 자꾸만 배를 찼다. 영란은 배를 보듬으며 미소를 지었다. 그러나 그것도 잠시, 무거운 몸만큼 마음이 무거워졌다. 그녀는 남편을 이해했다.

남편은 일을 할 만큼 했다. 영란도 남편 못지않게 공장생활을 했다. 남편이 얼마나 버겁고 가파른 길을 가는지 그녀는 너무도 잘 알고 있었다. 맨몸뚱이 인생, 우리집을 갖는다는 것은 얼마나 기쁜 일인가. 어제 남편이 밖에서 느꼈을 수모와 절망과 분노를 영란은 상상해보았다.

단 한번 찾아온 내 집 마련의 기회였다. 가진 것도 없는데 내 집을 가질 수 있는 기회를 박탈당하고 그것을 되찾을 희망이 없다는 것은 얼마나 무섭고 끔찍한가. 영란은 남편을 도울 수 있는 데까지 도와야 한다고 생각했다. 해보지도 않고 모든 것을 빼앗긴다면 그건 한으로 응어리져 평생 남편의 가슴에 못을 박을 것이다.

영란은 수첩을 꺼내 전화번호를 뒤졌다. 누구에게 부탁을 해야 할지 막막했다. 며칠 전 나갔던 동창회가 떠올랐다. 거기서 자랑처럼 늘어놓던 혜숙이의 수다가 떠올랐다.

―어머 얘, 우리 그이 있잖아. 이번에 부장으로 승진했지 뭐니.

혜숙이에게 전화를 해볼까. 친구들 중에선 그나마 처지가 나으니 다만 얼마라도 융통해주지 않을까.

혜숙이의 전화번호를 돌렸다.

"저어, 여보세요. 거기가 김혜숙 씨 댁인가요?"

"네, 전데요. 실례지만 누구시죠?"

"혜숙아, 나야. 영란이."

"어머, 기집애, 웬일이니. 그래, 무슨 일이야?"

"으응, 부탁이 있어서 전화했어. 너 돈 좀 빌려줄 수 있니?"

영란은 자존심이 상했지만 내색을 않고 말을 이었다.

"급한 일이 생겨서 그러는데, 친구라곤 너밖에 없잖니."

"얘, 어떡하니. 우리도 요즘 돈 때문에 죽겠어. 남들은 우리 그이 부장 승진했다구 활짝 편 줄 아는데 사실은 그렇지도 않아. 말이 부장이지 그리 나아진 것두 없단다. 미안해서 어떡하지?"

영란은 전화를 끊었다. 믿었던 친구에게 거절을 당하고 나니 맥이 풀렸다. 그녀는 외숙모를 생각해냈다. 외삼촌이 조그맣기는 하지만 공장을 운영하는 덕분에 살림이 넉넉하니 조카의 부탁을 외면하지는 않을 것이라고 생각했다. 친척에게 돈 얘기를 하는 게 죽기보다 싫었지만 이번 한번만이라고 다짐하며 그녀는 다이얼을 돌렸다. 다행히 외숙모가 직접 받았다.

"숙모, 저 영란이예요."

"웬일이야? 발길 끊은 줄 알았는데. 도대체 사람이 왜 그래. 내가 남이야? 연락 좀 하고 살어."

영란은 외숙모의 다정한 목소리에 힘을 내어 용건을 말했다.

"죄송해요, 숙모. 연락을 드린다 하면서도 쉽지가 않네요. 숙모, 부탁이 있는데 들어주실래요?"

"무슨 부탁인데 그래? 말해봐. 어렵지 않은 부탁이라면 들어줄게."

"저어, 실은 급히 돈이 좀 필요해요."

수화기 저쪽에서 망설이는 기색이 느껴졌다.

"모처럼의 부탁인데 어쩐다? 외삼촌 회사가 요즘 많이 어려워. 엔간하면 남도 아닌데 도와주고 싶다만 여간 어렵지가 않아서 말이야. 네가 시기를 잘못 잡았구나. 다음번에 부탁하면 꼭 도와줄 테니 이번엔 네가 이해를 하거라."

"아니에요. 공연한 부탁을 드려서 죄송해요."

영란은 수화기를 내려놓았다. 수첩에서 혜숙이와 외숙모의 이름을 지웠다. 통화 하나에 이름 하나씩을 지워나갔다. 그녀는 결국 수첩을 덮고 말았다. 암담했다. 기댈 곳은 친정밖에 없었으나 군둥내 나는 친정 살림에 차마 손을 벌릴 수가 없었다. 갑자기 외롭다는 생각이 들었다.

"새댁 있수?"

인기척에 영란은 몸을 일으켰다. 주인집 여자였다.

"마침 있었구랴."

"무슨 일이세요?"

주인집 여자가 방문턱에 걸터앉았다.

"날이 찌뿌둥한 게 한바탕 해대려나봐."

딴전을 피우는 주인여자를 보자 불안했다. 돈하고 관련된 얘기를 할 때 주인여자는 꼭 딴전을 피웠다.

"전세방을 놓은 사람들은 좋겠어. 우리도 전세로 바꾸어야 할까봐."

가슴이 철렁 내려앉았다. 영란은 침착하려고 애썼다.

"예? 그게 무슨 말씀이세요?"

주인여자는 잠시 주위를 두리번거리다 말문을 열었다.

"실은 새달부터 방세를 만원씩 올려 받아야겠어. 남들 다 올려 받는다고 이러는 건 아니고…… 그렇지만 이 근방에서는 내가 가장 적게 올리는 거야."

영란은 현기증을 느꼈다. 그래요, 하는 소리가 힘없이 새어나왔다.

만석은 공중전화 다이얼을 돌렸다. 신호가 두어번 가고 나서 수화기를 드는 기척이 났다. 여보세요, 하는 아내의 목소리가 힘없이 들려왔다.

"어, 난데, 좀 알아봤어?"

대답이 없었다. 만석은 다시 물었다. 아내는 뜸을 들이다가 짧게 한마디 했다.

"다 알아봤는데 안되겠어요."

만석은 주먹을 꼭 쥐었다. 알았어, 하며 힘없이 수화기를 내려놓았다. 공중전화 박스를 나서는데 축구공이 굴러와 그의 발 앞에서 멎었다. 공을 차달라는 동료의 외침소리가 날아왔다. 만석은 아무렇게나 공을 내질렀다.

"씨팔, 왜 그래? 기분 안 좋은 일이라도 있어?"

상대방이 물었으나 만석은 말없이 지나쳤다. 그는 담벼락 주위에 옹기종기 모여 있는 사람들 틈바구니에 끼여 땅바닥에 주저앉았다. 사람들은 호주머니에 양손을 찌르거나 담벼락에 몸을 기댄채 축구를 구경하고 있었다. 하늘은 당장이라도 무너져내릴 것처럼 주저앉아 있었다. 점심을 먹고 난 뒤 좁은 골목에서는 이리저리 축구공이 날아다녔다. 만석은 담배에 불을 붙이고 연기를 길게 내뿜었다. 일할 때에는 빌빌대더니 축구하는 모습을 보니 생기발랄했다. 땀을 뻘뻘 흘리며 이리 뛰고 저리 뛰었다. 담벼락 안쪽에서는 서너 사람이 심각한 표정으로 장기를 두고 있었다. 자가용이 클랙슨을 울리자 축구가 잠시 중단되었다. 차가 지나가자 누군가 욕설을 내뱉었다.

"염병, 왕년에 차 안 몰아본 놈 있나."

만석은 피식 웃음을 흘렸다. 다시 축구가 시작되자 뿌연 흙먼지가 이리저리 바람결을 따라 춤추었다. 만석은 하늘을 멀거니 쳐다보았다. 답답했다. 하늘은 바로 그의 머리 위에까지 내려앉았다. 만석은 고개를 떨구었다.

돈 얘기를 꺼내기가 무섭게 사장은 적자 타령을 늘어놓았다. 커피 한잔을 마시면서 십분간 사장의 구질구질한 적자 타령만 듣다가 사무실을 나왔다. 동료들에게도 말을 붙여보았으나 모두들 고개를 저었다. 오히려 돈 있으면 빌려달라고 하기도 했다. 하긴 동료들도 요즘 모두 전셋값 때문에 몸살을 앓는데 그것을 뻔히 알면서 돈을 빌려달라는 자기 자신이 우둔한 셈이었다.

만석은 한숨을 내뱉었다. 그는 굴러다니는 쇳조각을 주워들었다. 공장 담벼락과 땅바닥의 맞닿은 선을 따라가며 자라난 풀들이 먼지를 흠뻑 뒤집어쓴 채 시들어 있었다. 도무지 봄에 자라나는 풀처럼 보이지 않았다. 콘크리트로 뒤덮인 땅에 자양분이 없기 때문에 그런지도 모르고 공해에 찌든 공기 탓에 그런지도 모른다. 만석은 주워든 쇳조각으로 풀들이 자라난 땅을 파헤쳐 풀을 뿌리째 뽑아버렸다.

축구공은 여전히 하늘을 이리저리 날아다녔다. 갑자기 축구를 하던 사람들이 그 자리에서 움직이지 않았다. 골목 끄트머리에서 소란스러운 소리가 들렸던 것이다. 만석은 고개를 돌렸다. 이삼십여명의 사람들이 머리띠를 두르고 피켓을 든 채 이쪽으로 오고 있었다. 최근에 결성된 지역노조 사람들이었다. 지역노조가 만들어지던 날, 유인물이 공장마다 배포됐었다. 유인물을 보고 사람들은 의견이 분분했다. 노조가 필요하다는 데에는 의견 통일이 되었으나 세세한 부분에서는 달랐다. 마찌꼬바에는 노조가 있으나 마나다, 아니다, 그렇지 않다, 저 사람들은 무엇을 먹고 사는지 모르겠다, 대단한 사람들이지 않냐, 모두가 관심을 가져야 한다, 그게 어디 쉬운 일이냐, 하고 의견이 엇갈리면서도 사람들은 자기 자신은 제외하고 얘기를 했다. 혹여 다칠까 몸을 사렸다.

행렬은 구호를 외쳐대며 사람들에게 유인물을 나눠주면서 다가왔다. 사람들은 모두 한쪽으로 비켜서서 구경을 했다. 행렬이 만석이 앞으로 다가왔다. 몇 사람이 재빠르게 유인물을 나눠주고 나머지 사람들은 구호를 외치며 천천히 행진했다.

"셋방살이 못 살겠다, 주택문제 해결하라!"

"임대료 동결하고 임대차 등록 실시하라!"

"재벌 토지 환수하여 서민주택 건설하라!"

그들이 외치는 구호는 피켓에 그대로 적혀 있었다. 사람들은 유인물을 받아들고서 찬찬히 읽기 시작했다. 만석도 유인물을 받아 읽었다.

천하보다 더 귀한 '사람'들이 생활고에 시달리다가 스스로 목숨을 끊고 있습니다. … 허리띠 졸라매며 내 집 마련의 꿈을 키워오던 서민, 판잣집이라도 아늑한 보금자리를 지켜보려던 재개발지역 주민들과 노동자들의 꿈은 갈수록 산산이 부서지기만 합니다. … 국민의 피와 땀인 은행의 돈을 독차지한 재벌들은 그 돈의 80%를 부동산 투기에 쏟아붓고 있습니다. 정주영의 여덟 살짜리 손자까지 180억원이 넘는 땅을 가지고 있습니다. 국민의 5%에 불과한 재벌들이 전국토의 65% 이상을 소유하고 8개 재벌이 소유한 골프장 면적이 전국 택지의 45%나 됩니다. … 집 문제의 근본원인은 재벌들의 투기에 있습니다. … 지난 1987년 노태우 씨는 선거에서 금융실명제를 실시하겠다, 오년 이내에 내 집 마련을 할 수 있게 하겠다고 약속했습니다. … 정부는 재벌들의 부동산 투기를 비호 내지 조장하고 있는 것입니다. … 우리는 가만히 앉아서 당하고 있을 수만은 없습니다. 우리의 것은 우리가 찾고 누려야 합니다. … 민자당 일당독재 분쇄와 민중기본권 쟁취 국민연합.

유인물은 끝으로 집회 장소와 일자를 안내하고 있었다. 누군가 잘한다며 박수를 쳐주었다. 행렬은 서서히 멀어져갔다. 그러나 노동자들은 축구나 족구를 다시 시작하지 않았다. 삼삼오오 모여서 유인물을 읽거나 얘기를 주고받았다. 만석은 빽빽하게 활자가 들어차 있는 유인물을 글자 하나하나 놓치지 않고 다 읽었다. 모두들 마찬가지였다. 용접공 박씨가 큰 소리로 말했다.

"허, 거 참 시원하게도 써놨다."

그의 말에 장단이라도 맞추듯 옆 사람이 말을 받았다.

"하여간 이 개새끼들은 다 쳐죽여야 한다니까. 이놈들 등쌀에 우리만 뼛골 빠지는 거 아녀."

"누가 아니래. 그나저나 내일 가리봉 오거리에서 데모를 한다는데 거기나 가볼까. 마침 일요일이고 하니 방구석에서 뒹구는 대신에 말이야."

"그러다 다치면 어쩌려구."

"지랄, 다치긴 누가 다쳐. 감이 네놈 입에 그냥 떨어진다던? 전셋값 때문에 죽는 시늉만 하지 말고 이런 데도 좀 찾아댕겨야 하는 겨."

"웃기는 소릴랑 말게나. 데모한다고 될 일이여? 다 헛다리 짚는 거여. 자네도 괜시리 나섰다가 해코지 당하지 말고 일이나 혀."

"자네 같은 사람 땜시 민주화가 안되는 겨."

동철이 사람들의 대화를 엿듣다가 눈을 빛내며 말했다.

"그러지들 말고 내일 우리 모두 같이 가보는 게 어떻겠소. 다들 겪었듯이 이 문제가 남의 일이 아니질 않소."

"자네는 젊으니 그런 소리를 할 수 있는 걸세."

"별 시답잖은 소리를 다 들어보겠소. 나도 처자식이 있는 몸이오. 형님이나 나나 밥줄 끊기면 굶어죽기는 매한가지요."

"그걸 아는 사람이 그런 소리를 하나?"

가장 나이가 많은 금형공 양씨가 끼어들었다.

"예끼, 못난 사람. 생각하는 게 그 모양이니 맨날 해코지만 당하

214

고 사는 거 아닌가."

만석은 동료들의 얘기를 들으면서 유인물을 몇번이나 다시 읽어보았다. 유인물의 문구 하나하나, 주장 하나하나가 살아서 꿈틀거렸다. 꿈틀거리면서 가슴팍으로 파고들었다. 만석은 요 며칠간 벌어졌던 일들이 떠오르면서 알 수 없는 격정이 솟아올랐다. 입주통지서가 날아온 날에 보았던 뉴스가 생각났다. 시위대를 보고 답답한 사람들이라고 비웃었던 자신이 무지했다는 뉘우침이 그의 마음에 자리잡아갔다.

점심시간 종료를 알리는 벨이 울렸다. 유인물을 접어서 주머니에 넣고 노동자들은 공장으로 들어갔다. 공장으로 들어가면서 만석은 최진혁을 떠올렸다. 어쩌면 그에게 굽히고 들어가야 될지도 모르겠다는 생각이 들었다. 어젯밤부터 일기 시작한 바람은 서서히 사나워지면서 흙먼지를 몰고 왔다. 흙바람이 공장 담벼락에 몸을 부대꼈다. 공장에서는 기계소리가 울리기 시작했다.

대낮임에도 불구하고 거리는 우중충하니 어두웠다. 온 천지에 만연했던 봄기운이 하늘을 지상까지 끌어내린 짙은 먹구름에 포위당해 몸살을 앓아댔다. 바람까지 어우러지자 거리를 오가는 사람들은 물러갔던 동장군이 다시 쳐들어오기나 한 것처럼 고개를 어깨까지 움츠리고 총총걸음을 걸었다. 그런 사람들의 발걸음을 부연 흙먼지가 쫓아다녔다.

강씨는 집으로 향하다 길가에 있는 아파트단지 정문을 지나 갈

색 페인트가 칠해진 단지 안 벤치에 몸을 부려놓았다. 하루 종일 걸어다녔더니 다리가 후들거렸다. 점심을 걸러서인지 속이 쓰렸지만 밥 생각은 나지 않았다. 푹 쉬고 싶은 마음만 팽배했다.

우 하고 소리를 내지르며 달려온 바람이 여기저기 찢긴 신문지 쪼가리를 강씨의 발목에 휘감아놓고 달아났다. 강씨는 발목에 감긴 신문지를 내려다보았다. 검은 활자가 눈에 들어왔다. 주택문제 이대로 좋은가, 시민들 일할 의욕 잃어, 구조적 모순 해결해야…… 강씨는 발목을 감은 신문지를 집어든 뒤 구겨서 두어발짝 앞에 놓인 휴지통으로 던졌다. 신문지 덩이는 휴지통에 미치지 못하고 땅바닥에 떨어졌다.

강씨는 담배를 물고 라이터를 켰다. 그러나 바람 때문에 라이터의 불이 켜지지 않았다. 몸을 돌린 뒤 라이터의 부싯돌을 돌려보았으나 바람이 제멋대로 불어 불이 켜지지 않았다. 몇번을 시도하였으나 번번이 실패하였다. 강씨는 라이터를 바닥에 내팽개쳤다. 사고만 당하지 않았어도 바람 따위야 한 손으로 막고 다른 한 손으로 라이터불을 켤 수 있었을 것이다. 강씨는 서글픈 눈망울로 하늘을 올려다보았다. 주름이 깊고 광대뼈가 불거진 그의 얼굴은 스산한 날씨만큼 초췌해 보였다. 아파트단지 밖의 도로로는 차량들이 지나갔고 인도로는 사람들이 바삐 어디론가 향했다. 부옇게 흙먼지 날리는 정문 앞 버스정류장에는 몇 사람이 주머니에 손을 찌르고 서 있었다.

'저 사람들은 무엇을 기다리는 것일까. 저 사람들도 뿌리 깊은

슬픔을 가슴에 감추고 있을까.'

강씨는 혼잣말처럼 중얼거렸다.

'나는 무엇을 기다리는 것일까.'

"당신 뭐요?"

강씨는 떨구었던 고개를 들었다. 감색 제복을 입은 수위가 위압적인 얼굴로 앞에 다가와 있었다. 고개를 든 강씨의 모습은 넋 잃은 사람처럼 보였다.

"힘들어서 쉬고 있는 거요."

힘없는 목소리였다. 수위는 강씨의 행색을 위아래로 훑어보더니 손으로 정문 밖을 가리키며 말했다.

"여기는 당신 같은 사람이 쉬는 곳이 아니니 썩 나가시오."

강씨는 피식 웃음이 나오려는 것을 참았다. 당신 같은 사람이라니. 수위도 어느 단칸 사글셋방에 식구들을 부려놓고 먹고살기 위해 이곳에 나왔을 것이다.

"알았소. 그런데 한가지 물어나봅시다."

수위는 여전히 위압적인 표정을 풀지 않았다.

"수위로 취직하려면 어떡하면 되지요?"

수위는 저를 놀리는 줄 알고 눈을 부릅떴다. 강씨는 오른팔을 내보였다.

"공장에서 일하다가 이 모양이 되었소. 먹고살 길이 막막해져버렸소이다그려. 일자리를 알아보느라 하루 종일 돌아다니다 하도 힘이 들어서 잠시 쉬는 중이오."

비로소 수위는 표정을 누그러뜨리고 강씨의 옆에 앉았다.

"난 당신이 부랑자인 줄 알았소. 미안합니다."

부랑자? 강씨는 무언가를 잠시 생각하더니 쿡 하고 웃음을 터뜨렸다.

"새삼스러울 것도 없지요."

수위가 강씨에게 담배를 권하고 저도 한개비 물었다.

"우리들은 개인적으로 취직을 하는 게 아니오. 용역회사에 소속이 되어 있지요. 청소부도 그렇고 우리도 그래요. 사는 게 어렵지요."

기대를 가지고 물어본 것은 아니기에 강씨는 멍하니 하늘만 쳐다보았다. 수위도 하늘을 올려다보았다. 강씨는 고개를 끄덕였다. 수위가 일어섰다.

"좀 쉬다 가시오. 그러나 되도록이면 빨리 떠나주시오. 주민들이 안 좋게 생각하니까. 이러는 거 이해하시오. 나도 처자식이 있고 먹고살아야 합니다."

수위는 수위실로 돌아갔다. 강씨는 손으로 담배꽁초를 튀겨내고 자리에서 일어섰다. 아파트 잔디밭 가운데에서 흐드러지게 피어난 목련은 어느덧 질 때가 가까워오는지 생기를 잃은 상태였다. 정문을 지나는데 수위가 잘 가라는 듯이 고개를 끄덕였다.

강씨는 가리봉 오거리를 향해 터벅터벅 걸었다. 그는 오늘 모집 공고를 보는 대로 전화를 걸고 찾아갔다. 그러나 아무도 그를 반겨주지 않았다. 한 정거장 정도 지나는데 길가에 마찌꼬바들이 늘어서 있었다. 밀링이며 선반 돌아가는 소리, 쇠를 갈아내며 불똥을 날리는 그라인더의 모터소리와 보르반의 털털거리는 소리가 날아왔다. 강씨는 눈길 한번 주지 않고 그곳을 지나쳤다. 왠지 눈물이 나려고 했다.

가리봉시장은 퇴근시간이 아닌데도 사람들로 북적거렸다. 강씨는 포장마차의 포장을 들치고 들어가 소주를 시켰다. 푸짐해 보이는 여자가 뚜껑을 딴 소주병을 소주잔과 함께 내놓았다. 강씨는 소주잔을 밀어놓고 물컵에다 소주를 부어 벌컥벌컥 들이켰다. 소주한병이 단 두모금에 동이 났다. 한병을 더 시켰다. 찬찬히 자시우, 탈나겠수, 하고 여자가 무표정하게 말했다. 똥집이 나왔다. 강씨는 손가락으로 두어점을 집어 입안으로 집어넣었다. 얼근히 술기운이 올라왔다. 그제야 그는 소주잔에다 술을 따라 마셨다. 갑자기 웃음이 새나왔다. 헛헛헛 하고 강씨는 미친 사람처럼 실없이 웃어댔다. 삶에 대한 회한이 파도처럼 밀려왔다. 이십여년의 공장생활, 그 이십여년 동안 세상은 많이 변했고 공장도 참으로 많이 변했다. 그러나 사는 것은 그때나 지금이나 변한 게 없다.

포장을 들치고 웬 사내가 들어왔다. 나이는 강씨보다 몇살 더 먹어 보였다. 사내는 강씨에게 말없이 껌을 내밀었다. 한쪽 팔이 없었다. 강씨는 멀거니 사내를 쳐다보았다. 사내는 구걸하는 눈빛으로 강씨를 마주 보았다. 강씨는 그에게 이백원을 건넸다. 돈을 주는 강씨의 손이 떨렸다. 사내는 고개를 꾸벅 숙여 보이고는 사라졌다.

강씨는 곧바로 포장마차를 나왔다. 사내는 어디론가 사라져 보이지 않았다. 가슴이 충격으로 심하게 뛰었다. 몸을 움직일 수가 없었다. 오직 한가지 생각만이 강렬하게 그의 뇌리에 똬리를 틀었다.

'이제 내가 할 수 있는 일은 저런 구걸밖에 없단 말인가!'

강씨는 비틀거리며 걷기 시작했다. 시장은 왁자지껄했으나 그의 귀에는 아무 소리도 들리지 않았다. 소리는 사라지고 모든 사물이 뿌옇게 흐려지며 시야를 어지럽혔다. 시장을 벗어나 가리봉극장, 국민은행을 지나고 생맥주집들을 지나쳤다. 몇몇 여인숙이 자리한 골목을 거슬러올라 골목을 몇번 꺾었다. 개 한마리가 쓰레기통을 뒤지다가 강씨가 나타나자 꼬리를 말고 눈치를 보았다.

집에는 아무도 없었다. 아이들이 학교에서 돌아오기에는 너무 이른 시간이었다. 강씨는 부엌 벽에 몸을 기대고 멍하니 천장을 올려다보았다. 그의 눈에는 초점이 없었다. 그는 아들의 공부방 문을 보았다. 문을 열면 아들이 공부하고 있을 것만 같았다. 문 앞으로 다가가 조심스레 방문을 열어보았다. 방은 텅 비어 있었다. 책상 위에는 책들이 가지런히 꽂혀 있고 방 안에는 정적이 깃들어 있었다. 신발을 벗고 방으로 들어갔다.

─공부에 방해된단 말예요.

세철의 목소리가 들리는 것만 같았다. 강씨는 어금니를 지그시 물었다. 녀석은 대학을 못 갈지도 모른다. 돈이 없어서 못 갈지도 모른다. 그러면 녀석은 공장에 취직해 평생을 노동해야 할 것이다. 그것은 가난을 기약하는 멍에다. 그 멍에는 강씨 자신이 물려주는 것이나 다름없다. 대물림이다. 정희는 어느 미싱공장에서 미싱을 밟거나 전자공장에서 납땜질을 하게 될지도 모른다. 그것 역시 강씨 자신이 물려주는 것이다.

강씨는 고개를 돌리고는 왼손으로 얼굴을 가렸다. 굳게 다문 그의 입술이 들썩였다.

'무엇인가. 무엇이 이렇게 만들었는가. 나는 아니다. 나는 최선을 다해 살았다. 기계에 대해서 나보다 더 잘 아는 사람은 없다고 자신있게 말할 수 있고 증명해 보일 수도 있다. 그러나 무엇인가, 이것은. 아이들을 더이상 가르칠 수가 없고 배우지 못한 아이들은 공장으로 가야 하는 이것은 무엇인가. 무능한 탓인가. 아니면 세상이 이렇게 만든 것인가. 하지만 이제 와서 무엇을 할 것인가. 아무 것도 할 수 없는 지금에 와서 무엇을 할 것인가. 동냥질밖에 할 수 없는 몸으로 무엇을 할 것인가.'

강씨는 한참을 울다가 벽에 몸을 기댔다.

젊었을 때 얘기다. 월급을 탔는데 예상 액수를 밑돌았다. 간혹 그런 일이 있었는데 그날은 얼마나 속상하던지. 아내는 자신의 월급을 목이 빠져라 기다리고 있는데 강씨는 밤새도록 술을 마셨던 것이다. 술집에서 일어나니 월급봉투가 비어 있었다. 비로소 정신이 들면서 더할 나위 없이 후회가 되었다. 그러나 이미 엎질러진 물이었다. 아내는 이틀 동안 말을 하지 않았다. 이틀 뒤 아내가 한숨을 길게 내쉬며 말했다.

──당신 속상하고 힘든 것 알고 있어요. 앞으로는 혼자 마시지 말고 같이 취합시다. 그래야 술자리가 적적하지 않을 거 아니에요.

세철이가 국민학교 4학년 때였던 것 같다. 2학기 초였지 아마. 담임선생이 집으로 찾아왔다. 대접할 것도 변변찮고 무슨 일인가 싶어 눈치만 보고 있는데 담임선생이 말했다. 세철이를 반장으로 임명하려고 했는데 녀석이 자기는 못하겠다고 거절했다는 것이다. 이유를 물어도 대답을 안했다고 한다. 담임선생이 돌아가고 나서 세철이를 앉혀놓고 이유를 물었다. 한참을 주저하더니 녀석이 대답했다.

―반장 하면 돈이 많이 들잖아요.

그날밤 강씨는 얼마나 가슴이 아팠는지 모른다.

어렸을 때 정희는 애가 둔한 건지 거짓말을 하면 곧잘 믿곤 했다. 한번은 아내와 함께 정희를 놀려주려고 다리 밑에서 주워왔다고 했다. 한참을 놀려대는데 녀석이 묻는 것이었다.

―그럼 우리 엄마랑 아빠는 어딨어?

―먼데 가서 살고 계시지.

정희의 하는 모양이 귀여워 계속 장난말을 했다. 녀석의 다음 말이 뜻밖이었다.

―아저씨, 나 우리 아빠한테 데려다줘.

강씨는 웃음을 머금었다. 시간의 흐름을 거슬러가니 옛날 일들이 하나하나 되살아났다. 막둥이 상철이는 손버릇이 유별났다. 녀석이 국민학교 3학년인가 4학년이었지 아마. 그때는 딴 동네에 살았었다. 월급을 탄 날이었다. 아침에 일어나보니 돈 만원이 비어 있었다. 아무리 계산을 해보아도 돈이 부족했다. 잃어버렸거니 했는데 며칠 뒤 상철이가 새 옷을 입고 들어왔다. 어디서 났냐니까 친구한테서 받았단다. 아무래도 수상쩍어 다그쳤다. 심하게 매를 맞고 나서야 녀석은 사실대로 털어놓았다. 새 옷이 하도 입고 싶어서 돈을 꺼내 시장에 가서 옷을 사 숨겨뒀다가 오늘 입었다는 것이었다. 얼마나 화가 나던지 한밤중에 녀석을 산으로 끌고 갔다. 산은 칠흑처럼 검게 엎드려 있었다. 그는 상철이를 패다가 끝내 녀석을 끌어안고 울음을 터뜨렸다. 그뒤로 녀석의 손버릇은 없어졌다.

눈물이 볼을 타고 주르르 흘러내렸다. 바람이 창문을 흔들고 지나갔으나 강씨는 바람소리가 들리지 않았다.

4

"웬 바람이 이렇게 불까?"

영란이 어깨를 움찔하며 중얼거렸다.

"들어가. 뭔 경사 났다고 당신마저 나와서 그래?"

바람이 영란의 머리를 흐트러뜨리고 지나갔다. 하늘은 여전히 손으로 만져질 듯 두꺼운 먹구름에 뒤덮인 채 내려앉아 있었다. 일기예보는 비가 내릴 것이라고 했다.

"곧 들어갈 거예요."

"그러다 애한테 이상 생기면 어쩌려구. 걱정 말고 어여 들어가, 어여."

"이따 강대식 씨 댁에 들렀다 올 거예요?"

만석은 어제 현장 사람들이 전해준 삼십만원을 떠올렸다. 월급을 타서 술을 한잔씩 걸치는 자리에서 동료들은 대식이 형님을 돕자며 그 자리에서 돈을 모았던 것이다. 돈을 받아들며 만석은 고개를 떨어뜨렸다. 눈물이 쏟아질 것 같았기 때문이다. 오늘 대리입주를 해주는 댓가로 최가에게 오십만원을 받으면 대식이 형님에게 빌려드리기로 이미 아내의 허락을 받아놓았다. 팔십만원이면 형님도 포장마차를 할 수 있을 게다.

"아니, 집에 먼저 왔다 갈게."

아내가 들어갔다. 만석은 시계를 보았다. 올 시간이 다 되어가고 있었다.

모든 것을 포기하고 나자 허탈했다. 만석은 어제 퇴근하면서 최진혁에게 전화를 걸었다. 최가의 웃음소리가 아직도 귀에 쟁쟁하다.

트럭 엔진소리가 골목 아래에서 들려왔다. 트럭에는 이삿짐이 가득 실려 있었다. 만석은 트럭을 향해 다가갔다.

"서두른다고 서둘렀는데도 늦었습니다."

번들거리는 최가의 눈빛이 기분 나쁘게 와닿았다. 만석은 서글픈 심정을 지그시 억눌렀다.

"자, 시간 없으니 대충 외워두세요. 저 박스에 든 건 겨울옷이고요, 저기 든 건 화장품, 그 옆에 있는 건 이불인데, 학 모양이 수놓아진 분홍색 이불입니다. 가전제품은 대개 대우 건데 VTR하고 전축만 외제입니다."

입주 시 필요한 절차를 빠른 어조로 최가가 설명했다. 이삿짐을 아파트로 싣고 가서 입주신청서를 내면 위장입주 여부를 가려내기 위한 짐 검사를 한다며, 이삿짐 꾸러미의 내용물을 조목조목 일러주었다. 소문으로는 립스틱 색깔까지 물어본다고 했다. 만석은 걱정이 되었다. 잘해낼 수 있을지 염려스러웠다. 그런 그를 보고 최가가 말했다.

"김형, 걱정할 건 없습니다. 설사 빠꾸당해도 이튿날은 무사통과돼요. 사전에 얘기가 다 돼 있어요."

"얘기라뇨?"

사내가 손가락으로 동그라미를 만들어 보였다.

"놈들, 가구당 이십만원씩 다 받아먹은 됩니다. 첫날은 형식상 시늉만 내는 겁니다. 사는 게 다 그런 거 아닙니까. 먹이사슬과 같은 거지요."

최가가 자신있게 얘기했으나 적발되면 의법 조치를 하겠다는 말이 떠올라 불안감이 가시지 않았다. 사나운 바람이 만석의 머리칼을 흩뜨려놓았다.

두 사람을 태운 이삿짐 트럭은 구로공단을 지나 광명시 주공아파트 단지로 달렸다. 삼십분가량을 달려서 단지 입구에 도착했다. 입구엔 수십대의 이삿짐 트럭이 몰려 장사진을 이루고 있었다. 트럭에서 내린 만석은 15층 고층아파트가 늘어선 단지를 바라보며 한숨을 내쉬었다. 아파트단지는 온통 미색으로 치장되어 있었다.

북적거리는 접수처로 가 접수를 시키고 나오니 괜히 눈시울이 뜨거워졌다. 지금 이게 내 집을 신청하는 거라면 오죽 좋을까 하는 안타까움이 피어났다가 사그라들었다. 접수증을 받아가지고 나오는데 한쪽의 이삿짐 트럭 주위에 몇 사람이 모여 수군거리고 있었다.

한 사내가 이삿짐을 실은 트럭 옆 바닥에 주저앉아 있고, 짐 검사 차례를 기다리던 몇 사람이 그 사내를 둘러싸고 이것저것 묻고 있었다.

"빠꾸당했수?"

"보면 뻔하지 물어 뭘 하우. 아, 글쎄 이 자식들이 맨 귀퉁이에서 낚시가방을 꺼내들더니 무슨 낚시가 몇 개 들었느냐고 묻습디다. 니미럴 거, 그래도 내 짐이라고 빡빡 우겼죠. 그랬더니 이번엔 우산 꾸러미를 꺼내들고 무슨 색깔 우산인지 대랍디다."

"큰일이네."

"왜, 형씨도 입주권을 팔았나보죠?"

"아…… 아뇨. 그냥 뭐……"

"속일 거 없수다. 나도 팔았는걸 뭐. 입주신청자 가운데 구십 퍼센트가 빠꾸당했다 그럽디다, 벼락 맞을. 돈 없는 놈들 속내가 뻔하고 가려운 데가 똑같은 거 아니오."

"염병할 놈들. 이주대책만 세워주고 내쫓았으면 누가 미쳤다고 입주권을 팔아, 내 집이 생기는데. 이건 일부러 투기를 조장하는 게 아니고 뭐요."

"아무튼 주공하고 투기꾼들은 돈 버는 데 쌍코피 터지고, 주저앉는 건 돈 없고 빽 없는 우리들뿐이구랴. 에이, 벼룩의 간을 빼먹을 자식들 같으니라구. 그나저나 나도 빠꾸당하면 어떡하지?"

만석은 얘기를 엿듣다가 제자리로 돌아왔다. 곳곳에서 되돌아가는 사람들이 보였다. 차례를 기다리는 대다수의 사람들도 초조하고 불안한 빛이 역력해 보였다. 그때 한쪽에서 소란스러운 소리가 들려왔다. 짐 검사원과 어느 입주자가 입씨름을 벌이고 있었다.

"아저씨, 이거 뭐죠?"

검사원이 그 입주자에게 조그만 보따리를 들어 보이며 묻자 입주자가 언성을 높였다.

"그건 뭐 할라고 묻소?"

"뭐라구요?"

"내 짐을 당신들이 뭔데 벌집 쑤시듯 뒤지며 꼬치꼬치 묻는 게요?"

"협조해주셔야 합니다. 위장입주자들 때문에 그럽니다."

"이 사람들아, 이건 사생활 침해야! 내가 입주자가 맞다는 걸 아까 접수처에서 확인했으면 됐지 당신들이 뭔데 내 물건을 뒤지는 거야."

짐 검사원들은 서로 얼굴을 마주 보며 난감해했다. 덩치가 큼직하고 구레나룻이 무성한 사내가 삿대질까지 해가며 큰소리치는 모습이 당당해 보였다. 주위에서 구경하던 사람들이 신바람이 나는 듯 킬킬거렸다.

"당장 거기서 내려와. 짐에 손댔다간 가만 안 둘 줄 알어."

"허어, 아저씨, 이러시면 곤란합니다. 아저씨 짐이니 이게 뭔지 알 게 아뇨. 요것만 대답하면 당장 들여보내드리리다."

검사원들이 달래듯 말하자 사내는 대뜸 보따리를 낚아채 땅바닥에 패대기쳤다. 퍽 소리가 나며 보자기의 내용물이 쏟아졌다. 화장품이었다.

"자, 그렇게 궁금하면 봐. 더이상 내 짐에 손을 댔다간 사생활 침해로 고발할 줄 알아. 그렇게 의심이 가면 내가 사는지 안 사는지 매일 와서 확인하면 될 거 아냐."

사내의 기세가 살기등등했다.

"허어, 그 양반 성깔 한번 대단하시구랴. 댁의 행동을 봐서 맞는 것 같으니 입주하슈."

이미 뒷돈을 다 받아먹고 짜놓은 각본 때문일까, 검사원들은 그냥 돌아갔다. 사내는 혼자 씩씩거리며 말했다.

"개놈의 자식들. 이 짓거리 할라면 입주권은 뭐 하러 줘. 저그들이 사람을 강제로 내쫓고 이제 와서 입주권을 판 사람한테 투기죄를 몽땅 뒤집어씌우다니, 천벌을 받을 놈들."

주위에서 구경하던 사람들이 그에게 박수를 쳐주었다.

만석이 접수증을 단지 입구에 설치된 창구에 제출했다. 검사원 둘이 그의 뒤를 따라와 이삿짐 트럭 위로 올라갔다. 검사원들은 짐 이곳저곳을 마구잡이로 뒤졌다. 최진혁은 건너편에서 이쪽을 지켜보고 있었다. 만석은 불안했다.

"이게 뭡니까?"

검사원이 불쑥 물어오자 가슴이 철렁 내려앉았다.

'저게 뭐였더라, 아까 설명을 들었는데.'

마음이 급해서인지 쉬 생각이 나지 않았다.

"빨리 대답하세요."

검사원이 다그쳤다. 애가 탔다. 틀림없이 아까 외웠는데. 검사원이 만석을 노려보다 트럭을 내려가려고 했다.

"무선전화기요."

"어디 제품입니까?"

"대우 거요."

검사원들이 확인을 했다. 가슴이 뛰었다. 맞았다. 안도의 한숨이 나왔다.

"입주하슈."

건너편의 최진혁이 빙긋이 미소를 지었다. 만석은 이마의 땀을 훔쳐냈다. 그러나 거기서 끝난 것이 아니었다. 검사원은 아파트 각 호마다 돌아다니며 주인이 짐을 푸는지 일일이 확인을 했다. 만석은 할 수 없이 최가와 함께 짐을 풀었다.

403호, 현관문에 달려 있는 아크릴 문패를 보니 콧잔등이 시큰해졌다. 짐을 나르며 아파트 내부를 구경하자 만석의 마음은 더욱 무거워졌다. 큼지막한 방 두칸, 타일이 깔린 욕실과 부엌, 그리고 멀리까지 시원하게 내다보이는 거실.

만석의 눈에 아내의 환영이 나타났다. 그녀가 아파트 이곳저곳을 청소하며 함빡 웃는 모습이 어른거렸다. 최가가 슬그머니 만석의 주머니에 돈 봉투를 찔러넣었다.

"김형, 수고하셨소. 술이나 한잔하고 가시오."

"일없수."

만석은 더이상 그곳에 있을 수가 없었다. 무언가 뜨거운 덩어리가 가슴 깊은 곳에서부터 치솟아올랐다. 그는 정신없이 아파트단지를 빠져나왔다. 아파트단지를 멀찍이서 바라보니 낯설어 보였다. 아니, 그 낯선 세계가 점점 커지더니 자신을 덮쳐왔다. 만석은 양팔로 머리를 감쌌다. 이방인의 세계, 그 낯선 세계는 더욱 거대해져 그를 짓누르고 소외시켰다. 만석은 온몸의 피가 빠져나가는 듯한 착각을 느꼈다. 몸에서 빠져나간 피는 아파트단지로 옮겨갔다. 피는 미색으로 변하면서 거대한 세계를 살찌웠다. 만석은 무서웠다. 두려웠다. 뒷걸음질을 쳤다. 달렸다. 그러나 아무리 달아나도 헤어날 수 없는 늪으로 빠져드는 듯한 느낌이 들었다. 피가 빨려나가는 듯한 느낌도 끈덕지게 달라붙어서 떨어지지 않았다.

만석은 가리봉의 한 선술집으로 들어갔다. 대접에 소주를 부어 벌컥벌컥 들이켰다. 순식간에 소주 한병을 비웠다. 목이 메었다. 이 세상에 태어나 뼛골이 빠지게 일했건만 가진 것이라곤 아무것도 없었다. 자신의 것을 갖고 싶어도, 소유할 기회가 와도 돈이 없어서 빼앗겨버렸다.

아내는 말수가 적은 여자다. 어지간한 일은 속으로 삭이고 마는 여자다. 그런 아내가 주인여자랑 몇번이나 싸웠다. 방세를 올려달라고 해서 다투었고 수도세나 전기세가 왜 이렇게 많이 나오느냐고 하며 싸웠다. 아이가 태어나면 그 아이는 주인집 아이의 눈치를 봐야 할 것이다.

'프레스를 얼마나 더 밟아야 내 집이 생길까. 얼마나 더 굶으며 저축을 해야 내 집이 생길까. 모르지, 혹시 모르지. 주택복권이 당첨되거나 하늘에서 돈벼락이 떨어질지도. 프레스의 시퍼런 날에 목을 들이밀면 그 보상금으로 아내가 산동네 판잣집 한채쯤 살 수 있을지도 모르지. 그래도 어림없어. 대식이 형님을 봐. 이십여년 동안 프레스를 밟고 손목이 날아가도 전셋값 올려주기 급급했잖아. 이놈의 세상은 누굴 위해 돌아가는 것일까. 뭐가 잘못된 것일까. 세상은 미친 거야. 미쳐서 거꾸로 도는 거야.'

만석은 술집을 나왔다. 집에 빨리 가야겠다는 생각이 들었다. 아내가 걱정하고 있을 터였다. 가리봉시장 입구에서 길을 건넌 다음 인도를 따라 올라갔다. 과일가게 앞을 지나 골목으로 들어섰다.

"당신이에요?"

무슨 일인지 아내는 부엌문을 열자마자 그를 맞이했다. 그녀의 안색은 굳어 있었다. 만석은 직감적으로 무슨 일이 있다는 것을 감지했다.

"무슨 일이야?"

"강대식 씨가 자살을 했대요!"

아내가 흥분해서 말했다. 만석은 그 자리에 얼어붙었다.

"무슨 소리야…… 그…… 그게."

"약을 먹고 어제 자살을 했대요. 그 집 딸 정희한테서 전화가 왔어요."

"아…… 안돼!"

만석은 절규하듯이 부르짖고는 오던 길을 되돌아 달리기 시작했다. 뒤에서 아내가 무슨 말을 했지만 이미 그는 대문을 빠져나와 골목을 달리고 있었다. 그의 얼굴이 시뻘겋게 달아올랐다. 그는 미친 듯이 달렸다. 달리면서 안돼, 하는 소리만 되풀이해서 외쳤다. 가리봉시장 입구를 지나 오거리를 지나는데 누가 그의 앞을 가로막았다. 그는 고개를 들어 앞을 보았다. 전경들이 방패를 들고 길을 차단하고 있었다. 독한 최루가스 냄새가 훅 끼쳐왔다. 전경의 어깨 틈새로 보니 청바지를 입고 파이버를 쓴 건장한 사내들이 시위하는 사람들을 쇠파이프로 내리찍고 있었다. 어제 점심시간에 본 유인물이 생각났다. 오거리를 점거한 시위대를 경찰이 해산시키고 있는 중이었다.

칠냄새가 가시지 않은 아파트가 떠올랐다. 아내의 한숨이 느껴졌다. 전경을 밀었다. 전경이 방패로 그를 밀었다. 서너명이 쇠파이프로 사람을 내리찍고 쓰러진 사람들을 짓밟고는 닭장차에 처넣었다. 누군가가 끌려가면서 구호를 외쳐대는 소리가 희미하게 들려왔다.

"못 살겠다 갈아보자 갈아보자아아 갈아보자아아……아!"

후두두 빗방울이 떨어졌다. 만석은 전경을 밀었다. 그러나 길을 막아버린 벽은 꿈쩍도 하지 않았다. 언제나 사람 좋게 허허 웃던 강씨의 얼굴이 떠올랐다. 설움이 북받쳐올랐다. 자신을 경멸스럽게 쳐다보던 최진혁의 번들거리는 눈빛이 떠올랐다. 며칠 전에 새

아파트로 이사해놓고 적자 운운하며 그를 외면한 사장의 얼굴도 떠올랐다. 분노가 치밀어올랐다. 이 세상은 누구의 것인가.

현장 동료들의 어두운 얼굴이 떠올랐다. 이 세상은 누구를 위해 움직이고 누구를 위해 존재하는가. 우리들은 누구를 위해서 일하는가. 누구를 위해서 일하고 무엇을 바라며 살아가는가. 우리들이 날마다 꾸는 꿈은 무엇이며 그 꿈은 언제 우리들의 여위고 상처 입은 가슴을 끌어안을 것인가. 아니, 우리들은 언제까지 당하고 살아야 하며 언제까지 가진 자들을 위해 피를 빨려야 하는가. 그러면서도 끊임없이 목숨을 부지하고 이어나가며 공장에서 기계를 돌리는 우리는 누구이고 무엇인가.

빗방울은 점점 굵어지더니 소나기가 되었다. 장대 같은 빗줄기가 세상을 뒤덮어갔다. 거리는 순식간에 비에 젖었다. 만석은 다시 전경을 밀었으나 벽은 여전히 그를 가로막고 서서 움직이지 않았다. 피를 흘리며 끌려가는 누군가가 다시 구호를 외쳤다.

"노동자도 인간이다. 인간답게 살아보자아아아……아!"

만석은 그 자리에 털썩 무릎을 꿇고 주저앉았다. 그의 온몸은 순식간에 빗물에 젖어들었다. 만석은 세찬 빗발을 온몸으로 받아내었다. 한줄기 굵은 눈물이 그의 눈에서부터 뺨을 타고 턱으로 흘러내렸다. 비는 계속 내렸다. 한치 앞이 안 보일 정도로 빗발은 거세었다. 봄비는 그렇게 내리기 시작했다.

(『문예중앙』 1990년 가을호)

그 무더웠던 여름날의 꿈

1

가풀막진 골목을 오르던 덕배는 가쁜 숨을 몰아쉬며 이마로 흘
러내리는 땀을 손바닥으로 걷어서 뿌렸다. 더위를 피해 가게 밖에
돗자리를 내다 깔고 앉아 있던 승리이발소 주인이 반팔 속옷 차림
으로 부채를 부치며 알은체를 했다. 덕배는 만사가 귀찮다는 듯 고
개만 까딱해 보이며 오르던 길을 재촉했다. 합판벽이나 콜타르 종
이벽 위에 슬레이트 지붕을 얹은 집들로 빽빽한 골목은 더위를 피
해 나온 사람들로 박작거렸다. 스무살 안팎의 사내애들이 거미줄
모양으로 새끼를 친 실골목에 숨어 담배를 피우다 덕배를 발견하
고 피우던 담배를 허리 뒤로 감췄다.

"어이 덕배, 이제 오는가. 이리 와 한잔함세."

구멍가게에 모여 술잔을 돌리던 몇명의 사내가 덕배를 불러세웠으나 덕배는 손사래를 치며 가게 앞을 지나쳤다. 보안등 불빛이 환한 전봇대 한켠에 아낙네들이 둘러앉아 사출 제품의 필요없는 부위를 가위로 잘라내는 부업거리를 붙들고 재잘거렸다. 그 옆으로 손바닥 크기의 사출 제품이 마대자루에 가득 담겨 있는데 풍겨나오는 본드 냄새가 얼마나 고약스러운지 골이 다 지끈거렸다.

덕배가 개를 사육하는 오씨네 집 앞에서 막 방향을 트는데 한집사는 현주 삼촌 연풍이 떼꾼한 모습으로, 낡고 삭아서 구멍이 숭숭 뚫린 블록담 사이의 양철대문을 밀고 나왔다.

"어디 가슈?"

"아, 덕배씨. 일이 일찍 끝났나부지. 먼저 들어가시게. 나는 볼일이 있어서……"

골목을 빠져나가는 연풍의 뒷모습이 왠지 우울해 보였다. 사십을 넘긴 누이와 그의 어린 조카 둘을 데리고 이 집에 이사 올 적에도 저렇게 우울한 모습이었는데 한 지붕을 이고 살면서 덕배가 지켜본 바로는 남에게 터놓지 못할 사연을 간직한 사람 같았다. 딱히 연풍만 그런 것이 아니고 매사에 억척스러운 십년 연상의 누이와 각각 국민학교와 중학교에 다니는 조카들도 우울한 모습이어서 현주네 식구는 어딘가 모르게 주눅 들어 보였다. 집 여자들은 그런 현주네를 두고서 홀몸의 누이와 역시 홀몸인 남동생이 한방 살림을 하는 것이 아무래도 수상하다며 입방아를 찧어댔다.

양철대문 바른쪽 기둥에는 어른 키보다 서너배는 높음직한 대나무 장대가 박혀 있는데 그 끄트머리에는 하얀 광목천이 매달려 바람에 나부끼고 있었다. 무당집이란 표지였다.

코딱지만 한 안마당 세면가에 모여앉아 저녁을 준비하던 여자들이 세수를 하러 나왔다가 구석자리에 있는 6호실로 기어드는 술집 아가씨의 뒷모습을 흘겨보며 입방아를 찧어댔다.

"저 나이에 그렇게도 할 일이 없을까?"

"누가 아니래요. 집 나와서 기껏 한다는 게 술집에서 몸을 파는 일이라니."

"부모가 저 사실을 알면 얼마나 애통 터질까."

"사정이 있어서 저리 되었겠죠, 뭐."

"사정은 무슨 사정, 돈독에 눈이 뒤집힌 게지."

마침 여자들 사이에 끼여 있던 정옥이 집으로 들어오는 덕배를 발견하고 반색하였다. 덕배는 수선수선한 여자들 틈에 섞여 있는 아내가 못마땅하여 눈살을 찌푸렸다. 두어평 됨직한 방으로 들어서며 덕배가 뒤따라 들어온 아내를 향해 눈꼬리를 추켜세웠다.

"무슨 짓들이야, 불쌍한 애들한테."

"젊은 애들이 한심하잖아요."

"말이면 다 말인 줄 알아. 말은 밥과 달라서 아무리 삼켜도 배 안 터져."

덕배는 불퉁스럽게 쏘아붙이면서 신문지에 둘둘 말린 작업복을 걸레 바구니에 던져넣었다. 정옥은 대꾸를 하려고 삐쭉거리던 입을 움찔하며 다물었다. 별나게 탓잡는 태도가 어딘지 모르게 수상쩍었다. 한강에서 뺨 맞고 강남에서 화풀이한다고, 남편이 똑 그러했다. 무슨 일이 있었느냐고 물어봐도 꿀 먹은 벙어리처럼 입을 꾹 다물고는 공연히 어린애 투정 부리듯 사사건건 트집만 잡았다.

"알았으니 그만해요. 그건 그렇고 저녁 먹어야죠?"

"안 먹었음 굶겨 죽이려구?"

"말조심하라고 핏대를 올리던 양반이…… 보채지 말고 기다려요."

"초롱이는 어디 갔어?"

"현주가 보고 있어요. 데려올까요?"

"됐어."

덕배는 무뚝뚝하게 잘라 말하며 아랫목에 털썩 주저앉아 낯선 집에 온 사람처럼 방 안 풍경을 둘러보았다. 사방 일곱자의 좁아터진 방구석, 결혼할 때 십만원 주고 장만한 윗목의 꽃무늬 장롱과 텔레비전 장식장, 역시 살림 낼 때 장만한 14인치 컬러텔레비전과 소형 오디오, 매 시간마다 손가락 크기의 뻐꾸기가 튀어나와서 울어대는 벽시계. 덕배는 구차하고 가년스러워 평소에는 쳐다만 봐도 짜증나던 살림살이에 까닭을 알 수 없는 야릇한 정감을 느꼈는데, 그것은 마치 어린 시절에 써두었던 일기장을 뒤적거릴 때의 감흥과 비슷하여 곤두선 그의 마음을 다독거리며 풀어놓았다.

덕배는 눈길을 돌려 부엌으로 내려서는 아내의 뒷모습을 물끄러미 바라보았다. 어깨 위로 출렁거리는 굼실굼실한 파마머리와 헐렁한 옷차림 위로도 고스란히 엿보이는 다보록한 몸매가 아내의 처녓적 모습을 떠올리게 만들었다. 덕배는 공연스레 낯이 뜨거워 눈길을 떨어뜨린다고 떨어뜨렸는데 하필 오목한 아내의 발목이 눈길에 잡히면서 마음이 더욱 달떠올랐다. 덕배는 막 부엌 문턱을 넘어 마당으로 향하는 아내를 불러세웠다.

"부엌문 닫고 이리 와봐."

영문을 모르겠다는 듯 엉거주춤 방 안으로 들어온 정옥은 남편의 눈길에서 뜻하지 않은 정욕의 불꽃을 발견해내고는 방문턱을 밟던 발길을 멈추며 어이없어하였다. 덕배는 그런 아내의 팔목을 잡고 우악스럽게 방 안으로 잡아끌었다.

"이 양반이 미쳤나. 해도 안 떨어졌는데 남사스럽게 이게 무슨 짓이에요."

"나는 진작에 해 떨어졌어."

정옥이 방 안으로 끌려들어오며 소리쳤으나 덕배는 그러거나 말거나 급하게 문부터 닫았다. 정옥이 달려드는 남편의 가슴팍을 밀어냈으나 덕배는 그것에 아랑곳하지 않고 아내를 쓰러뜨린 뒤 허둥지둥 그녀의 웃옷을 가슴 위로 걷어올렸다.

"씻지도 않고 이게 무슨 짓이에요."

"공장에서 씻었어."

"그래도 그렇지……"

"나 숨넘어가는 꼴 보지 않으려면 가만히 좀 있어."

덕배는 처녀귀신에 홀린 노총각처럼 얼굴까지 벌게져서는 성난 멧돼지처럼 씩씩거렸다. 정옥은 피식 웃음을 흘리고 나서 남편의 윗몸을 밀어내던 팔에 힘을 풀고, 다급하게 옷을 벗기는 남편의 손길을 도왔다.

창문 맞은편 윗벽에 걸려 있는 뻐꾸기 시계가 일곱번을 울었다. 뻐꾸기가 집으로 들어간 뒤 방 안에는 침묵이 흘렀다. 수돗가에서 받고채는 아낙네들의 수다 떠는 소리만 들려올 뿐이었다. 한동안 천장을 올려다보며 누웠던 정옥이 남편 쪽으로 몸을 틀어 그의 가슴팍에 송골송골 맺힌 땀을 손바닥으로 쓸어내며 입을 열었다.

"밖에서 일 있었죠? 당신 안색이 좋지 않아요."

"일은 무슨 일……"

덕배는 말끝을 맺지 못한 채 얼버무리고는 엎드려서 훔착거리며 담배를 찾았다.

"그런데 죽었다 살아난 사람처럼 왜 그래요?"

"죽었다 살아난 사람?"

덕배가 되받아 물었다.

"말이 그렇다는 거죠."

덕배는 담배연기를 길게 뿜어내며 맥없이 미소 지었다.

"하긴 죽었다 살아난 거나 진배없지."

"말꼬리 잡기예요?"

정옥이 덕배를 향해 눈을 흘겼다. 덕배는 담뱃불을 비벼 끄고는 길게 한숨지었다. 아무래도 심상치 않다고 여기는데 덕배가 와락 정옥의 젖무덤에 고개를 파묻었다. 정옥은 남편이 다시금 자신의 몸을 탐하는 줄로 여겼으나 남편은 고개를 파묻고 움직이지 않았다. 우는가 했는데 울지 않았다. 정옥은 불길한 생각을 애써 쫓으며 남편의 머리를 쓰다듬었다. 얼마 뒤에 고개를 든 덕배가 말했다.

"당신 말이야, 만약에 내가 죽으면 어쩔 거야?"

"농담이라도 행여 그런 소리는 말아요."

정옥이 발끈하여 남편의 가슴팍을 밀어내고 쏘아붙였으나 덕배는 차분하게 가라앉은 목소리로 말을 이었다.

"농담이 아니야. 만약 그런 일이 생긴다면 어쩔 거냐니까."

"이이가 더위를 먹었나, 웬 돼먹잖은 헛소리를 자꾸 늘어놓을까."

덕배는 얼굴에 그늘을 드리우며 다시금 담배를 찾아 들었다.

"실은…… 오늘 죽을 뻔했어. 저승 문턱까지 갔다 왔지."

정옥은 토끼 눈을 동그랗게 뜨고서 남편을 쳐다보았다. 덕배가 몸을 일으킨 뒤 등을 벽에 기대고 멍하니 허공에 시선을 풀었다.

"사람 간 떨어지게 하지 말고 무슨 일인지 싸게 말해봐요."

정옥은 안색이 파랗게 질려가지고 남편을 볶아쳤다.

"그렇게 재촉할 거 없어."

"애간장 다 녹일 참이우?"

"허 참, 여편네 소갈머리라곤. 놀랄 거 없대두 그러네."

그러고 나서 덕배는 그날 공장에서 있었던 일을 털어놓기 시작했다.

덕배가 다니는 태양정밀은 기계를 주문받아서 제작, 납품하는 소규모 업체로 일하는 노동자는 삼십명 남짓할 뿐이다. 영세한 공장들 거개가 그러하듯 그 공장도 허술하게 블록을 쌓고 그 위에다 슬레이트로 지붕을 얹은 가건물인데 삼십평가량의 좁은 공간에는 갖가지 공구와 가공기계들, 그리고 제작 중인 기계가 어지럽게 널려 있어 발 디딜 틈도 없이 비좁았다. 환풍기가 없어 쇳가루가 뿌옇게 떠다니는 것은 둘째 치더라도 여름만 되면 한증탕 안에 들어가 있는 것처럼 숨이 콱콱 막히고 땀이 비 오듯 흘러내렸다. 공장 한가운데 대형 선풍기가 있었지만 못 먹는 제사에 절만 죽도록 하는 격으로 그 망할 놈은 뜨거운 바람만 토해낼 뿐 아무짝에도 쓸모가 없다.

사고는 나른하고 지루하기 짝이 없는 오후작업 때 일어났다. 전문대 야간부에 다니는 김군이 토요일이라 일찍 퇴근한 탓에 김군이 하던 일을 덕배가 맡았다. 사실 말이 반장이지, 쥐 씨알만 한 공장에서 반장이란 뒤치다꺼리를 해주는 자리에 지나지 않았다. 공장이 어떻게 돌아가든 선반공이나 밀링공은 기계를 맡아 부품만 깎아내면 그만이고 절단공은 절단을, 조립공은 조립만 하면 되지만 반장인 그로서는 각 작업공정을 보살피고 매끄럽게 연결해야 되기 때문에 온갖 일을 도맡아야만 했다. 선반공이 결근하면 선반공이 되고 밀링작업이 바쁘면 그 일을 거들고, 납품기한에 쫓기는데 조립이 늦으면 조립에 달라붙기도 하면서 어떤 때는 견습공이 하는 온갖 허드렛일까지 떠맡기도 했다. 게다가 반장은 모범을 보여야 되는 위치라 결근과 지각은 물론이고 조퇴도 맘대로 할 수 없을뿐더러 잔업이나 특근도 거의 빠질 수 없는데, 모범을 보여야 하는 위치를 떠나서라도 그렇게 하지 않으면 단박에 사장한테 찍혀 욕이란 욕은 다 얻어먹게 된다. 그러고도 그가 얻는 것은 다른 사람보다 눈곱만큼 많은 월급과 삼만원의 반장수당이 고작이다. 그러나 이 반장 자리를 얻기 위해 태양정밀에 입사한 뒤로 삼년 동안 수모란 수모, 고초란 고초는 다 겪으면서도 그저 나는 죽었네 하고 일해야 했다.

김군이 퇴근하면서 덕배는 그가 하던 무인(無人) 컨베이어 조립에 달라붙었다. 5미터 길이의 컨베이어 양쪽 끄트머리에 피스톤을 이용해 아래위로 움직이는 판때기가 있는데, 이쪽 판때기가 아래로 내려왔을 때 물건을 올려놓으면 판때기가 자동으로 위로 올라가 물건을 이동대로 옮겨놓고 이동대의 움직임에 의해 물건은 저쪽 판때기로 옮겨지며 저쪽 판때기는 물건을 옮겨받는 대로 다시 아래로 내려가 물건을 바닥에 내려놓게 된다. 그 판때기만 조립을 끝내면 월요일 오전에 도장을 입혀 납품을 할 수 있다는 계산을 한 덕배는 전기 스위치를 꽂아 피스톤을 올려놓은 상태에서 그 자리에 머리를 들이밀었다. 아래쪽에서 볼트를 채워 판때기를 고정해놓아야 하는데 고개를 들이밀지 않으면 볼트 자리를 찾을 수 없었기 때문이다. 마치 낮은 포복을 하듯 엎드려서 판때기 밑으로 고개를 깊숙이 들이밀고 한시간에 걸쳐서 땀을 뻘뻘 흘려가며 이쪽 판때기의 조립을 마치고 저쪽 판때기로 옮겨갔다.

십수개의 볼트 구멍에다 렌치볼트를 채웠을 즈음 갑자기 기분이 이상했다. 뭐랄까, 머릿속이 텅 빈 듯 생각이 없어지면서 정체를 알수 없는 불길함이 가득히 차올랐다. 본능적으로 덕배는 들이밀었던 고개를 밖으로 확 빼냈다. 순간 빠른 속도로 피스톤이 내려왔고 사람들의 비명소리와 함께 판때기가 그의 머리끝을 탁 치면서 바닥에 가닿았다. 덕배의 앞 머리카락 몇가닥이 내려앉은 판때기와 그것과 맞물려 있던 받침판 사이에 물려 있었다.

"정전이 됐던 거야. 피스톤이란 놈은 전원이 나가면 저절로 내려와버리거든. 그러니 정전이 되자마자 내 대가리야 들어 있건 말건 피스톤이란 놈이 뭘 아나, 그냥 확 떨어져 내려온 거지. 아마 그때 일초만 늦었어도 내 머리는 차바퀴에 깔린 호박 신세가 됐을 거야. 정말 일초도 안 걸렸어. 그 일초 사이에 생사가 왔다 갔다 한 셈이야."

정옥은 남편이 하는 말을 자르지도 못하고 그저 안색이 백지장처럼 하얗게 질려서 온몸을 사시나무 떨듯 오들오들 떨어대기만 했다.

"사람들이 내게로 다가와서 괜찮냐 어쩌냐 한바탕 소란이 벌어졌는데, 그 소리가 하나도 안 들리고 그저 눈앞이 캄캄하고 머리가 멍한 게 이게 도무지 내가 살았는지 죽었는지 실감이 안 나는 거야. 머리카락을 문 그놈을 보는 순간, 내 살아온 삼십이년간의 세월이 한순간에 떠올랐다 사라지더군. 얼마 후 조금씩 정신이 되살아났는데 젤로다 먼저 떠오른 얼굴이 당신하고 초롱이더라구. 그러고 나니까 비로소 아이고 죽었다 살아났구나 싶은 생각이 드는데

갑자기 등줄기에 식은땀이 쭈르르 흐르면서 땅이 꺼져라 한숨이
나오더라고."

말을 마치고 담뱃갑에서 담배를 꺼내는 덕배의 손끝이 수전증이
있기라도 한 것처럼 떨렸다. 정옥은 마치 자기가 그 일을 겪기라도
한 듯 혈색을 잃고 밀랍인형처럼 굳어버렸다. 덕배는 담배에 불을
붙이면서 말을 이었다.

"아까 당신 얼굴을 보는 순간 왜 그리 새삼스럽던지…… 개 코딱
지만 한 이 방도 그렇게 정겹고 아늑할 수가 없더라구."

덕배가 말을 마치자마자 두 눈에 눈물을 한움큼 담은 정옥이 앉
은걸음으로 다가와 그의 목을 꼭 끌어안았다.

"당신 없으면 난 못 살아요."

정옥이 울먹거리며 띄엄띄엄 말했다. 덕배는 그런 아내의 등을
가볍게 토닥였다. 정옥은 연신 어깨를 들먹거렸다.

"나 배고파. 그만 진정하고 밥이나 줘."

덕배는 아내의 울먹거림이 가라앉기를 기다렸다가 말했다. 그의
말에 정옥은 눈물 젖은 얼굴을 치켜들며 애처로운 눈길로 남편의
얼굴을 찬찬히 들여다보았다. 얼마간을 그러고 있던 정옥은 남편
의 목을 다시금 힘주어 끌어안은 뒤 떨어져 앉아 손등으로 눈가를
훔쳤다. 그때 누군가가 부엌문을 두드려댔다. 둘 다 벌거벗은 차림
이라 화들짝 놀라는 와중에 가만히 들어보니 현주 목소리였다. 두
사람은 허둥지둥 옷을 주워 입었다.

"졸린 모양이에요. 자꾸만 엄마한테 가겠다지 뭐예요."

부엌문을 여니 단발머리에 눈망울이 큼직한 현주가 두살배기 초롱이를 안고 있었다. 초롱이는 잠이 쏟아지는 눈을 연신 조막손으로 비벼댔다. 그뒤로 늦출근을 하는지 요란한 화장을 하고 미니스커트를 입은 술집 아가씨 둘이 바쁘게 대문을 빠져나가는 모습이 보였다. 정옥은 초롱이를 안고 방으로 들어와 아이를 남편에게 건넸다. 초롱이는 졸린 눈을 씀벅거리면서도 반가워 어쩔 줄 모르겠다는 표정으로 자꾸만 덕배의 까슬까슬한 턱을 쓰다듬었다.

그날 저녁 밥상머리는 유달리 따사로웠다. 정옥은 자꾸만 덕배의 얼굴을 엿보았는데 정옥의 눈길에는 정이 담뿍 담겨 있었다. 어쩌다 두 사람의 눈길이 마주쳤을 때에는 누가 먼저랄 것도 없이 서로가 빙그레 미소 지었다.

이부자리를 깔고 불을 껐으나 정옥은 좀체 잠을 이루지 못하고 뒤척였다. 뻐꾸기 시계가 짙은 어둠속에서 두번을 울었으나 시리도록 차가운 계곡물에 몸을 담갔을 때처럼 머릿속은 말똥말똥했다.

"여보, 자요?"

정옥은 남편을 마주하도록 몸을 돌리며 낮은 소리로 물었다. 덕배는 대답 대신 몸을 엎드리며 머리맡에 놓아두었던 담배를 찾아 들었다.

"왜, 잠이 안 와?"

정옥은 남편의 몸에 자신의 몸을 바짝 밀착시키고 그의 어깨에 뺨을 기댔다.

"며칠 있으면 당신 휴가잖아요. 그때 우리 강릉 가요."

"강릉? 거긴 가봤잖아."

"이런 목석 같은 사람이 뭐가 좋다고 내가 결혼했는가 몰라. 우리 거기서 첫날밤을 보냈잖아요. 딱히 그래서라기보다는 이번에 다시 거길 꼭 가보고 싶단 말예요."

"사람 참, 싱겁긴."

"그런 말 말아요. 우리가 어떻게 결혼했는데."

"돌이켜보면 당신 아버지도 참 대단한 분이야. 누가 최고집 아니랄까봐."

"아버지도 아버지지만 나는 또 어땠구요."

정옥이 웃음기 어린 목소리로 살갑게 말했다. 겪을 때에는 고통스러워도 지나고 나면 아름다운 추억으로 남는다더니, 덕배는 아내의 말을 들으면서 절로 고개를 끄덕였다.

장인어른은 오십 줄을 넘긴 나이에 영업용 택시를 몰았는데, 정옥과 함께 강릉에 다녀온 며칠 뒤 덕배가 처음으로 인사드리러 찾아갔을 때 호통치던 모습을 지금도 잊을 수가 없다.

──당장 내 집에서 꺼져, 이눔아. 그래, 내가 고작 네깟 날건달한테 쟈를 줄라고 이날 입때꺼정 금이야 옥이야 키운 줄 알어? 너 같은 눔에게 줄 바에야 차라리 내 손으로 때려쥑이고 말겠다, 이눔아. 그래도 썩 안 꺼지고 뭐 할라고 버티고 섰어. 어여 썩 사라져. 다시는 내 집에 발걸음도 말고 쟈 만날 생각도 말어.

덕배는 그날 본전은커녕 말꼭다리도 못 꺼내보고 짐승 내몰리듯 내몰리고 말았다. 젊은 놈 성질머리를 앞세워 영감쟁이 배 째라

하며 뻗대고 싶기도 했으나 그랬다간 아예 일을 그르치고 말 것 같아 그냥 순순히 물러났던 것인데, 만사 불여튼튼이라고 생각한 장인어른이 정옥을 집에 감금이라도 했는지 한동안 만날 수가 없었다. 하는 수 없이 정옥이 다니는 전자공장에 찾아갔더니 덕배의 얼굴을 아는 여공이 개 요즘 며칠째 무단결근이라며 도리어 어찌 된거냐고 물었다. 견디다 못한 덕배가 집으로 쳐들어가서 담판을 지으리라 단단히 벼르고 있는데, 어느날 밤 정옥이 봉천동 산동네에 자리한 그의 자취방으로 찾아왔다. 옷 보따리를 들고 방 안에 들어선 정옥은 잔뜩 흥분한 모습으로 그간의 사정을 털어놓았다. 덕배가 가고 난 뒤 아버지가 다시 만날 거냐고 묻길래 죽는 한이 있어도 만나겠다고 대들었더니 그 즉시로 방에 가두어두고 공장에도 못 나가게 했다는 것이었다. 고민 끝에 큰맘을 먹고 달랑 편지 한장 써놓고 아예 집을 나와버렸다는 정옥은 오히려 태연하게 옷 보따리를 풀어헤치더니 옷가지들을 덕배의 옷서랍에 차곡차곡 쟁여넣었다. 덕배는 한동안 정옥에게 집으로 돌아갈 것을 권했으나 완강한 정옥의 고집에 꺾였고, 결국 그때부터 둘은 살림을 하게 되었다.

그해 추석에 인사를 드리러 갔으나 장인어른은 정옥이 당신의 자식이 아니라며 잠금쇠를 풀려는 장모에게 문 따주지 말라고 벽력같이 소리를 내질렀다. 그랬던 장인어른의 마음이 봄날에 얼음 녹듯 풀린 것은 두해가 지난 뒤, 초롱이를 낳고부터였다. 그도 그럴 것이 초롱이가 첫손자였던 것이다.

"피곤해. 그만 자자구."

덕배는 담뱃불을 재떨이에 비벼 끈 뒤 천장을 보고 누웠다. 그러나 오만가지 잡생각이 머릿속을 헤집고 다녀 좀체 잠이 오지 않았다. 잊으려고 애를 써도 낮에 있었던 일이 선명하게 되살아나면서 가슴이 벌렁거렸다. 덕배는 끔찍하기만 한 기억을 쫓기 위해 고개를 세차게 저으며 이불을 머리 위로 끌어올렸다.

대낮의 다방은 한산했다. 중국 무술영화가 나오는 텔레비전 앞에는 몇명의 실업자가 무기력한 모습으로 앉아 있었고 다른 한켠에는 두어명의 늙은이가 삼십 줄의 다방 아가씨를 앉혀놓고 킬킬거리고 있었다.

연풍은 잠시 그들에게 눈길을 주며 뭔가 못마땅하다는 듯 양미간을 찌푸린 뒤 창밖으로 고개를 돌려버렸다. 모락모락 김이 피어오르던 커피는 입도 대지 않은 채로 식어버렸다. 멀거니 창밖을 바라보던 연풍은 초조한 듯 시계를 들여다본 뒤 손가락으로 탁자를 두드렸다. 그사이에도 알아듣지 못하는 중국말은 쉴 새 없이 텔레비전에서 흘러나와 실업자들의 어깨 위로 떠돌아다녔고, 늙은이들은 음험한 눈초리로 짧은 치마 사이로 드러난 다방 아가씨의 허벅지를 스리슬쩍 훔쳐보곤 했다.

연풍은 담배에 불을 붙이며 다리를 꼬았다. 그는 밋밋하니 식어빠진 커피를 한모금 들이켠 뒤 시계를 다시 들여다보았다. 두시 십오분, 약속시간 십오분이 지났다. 삐걱이는 소리와 함께 다방 문이 열리자 연풍은 뒤를 돌아보았다. 배달을 다녀오는 길인지 짙은 화장을 한 삼십대의 여자가 보자기로 싼 보온병을 들고 나타났다.

'왜 이리 늦을까.'

연풍은 시선을 거둬들이고 줄담배를 피우며 중얼거렸다.

혹시 공장에서 조퇴를 못한 것이 아닐까. 그것도 아니면 병원에 가기로 작정했던 마음을 바꿔먹었는지도 모르지. 오전 내내 혼자서 곰곰 생각해보던 끝에 자신의 잘못을 깨닫고 지금쯤 뉘우치고 있을지도 모른다. 하지만 그렇다면 약속장소에 나타나야 하지 않은가 말이다.

연풍은 이런저런 궁리를 해보던 끝에 가당치도 않다는 듯 피식 헛웃음을 웃고 말았다.

'젬병, 어리석기는. 좁쌀 한섬 두고 흉년 들기만 기다린다더니 내가 꼭 그 짝이라니까. 그 사람이 내 뜻에 따라주기를 기대하다니, 내 참. 바랄 것을 바라야지.'

연풍은 쓸쓸한 표정으로 애꿎은 커피잔만 만지작거렸다. 요 며칠 사이 그는 무어라고 꼬집어 표현하기 어려운 허탈감에 사로잡혔다. 버스를 몰고 다닐 때나 동료 기사들과 어울려 술을 마실 때에는 물론이고 집에 들어가서도 등 뒤를 그림자처럼 따라붙는 허탈감에 흠칫거리곤 했다.

연풍은 커피를 한모금 훌쩍인 뒤 다시금 시계를 들여다보았다. 두시 삼십분, 삼십일분, 삼십이분, 삼십삼분…… 연풍은 자리에서 일어났다. 그는 커피값을 치르고 거리로 나서면서 공중전화를 찾왔다. 한참을 두리번거린 끝에 찾아낸 공중전화 앞에는 사람들이 한꾸러미가량 늘어서 있었다. 그는 수첩을 꺼내들고 현주네가 근무하는 인형공장의 전화번호를 뒤적뒤적 찾았다. 그러나 막상 전화번호를 찾고 나니 왠지 그녀가 공장에 없을 것 같다는 예감이 들었다. 그는 펼쳤던 수첩을 덮고 공중전화에서 떨어져나왔다.

혹시 조퇴를 하고 나왔다가 마음이 변해 집으로 바로 들어갔을지도 모르겠다는 생각이 들었다. 연풍은 다시 공중전화 앞에 줄을 서서 한참을 기다린 끝에 집으로 전화를 걸었다. 몇번의 신호가 떨어진 뒤 현주가 수화기를 들었다.

"나다, 엄마 있으면 바꿔봐."

"엄마 안 들어오셨는데요."

"안 들어왔다고……?"

연풍은 끙 하고 앓는 소리를 내며 수화기를 내려놓았다. 그는 서둘러 공장으로 전화를 걸었다. 반장이 전화를 받았는데 조퇴했다고 거칠게 한마디 내지르고는 전화를 끊어버렸다.

그럼 약속장소에 나오지도 않고 어디로 샜을까. 연풍은 공중전화 상자에서 나오며 이리저리 머리를 굴려보았으나 도무지 짐작가는 곳이 없다가 불현듯 짚이는 것이 있었다.

'혼자서 병원에 갔을지 모른다. 충분히 그러고도 남을 여자다.'

갑자기 눈앞이 아뜩해지면서 다리에 힘이 풀렸다. 가슴이 두근두근 방망이질을 쳐댔다. 연풍은 닷새 전에 다녀온 병원을 떠올리고는 곧바로 택시를 잡아탔다. 택시가 봉천 사거리에 있는 산부인과를 향해 달리는 내내 그는 운전사가 뭐라거나 말거나 담배만 피워댔다.

현주네가 임신했다는 얘기를 꺼낸 것은 일주일 전이었다. 그 이튿날 저녁, 병원에 가서 확인을 했는데 임신이 틀림없다고 하였다. 연풍은 그 얘기를 듣는 순간 뛸 듯이 기뻤했지만 현주네는 되레 커다란 짐 보따리를 짊어진 사람 같았다. 좋은 일을 앞에 두고 왜 그러느냐고 물어봤지만 현주네는 입에 바느질이라도 했는지 묵묵부답 말이 없었다. 그러더니 며칠이 지난 뒤 느닷없이 애를 지우겠다고 했다. 그는 말도 안되는 소리 하지도 말라며 길길이 날뛰었으나 현주네는 끝내 고집을 꺾지 않았다.

연풍은 도무지 이해를 할 수가 없었다. 철천지원수 같은 사람도 사년 남짓 살을 맞대고 살았으면 내 사람으로 여길 법도 한데 현주네는 그렇지 않았다. 언제나 거리를 두고서 자신을 대했다. 아이들 문제만 해도 그러했다. 무슨 속셈에서인지 그녀는 현주나 그 밑의 영민이로 하여금 연풍을 삼촌이라 부르도록 시켰다.

─당신하고 나는 결혼식만 안 올렸다 뿐이지 엄연한 부부인데 삼촌이라니, 그 무슨 얼토당토않은 얘기야. 절대로 그럴 수 없어.

연풍이 눈에 핏발을 세우는 바람에 현주네는 아이들이 아버지라고 부르는 것을 승낙했다. 그러나 집에서만 아버지라고 부르고 집 밖에서는 삼촌이라고 불러야 한다는 것이었다. 결국 연풍은 그녀의 고집을 꺾지 못했다.

그런데 이제는 애를 지우겠다니 도무지 무슨 속내인지 알다가도 모를 일이었다. 자신의 애를 낳고 나면 현주네의 태도가 어디가 달라도 달라지리라 단단히 기대를 했었는데, 연풍은 억장이 무너져 내리는 것만 같았다.

택시가 병원에 도착하자마자 연풍은 부리나케 병원 안으로 뛰어들었다. 그는 접수창구로 달려가 현주네의 이름을 확인하였다. 간호사가 접수서류를 한장 한장 넘기는 동안 연풍은 연신 마른침을 삼키며 이마에 맺힌 땀을 닦아내었다.

"아, 여기 있네요."

간호사가 고개를 치켜들며 말했다. 연풍은 피가 거꾸로 도는 느낌에 눈을 감았다. 그는 대기실 의자에 그만 털썩 주저앉고 말았다. 그런 그의 눈에 혈색을 잃고 파리한 모습으로 수술실 문을 밀치고 나오는 현주네가 잡혔다. 벽을 의지해 붙잡고 비틀비틀 걸어나오던 현주네는 멍하니 자기를 바라보고 있는 연풍을 발견하고는 그 자리에 얼어붙은 듯 멈춰 섰다. 그러나 그녀는 각오했다는 태도로 다시 발걸음을 떼어놓았다.

"뭐 하러 왔어. 안 와도 되는데."

현주네가 힘없이 미소 지으며 말했다. 의자에서 일어난 연풍은 차갑게 굳은 얼굴로 현주네를 잠시 노려보다가 말없이 병원을 나갔다. 현주네는 길게 한숨을 내쉬며 그의 뒤를 쫓아갔다. 집에 도착하도록 연풍은 굳게 다문 입을 열지 않았다.

"웬일이래요, 현주 엄마하고 현주 삼촌 두분이 같이 들어오시구."

수돗가에서 빨래를 하고 있던 황동규의 아내 은비네가 대문을 밀고 들어서는 두 사람을 맞으며 호들갑을 떨었다.

"응, 몸이 아파서 병원에 좀 다녀오느라고……"

현주네는 휑하니 8호실로 들어가버리는 연풍의 뒷모습을 근심스레 바라보며 수돗가에 쪼그리고 앉았다.

"현주 삼촌이 누님한테 참 잘하세요."

은비네가 옷감에 비누칠을 하며 말했고 현주네는 힘없이 미소지었다. 현주네가 쪼그렸던 몸을 막 일으켜세우는데 집으로 들어갔던 연풍이 가벼운 옷차림으로 부엌문을 밀고 나왔다.

"어딜 가려구?"

현주네가 앞을 가로막으며 물었으나 연풍은 그녀를 밀치고 대문 밖으로 사라졌다. 은비네가 빨래를 하다 말고 호기심 어린 눈초리로 연풍의 뒤를 쫓아나가는 현주네를 바라보았다. 연풍의 걸음새를 따르지 못하고 저만치 골목 밑으로 멀어져가는 그의 뒷모습만 바라보던 현주네의 눈에 그렁그렁 눈물이 맺혔다.

그날밤, 연풍은 동네 선술집에서 늦도록 술을 마셨다. 새벽녘에 집으로 돌아온 그는 방 안에 들어서자마자 고꾸라져 코를 골았다.

짙은 어둠이 물러가고 창밖이 희번하게 밝아오면서, 조간신문을 돌리는 소년의 발소리가 바쁘게 골목을 지나갔다. 우유배달부가 끌고 다니는 리어카가 덜컹거리는가 싶더니 두부장수가 딸랑딸랑 방울을 울리며 지나갔다.

노동에 지쳐 곤하게 잠들었던 덕배는 초롱이가 그의 배 위로 올라와 뛰노는 바람에 눈을 떴다. 아내는 진작에 일어나 부엌으로 나갔는지 빼꼼히 열린 방문 틈 사이로 달그락거리는 소리가 들려왔다. 덕배는 눈이 떠지질 않아 초롱이를 밀쳐냈으나 딸아이는 자꾸만 그에게 달려들어 잠을 깨웠다. 그는 잠자기를 포기하고 입이 찢어져라 하품을 한 뒤 머리맡을 더듬어 담배를 찾았다.

　"눈뜨자마자 담배예요?"

　마침 쌀을 푸러 들어왔던 정옥이 그의 손에서 담배를 빼앗아갔다. 덕배는 툴툴거리며 일어나 이부자리를 개서 옷장 위에 얹었다. 수건을 목에 두르고 마당으로 나가니 남원댁이 마당을 쓸고 있었고 복길네는 수돗가에 쪼그려앉아 쌀을 씻고 있었다.

　"일찍 일어나셨네요."

　"가진 게 없으면 부지런이라도 떨어야죠."

　세숫물을 뜨는 덕배를 향해 말대답을 하는 복길네의 두 눈이 빨갛게 충혈되어 있다.

　"잠을 못 잤나보죠?"

　덕배는 칫솔을 입에 물고 스스럼없이 물었다.

　"글쎄, 몸살이라도 나려는지 몸이 무겁고 머리가 어지러운 게 영 개운치 않네요."

　"좀 쉬지 그래요."

　"내 몸뚱이 아프다고 드러누우면 누가 입에 밥 떠넣어준대요?"

　"그러다 쓰러지기라도 하면 어쩌려고 그래요."

"쓰러질 때 쓰러지더라도 움직거릴 수 있으면 움직여야죠."

덕배는 달리 대답할 말이 없어 묵묵히 칫솔질을 하면서 간간이 복길네를 훔쳐보았다. 여느 때와 다르게 안색이 창백하고 콧잔등에 송골송골 식은땀까지 맺힌 걸로 미루어 몸이 아픈 듯했다. 한달전엔가, 열한시가 넘어 퇴근해 들어오던 복길네가 마당에 들어오자마자 그길로 까무러친 일이 있었는데 그때도 지금처럼 안색이 창백했었다.

"아이고, 이제들 퇴근해 오는 거?"

가래 끓는 남원댁의 목소리와 함께 술집에 다니는 아가씨 둘이 피곤에 지친 모습으로 마당에 들어섰는데 밤새 얼마나 시달렸는지 눈들이 떼꾼하였다. 그들은 무표정한 얼굴로 마당을 가로질러 디귿자 모양으로 납작 엎드린 집채의 구석에 있는 방으로 기어들어갔다. 마침 그 옆 7호실에서 작달막한 키에 어깨가 떡 벌어져 다부져 보이는 정구가 부엌문을 밀고 나왔다.

"나이도 어린 것들이 저렇게도 해처먹을 짓거리가 없을까?"

은비네가 못마땅한 표정으로 술집 아가씨들의 등 뒤에다 대고 이기죽거렸다.

"아줌씨, 너무 그러지 마시우. 무슨 사정이 있겠죠."

정구가 수돗가로 다가오며 은비네의 말을 가로막았다.

"사정은 무슨 빌어먹을 놈의 사정."

"저 아가씨들인들 어디 저 짓을 하고 싶어서 하겠소. 다 그만한 사정이 있으니까 할 수 없이 하는 거지."

정구가 아가씨들이 들어간 6호실 부엌문을 돌아보며 나직이 중얼거렸다. 그런 그의 얼굴에는 안쓰러워하는 기색이 역력했다.

"그건 그렇고 좀 편하게 놀고먹으면서 살 수 없나."

정구는 복잡해지는 마음을 떨쳐버릴 요량으로 부러 걸실거렸다.

"속이 안 좋은가? 식전부터 구린 소리를 늘어놓게."

약수터를 다녀오는 길인지 때마침 물통을 들고 대문 안으로 들어서던 황동규가 웃음 띤 얼굴로 말추렴을 하였다.

"아따, 성님, 이기죽거리지 좀 마쇼. 그러지 않아도 공장에 가서 뺑이칠 생각을 하니 눈앞이 깜깜한데."

"그런 소리 말게나. 젊어 고생은 사서도 한다지 않나."

"우라질, 팔자가 바뀌면 사람이 바뀐다더니 영락없이 사장님 말씀이네."

"이 사람아, 마찌꼬바 사장이 어디 사장 축에나 끼는가."

황동규가 너털웃음을 터뜨리며 검지와 중지 손가락이 없는 오른손으로 담뱃불을 붙였다. 사년 전에 프레스란 놈에게 잡아먹힌 것인데, 동규 자신은 무감각해진 탓인지 남들이 그의 손을 눈여겨봐도 별로 신경 쓰지 않았고 생활하는 데에도 불편을 느끼지 못했다.

"너무 그러지 마쎄요. 좋으면 좋다고 할 일이지 눈꼴시어 못 보겠소. 고생은 사장 된 형님 혼자 실컷 하시구려. 나는 어디 돈 많은 과부 후릴 궁리나 혀야 쓰겠소."

"여자도 아닌 남정네들이 새벽 댓바람부터 뭔 놈의 수다래, 수다가."

무당인 보라네가 소쿠리에 가득 담긴 미역줄기를 들고 3호실에서 나오며 말참견을 하였다. 입심 좋게 떠들어대던 동규와 정구가 머쓱해하는 사이에 복길네는 솥단지를 들고 몸을 일으켰다. 2호실로 사라지는 그녀의 걸음걸이가 기운 없어 보였다.

보라네가 옆자리에 다가와 앉은 정옥에게 남정네들이 듣지 못하도록 소리를 죽여 중얼거리며 혀를 찼다.

"불쌍하기도 해라. 어쩌다 저런 팔자를 타고났을꼬, 쯧쯧……"

"무슨 말예요?"

"저 여자, 죽음을 목전에 두고 있는데 그 살을 풀 길이 없어."

"악담 말아요."

"악담이 아니야. 저이, 죽어도 비참하게 죽게 돼. 신령님의 뜻인걸."

보라네가 무당이라는 사실을 잊고 있던 정옥은 정색을 하며 잘라 말하는 그녀의 옆얼굴을 보고 머리카락이 곤두서는 섬찟함을 느꼈다. 정옥은 보라네와 친한 편이라 서로 마주 앉아 빨래하거나 김치 따위를 담그는 일이 잦았다. 이 집에 처음 이사 올 때만 해도 무당이라는 선입견을 가지고 보라네를 바라보았으나 차츰차츰 한 지붕을 이고 살면서 무당도 보통 사람과 다르지 않다는 것을 알게 되었다. 보라네는 가끔씩 액땜을 한다며 집 곳곳에 막걸리를 뿌리고 한바탕 굿을 해대는 것 말고는 가정을 돌보는 평범한 중년 여인에 지나지 않았던 것이다. 그래서 정옥은 보라네가 무당이란 사실을 곧잘 잊곤 했는데, 좀전처럼 그녀가 예사롭지 않은 태도를 보일 때면 공연히 무섬증이 일면서 별나게 보였다.

'미신이야.'

정옥은 살래살래 고개를 저으며 속엣말을 중얼거렸으나 께름칙한 느낌은 고스란히 남아 사라지지 않았다. 언뜻 동네 여자들에게서 들은 얘기가 떠올랐다.

보라네가 무당이 된 데에는 그만한 사연이 있다고 하였다. 그 사연인즉, 지금 고등학교에 다니는 딸 보라가 국민학교 다닐 적에 한번은 몹시 아팠는데 병원에 데려가도 도무지 병명을 밝히지 못하더란다. 이 병원 저 병원을 돌아다녀봤지만 병원비만 뭉텅뭉텅 먹히고 끝내 병명을 밝히지 못했는데, 보라는 점점 심하게 아파서 금방이라도 숨이 넘어갈 참이었다. 그때 이웃에 살던 팔순 할머니가 무당을 불러 굿을 해보라고 권유했고, 보라네는 무당이란 말에 처음에는 고개를 절레절레 흔들었다가 하루하루 얼굴색이 달라지는 딸의 모습을 보고 죽더라도 원이나 없게 해주자는 생각으로 결국 무당을 불렀다. 한판 요란하게 굿을 벌인 무당이 보라네를 불러앉혀놓고는 무서운 얼굴로, 딸에게 신이 내렸으니 무당으로 만들지 않으면 죽게 된다고 단단히 으름장을 놓더란다. 그 소리를 듣고 서슬이 시퍼레진 보라네가 차라리 자식을 죽였으면 죽었지 그렇게는 못하겠다고 소리쳤는데, 무당이 무섭게 노려보며 그러더란다.

─딸이 죽게 된다는데도 딱하구려. 정히나 그렇다면 길이 없는 것은 아니오. 이 아이를 대신해서 누군가 신내림을 받으면 이 아이는 살 수 있소. 길은 그것뿐이오. 명심하시오, 이건 누구도 거역할

수 없는 신령님의 뜻이라는 걸.

고민고민 끝에 보라네는 딸을 살릴 수 있다는 말에 속는 셈치고 그녀 자신이 신내림을 받았는데 참으로 신기하게도 그 자리에서 딸의 병이 씻은 듯이 사라지더라는 것이다. 그길로 보라네는 무당이 되었고 근방에서 꽤 용하기로 소문이 났다.

정옥은 보라네가 무당이라는 사실을 새삼스레 느끼고는 그만 정나미가 뚝 떨어져서 서둘러 파를 다듬었다.

"여보, 아까 보니까 언니가 아파도 많이 아픈가봐요."

정옥이 아침을 먹으면서 복길네를 두고 적이 걱정을 하였다. 덕배는 대답 대신 묵묵히 밥술을 놀렸다. 초롱이는 밥알을 삼키느라 조그만 입을 연신 오물거리면서도 텔레비전에 무용수들이 나와 체조하는 모습을 보고 흉내 내기에 바빴다.

"전생에 무슨 죄를 지었다고 그 고생인지 원. 그러길래 여자는 남자를 잘 만나야 된다니까."

"이 여편네가 아침부터 재수 없게시리. 밥이나 먹어."

"누가 당신을 두고 그러는 거유. 복길이 아버지보고 하는 소리지."

"중뿔나게 잘나지 않는 한 다 제 팔자소관대로 사는 거야."

정옥은 한동안 입을 다물고 있다가 남편의 눈치를 살피며 운을 뗐다.

"여보, 초롱이 탁아소에 보내면 안될까요?"

"당신이 있는데 탁아소에는 뭣 하러 보내?"

"우리 언제까지 이렇게 살 수만은 없잖우. 나도 집안살림만 할 것이 아니라……"

정옥은 남편이 신경질을 부리며 수저를 내려놓는 바람에 말꼬리를 삼키고 말았다.

"두번 다시 그 얘기는 꺼내지도 말라고 했잖아."

덕배는 발끈 치솟은 성질머리를 눅이지 못하고 그대로 일어서서 옷을 갈아입었다. 정옥은 공연한 얘기를 꺼냈나 싶어 후회하는 마음이 없지 않았으나 한편으로 남편의 똥고집이 못마땅했다. 그러나 가뜩이나 기분이 상해 있는 출근길의 남편에게 그런 내색은 하지 않고 웃는 얼굴로 배웅하였다.

마음이 착잡하여 밥상을 내다놓을 생각도 않고 방바닥에 주저앉아 있는데, 문밖에서 싸우는 소리가 들렸다. 나가 보니 은비네가 방범비를 받으러 온 사내하고 옥신각신 아르렁거리고 있었다.

"야, 이년아! 그래, 그깟 방범비 오백원 낼 돈이 없다는 게 말이나 돼?"

"이 새끼가 얻다 대구 이년 저년이야. 이 새끼야, 없으니까 없다 그러지."

"이년이 죽고자퍼 환장을 했나. 방범비 못 낸다는 년이 그래, 애새끼 학용품값은 무슨 돈으로 준댜?"

"빌려서 줬다. 왜?"

"그럼 빌려서라도 방범비 내."

"내가 미쳤냐, 돈 꿔서 그 지랄하게."

살기등등하게 을러대던 사내는 정옥을 비롯해 현주네며 남원댁 등 한집 사람들이 여기저기서 나와 웅성거리며 내다보자 기세가 꺾였는지 슬그머니 꼬리를 말고 돌아서며 구시렁거렸다. 우락부락한 사내와 맞서 어기대던 은비네는 화풀이 겸 주위 사람 들으라는 듯 씩씩거리며 떠들어댔다.

"우리 은비가 오늘 학용품 산다고 돈을 달래. 마침 돈이 똑 떨어져 현주네서 오백원을 빌려서 애를 학교에 보내는데 저치가 와서는 방범비를 내라는 거야. 그래, 돈이 없으니 다음에 오랬더니 이 미친놈이 대뜸 욕지거리를 하더라고."

"잘혔어, 저런 놈은 혼찌검을 내놔야 써."

삼년째 몸져누운 영감님의 요강을 비우러 나왔다가 싸움을 죽지켜본 남원댁이 맞장구를 쳤다. 정옥은 입바른 소리 잘하고 야무진 은비네의 성격을 익히 잘 알면서도 고개를 절레절레 내저었다. 그러다 문득 현주네에게로 눈길을 돌렸다. 출근시간이 지났는데도 집에 남아 있는 것이 이상했다.

"아줌마는 출근 안하세요?"

정옥은 사십 줄이 넘어 중년의 분위기가 물씬 풍기는 현주네에게 조용히 물었다.

"으…… 응, 몸이 좀 좋지 않아서……"

현주네는 무언가 켕기는 게 있는 사람처럼 말을 얼버무리며 돌아섰다. 어깨가 축 처지고 맥이 없어 보이는 그녀의 뒷모습이 영락없이 아픈 사람의 모습이라 정옥은 별다른 의구심을 갖지 않았다.

어느 사이에 해가 껑충 뛰어올랐고 모였던 아낙네들이 흩어지면서 집은 조용해졌다.

짱짱한 햇살이 가풀막진 비탈길 위로 하얗게 부서져내리며 비늘을 번들거렸다. 용달차가 더위를 피해 달아나듯 잔뜩 속력을 내서 비탈길을 올라갔고 그 꽁무니에서 흙먼지가 부옇게 일었다. 용달차가 지나가기를 기다리며 전봇대 옆에 서 있던 복길네는 고개를 들어 하늘을 올려다보았다. 원수 같은 해가 거미줄처럼 얽히고설킨 고압선에 걸려 까맣게 금 간 채로 이글이글 불타고 있었다.

복길네는 손바닥을 부채 삼아 부치며 한숨을 길게 내쉬었다. 얼마간을 그러고 있던 복길네는 계란이 잔뜩 실려 있는 리어카를 전봇대에 받쳐놓고서 길가 맞은편의 상점으로 들어갔다. 그녀는 콜라 한병을 산 뒤, 상점 문 앞에 길게 뻐드러져 있는 널빤지 의자에 엉덩이를 부려놓았다.

복길네는 음료수로 바짝 타들어가는 목을 축이며 녹아내릴 듯 열기에 휩싸여 있는 리어카를 쳐다보았다. 그놈을 보고 있노라니 저절로 한숨이 나오면서 암담한 마음이 되었다. 딴에는 오전 내내 죽자 살자 부지런을 떨며 리어카를 끌고 다녔는데, 오늘은 어찌 된 일인지 다른 날의 절반도 돌아다니지 못했다.

복길네는 콜라병을 옆에 내려놓고 욱신욱신 쑤시는 어깨를 콩콩 두드린 뒤 다리를 주물렀다. 식은땀이 등줄기를 타고 내렸고 온몸이 저리고 아팠다. 힘든 일이라면 이골이 날 대로 났는데도 오늘따라 허리가 끊어질 듯 아프고 어깨는 금방이라도 떨어져나갈 것만 같았다. 현기증도 유난히 심했다. 길이 조금만 비탈져도 눈앞이 깜깜해졌다.

복길네는 하루쯤 쉴걸 괜히 무리를 했다는 생각에 후회를 하였다. 쌔빠지게 고생해봐야 알아주는 사람이 있는 것도 아닌데 일 못해 죽은 귀신이라도 씐 년처럼 악착을 떨어대는 자신이 미련 곰탱이 같고 한심스럽기 짝이 없었다.

'누굴 위해 이 고생을 하는 건지……'

복길네는 누구에게랄 것도 없이 속엣말을 중얼거렸다. 생각하면 생각할수록 무엇 때문에 몸을 돌볼 새도 없이 이 고생을 하는지 알다가도 모를 일이었다. 자식을 위한 일이라고 자위한다손 치더라도, 저 혼자 잘나서 큰 줄 알지 애들이 제 에미 고생한 것을 알아줄 리도 없거니와 늙어서 크게 덕 볼 일도 없지 않은가. 게다가 서방이란 작자는 조강지처 아끼기는커녕 견물생심이라고 젊고 싱싱한 계집이 좋아 딴 계집 치마폭에 빠져 헤어날 줄을 모르니, 정말 이 고생을 계속해야만 되는 것인지 모르고 또 모를 일이었다.

"나 하나야 죽어도 좋지만 애들은 살려야지. 좋으나 미우나 내가 낳은 새끼들인데."

복길네는 서글퍼지는 자신을 애써 위로하며 양손으로 무릎을 짚고 일어섰다. 일어서는데 다리에 힘이 풀리면서 휘청거렸다. 그녀는 간신히 몸을 추슬러서 리어카 앞으로 걸음을 떼어놓았다. 리어카의 손잡이를 잡고 시멘트로 포장된 비탈길을 올려다보니 어찌 올라가야 할지 아득하기만 했다.

복길네는 질끈 어금니를 깨물고 리어카의 손잡이를 잡은 팔에 힘을 주었다. 그녀는 후들후들 떨리는 다리를 움직여 한걸음 한걸음 조심스럽게 앞으로 내디뎠다. 발걸음을 내디딜 때마다 리어카의 무게가 자신이 살아온 세월처럼 무겁게만 느껴졌다. 뜨거운 햇볕이 앞을 가로막으면서 등줄기에 식은땀이 나게 했다. 몇걸음 내뻗지도 않았는데 굵은 땀방울이 뺨을 타고 비 오듯 흘러내렸다.

복길네는 입술을 감쳐물고서 몸을 활시위처럼 팽팽하게 앞으로 기울였다. 서둘러 계란배달을 끝내고 예약된 파출부 일을 나가야 한다는 생각에 그녀는 서둘렀다. 하지만 자꾸만 다리에 힘이 풀리면서 숨이 턱까지 차올랐다. 젖 먹던 힘까지 짜내어 오른발을 앞으로 내딛는데 갑자기 귓속에서 쩡 하는 파열음이 일면서 눈앞이 아뜩해졌다. 노란 빛살이 해일처럼 밀려오는가 싶더니 시글시글한 별들이 칠흑 같은 어둠속을 열째게 날아다녔다. 그 별들은 복길네가 살아온 기억의 편린들을 한아름씩 안고 다가왔다가 멀어져갔다.

'아버지는 농사꾼이었지. 그래, 남의 소작이나 지어주는 가난한 농군이었지……'

복길네는 아득히 멀어져가는 의식 속에서 별무리가 낙숫물같이 떨어뜨려놓고 가는 기억의 편린들을 품에 안아들었다.

복길네 가족은 오년 전까지 남의 과수원에서 월급을 받으며 일해왔는데 과수원 주인이 그 땅을 서울에서 내려온 투기꾼에게 팔아넘기면서 일을 못하게 됐다. 결혼은 십사년 전에 순전히 양가 어른들의 뜻에 의해 이루어졌고, 복길네는 지지리도 가난하게 살아온지라 군입 하나 덜어 친정 살림에 보탬이나 되자는 생각으로 그 뜻에 따랐다. 학교라고는 국민학교 문턱밖에 넘어보지 못한 남편은 스무살이 넘도록 농사만 지으면서 살아온 사람이었다. 손위 형제들이 모두 객지로 떠나 부모님을 모셔야만 했던 처지라 남들처럼 도회지로 나가고 싶었지만 그러지 못했다는데, 사람이 착하고 건실해 한동안은 그럭저럭 마찰 없이 살 수 있었다. 그러나 한해가 지나고 두해가 지나면서 남편은 복길네를 미워하고 구박하기 시작했다. 원래 이쁘다는 소리는 농담으로라도 들어보지 못하고 자란 복길네는 남편이 그 때문에 그러는가 싶었는데, 나중에 알고 보니 그게 아니었다. 남편은 가랑잎에 똥 싸먹을 정도로 가난한 자신들의 살림살이를 모두 복길네 탓으로 돌리면서 네년 때문에 신세 조졌다며 복길네를 두들겨팼다. 쌀금이 떨어지면 떨어졌다고 패고, 흉년이 들면 흉년이 들었다고 패고, 더군다나 길을 가다 돌부리에 채면 네년 때문에 챈 거라며 주먹질을 했다. 과수원 일을 그만두기 일년 전, 남편은 중장비 기사인 당숙을 따라다니며 중장비 기술을 배우기 시작했고 복길네는 혼자서 과수원 일을 떠맡아야 했다. 한 육개월 당숙을 따라다니던 남편은 자주 가던 다방의 아가씨와 눈이 맞더니 결국 배까지 맞아 딴살림을 내버렸다. 그러면서 집에는 한달에 두어번 드나들었고, 생활비를 주기는커녕 무슨 주먹질을 못해 죽은 귀신이라도 붙었는지 집에 들어오는 족족 복길네를 잘근잘근 짓이겼다.

과수원 일을 그만두고 나서 달리 먹고살 길이 없었던 복길네는 아이들을 데리고 시내로 이사를 했다. 복길네는 이사를 하면서 앞으로 모질고 독하게 살지 않으면 아이들을 데리고 이 험한 세상을 헤쳐나갈 수 없다는 생각을 하며 이를 악물었다. 복길네는 수소문 끝에 아이들을 이끌고 남편이 다방 아가씨와 살림을 차렸다는 방으로 쳐들어갔다. 때마침 두 사람 다 집에 있었는데, 다방 아가씨가 기겁을 한 남편을 보며 누구냐고 물었다. 복길네는 아무렴 어떠냐는 식으로 방 안에 발을 들이자마자 벌렁 드러누워버렸다. 이에 발끈한 남편이 복길네의 머리채를 휘어잡고 마당으로 질질 끌고 나가서 개 패듯이 팼지만 복길네는 차라리 죽이라고 고래고래 악을 쓰며 물러서지 않았다. 결국 다방 아가씨가 옷 보따리를 챙겨가지고 나가버리는 것으로 사태는 마무리 지어졌으나 남편은 서방 신세 조지려고 환장을 한 년이라며 두고두고 패악을 부려댔다. 그 행패가 얼마나 심했던지, 만나는 이마다 복길네에게 이혼을 해버리지 뭐 하러 살을 맞대고 사느냐며 혀를 끌끌 찼다.

 하루도 빠짐없이 술을 마시고 식구들에게 행패를 부리면서도 남편은 꼬박꼬박 일을 다녔다. 그러던 어느날, 못난 놈은 뒤로 자빠져도 코가 깨진다더니 연일 계속되는 불경기에 그만 포클레인 차주가 차를 팔아버렸다. 졸지에 일자리를 잃어버린 남편은 억병으로 술만 퍼마셨다. 보다 못한 복길네가 술이 오른 남편을 붙들고 그러고만 있으면 어쩌냐고 한참 잔소리를 늘어놓았는데, 남편은 되레 그걸 꼬투리 잡아 시비를 걸었다. 아무리 남편이지만 더이상 당하고 살 수만은 없다고 여긴 복길네는 남편의 시비를 피하지 않았다. 복길네는 울컥한 남편의 주먹질에 맞서 그의 머리카락을 그러쥐었다. 서방 신세 조져논 년이 이제는 그것도 모자라 대들고 발악이라며, 길길이 날뛰던 남편은 눈이 시뻘게져서는 부엌에서 식칼을 들고 와 복길네의 옆구리를 사정 두지 않고 찔러버렸다. 다행히 칼이 위험한 곳을 비껴 지나갔으나 복길네는 한달 동안 병원 신세를 져야만 했다. 그 일이 있고 나서 남편은 양심의 가책을 느꼈는지 아니면 그제야 철이 났는지 복길네에게 용서를 비는 한편, 힘을 보태 열심히 살아보자며 복길네의 손을 꼭 마주 잡았다. 복길네는 그 순간 남편을 향해 품어왔던 미움과 원망, 증오, 분노의 감정들을 모두 잊어버렸고, 오히려 늦게나마 제자리를 찾은 남편이 고맙고 또 고마울 뿐이었다.

가산을 정리하여 서울로 올라온 복길네 가족이 자리를 잡은 곳은 양평동의 빈민가였다. 소규모 공장들이 닥지닥지 붙어 있는 곳 한쪽으로 아무렇게나 지어진 집들은 더럽고 지저분했으며 금방이라도 무너질 듯 낡아 그 속에서 어찌 사나 싶었다. 하지만 복길네는 시집온 뒤로 가장 행복했다. 남편은 이리저리 바쁘게 뛰어다닌 끝에 포클레인 기사 자리를 구하였고 복길네는 근방에서 가장 큰 공장인 해태제과에 취직을 하게 되었다. 비록 살기가 힘들고 몸 또한 고달팠지만 복길네의 얼굴에는 생기가 돌았다. 나름대로 저축도 하면서 별탈 없이 많은 날들이 지나갔고, 복길네는 그러한 날들이 간밤의 꿈처럼 깨지지 말고 영원히 지속되기를 간절히 기도했다. 하지만 그의 바람은 오래가지 못했다.

　어느날부터인가, 남편의 귀가시간이 늦어지기 시작하면서 집에 가져오는 월급도 들쑥날쑥하였다. 뒤늦게 남편이 노름판에 어울려 다닌다는 사실을 알고서 발을 빼게 하려고 갖은 애를 다 써보았으나 쉽지가 않았다. 가정은 다시금 어둠의 구렁텅이로 빠져들었다. 남편은 노름에 쓸 돈을 내놓지 않는다며 또다시 주먹을 휘둘렀고 꼬불쳐놓은 돈을 내놓으라고 장롱이며 옷장 할 것 없이 온 집을 다 뒤졌다. 악몽의 몇달이 백년처럼 길게 흐르고 나서 남편은 유치장에 갇히게 되었다. 누가 고자질을 했는지 한창 노름판의 분위기가 무르녹을 때 형사들이 들이닥쳤던 것이다. 사방으로 뛰어다니고 이 사람 저 사람에게서 빚을 얻어 그 돈으로 간신히 남편을 유치장에서 빼냈다.

　그러나 남편은 정신을 차리지 못했다. 한번 혼쩌검을 당한 터라 노름에 손을 대지는 않았지만, 함바집의 젊은 과부를 꼬드겨 딴살림을 내버린 것이다. 복길네는 억장이 무너지고 가슴팍에 말뚝만한 대못이 쾅쾅 박히는 듯한 아픔을 느끼면서도 그저 이것이 내 팔자거니 타고난 운명이거니 하고서 그 고통을 속으로만 삭였다.

　이혼을 해버릴까 하고 고민도 해보았지만 자라는 애들을 생각해서라도 참고 또 참고 골백번이라도 더 참고 견디어야 한다고 스스로를 타일렀다. 남편은 일주일에 단 한차례만 집에 들렀고 걸핏하면 매타작을 일삼았다. 주인집에서는 자녀 교육상 더이상 세를 줄 수 없다며 방을 비우라고 강요했고, 결국 사글세가 싼 방을 구해

지금의 봉천동 산동네로 옮겨앉기에 이르렀다.

그동안 몇번이고 차라리 약을 먹고 콱 뒈져버릴까 생각도 해봤지만, 죽는 것이 사는 것보다 더 힘들었다. 죽지 못해 살아온 세월, 낳아준 부모가 원망스러웠고 자신을 외면하는 세상이 미웠다.

그 고통을 어찌 말로 다하랴. 그 고통을 말한들 무엇 하며 칼바람이 몰아치는 허허벌판 같은, 끝없이 돌고 돌고 또 돌아봐야 제자리에서 멈추고 마는 삶에 대해 한풀이를 한들 무엇 하랴.

복길네는 짙은 어둠이 차츰차츰 물러가고 그 드틴 자리에 눈부신 햇살이 비집고 들어옴을 느끼면서 천천히 눈을 떴다. 정신을 차린 그녀의 시야에 가장 먼저 들어온 것은 사람들이었다. 사람들이 주위에 둘러서서 쓰러진 복길네를 내려다보았다. 그들의 머리 위로 따가운 햇살이 쏟아지고 있었다.

"아주머니, 괜찮소?"

복길네가 음료수를 사먹었던 상점의 주인이 그녀를 부축하며 물었으나, 복길네는 그 손길을 뿌리치며 몸을 일으켰다. 복길네는 손바닥을 이마에 붙이고 서서 어지럼증이 사라지기를 기다리며 리어카를 바라보았다. 리어카는 용케도 전봇대에 옆구리를 기대고 있었다. 복길네가 리어카에 실린 계란을 살피러 가자 모였던 사람들은 뿔뿔이 흩어졌다. 죽으란 법은 없다고, 계란은 여남은 판이 깨졌을 뿐 큰 피해는 입지 않았다. 그러나 그것만으로도 복길네가 이틀 동안 일한 수고는 헛것이 되고 말았다.

복길네는 깨진 계란을 망연히 넋을 놓고 내려다보았다. 성한 계란 속에서 깨진 계란을 골라내놓고 보니 그 부서진 껍데기가 꼭 자신의 가슴에 박힌 수많은 근심인 것만 같았다. 전생에 무슨 죄를 지었는지 더없이 박복한 팔자가 서럽기만 했다. 복길네는 참고 참았던 눈물이 샘물처럼 넘쳐흐르려는 것을 꾹꾹 눌러 참고 조각구름이 덧없이 흐르는 하늘을 올려다보았다. 눈이 시렸다.

복길네는 서둘러 나머지 배달을 끝내야 한다는 생각에 솟구치는 서러움을 애써 삼키며 다시 리어카의 손잡이를 잡았다. 열심히 서둘지 않으면 오늘 하루를 망치게 된다. 복길네는 아랫배에 잔뜩 힘을 주었다. 햇빛이 하얗게 깔린 길 위로 리어카가 덜컹거리며 굴러가기 시작했다.

2

동력 스위치가 내려졌다. 서너대의 밀링과 선반이 쇠를 깎아내면서 그르렁그르렁 토해내는 소리며 쇠에 구멍을 뚫어대는 보르반의 윙윙거리는 모터소리, 불꽃을 날리며 쇠를 갈아대는 그라인더의 파열음, 전기용접과 산소용접으로 쇠를 붙이고 자를 때 퍼런 불꽃과 함께 노래하듯 숨결을 맞춰 일어나는 쉭쉭거림, 그리고 목장갑을 낀 손에 저마다 공구를 들고 기계조립에 달라붙은 노동자들이 질러대는 고함소리와 그들이 내려치는 해머소리…… 벌떼처럼 몰렸다가 흩어지고 다시 몰렸다가 흩어지는 그 모든 소리들이 동력 스위치가 내려지면서 일시에 사라졌다. 처음에는 첫사랑의 입맞춤처럼 길고 부드럽게 우우우……웅 하는 여운과 함께 차츰차츰 잦아들더니 어느 한순간에 정점을 맞이하면서 거대하게 몰아치는 파도와 같이 사나웠던 소리의 물결이 거짓말처럼 잠들어버렸다.

웃통을 벗어젖히고 일더미에 파묻혔던 노동자들의 몸은 시커먼 기름때와 쉬지 않고 흘러내리는 비지땀으로 번들거렸고, 그들이 움직일 때마다 오랜 노동이 빚어낸 근육들이 꿈틀거렸다. 노동자들은 저마다 바쁘게 움직이던 일손을 멈추고 세면가로 몰려들었다. 점심시간을 맞아 세면가에 모여든 노동자들의 얼굴에는 수도 파이프에서 쏟아져내리는 물줄기처럼 함박웃음이 사라지지 않았고, 재기 발랄하고 성성한 때로는 끈적끈적하고 야한 농담들이 질펀하게 쏟아졌다. 이른 아침부터 그들을 옭아매온 지겹고 짜증스러우며, 답답하면서 우울하고, 슬프고 쓸쓸하고 허망하고 허탈한 분위기는 그 어느 주름 속에서도 찾아볼 수가 없었다.

노동자들은 빨랫비누로 얼굴과 팔뚝을 후닥닥 씻는 족족 시금칫국과 고등어, 그리고 김치 따위의 몇가지 채소 반찬으로 짜인 천오백원짜리 점심밥이 기다리는 식당으로 왁자지껄 웃고 떠들면서 몰려갔다. 식당으로 몰려가는 그들의 작업화가 일으키는 흙먼지 위로 불침처럼 따가운 정오의 햇살이 쏟아졌다.

"어이, 여보게들. 오늘은 족구 안허남."

식사를 마치고 공장 골목으로 들어선 덕배가 담벼락 그늘 아래 죽치고 앉아 있는 동료들을 향해 소리쳤다. 블록으로 쌓아올린 담벼락은 오랜 세월 노동에 시달려온 늙은 노동자의 뼈마디처럼 결이 어긋나 금방이라도 자빠질 듯 기우뚱하니 서 있어 위태로워 보였다.

"니미럴, 지금 족구가 문제야? 쓸데없는 소릴랑 접어두고 장반장, 이리 와서 앉아봐."

"장반장이 무슨 홍어좆이오? 걸핏하면 장반장 이리 와봐, 장반장 이리 와봐, 개새끼 불러대드끼 불러대게."

장덕배는 용접공 최씨를 향해 구시렁거리면서도 얼굴에는 웃음이 가득했다.

"어느 씨부럴 자식이 형님더러 홍어좆이라고 합디까? 나와봐. 누구야, 누구."

깡말랐으나 훤칠한 키에 뼈대가 굵은 현민이 익살을 떨어댔다. 덕배는 그들의 옆자리에 쪼그려앉으면서 고개를 돌려 담벼락 안쪽에서 장기를 두고 있는 공장장과 이반장을 힐끗 쳐다보았다.

"그래, 무슨 일이우?"

최씨가 건네는 담배를 받아 물며 덕배가 물었다.

"몰라서 그러는가?"

"그게 무슨 뜬금없는 소리요?"

"형님도 참, 답답하기가 밥을 빌어다 죽을 쑤어 드실 분이구려. 척하면 삼천리라고, 휴가 며칠 앞둔 우리가 뭔 얘기를 하고 싶어하는지는 뻔하잖소."

목청 큰 현민이 큰 소리로 운을 떼자 무료하게 앉아 있던 십여명의 노동자들이 덕배 주위로 몰려들었다.

"난 또 무슨 얘기라고. 그 얘기라면 난 아는 게 없네."

"아따, 이 사람아. 공연히 사람 애간장 녹이지 말고 아는 대로 얘기해봐."

"글쎄, 난 모른다니까 그러시우."

"아, 형님이 모른다는 게 말이나 됩니까. 휴가가 코앞에 닥쳤는데 무슨 언질이 있었을 거 아뇨."

모였던 노동자들이 현민의 말을 받아 덕배를 볶아쳤다.

"장반장, 그러지 말고 얘기 좀 해보시오. 우리가 믿을 사람이 장반장 말고 또 누가 있소."

덕배는 답답하다는 듯이 주위를 휘둘러보았다.

"좋시다. 내 톡 까놓고 말하리다."

노동자들이 군침을 삼키며 덕배의 입을 바라보았다.

"정말로 휴가에 대한 언질은 없었소. 믿건 안 믿건 그건 여러분들 자유올시다."

눈을 번득이며 잔뜩 기대를 품었던 노동자들의 얼굴에 실망의 빛이 역력히 드러났다. 덕배는 그러거나 말거나 말을 이어나갔다.

"여러분들도 알다시피 오뉴월 고뿔도 남 주기 싫어하는 사람이 우리 사장 아니우. 이건 순전히 내 생각이올시다만 크게 기대하지 않는 게 좋을 거요. 그냥 작년 수준으로다 차비 쪼깨 나오겠거니 여기면 정확하지 않겠소?"

덕배는 솔직하게 털어놓고 나서 자기도 어쩔 수 없다는 듯이 어깨를 으쓱해 보이며 주위를 둘러보았다. 노동자들의 얼굴에 어두운 그늘이 덮였다.

"씨팔, 좆같아서 이 짓도 못해먹겠군."

칼칼한 성미의 밀링공 병필이 침을 찍 내갈기며 말했다. 무언가 골똘히 생각하던 현민이 손등으로 턱을 괸 자세로 입을 열었다.

"형님, 그럼 한가지만 물읍시다."

"아무렴."

"이번에 신주 기리꾸가 몇킬로나 나왔소?"

덕배는 날카롭게 눈을 빛내는 현민의 얼굴을 똑바로 바라보았다. 뒷말을 듣지 않아도 선반공인 그가 무슨 생각을 하는지 확연히 알 수 있었다.

지난 한달 동안, 그들은 기계를 제작하기보다는 주로 신주 부품 가공에 매달렸다. 어떻게 연줄이 닿았는지 엄청난 양의 하청이 대기업에서 떨어졌다. 물론 그렇다고 해서 대기업 하청이 좋은 것은 아니다. 기껏 물건을 만들어 납품해봐야 어음으로 결제를 받는데다가 하청단가 또한 형편없이 낮게 매겨지곤 했다. 어음도 보통은 육개월짜리고 잘돼야 삼개월짜리가 고작이니 그에 따른 자금 압박은 결코 무시할 수가 없다. 결국 어음시장에 가서 와리깡을 하는 수밖에 없는데, 그렇게 되면 수수료로 1할을 지불해야만 된다.

하지만 이번 하청은 워낙에 덩치가 커서 그 이문이 적지 않았다. 그런데 문제는 덩치에 비해 납품기한이 짧다는 것이었다. 그 탓에 지난 한달 동안 노동자들이 여간만 뺑뺑이를 돌지 않았다. 토요일

이건 일요일이건 할 것 없이 하루도 거르지 않고 한달 내내 밤 열시까지 작업을 해야 했고 일주일에 두어번씩은 철야를 해야만 했다. 사장은 그렇게 노동자들을 혹사시킨 덕에 납품기일을 지킬 수 있었으나 노동자들의 불만은 금방이라도 폭발할 것만 같았다. 촉박했던 납품기한도 기한이었지만 이번 하청이 더욱 힘들었던 것은 신주를 가공해야 됐기 때문이었다. 여느 쇠는 바이트로 깎게 되면 국수기계에서 뽑히는 국수 가락처럼 기리꾸가 길게 이어져나오는 반면 신주는 기리꾸가 산산이 부서지면서 튀어오른다. 튀어오른 기리꾸는 작업자의 옷 속으로 파고들어 목과 가슴, 등허리는 말할 것 없고 심지어 발바닥에까지 박히게 된다. 날카로운 쇳가루가 살에 박히는 아픔은 여간 아닌데, 작업자들은 이것을 피하기 위해 목둘레나 옷소매, 발목 같은 곳을 헝겊으로 꽁꽁 둘러 묶었다. 그러나 겨울이라면 모를까, 푹푹 찌는 한여름에 그 난리를 치르면 참으로 미치고 환장할 일이 아닐 수 없었다. 그 상태에서 자신의 의사와는 상관없이 반강제로 잔업은 물론이고 철야와 특근까지 했으니, 노동자들의 불만은 쇠를 깎는 만큼 쌓이는 기리꾸처럼 자꾸만 쌓여갔다.

윤사장은 그런 노동자들의 불만을 교묘히 무마했다.

— 허, 이번 여름휴가 때는 고생한 값을 톡톡히 지불해야겠는걸.

덕배는 물론이고 최씨나 현민을 비롯한 모든 노동자들이 뱀의 혓바닥처럼 간사한 사장의 입놀림을 그대로 믿지는 않았으나 다른 때와는 달리 솔깃한 구석이 있었다. 바로 신주 기리꾸 때문이었다.

이번 가공을 통해서 나온 신주 기리꾸는 1톤이 넘었다. 신주 기리꾸는 킬로그램당 팔백원이 넘는데, 그것만 팔아도 윤사장으로서는 가만히 앉아서 백만원 가까운 돈을 챙기는 셈이었다.

기리꾸를 팔던 날, 윤사장은 그 돈을 가지고 큰처남인 공장장과 작은처남인 이반장을 데리고 강남의 룸살롱에 가서 술을 마셨다. 덕배는 같이 가자는 제의를 받았으나, 왠지 동료들을 배신하는 것만 같아 집에 바쁜 일이 있다는 핑계를 대고서 그 제의를 거절했다. 본래 기리꾸를 판 돈은 어느 공장이나 죽을 둥 살 둥 고생한 현장 노동자들의 몫으로 쳐서 회식비로 나가게 마련인데, 이번엔 워낙에 덩치가 컸던 까닭에 사장이 제 주머니 속에 넣어버린 것이었다. 설사 그랬다손 치더라도 고생했다는 말만 뻔지르르하게 늘어놓을 것이 아니라, 납품이 끝난 뒤 노동자들에게 회식은 시켜줬어야 옳았다. 그러나 윤사장은 회식은커녕 입을 싹 씻고서 그 돈을 제 집안사람과 함께 술집에 풀어버렸으니, 노동자들의 불만은 자연히 구르는 눈덩이처럼 커졌고 그만큼 휴가에 대한 기대치는 높아져갔다.

덕배는 질문을 던진 현민뿐만 아니라 주위에 모인 노동자들에게서 서서히 달아오르는 열기를 느낄 수 있었다.

"일톤가량 될 걸세."

덕배는 길게 담배연기를 뿜어내며 대답했다.

"우리도 짐작으로 그쯤 된다는 건 알고 있수. 내가 듣고 싶은 얘기는 그게 아니구, 저번 달에 사장도 그랬잖우. 이번 여름휴가 때는 단단히 한몫 내겠다고. 그럼 오늘쯤 무슨 얘기가 나와야 되는 거 아니냐 이 말이우."

덕배는 흥분한 현민의 얘기를 묵묵히 듣기만 했다. 나이에 비해 늙어 보이는 최씨가 현민을 막지르며 앞으로 나섰다.

"이보게 장반장, 운신하기 어려운 자네 입장은 백번 이해하고도 남음이 있네만 어쩌겠나. 자네가 나서서 힘을 좀 써보게나."

덕배는 필터 끝까지 타들어간 담배꽁초를 버리고는 기름때가 덕지덕지 눌어붙은 작업화로 짓이겼다.

"글쎄올시다. 형님도 알다시피 반장이란 감투만 썼지 내가 무슨 힘이 있소. 말꼭다리를 들이밀어는 보겠지만 사장이란 새끼가 어디 내 말을 귀담아듣기나 해야 말이죠."

"씨팔, 마누라한테는 꼼짝 못하는 새끼가 어디서 배워처먹었는지 노동자를 개똥으로밖에 여기지 않는다니까. 니미럴 거, 어디 제 배때기만 배때기인가."

병필이 이 사이로 침을 내갈기며 거칠게 불만을 쏟아내었다.

"그러길래 모두 다 배고픈 게 공산주의라면 한 새끼만 뒤룩뒤룩 처먹다가 배 터져 죽는 게 자본주의라지 않소. 까놓고 얘기해서 이 놈의 세상이 어디 우리 같은 놈들을 사람 축에나 껴준답디까."

현민은 생각할수록 분하고 울화통이 터진다는 표정으로 덧붙여 말했다.

"이 사람아, 그만해두게."

덕배가 막 현민의 말을 가로막는데 담벼락 안쪽에서 장기 훈수를 두고 있던 상진이 담 밖으로 고개를 내밀고서 덕배를 불렀다.

"장반장님, 사장님이 사무실로 오시래요."

"알았어. 자, 그만들 일어납시다. 시간도 다 됐는데 일할 준비 해야죠."

덕배는 땅바닥에 부려놓았던 엉덩이의 흙먼지를 툭툭 털며 일어났다.

"사장 보거든 얘기나 전해주시오. 우린 형님만 믿소."

현민이 따라 일어서며 같은 말을 되뇌었다.

"알았대두 그러네. 그렇다고 너무 믿지는 말게."

덕배는 사람들을 뒤로하고 공장 안으로 들어가서 사무실로 오르는 철제 계단을 밟았다. 강퍅하게 생긴 윤사장은 소파에 윗몸을 파묻은 채로 커피를 마시고 있었다. 그의 맞은편에는 덕배의 것으로 보이는 커피가 놓여 있었다. 윤사장은 자애로운 웃음을 머금고 덕배를 맞이하였다. 사장은 덕배에게 요즘 사는 게 힘들지 않냐, 애는 잘 크냐는 등 말꼬리를 빙빙 돌렸는데, 덕배는 유난히 살갑게 구는 사장의 태도에 까닭을 알 수 없는 불안감을 느꼈다.

"장반장이 내 밑에서 일하기 시작한 게 언제부터지?"

"김포에서 이사 오기 전이니까 사년이 다 된 셈이죠."

"사년이라, 그럼 이제 독립할 때도 됐구먼그래. 그건 그렇고, 장반장, 저녁에 시간 좀 낼 수 있나?"

윤사장이 소파에 파묻었던 몸을 덕배 앞으로 향하며 은근한 목소리로 말을 건네왔다.

"시간은 있습니다만……"

"내 장반장과 둘이서만 긴히 상의할 일이 있어서 그래."

"전 도무지 무슨 말씀인지……"

덕배는 윤사장이 쳐놓은 보이지 않는 덫에 빠지지 않으려고 일부러 말꼬리를 흐렸다.

"글쎄, 그건 이따가 얘기하도록 하세."

덕배는 왠지 미로 속에 발을 들여놓는 듯한 느낌이 들었다. 문득 잊고 있던 현민의 당부가 떠올랐으나 분위기로 봐서 그런 얘기를 꺼낼 계제는 아니라는 생각이 들었다. 하지만 현장 사람들과의 약속이 더 중요하다고 판단한 그는 일어나다가 앉았던 자리에 다시 엉덩이를 걸쳤다.

"왜, 달리 할 얘기라도 있나?"

"다름이 아니고 이번 휴가 어떻게 하실 겁니까?"

윤사장은 덕배를 빤히 쳐다보면서 끌끌 혀를 차댔다.

"사람이 원, 저렇게 눈치가 없어서야. 그만한 언질을 주었으면 눈치 빠르게 따라주어야지 답답하기는, 쯧쯧."

덕배는 사무실에서 나오며 자신의 둔탁한 일처리 솜씨에 와락 짜증이 났다. 사정을 알지 못하는 노동자들은 덕배가 사무실에서 나오자마자 벌떼처럼 그에게로 몰려들었다. 저만치 서 있던 공장장과 이반장, 그리고 상진이 이쪽을 가만히 지켜보았다. 덕배는 웅성거리며 모여든 사람들을 둘러보며 사장이 했던 말을 떠올렸다.

──장반장도 이제 독립할 때가 됐지.

독립이라니, 도대체 무슨 꿍꿍이수작일까. 그냥 듣기 좋으라고 실없이 하는 소리는 아닐 테고, 필시 어떤 속셈이 있어 내게 안다리를 걸어오는 게 분명한데……

덕배는 이리저리 머리를 궁굴려보았으나 그럴수록 온갖 잡생각이 얽히고설켜 뒤숭숭할 따름이었다. 그러는 사이 사람들은 눈을 희번덕이며 덕배를 거들떠보았다. 한동안 딴생각하느라 두 눈을 끔뻑거리던 덕배는 일단 중간에 서서 사태를 지켜보자는 판단을 내리고 마침내 말문을 열었다.

"작업시간도 다 됐고 하니 내 들은 얘기를 간단하게 전달하리다. 그러니까 휴가기간은 여러분도 알다시피 글피부터 시작해서 나흘 간이올시다. 이건 다른 공장들은 물론이고 해마다 전해오는 관례에 따른 것이니만큼 불만들이 없을 겝니다. 문제는 보너스인데 좀 전에 사무실에 올라갔더니 사장님이 그럽디다, 모레쯤 돼서 발표하겠다구. 그러니 답답하더라도 그때까지만 참고 기다려봅시다."

"젠장, 겨우 그따위 얘기나 듣고 온 거요?"

병필이 눈알을 되룩거리며 따지듯 물었다.

"그럼 사장이 그러마 하는데 날더러 어쩌란 말이야."

"미룰 이유가 없으니 퍼뜩퍼뜩 얘기를 해달라고 족쳐야지, 그러마 한다고 그냥 물러나오는 사람이 어딨소."

"장반장이라면 딱 부러지게 결판을 볼 줄로 알았는데."

현민의 말을 받아 최씨가 못마땅하다는 태도로 투덜거렸다.

"나도 죽겠시다. 그만들 볶으시우. 이건 죄라곤 반장 된 죄밖에 없는데 여기 가면 여기서 시달리고 저기 가면 저기서 시달려대니 도무지 살 수가 있나."

덕배는 복장이 터진다는 듯이 언성을 높인 뒤, 핑 하니 공장 밖으로 나와버렸다. 수돗가 가장자리를 빙 돌아가며 시멘트로 쌓아올린 턱에 주저앉아 담배를 피우고 있는데 눈치를 살피며 다가온 최씨가 옆자리에 나란히 앉았다.

"나도 담배 한대 주게나."

덕배는 묵묵히 담배를 건넸다. 굵은 주름살이 이마에 잔뜩 팬 최씨는 담배연기를 허공에 뿌리며 혼잣말하듯 중얼거렸다.

"우리 때문에 화났다면 그만 풀게나. 우린들 어디 그러고 싶어 그러는가. 이 공장에서 현장 사람들 쓰린 속을 알아주는 사람이 자네밖에 없으니, 편들어줄 사람이 없는 우리로서는 당연히 자네를 볶아칠 수밖에. 공장장이나 이반장은 사장 집안사람들이니 애초에 남의 사람이고. 그렇다고 내가 직접 나서기도 그렇지 않은가. 내 나이쯤 되면 갈 곳이 그리 많지 않다네. 받아주는 곳도 변변치 않고. 그런데도 자식새끼들은 두 눈 멀뚱멀뚱하지 마누라는 짱알거리지. 그러길래 나이 먹으면 땅보탬이나 하라지 않던가."

"청승 그만 떠시우. 공연히 멀쩡한 사람 심사 울적하게 만들지 말고."

"산다는 게 뭔지 원. 그럼 먼저 들어갈 테니 바람 쐬다 들어오게나."

최씨가 무릎을 짚고 일어섰다. 덕배는 햇빛이 차단되어 어둑어

둑한 공장 안으로 사라지는 최씨의 뒷모습을 돌아보았다. 최씨의 오른쪽 어깨가 푹 꺼져 있었다. 덕배는 흘러내린 머리카락을 쓸어넘기며 몸을 일으켰다. 덕배가 막 공장 문턱을 넘어서는데 저만치서 사람들이 모여 두런거리는 모습이 보였고 그 가운데 현민이 박혀 있었다. 어느새 사무실로 올라간 공장장이 현장을 한눈에 내려다볼 수 있게끔 설치된 대형 유리창을 통해 사람들을 내려다보고 있었다.

— 저녁에 시간 좀 내게.

덕배는 문득 사장이 걸어온 안다리가 덫일지도 모르겠다는 생각이 들었다. 그는 그 덫에 걸려 있는 고깃덩어리가 얼마나 큰지 알 수 없지만 걸려들어서는 안된다고 생각했다.

"이제 일합시다."

덕배는 크게 소리치며 동력 스위치를 올렸다. 그와 함께 우우우웅 하는 소리가 현장 가득히 울려퍼졌다.

정옥은 대문 열리는 소리에 점심 먹은 그릇 설거지를 하다 말고 고개를 치켜들었다. 복길네였다. 밤 열한시쯤에 파김치가 되어 들어오곤 하던 그녀가 대낮에 들어오다니, 정옥은 별다른 생각 없이, 오래 살고 볼 일이네, 언니가 이 시간에 다 들어오다니, 하고 반기며 말했는데, 가만 보니 복길네의 안색이 납빛처럼 창백했다. 깜짝 놀란 정옥은 손의 물기를 옷섶에 닦으며 일어섰다. 후들후들 다리를 떨면서 마당으로 들어서던 복길네가 정옥을 향해 손을 내뻗으며, 나 좀, 나 좀, 했다. 정옥은 부리나케 달려가 복길네의 옆구리를 안아서 부축했다. 진땀을 얼마나 흘렸는지 복길네의 옷이 축축하게 젖어 있었다. 정옥이 부축을 해서 2호실로 들이는 내내 복길네는 끙끙거리며 신음을 토해냈다.

"그래, 이 몸을 해가지고 여태 계란배달을 했단 말예요?"

"그럼 어쩌. 먹고살아야 되는데."

정옥은 합판이 떨어져 너덜거리는 장롱에서 이불을 꺼내면서도 복길네의 미련스러움에 어이없어하였다.

"그러다 골병들어 죽으면 어쩌려고요."

정옥은 안타까워서 그만 화를 내듯 한소리 했다. 복길네는 대꾸할 기력조차 없는지 끙끙 앓는 소리를 내며 이부자리를 찾아 엉금엉금 기어가더니 이불 위에 폭 쓰러졌다.

"아니 그래, 이 몸으로 그 무거운 리어카는 어떻게 끌고 다녔대요?"

"그러잖아도 간신히 끌고 다녔어."

누워 가쁜 숨을 몰아쉬며 가르랑거리던 복길네가 움푹한 두 눈을 해반닥거리면서 말했다.

"나중에는 눈앞이 핑핑핑 돌면서 꼭 죽을 것만 같더라고. 그래서 중간에 포기하고 이렇게 온 거야."

말하는 사이에도 식은땀이 복길네의 콧잔등에 송골송골 맺혔다. 정옥은 수건으로 복길네의 얼굴을 닦아주었다. 정옥은 불룩한 복길네의 젖가슴이 바쁘게 벌떡거리는 모양을 지켜보며 한숨을 내쉬었다. 언뜻 며칠 전, 복길네가 한풀이를 하듯 술주정을 해대던 일이 떠올랐다.

자정이 지났는데 누군가가 덕배네 부엌문을 조용히 두드렸다. 회식을 하느라 늦을 테니 먼저 자라는 남편의 연락을 받고 막 잠을 자려고 이부자리를 깔던 정옥은 이 야심한 시간에 누굴까 싶어 부엌문을 열었는데, 그 주인공은 뜻밖에도 술에 취한 복길네였다. 밤이 깊긴 했지만 친하게 지내던 사이였고 또 복길네가 몹시도 괴로워하는 모습이라 방으로 들였다. 복길네는 평소와 달리 퍽이나 흐트러진 모습이었다. 어디서 술을 마신 거냐고 물었더니 복길네는 혼자서 스탠드바에 가서 춤도 추고 술도 마시다 포장마차에 들러 소주 한병을 비우고 오는 길이라고 하였다. 그러더니 묻지도 않은 자신의 고생담을 주저리주저리 늘어놓았다.

—내가 고생한 거는 아무도 몰라. 서방을 서방으로 여기고 살아본 적은 없어. 그저 나 혼자서 애새끼들 가르칠라고 쌔빠지게 굴러다녔어. 내가 지금 다니는 직장만도 세군데야. 새벽 맷바람에 나가서 하는 일이 계란배달인데 리어카에다 계란을 하나 가득 싣고서 오전 내내 끌고 나면 허리가 떨어져나가는 것 같아. 앞번에는 비탈길을 오르는데 아침이라고는 하지만 여름 햇살이 어디 좀 뜨거워? 그만 현기증이 일면서 눈앞이 노래지는데 맥이 탁 풀려버리지 뭐야. 그래가지고 리어카를 놓쳐버렸는데 이게 비탈길이라 리어카가 저 혼자 데굴데굴 굴러가서는 전봇대에 박치기를 했어. 덕분에 계란 몇판이 깨져가지고 그날은 헛일한 셈이 돼버렸지. 배달

이 끝나면 점심 한끼 후닥닥 먹어치우고 파출부 일을 하는데 그 일이 말도 못하게 힘들어. 파출부가 필요하다고 불러서 가보면 이건 설거짓거리며 빨랫감이 그냥 산더미 같아. 설거지야 집에서 하는 대로 하면 되지만 지랄 같은 년들이 그 산더미 같은 빨래를 옷이 금방 망가진다면서 세탁기로 못 빨게 해. 날마다 그 빨래를 해치우고 나면 팔다리 허리 안 쑤신 데가 없어. 늙기도 전에 내가 골병들어서 죽어도 죽겠지. 그러고 나서 저녁나절부터는 식당에 가서 주방일을 하는데…… 열한시에 집에 들어오면 눈앞이 핑핑 돌면서 아이고 하느님 소리가 저절로 나와……

아무리 튼튼한 제방도 물이 넘치면 터지고 제아무리 큰 산도 비가 심하면 산사태가 난다더니, 한스러운 세월을 가슴으로만 삭여온 복길네의 한풀이는 끝이 없었다. 그날밤, 웅얼웅얼 넋두리를 늘어놓던 복길네는 얘기를 끝마치기도 전에 잠들었는데, 얘기를 하다 말고 한동안 우울한 모습으로 앉아 있던 복길네가, 나 여기서 잘게, 하더니 그 자리에서 모로 쓰러져 코를 골았다. 잠든 복길네의 눈가에는 눈물이 반짝였다.

"아이구, 다 먹고살자고 하는 짓인데 이 미련을 떨 것은 뭐래요."

정옥은 생기 잃은 복길네의 얼굴을 내려다보며 애처로움에 그만 발끈 화가 나서 팩 내지르고 말았다.

"정옥아, 나 이불 좀 덮어줘. 추워……"

복길네는 땀을 흘려대면서 온몸을 사시나무 떨듯 떨어댔다. 두꺼운 솜이불을 꺼내 복길네의 몸 위로 막 덮어주는데, 얼핏 복길네의 다리 사이가 붉게 얼룩져 있는 것이 눈에 띄었다.

"언니, 달거리해요?"

"아니, 왜?"

"그럼 이거 뭐예요?"

정옥이 복길네의 옷 위로 스며나온 피를 손가락으로 찍어 보이며 눈을 곤추뜨고서 다그치듯 물었다. 정옥의 손가락 끝에 찍힌 붉은 피를 바라보던 복길네의 안색이 새파랗게 질렸다. 복길네는 기겁한 가운데서도 지푸라기를 잡는 마음으로 말했다.

"혹시 생리불순 아닐까? 요즘 내가 몹시 아팠잖아!"

"언니, 잠깐만 기다려요. 내 휑하니 약국에 좀 다녀올게요."

정옥은 사람의 일이란 게 언제 어떻게 될지 모른다는 생각에 벌떡 일어나 곧바로 승리이발소 아래쪽에 있는 삼거리약국으로 내달렸다.

정옥은 나이가 지긋이 들어 보이는 약사를 붙들고 복길네의 상태를 자세히 일러주었다. 약사는 한동안 고개를 갸웃거리면서 무언가 골똘히 생각하였다.

"아저씨, 그렇게 생각만 하지 말고 왜 그런 건지 빨리 말씀 좀 해주세요."

정옥은 공연히 겁에 질려 약사를 다그쳤다. 약사는 허둥대는 정옥을 진중한 눈으로 바라보았다.

"아주머니, 흥분하지 말고 내 얘기를 차근차근 들으세요. 우선 가능성은 두가지로 점쳐볼 수가 있습니다. 하나는 아주머니 얘기대로 생리불순일 수도 있는데 요즘 몹시도 아팠다니 그럴 가능성이 더 큽니다. 그런데 다른 경우는……"

"다른 경우는 뭐예요?"

정옥은 초조함을 이기지 못하고 말꼬리를 늘어뜨리는 약사를 볶아쳤다.

"그런 경우에는…… 자궁암일 가능성도 있습니다. 이건 제 생각입니다만 환자분을 서둘러 큰 병원으로 데리고 가는 게 좋겠습니다. 만에 하나 자궁암이라면 이미 병이 상당히 진척된 상태일 테니까요."

정옥은 희끈거림과 동시에 등허리가 선득해지면서 몸에 열이 올랐다. 정옥은 약국을 나와 집에 발을 들이는 대로 5호실 부엌문을 두들겼다. 점심을 먹고 낮잠을 자고 있었는지 은비네가 잠에서 덜 깬 눈으로 부엌문을 열었다.

"한참 달게 자는 사람을 깨우고, 도대체 무슨 일이야?"

"지금 속 편하게 그러고 있을 때가 아니야. 빨리 나와봐."

"무슨 일이길래 이리 호들갑이야?"

"복길네가 하혈을 했단 말이야. 그러니 빨리 좀 나와봐."

정옥이 재촉을 했고 은비네는 눈이 휘둥그레져가지고 뛰어나왔다. 오갈든 상태로 끙끙 앓던 복길네는 무거운 표정으로 들어서는 두 사람을 겁먹은 눈으로 쳐다보았다. 약국에 다녀온 결과를 묻는 복길네의 목소리는 가늘게 떨렸다.

"뭐래?"

정옥은 선뜻 대답을 못하고 뒤에 서 있던 은비네를 돌아보며 뜸을 들였다.

"뭐라고 그러더냐니까?"

언성을 높이는 복길네의 목소리가 날카로웠다. 정옥은 마지못해 입을 열었다.

"생리불순 같대요…… 그런데 혹시 모르니까 병원엘 가보래요."

"혹시 모르다니?"

"그건…… 다른 병 때문에 그럴 수도 있으니까……"

"다른 병? 다른 병이라니? 말을 돌리지 말고 바른 대로 말해봐."

"난 모르겠어요. 그냥 하혈을 하는 경우가 여러가지니까 병원에 가서 확실하게 검사를 받아보는 게 좋다고 그러더라구요."

정옥은 끌탕하는 마음이 얼굴에 드러나지 않도록 애써 태연한 척하며 말했다. 그러나 복길네는 한번 떠오른 불길한 생각을 지워버리지 못했다. 요즘 들어 몸이 아파도 지나치게 아팠다. 간혹 무리를 한 날엔 몸살이며 신경통 따위가 복길네를 들볶아댔다. 그러나 그만한 잔병치레는 눈 한번 질끈 감고 어금니를 악물면 대수롭잖게 넘어가곤 했다.

"공연히 병원비만 축내는 거 아닐까?"

복길네는 걷잡을 수 없이 밀려드는 불길함을 달래볼 요량으로 애써 좋은 쪽으로 말문을 열었으나 그사이에도 지독한 고통이 엄습해왔다.

"죽을 줄은 모르고 살 줄만 알긴, 지금 그깟 병원비 몇푼이 문제예요?"

"그래요, 어서 일어나 가보세요."

정옥이 복길네의 목덜미 밑으로 손을 들이밀어 막 그녀를 일으켜세우는데 복길네가 악 하고 비명을 질러댔다. 아랫배에 송곳을 쑤셔넣는 듯한 통증이 와락 일면서 썰물 빠지듯 기운이 쭈욱 빠져버렸다. 바라보고만 있던 은비네가 비틀거리는 복길네의 반대편 옆구리를 껴안았다.

된장을 푸러 나왔던 남원댁이 복길네를 떠메고 나오는 두 사람을 바라보며 질겁을 하였다.

"아이고, 이게 무슨 난리래. 생때같이 딴딴하던 사람이."

그러나 그들은 대꾸할 짬도 없이 대문을 빠져나갔다.

"할머니, 우리 초롱이 좀 봐주세요."

정옥은 바삐 골목을 타고 내려가는 와중에 대문 밖으로 따라나온 남원댁을 돌아보며 소리쳤다.

"걱정 말고 어여 가, 어여."

갈퀴 같은 손을 내저으며 골목을 빠져나가는 그들을 멀거니 바라보며 서 있던 남원댁은 다급하게 자기를 찾는 나지막한 목소리에 잰걸음을 놀려 황영감이 몸져누운 1호실로 들어갔다.

"할망구, 똥 마려워 죽겠어."

황영감은 남원댁이 방에 들어오자마자 잔뜩 낯을 찡그리고 다조졌다. 남원댁은 서두르는 기색 없이 그의 아랫도리를 까내린 뒤 물기 하나 없이 바짝 마른 몸을 일으켜세워 요강 위에 앉혔다. 황영감은 똥 한덩어리를 요강에 툭 빠뜨려놓았다. 그제야 힘겨워하면서도 만족스러운 빛이 낯에 서렸다.

"그나저나 큰일이구먼요. 당신 칠순이 코앞에 닥쳤으니……"

남원댁은 황영감이 드러누운 옆자리에 주저앉아 가볍게 한숨을 내쉬었다.

"또 그놈들 얘기 꺼내는가."

"그게 아니구……"

남원댁은 황영감의 노기 띤 목소리에 주눅이 들어 말을 하려다 말고 그대로 우물우물 삼켰다.

"걔들은 남이야. 쓸데없는 생각 말어."

"아무리 그려도 자식인데……"

"옛날 얘기야."

"딱하기두 하시구랴. 어디 혈육이란 게 칼로 무 똥가리 자르듯 잘라진답디여?"

"그만두래두. 난 그런 놈들 자식으로 둔 적 없어. 그러니 두번 다시 그 얘기는 입도 뻥끗하지 마."

황영감은 그르렁그르렁한 목소리로 불퉁거리다 말고 가빠오는 숨을 가다듬었다. 남원댁은 그런 황영감의 얼굴을 애처로운 눈길로 굽어보았다. 황영감은 외면하듯 눈을 내리감았다. 하기사 무리도 아니지, 남원댁은 눈길을 거두어들이며 속으로 중얼거렸다.

'자식도 자식 나름이지, 그토록 그악스럽게 나오는데 무슨 수로 당할까. 차라리 길바닥에 버려진 강아지를 자식으로 여기는 게 낫지. 에이, 짐승만도 못한 것들. 아무리 세상인심이 사납게 변하고 제멋대로라지만 그래도 인륜이 있고 천륜이 있거늘 어찌 부모를 이리도 박대할 수 있단 말인가.'

"자식이 다 무언가. 난 그저 할멈만 있으면 돼."

남원댁이 힘없이 고개를 가로젓는데 황영감이 가라앉은 목소리로 말했다.

"실없는 소리 마시구려."

"속아만 살았는가. 어째 사람 말을 못 믿는댜."

"나야말로 영감님 아니면 어디 의지할 데나 있겠소?"

"무슨 소리야. 할멈은 날 만나지 않았더라면 편히 살았을 것을."

"그런 말씀 마시구랴. 나야 자식도 없이 쓸쓸하게 살던 차에 가리늦게나마 영감님 만나 이만큼 정붙이고 살았으면 됐지라."

"똥오줌 수발 들다 세월 다 보냈는데 정은 무슨 놈의 정."

"그거야 자청해서 한 일이구먼이라. 덕분에 외로움일랑 다 잊고 살았지라."

"외로움이라……"

폴폴, 흙먼지라도 일듯 바싹 마른 황영감의 얼굴에 시나브로 흘러간 세월이 희붐하게 어렸다.

황영감과 남원댁이 만난 것은 사년 전이었다. 지금은 도로가 생기는 바람에 없어져버렸지만 그때만 해도 큰 사거리 못미처 개천이 흘렀고 갈대가 무성한 개천변 양쪽으로 덕지덕지 판잣집이 늘어서 있었다. 황영감은 예전부터 자식들에게 버림받은 몸이었지만, 다행히 이 집을 가지고 있었고 여기서 나오는 월세만으로도 먹고사는 걱정은 하지 않아도 됐다. 그러나 배를 곯지 않는 대신 뼛속까지 파고드는 외로움에 시달려야 했다. 그림자처럼 따라붙는 외로움의 그늘 밑에 옹송그리다보면 그가 쉰다섯 나던 해에 세상을 떠버린 아내가 그렇게 원망스러울 수 없었다. 그의 아내는 웃는 모습이 유독 예뻤다. 황영감의 생일 전날 장을 보러 간다고 나갔다가 교통사고만 당하지 않았더라도, 황영감은 그런대로 후회 없는 노후를 보냈을지 모른다. 기껏 대학까지 가르쳐 판사로, 공무원으로, 사장으로 만들어놓은 아들놈들은 결혼을 하는 족족 이런저런 핑계를 둘러대며 그를 내팽개쳐놓고는, 어떻게 사는지 들여다보지도 않았다. 명절날에도 찾아오기는커녕 달랑 전화를 걸어 일이 바빠서 못 온다는 핑계만 줄줄이 늘어놓았다. 어쩌다 찾아오더라도 제 아버지를 보러 오는 것이 아니라, 그저 한채 남은 집을 울궈먹으려는 것이었다. 아마 이 집이 황영감의 명의로 되어 있지 않았다면 그는 진작에 양로원으로 보내졌을 것이다.

황영감은 벗을 사귀기 위해 한동안 노인정에 드나들었으나 죽을 날만 손꼽아 기다리는 그놈의 분위기가 진저리나게 싫어 끊어버렸다. 그뒤 이리저리 궁리를 해보던 끝에 새마을 일을 다니기로 마음먹고 천변에 널린 쓰레기 줍는 일을 시작했다. 인연이 닿으려고 그랬는가, 거기서 그보다 다섯살 아래인 남원댁을 만났다.

—전쟁통에 홀몸이 됐어라. 아들놈이 하나 있긴 혔지만서도, 이년의 팔자가 원체 사나운 탓인지 오래전에 사고로 안 잃어뿌졌

소. 한때는 재혼을 할까도 생각혀봤지만 으째 내키지 않습디여. 그때부텀 여지꺼정 혼자 벌어묵으면서 살아왔는디, 죽을 날이 가까워뿟졌는가 어쩐가, 재혼을 할 걸 그랬나 싶기도 하더랑께요.

서로가 말벗을 할 정도로 가까워진 뒤에 남원댁이 털어놓은 얘기였다. 외로운 사람은 외로운 사람끼리 통한다고, 황영감은 늘그막에 서로 외로움이나 달래가며 살자고 남원댁을 설득했고 결국 남원댁이 이에 응했다. 그로부터 일년 동안 두 사람은 서로 정을 붙여가며 외롭지 않게 지냈으나, 어느날 사업을 한다는 막내아들이 찾아와 자금사정이 어렵다며 집을 팔자고 덤벼들면서 황영감이 덜컥 고혈압으로 쓰러졌다. 고혈압으로 쓰러진 일년 동안 그는 사지가 마비되고 의식조차 없었다. 남원댁의 극진한 보살핌 덕분이었는지 차츰차츰 의식은 돌아왔으나 몸은 석고상처럼 움직일 줄을 몰랐다.

"지금에 와서 생각해보면 후회스럽구먼."

황영감은 주름살이 가득한 얼굴에서 회상의 빛을 거두어들이며 갈댓잎에 서걱거리는 바람처럼 가만히 중얼거렸다.

"뭣이 말이시?"

"암만 생각해도 잘못했지 싶네."

"무슨 말씀이어라?"

"할멈하고 나 말이야, 그때 당시에 혼인신고를 해버리는 건데 그렸어."

"난 또 무슨 말씀이라구. 아, 시방 우덜 나이가 멫인데, 남사스럽게.”

“남사스럽긴.”

“서로 요로코롬 의지해가믄서 살면 되았지 더이상 바랄 거이 무에 있어라.”

“아녀. 암만해두 그게 자꾸만 목에 걸린 생선 가시처럼 마음에 걸려.”

“내사 암시랑도 않구먼요.”

“죽을 날이 멀지 않아서인지, 어째 벽장에 숨겨둔 꿀단지처럼 두고두고 신경이 쓰이는구면.”

“흉측한 말씸일랑 하덜 마씨요. 정 고로코롬 맴에 걸리면 후딱 병부텀 낫고 볼 일이어라. 그러고 나서 신고를 혀도 안 쓰겄능교?”

“일어나게 되면 내 꼭 그렇게……”

황영감은 말을 하다 말고 쿨럭쿨럭 밭은기침을 하였다.

“오늘 말씸을 너무 많이 혔어라. 그러니 그만 쪼께 쉬시구랴.”

남원댁이 물수건으로 황영감의 얼굴에 송골송골 맺힌 땀을 닦아준 뒤 요강을 들고 일어섰다. 그녀가 막 방문을 밀고 밖으로 나가는데 유리창을 통해 스며든 햇살이 가르랑거리는 황영감 위로 가만히 내려앉았다.

천장을 요란하게 울리며 쥐 한마리가 지나갔다. 장난이라도 치는 걸까, 몇마리의 쥐들이 그 뒤를 우르르 쫓아갔다. 잡생각에 시달리며 누워 있던 덕배는 몸을 돌려 머리맡을 홈착거렸다. 라이터불을 켜는데 깊이 잠든 아내 곁에서 초롱이가 꿈이라도 꾸는지 버둥거렸다. 덕배는 담배를 입에 물고 뙤창을 마주하도록 윗몸을 일으켜 벽에 기댔다. 잘 말려 부풀린 햇솜처럼 부드럽고 탐스러운 달빛이 어른 머리통 크기의 뙤창을 통해 스며들어와 그의 발치께서 살랑거렸다.

——이보게, 장반장. 고민할 게 뭐 있나. 임도 보고 뽕도 따고, 누이 좋고 매부 좋고……

덕배는 달빛에 실려 떠다니는 눈길을 거두어들이며 담배연기를 길게 토해냈다. 이리저리 뜯어낸 라디오 부품처럼 머릿속이 복잡했다.

'쓰벌 거, 그냥 확 먹어버려?'

덕배는 저도 모르게 중얼거렸다. 골이 지끈거리면서 은근히 부아가 치밀었다. 사실 따지고 보면 지난 사흘 동안 고민할 건덕지도 없는 일을 가지고 끙끙거렸는지도 모른다. 요모조모 뜯어보고 죽어라 주판을 튀겨봐도 손해 보는 장사는 아니었다. 손해는커녕 되레 이문이 남아도 단단히 남음이 불을 보듯 뻔했다. 그럼에도 음식을 먹다가 체했을 때처럼 속이 편치를 않다니 알다가도 모를 일이었다.

그날밤, 공장장과 덕배를 데리고 룸살롱으로 간 윤사장은 뜻밖의 말을 꺼냈다. 연마기를 한대 살 생각이 없느냐는 것이었다.

——연마기라뇨?

——사람 참, 답답하기는. 내 밑으로 하청을 들어오란 말일세.

─전 도무지 무슨 말씀이신지. 굳이 그럴 필요가 있습니까?

─그렇게도 말귀를 못 알아듣겠나? 지금 하청을 주는 공장 말일세. 일을 너무 못해. 정밀도가 떨어지는 것은 그렇다손 치더라도 이건 도무지 납품기한을 지켜줘야 말이지.

─그럼 다른 곳으로 하청을 돌리면 되잖습니까. 아니면 사세 확장을 하시던가요.

─다른 곳에다 하청을 주려고 해도 마땅한 데가 없어. 사세 확장도 그렇네. 말이 사세 확장이지 그게 어디 좀 큰 일인가. 그깟 연마기 한대 들여놓는 거야 어려운 일이 아니네만, 그렇게 된다면 사원을 늘려야 되는데 요즘같이 시끄러운 세상에 인력관리가 좀 어렵나.

─그렇다고 해도 언제까지 쥐 코딱지만 하게 운영할 수만은 없지 않습니까.

─물론이지. 하지만 내 이번 기회에 자네에게 무언가 해주고 싶어서 그래. 지난 사년 동안 죽도록 부려먹기만 했지 자네한테 뭐하나 변변하게 해준 게 없잖은가. 그동안 자네 일하는 것을 죽 지켜봤는데 묵묵하고 성실한 게 세상에 이런 사람이 없다 싶더라구.

─그거야 제가 사장님 밑에서 밥을 먹자면 당연한 일 아니겠습니까.

─겸손해하기는. 부담스러워할 것 없네. 그냥 눈 딱 감고서 공장 한 귀퉁이에다 연마기만 들여놓게. 공구도 살 필요 없고 그냥 우리 공장에 있는 것으로 쓰라구.

덕배는 자선사업가처럼 선심을 펑펑 써대는 윤사장 앞에서 좀처럼 통박을 굴릴 수 없었다. 윤사장의 제의가 워낙에 갑작스럽기도 했지만 그의 너그러운 미소 뒤에 감춰진 음모를 가늠할 수 없었기 때문이었다.

그러고 나서 술과 아가씨들이 들어왔는데 윤사장은 호탕하게 껄껄거리며 덕배의 잔에 술을 쳤다. 덕배는 꿍꿍이속이 있어도 단단히 있다는 생각에 술 취하지 않도록 바짝 잡아당긴 긴장의 끈을 늦추지 않았는데 윤사장과 공장장은 자꾸만 술을 권해왔다.

—그런데 장반장, 현민이란 놈에게서 이상한 낌새 느끼지 못했소?

술이 얼큰해졌을 때 공장장이 덕배 쪽으로 고개를 바싹 들이대고서 물었다.

—낌새라뇨?

—알고 계시는지 모르겠지만, 그놈 보통 놈이 아닙니다. 좌익 중에서도 마찌꼬바만 골라서 말아먹는 악질이더라구요. 왜 몇개월 전에 경찰서에서 마찌꼬바에서 일하는 사람들을 중심으로 일제히 조사해갔지 않았소. 그때 알게 됐는데 현민이란 놈, 인천에서 여러 공장 작살냈더라구요. 그게 알려지면서 더이상 활동할 수 없게 되니까 서울로 진출해서 남부노련에 가입해가지고, 그 단체에서 사람들을 선동하라는 명령을 받고 들어온 게 우리 공장이란 말씀입니다.

—설마요. 그런데 왜 그동안 모른 체했습니까?

―모른 체하긴요. 우린 놈이 성실하게 일도 잘하니까 그사이에 착실하게 맘을 잡은 줄 알았죠. 사장님께서도 과거 전과가 있긴 하지만 불미스러운 일이 없는 한 새 출발 하도록 도와주자는 생각이었고요. 그래 지켜만 보고 있었는데, 요즘 아무래도 공장 분위기가 어수선한 게 놈이 설치고 다니는 모양입디다. 왜 성실하게 일하는 척하면서 사람들을 쑤시고 다니는 게 빨갱이들 특기라고 하지 않습니까.

공장장의 얘기를 듣고 난 덕배는 뒤통수를 한대 얻어맞은 듯한 느낌이었다. 평소에 현민을 지켜보면서 녀석의 어조가 세다는 생각을 하긴 했지만 따지고 보면 구구절절 맞는 말이었다. 매사에 무슨 일을 맡기건 딱 부러지게 매듭을 짓는 일솜씨만큼이나 그의 말은 명쾌하고 정확했으며 그 지식의 폭도 여간 넓지 않았다. 그런 현민이 신문이나 텔레비전에서 접했던 좌익이라니, 덕배는 알 수 없는 묘한 배신감을 느꼈다. 그러나 술이 확 깼던 더 큰 이유는 비로소 윤사장의 속마음을 꿰뚫어보았기 때문이었다.

"아악, 잘못했어요."

깊은 생각에 잠겨 있던 덕배는 한밤의 정적을 깨뜨리는 여자의 요란한 비명소리에 화들짝 놀라며 귀를 곤두세웠다. 집 어디선가 사람을 때리는 둔탁한 소리가 들려왔다. 복길이네에서 부부싸움을 하는가 싶었으나, 복길네는 지금 자궁암으로 병원에 입원해 있는 터였다. 이 집에서 복길이네 말고 저토록 우악스럽게 부부싸움을 하는 사람은 없었는데, 덕배의 궁금증을 풀어주기라도 하듯이 어떤 사내의 우렁우렁한 고함소리가 밤의 고요함을 걷어냈다.

"이 쌍년아, 죽고 싶어 환장을 했냐, 응? 죽고 싶어 환장을 했냐구."

"악, 잘못했어요. 오빠, 용서해주세요."

낯선 사내의 목소리와는 달리 여자의 목소리는 낯이 익었다. 가만가만 들어보니 아무래도 술집에 나가는 아가씨 목소리였다. 덕배는 옷을 걸쳐 입고 밖으로 나갔다. 그가 마당에 발을 내놓는데 집 여기저기 불이 켜지면서 사람들이 얼굴을 내밀었다.

"아니, 이게 무슨 소리래?"

황동규가 눈을 비비며 마당으로 나왔고 뒤이어 정구며 보라네 할 것 없이 한집 사람들이 6호실 부엌문 앞으로 모여들었다. 그사이에도 북어를 두들겨대듯 내리패는 소리가 났고 비명소리도 그치지 않았다.

"씨팔년아, 아가리 닥치지 못해."

"다시는 안 그럴게요. 한번만 용서해주세요."

사람들은 영문도 모른 채 중간에 나서기가 멋쩍어 부엌문 앞에서 웅성거릴 뿐 선뜻 나서지 못했다. 서로 눈치만 보면서 어쩔 줄 몰라 하는데 정구가 그런 사람들을 헤치고 앞으로 나서더니 벌컥 부엌문을 열고 안으로 들어갔다.

"대체 이게 무슨 짓이오?"

"넌 뭐야?"

"옆방 사는 사람이오만, 무슨 일이길래……"

"새꺄, 옆방 살면 살았지 남의 일에 대추 놔라 감 놔라 웬 참견이야?"

사내가 정구의 말을 자르며 험상궂은 표정으로 고함을 질렀다. 사뭇 시비조였다. 정구가 뭐라고 막 대꾸를 하려는데 남원댁이 나섰다.

"이보시우, 젊은 양반. 뭣 땜시 그라는지는 모르겠지만 여자애를 그렇게 패서야 쓰겠소?"

"참견하지 말고 꺼지래두."

사내가 병을 내던졌다. 정구의 머리 위를 스치고 지나 벽에 부딪친 병이 요란한 소리를 내며 부서졌다. 부엌문 밖에 있던 사람들이 일제히 안으로 고개를 들이밀었다.

"아쭈, 떼거지로 덤벼보시겠다 이건가?"

사내는 그런 사람들을 향해 냉소를 지으며 가소롭다는 투로 비아냥거렸다.

"이 양반이 보자 보자 하니까……"

정구가 욱기를 누르지 못하고 맞받았는데 아가씨가 방문 밖으로 얼굴을 내밀며 침착한 목소리로 말했다.

"참견하지 마시고 돌아들 가세요."

사내는 아가씨 뒤에서 금방이라도 주먹을 날릴 듯 싸늘한 눈초리로 사람들을 노려보았다. 부엌문 밖에서 안을 들여다보던 덕배가 그런 사내의 얼굴을 바라보며 고개를 갸웃거렸다. 어디선가 낯이 익은 얼굴이었다. 덕배는 잠시 기억을 더듬어보다 앞으로 나서며 말했다.

"야, 너 칼치 맞지?"

살기등등하던 사내는 어리벙벙한 표정으로 자기를 부르는 덕배를 쳐다보았다. 덕배가 부엌 안으로 발을 들여놓자 사내가 말했다.

"형이 여긴 웬일이슈?"

"웬일이긴, 여기 산다. 그런데 너는 웬일이냐?"

"쪽팔리게 다 알면서 뭘 묻소. 이 계집년들 때문에 왔지 왜 왔겠소."

"자식아, 아무리 그래도 그렇지, 이 오밤중에 남의 집에 쳐들어와서 소란을 피울 건 또 뭐냐."

덕배는 말을 마치고 나서 한집 사람들을 물리쳤다. 정구는 덕배가 시키는 대로 마지못해 돌아서면서도 뒤를 힐끗거리며 아가씨를 쳐다보았다.

"여기서 이럴 게 아니라 밖으로 나가자."

덕배는 아가씨들이 자취하는 방에 발을 들여놓기가 멋쩍어 칼치를 데리고 승리이발소 골목에 있는 구멍가게로 갔다. 새벽까지 장사를 하는 구멍가게 앞 납작마루에는 두명의 사내가 앉아 술병을 기울이고 있었다. 덕배는 술을 사들고 납작마루 한쪽에 앉았다.

"너 본 지도 꽤 됐지, 아마. 한 육칠년 됐나?"

"모르긴 몰라도 그쯤 됐을 거요. 그래, 그동안 어떻게 지냈수?"

"그냥저냥 지냈지 뭐. 너는 어떻게 지냈냐?"

덕배는 말을 얼버무리며 술을 따랐다.

"얼마 전부터 지배인 자리 하나 맡았수."

"자식, 그사이에 많이 컸구나. 옛날에 내 밑에 있을 때만 해도 어리숙했는데."

"그야말로 옛날 얘기죠."

"인마, 그런 놈이 어린 여자애들은 왜 두들겨패고 지랄이냐, 지랄이?"

"이 썩을 년이 요즘 자꾸 슬슬 눈치나 보면서 궁둥이를 뒤로 빼잖수. 처먹지 말라는 밥을 배창시가 터져라 별스럽게 많이 처먹을 때부터 한번 손을 봐주어야겠다고 벼르고 있었는데, 이게 환장을 했는지 어제오늘 출근을 않더라구요. 씨벌, 좆만한 년이 나를 호구로 봤지."

"아무리 그래도 그렇지, 그러는 거 아니다."

"그 얘긴 관둡시다. 그래, 형은 이 바닥 떠서 먹고살 만합니까?"

"간신히 입에 풀칠만 하면서 산다. 공장생활이 다 그렇잖아."

덕배는 쓴웃음을 지어 보이며 술을 들이켰다.

"참 형두 답답하우. 이놈의 세상이 열심히 사는 사람 대우해주는 것도 아닌데 뭐 때문에 그 고생을 하슈. 지금이라도 늦지 않았수. 형이 복귀한다면 내 자리를 알아봐줄 수도 있수. 형 실력이라면 애들이나 가르치면서 판판이 놀고먹을 수 있을 게요. 그러다 돈 좀 만들어서 계집년들 서넛 데리고 술집을 내는 거죠, 뭐."

"고맙긴 하다만 난 됐다."

덕배는 진중하게 고개를 가로저었다.

칼치와 헤어지면서 덕배의 마음은 착잡했다. 골목을 내려가는 칼치의 뒷모습을 멀거니 보고 있자니 까마득히 잊고 있었던, 아니, 잊으려고 애썼던 지난날의 기억이 되살아났다. 다시금 떠올리고 싶지 않은 그 지긋지긋한 기억의 파편들. 아버지와 어머니, 형님과 누님 그리고 여동생······

'그래, 그 끔찍하기만 했던 지난날의 첫머리는 아버지로부터 시작되었지. 가난한 농군이었던 아버지가 어느날 갑자기 폐결핵으로 쓰러지면서 말이야. 어머니는 아버지의 병을 고치기 위해 무던 애를 쓰셨고, 개 코딱지만 한 논밭은 아버지의 약값으로 작살났지. 아버지의 약값과 넷이나 되는 자식들을 먹여 살리기 위해 짊어져야만 했던 어머니의 고생을 어떻게 다 표현할까. 내가 국민학교 4학년이 되던 이른 봄, 아버지는 끝내 눈을 감으셨고 어머니는 아버지의 시신을 붙잡고 오열하셨지. 아직도 선명하게 기억나. 서럽기만 했던 어머니의 울음과 따사롭기만 했던 그 봄의 푸진 햇살이 말이야. 그해, 농사지을 땅도 없었기에 어머니는 새벽 댓바람부터 함지에 생선을 한가득 이고 장사를 다니셨지. 우리들은 날이 저물도록 마을 어귀에서 어머니가 돌아오시기만을 기다렸어. 하루 종일 그 무거운 함지를 이고 돌아다닌 어머니의 발바닥은 갈라지고 터지면서 피멍이 들었고, 어머니는 밤마다 안티푸라민을 찍어 바르셨지. 장사가 안되는 여름철이나 겨울철이 되면 어머니는 봉제공장에 나가셨어. 그러나 그깟 벌이로 사남매를 무슨 수로 키울 수 있겠어. 어머니는 나를 외할아버지 댁에, 여동생을 부산에서 세탁소 하는

큰아버지 댁에 맡겨두고 형과 누나를 데리고 서울로 올라가셨지.'

─ 힘들더라도 꾹 참고 견디거라. 엄마가 꼭 데리러 올게.

'눈물을 감추며 입술을 감쳐물던 어머니의 목소리가 아직도 귀에 쟁쟁해. 어머니는 서울의 어느 떡집에 취직을 했고, 형은 방앗간에, 누나는 인천의 어느 개인병원의 주방에 심부름꾼으로 취직을 했지. 그렇게 생이별을 한 지 일년이 지난 어느날, 우리 식구는 서울의 조그만 월세방에 다시 모였어. 그러나 식구들이 모인 기쁨은 짧고 가난이 얽어맨 고통은 길기만 했지. 어머니는 떡행상을 다니고, 형은 중동으로 떠나고, 누나는 공장 기숙사로 들어갔으며, 나는 중학교에 입학했어. 중학교를 졸업하던 해인가, 나는 우연히, 정말 아주 우연히 친구들과 지하상가에 갔다가 함지를 머리에 이고 상가 이곳저곳을 기웃거리는 어머니를 보게 되었어. 나는 그길로 집으로 달려와 머리를 이불 속에 파묻고 울었어. 어머니는 살을 에는 눈보라가 휘몰아치는 새벽 한시를 넘겨서 돌아왔어. 내가 삐뚤어지기 시작한 때는 그 무렵부터야. 나는 친구들과 어울려 쌈질을 하며 돌아다녔고 술도 배웠지. 물론 담배도 그때 배웠어. 고등학교 2학년 때, 패싸움을 하다가 퇴학을 당했어. 재수 없게도 나한테 두들겨맞은 놈이 팔이 부러져버렸지 뭐야. 어머니는 나를 바로잡기 위해 날마다 눈물로써 호소했지만 한번 빗나간 나는 어머니의 호소를 외면했어. 난 아주 막 나갔어. 나는 세상이 미웠어. 증오했지. 술 먹고 어머니한테 행패도 부렸어. 동네에서는 아주 소문난 깡패였어. 소년원에도 들어가봤어. 스무살 나던 해, 나는 깡패조직에 들어갔어. 나는 더욱 멋대로 날뛰었어. 그냥 막 휘젓고 다녔지. 그러다 콩밥을 한 일년 먹었는데, 출소하고 나니까 주가가 제법 올라가 있더라구. 그러다 다시 콩밥을 먹게 되었는데, 그 와중에 어머니가 돌아가셨지. 어머니의 죽음, 그것은 더할 나위 없는 충격이고 슬픔이었어. 부스스 얽힌 수세미 같았던 파마머리와 갈퀴 같은 손마디…… 나는 한 일주일을 굶으며 울었어. 그리고 새 출발을 하기로 결심했지. 하지만 조직에서는 그런 나의 결심을 용납하지 않았어. 결국 나는 피떡이 되도록 폭행을 당했어. 하지만 내 결심은 흔들리지 않았고 머지않아 발을 뺄 수 있었어. 그리고 나서 조그만 선반 공장에 들어갔지. 전과 때문에 큰 공장에는 들어갈 수가 없었어. 공장생활은 무척이나 힘들었어. 얼마나 힘들었느냐면 한 이년 정도 버티고 나니까 새 출발 한 게 후회스러울 정도더라고. 아내를 만난 게 그때야. 아마도 그때 아내를 만나지 못했더라면 나는 과거로 되돌아갔을지도 몰라.'

그런데 도대체 무엇 때문에 지금 이 순간에 지난날의 기억이 이토록 선명하게 되살아나는 걸까. 덕배는 하늘을 올려다보았다. 총명한 보름달이 옅은 띠구름에 얼굴이 가려져 있었다. 그 아래로 초라하고 볼품없이 늘어선 판잣집들이 어둠속에 모습을 감추고 있었다.

─ 장반장에게는 더할 나위 없이 좋은 기회 아닌가.

윤사장이 말했다.

'그래, 더할 바 없이 좋은 기회다. 그동안 은근히 이런 날이 오기를 기다려왔다. 현민이 걸림돌로 남아 있긴 하지만 무시하면 된다. 이 가난의 늪에서 벗어날 수만 있다면, 막연한 꿈으로 여겨왔던 일이 현실로 나타날 수만 있다면, 현민이 어찌 되건 상관할 바 아니지 않은가. 당장 내 코가 석자인데 남이 무슨 대수란 말인가. 양심은 무어고, 의리며 인정 따위는 또 무어란 말인가. 어차피 이놈의 사회는 남을 짓밟고 속여야만 살아남을 수 있고 그런 것 따위는 허섭스레기에 지나지 않을 것이다.'

덕배는 개를 사육하는 오씨네 집 앞에서 방향을 틀며 속으로 중얼거렸다.

윤사장의 속셈이 딴 곳에 있음을 덕배가 모르는 바도 아니다. 윤사장이 덕배에게 연마기를 사가지고 들어오란 이유는 사세 확장을 할 생각이 없기 때문이다. 원래 윤사장은 현장 출신이었다. 그랬던 그가 무슨 재주를 부렸는지 돈깨나 있는 집 딸을 꼬드겨 결혼을 하게 됐는데, 이것이 그의 삶을 완전히 돌려놓았다. 그는 처갓집의 도움으로 공장을 차렸고 졸지에 사장이 되었다. 고생한 놈이 하면 더하다고, 윤사장은 늦게까지 현장에서 죽도록 일하는 것은 물론이고 노동자들에게 여간만 그악스럽게 굴지 않았다. 그랬던 윤사장이 변하기 시작한 것은 그의 아내가 땅 투기로 재미를 보면서부터였다. 공장을 운영해 벌어들이는 돈보다 아내가 땅 투기를 해서 벌어들이는 돈이 몇배나 많았다. 그뒤로 윤사장은 공장을 운영하기보다는 슬슬 땅이나 아파트 쪽으로 관심을 쏟는 듯한 눈치였고, 걸핏하면 '이깟 공장, 문 닫아도 그만'이라는 소리를 입에 달고 다녔다. 그러니 사세 확장 따위는 아예 생각도 하지 않았다.

또다른 속셈으로는 좋게 말해 원가절감이었다. 자린고비 같은 그는 자기가 쓰고 다니는 돈은 아까워하지 않으나 그렇지 않은 돈에 대해서는 여간만 인색하지 않았다. 그러니 따로 들춰볼 것도 없이 덕배에게 직접 하청을 주게 되면 하청단가를 낮게 매길 수 있는 동시에 인심 썼다는 소리까지 덤으로 얻을 수 있게 된다. 거기에다가 다른 노동자들에게는 너희들도 열심히 일하다보면 언제고 이런 기회가 온다는 기대감까지 심어줄 수 있으니 윤사장 자신에게는 그야말로 꿩 먹고 알 먹는 격이다.

공장에서는 암암리에 윤사장은 허세고 그의 아내가 실세라는 소문이 돌았는데, 이를 증명이라도 하듯 처갓집 식구들이 공장의 관리직을 거의 독차지하고 있었다. 아마 모르긴 몰라도 이번에 덕배가 연마기를 사서 독립하게 되면 상진이란 놈이 반장으로 승진하게 될 것이다.

그러나 윤사장이 인심을 쓰는 가장 큰 이유는 현민을 쫓아내고 이를 이용해 보너스 문제로 거세게 반발할 노동자들을 억누르기 위해서임이 분명하다. 공장장의 말로는 현민의 과거를 모른 척해온 이유가 그의 새 출발을 돕기 위한 것이라지만, 덕배가 짐작하기로는 윤사장이 이런 일에 이용하기 위해 깔아둔 포석에 지나지 않았다. 덕배가 사년 동안 지켜본 바에 의하면 윤사장의 머리 회전은 여간만 빠르고 날카로운 것이 아니었다. 더욱이 자신의 이익에 관한 일에서만큼은 더없이 사악하고 간사하며 한치의 양보도 하지 않고 인정도 두지 않았다.

윤사장은 내일쯤 현민을 해고할 것이다. 휴가가 사흘 앞으로 다가왔으니 내일이 가장 좋은 시기이다. 어떤 방법으로 현민을 해고할지 덕배로서는 알 도리가 없지만 짐작건대 자신이 모든 악역을 떠맡게 되리라. 만약에 악역 맡기를 거절한다면 머지않아 그 역시 해고를 당하게 될 것이다.

악역이라. 문득 비웃는 듯한 칼치의 눈초리가 떠오르고 겉늙어 보이는 아내의 얼굴과 하루가 다르게 무럭무럭 자라는 초롱이의 모습이 연달아서 떠올랐다.

'될 대로 되라지.'

덕배는 남의 얘기를 하듯 무심히 주절거리며 대문을 밀었다. 마당을 감싸고 있는 희끄무레한 어둠속에서 화단 옆 널마루에 앉아 있는 정구의 모습이 보였다. 덕배가 부엌문을 닫고 나자 바람에 실려온 고요함이 마당을 포근히 감싸안았다.

정구는 덕배가 여닫이문을 덜컹거리며 4호실로 들어가는 모습을 지켜보며 가볍게 한숨을 내쉬었다. 그의 발아래로 네댓개의 담배꽁초가 버려져 있었다. 그는 한개비 남은 담배를 마저 입에 물며 담뱃갑을 와락 구겨서 바닥에 버렸다. 허공에 담배연기를 흩날리다 하늘을 보니 보름달이 대나무 깃대에 걸려 있었다. 띠구름을 타고 아스라이 흘러가는 달을 가만히 보노라니 늙으신 어머니의 얼굴이 달 위로 겹쳐졌다.

'색시를 구해오겠다면서 고향을 떠난 지도 어느덧 두해. 고향집 울타리 옆에 서 있는 감나무 위에도 달이 떴겠지. 어머니는 저 달을 보며 객지로 나간 자식이 하루빨리 색시를 데리고 돌아오길 두 손 모아 빌리라.'

정구는 고개를 떨구었다. 그는 필터까지 타들어간 담배꽁초를 땅바닥에 버리며 6호실을 바라보았다. 불이 켜져 있었다. 공연히 가슴이 가닐거렸다. 정구는 그 자리에 얼어붙은 듯 서서 한동안 6호실에 눈길을 주었다.

일년 전, 6호실 아가씨가 이 집에 이사 왔을 때부터 남다른 감정을 지녀왔다고는 해도 처음에는 참하게 생겼다는 정도의 인상만 받았을 뿐이었다. 그 정도의 감정은 색싯감을 구하러 고향을 떠나온 그로서는 당연히 품을 수 있는 것이었다. 차차 시간이 지나면서 술집에 나가는 아가씨라는 사실을 알게 됐을 때, 왠지 모르게 고깝기도 했지만 그보다는 연민의 정이 앞섰다. 그러나 먹고살기 위해 술을 팔고 웃음을 팔고 몸을 판다는 이유 하나만으로 그는 가슴속에 싹튼 연정의 싹을 덮어버렸다.

어서 색시를 구해서 고향으로 돌아가야 한다는 조급증이 하루가 다르게 커져갔지만 그는 좀처럼 여자를 만날 수가 없었다. 아가씨들이 많은 전자공장에도 들어가보았으나 어떻게 된 여자들이 같은 직장에 있는 남자들은 안중에도 두지 않았다. 직장을 옮겨보아도 마찬가지였다. 서로 아픈 곳이 같고 가려운 곳이 같은데도 서로 닮은꼴이라는 사실 그 자체를 여자들은 싫어했다.

정구는 요즘 들어 서서히 귀향을 포기하기 시작했다. 색싯감도 색싯감이지만, 막상 고향에 내려가서 다시 농사짓고 살 일이 암담했던 것이다.

"제미랄 거, 산다는 게 뭔지……"

정구는 카악 가래침을 뱉고 나서 오줌이나 갈기고 잠이나 자자는 생각으로 화장실 문을 열었다. 그가 막 바지춤을 까 내리는데 대문 열리는 소리가 났다. 블록벽 중간의 숭숭 뚫린 구멍에 눈을 대고 살펴보니 현주 삼촌이었다. 술에 취했는지 발걸음이 갈지자로 휘청휘청했다. 정구는 오줌을 누며 고개를 갸웃거렸다. 집에 무슨 일이 있는지 현주 삼촌은 요 근래 들어 매일같이 술타령이었다.

"현주야, 문 열어."

연풍이 잔뜩 혀 꼬부라진 소리로 고함치며 부엌문을 두들겼다.

'저 양반, 꼭지가 돌아도 단단히 돌았구만.'

정구는 부엌문이 열리는 소리를 들으며 혼잣말을 중얼거렸다. 그는 까 내린 바지를 올린 뒤 화장실을 나서려다 말고 무춤하였다.

"술 좀 작작 마시고 다녀. 이러다 당신 몸 상하면 어쩌려구."

당신이라니, 정구는 자신의 귀를 의심했다. 워낙에 나직하여 잘못 들었나 싶었지만 현주네의 목소리가 틀림없었다. 정구는 현주네의 부엌문이 닫히기를 기다렸다가 화장실에서 나왔다. 아무래도 엿들은 말이 믿기질 않았고 잘못 들었나 싶었다. 그러면서도 별의별 상상이 다 떠올랐다. 이런 추측 저런 추측을 하던 정구는 설레설레 고개를 저으며 크게 기지개를 켜고 나서 7호실로 발걸음을 옮겼다.

3

소나기가 한차례 씻고 지나간 거리는 깨끗했다. 시커먼 두루마기 구름이 물러간 하늘은 잘 닦아놓은 옥처럼 맑았고 차도를 따라한줄로 늘어선 가로수의 잎사귀는 막 목욕을 끝낸 갓난아기의 살결처럼 윤이 났다. 늘 매캐하게 도시 전체를 감싸고 돌던 매연이 빗물에 씻겨갔는지 뺨에 와닿는 바람도 끈적거리지 않았고, 살랑거리는 바람의 내음도 싱그럽기만 했다. 뚝뚝 떼어낸 수제비 모양으로 하늘을 떠다니는 조각구름은 방앗간에서 갓 빻아온 밀가루로 반죽한 것처럼 곱기만 했다. 일요일이라 그럴까, 눈길에 닿는 풍경하나하나가 여유있게 다가왔다.

서울대 부속병원 앞 대로에서 신호등의 색이 바뀌자 무더기로몰려 있던 사람들이 잰걸음으로 횡단보도를 건넜다. 어디로 가는지 모두들 무엇에 쫓기는 사람처럼 서두르는 기색이었다. 그중 한무더기의 사람들이 병원 정문을 지나 휴게실로 들어갔다.

"뭐가 이렇게 비싼지 원."

정옥이 오렌지주스를 내려놓으며 말했다.

"요즘 물가가 다 그래."

현주네가 한숨 쉬며 읊조리듯 말하자 정옥이 고개를 내두르며 한마디 덧보탰다.

"당최 돈 쓸 게 없다니까요. 정치하는 사람들은 뭣들 하는 건지 몰라."

"문병 와서까지 돈타령이우?"

뒷전에 서 있던 은비네가 누구에게랄 것 없이 입빠르게 지껄여 댔다.

"사실이 그렇잖아. 그건 그렇고, 뭘 사간다지?"

"밥을 못 넘긴다던데 잣죽을 사갈까요?"

"꽤 비쌀 텐데 그냥 주스나 사갑시다."

"아이구, 좀전엔 문병 와서 돈타령한다구 타박 놓더니."

"언니두 참, 한번 해본 소리를 가지고 트집이우, 트집이."

은비네가 현주네를 향해 실눈을 흘기며 얼렁거렸다. 현주네는 그런 은비네를 못마땅하다는 듯 힐끗 흘겨본 뒤 주인에게 가격을 물었다.

"만원인데요."

"만원요? 징그럽게도 비싸네. 언니, 딴 걸로 사죠. 문병을 온 성의가 있는데 설마하니 복길네가 이깟 거 가지고 눈총을 주려고요."

"되지도 않은 엄살은. 아, 백만원짜리 오디오도 척척 들여놓는 사람이 만원 가지고 죽는 소리야 그래."

정옥은 은비네가 하는 말이 얄미워 얼마 전에 오디오 사들인 일을 빗대어 빈죽거렸다. 입은 삐뚤어졌어도 말은 바로 하고 마당이 삐뚤어졌어도 장구는 바로 치랬다고, 정옥은 무어라고 딱 꼬집어서 얘기할 수는 없었지만 요즘 들어 해주는 것도 없이 은비네가 못마땅했다. 특별한 이유 없이 은비네가 미웠다. 은비네만 보고 있으면 공연히 짜증이 나고 못 볼 꼴을 보기라도 한 것처럼 마음이 언짢았다. 처음에는 내가 왜 이럴까 하고 자신을 타일러도 보았으나 은비네가 하는 행동을 하나하나 가만가만 곱씹어보면 볼수록 눈부터 흘겨지는 자신을 어쩌지 못했다.

언제부터인가 은비네의 말 하나, 웃음 하나, 손짓 하나에서부터 괴리감이 느껴졌다. 그렇다고 은비네가 오디오를 들여놨다고 해서 질투하는 것은 분명 아니었다. 자기 돈 가지고 사고 싶은 것을 사는데 탓할 생각은 전혀 없었다. 이왕이면 다홍치마라고, 음악 좋아하는 사람이라면 능력이 되는 선에서 좋은 기계를 장만하고 싶은 마음이 누군들 없겠는가.

은비네의 돈 씀씀이가 커진 것을 탓잡을 생각도 없다. 황동규가 공장을 차린 뒤로 얼마를 벌어들이는지는 알 도리가 없지만, 벌이가 커지면 그것에 따라서 씀씀이도 커지는 게 사람 사는 이치가 아니겠는가. 정작 정옥이 못마땅해하는 것은 은비네의 돈 씀씀이가 아니고 마음 씀씀이였다. 남편이 공장을 차린 그날부터 은비네는 알게 모르게 돈 알기를 우습게 알면서 은근히 자기는 다른 부류의 사람인 것처럼 행동하곤 했다. 그렇게 돈을 써대면서도 남에게는 일원 한푼 선심 쓸 줄을 몰랐다. 어디 그뿐인가, 어제 전기세 얘기할 때만 해도 못마땅했다. 집의 여자들이 저녁 준비로 세면가에 다 모인 자리에서 대뜸 한다는 소리가 가관이었다.

—오디오 살 때 전기를 얼마 안 잡아먹는다고 그러더니 그게 아닌가봐. 생각보다 전기세가 더 나온 거 있지.

하물며 신문에 실린 자동차 광고를 보다가도 짓까불었다.

—몇년만 지나면 차 없는 사람은 어디 가서 명함도 못 내밀 거야.

금방이라도 자동차를 살 사람처럼 행세를 하니 이건 눈꼴이 시어도 여간만 시지 않았다.

"아, 뭐 해. 빨리 사지 않고."

휴게실 밖에 서 있는 덕배가 안에 대고 소리치는 바람에 정옥은 퍼뜩 정신을 차렸다.

"돈 벌긴 어려워도 쓰기는 쉽고 사람 만들긴 어려워도 버리긴 쉽다더니, 그게 저이를 두고서 나온 말인가봐요."

정옥은 일행에 뒤처져 걸으면서 덕배의 귀에 대고 소곤거렸다.

"무슨 소리야?"

"그냥 그런 게 있어요."

"질투하는 거야?"

"질투요? 천만에요. 그런 건 하나도 부럽잖아요."

"뭘, 이왕 사는 거 빌빌거리는 것보담 떵떵거리는 게 낫지. 어디, 당신도 그렇게 만들어줄까?"

"지금 그 말 한마디 했다고 비꼬는 거예요?"

덕배는 눈총을 주는 아내를 향해 어깨를 으쓱해 보였다. 그런 덕배의 얼굴에 알 듯 모를 듯 그늘이 잠시 비꼈다.

'녀석은 지금쯤 어떻게 지내고 있을까.'

덕배는 혼잣소리로 웅얼거렸다. 그러고 보니 현민이 공장에서 쫓겨난 지도 어느덧 한달이 가까워오고 있다.

현민은 형사들에 의해 양쪽 팔이 뒤로 꺾인 채로 잡혀갔고 사람들은 침묵했다. 현민이 잡혀가기 사흘 전, 덕배는 현민을 술자리로 불러냈다.

―조용히 떠나라. 그러면 없던 일이 될 거다. 하지만 네가 굳이 말썽을 피우려 든다면 그 즉시로 철창 신세를 지게 된다. 농담이 아니다.

―형님, 형님이 내게 이럴 수 있소? 내 다른 사람이라면 이해를 하겠지만 형님이 이런다는 건 도무지……

―긴말할 거 없다. 너는 그림자처럼 조용히 떠나기만 하면 돼.

덕배는 괴로웠다. 그는 밤마다 모골이 송연해지는 악몽에 쫓겼고, 가위에 눌려 허우적거리다 놀라서 깨어나기가 일쑤였다. 악몽에 시달리다 깨어난 아침이면 온몸이 식은땀으로 흠뻑 젖어 있었다. 헐떡거리며 꿈에서 깨어나면 밤새도록 자신을 괴롭히던 악몽은 창호지에 떨어뜨린 먹물처럼 선명하게 남아 목덜미를 뻐근하게 하였다.

―장반장, 자네도 이제 그만 기반을 잡아야지.

윤사장은 이렇게 말했었다. 덕배는 자신이 떠맡은 일이 얼마나 부끄러운 것인가를 누구보다도 잘 알고 있었다. 하지만 살아남기 위해서는 어쩔 수 없었다. 초롱이는 하루가 다르게 커갔고, 아내는 나이보다 늙어 보였다. 기회란 놈은 첫사랑과 같아서 한번 놓치면 영영 다시는 찾아오는 법이 없다. 그리고 제 발로 찾아온 기회를 움켜쥐기 위해서는 희생이 뒤따를 수밖에 없고, 그것이 이 세상을 둘러싸고 있는 철칙 중 하나이다. 덕배는 처음부터 윤사장의 유혹을 뿌리칠 수 없다는 것을 알았다. 약육강식의 세상에서는 강한 놈만이 살아남을 수 있고, 비정한 세상에서는 비정한 놈만이 살아남을 수 있는 법, 그렇지 못한 놈은 도태되어서 평생 시궁창 같은 밑바닥 삶에서 헤어날 수 없다.

덕배는 그렇게 자위하면서도 무수히 많은 밤들을 하얗게 지새웠다. 하지만 현민의 눈빛을 잊을 수가 없었다. 괴로움을 잊기 위해 술을 마시면 마실수록 그 눈빛은 더욱더 선명하게 되살아났다.

현민은 덕배의 충고를 무시하고 그 이튿날 태연한 모습으로 출근하였다. 현민의 태연자약한 모습을 보고 덕배가 느낀 것은 당혹감이었다. 이반장과 상진이가 부랴부랴 공장으로 들어서는 현민을 가로막았다. 현민은 들어가고자 했고 이반장과 상진이는 그를 밀어냈다. 영문을 모르는 현장 사람들은 눈치를 보며 사태를 관망하였다. 공장장이 기계 앞에 서서 멍청하게 구경만 하고 있는 덕배의 옆구리를 찌르며 한쪽 눈을 찡긋해 보였다. 덕배는 망설였다. 현민을 설득해보라는 것 이외의 주문은 받은 적이 없지만 덕배는 공장장이 무엇을 요구하는지 날쌔게 알아챘다. 눈칫밥이라면 이골이 나도록 먹어온 터였다. 그의 삼십여년의 삶이 눈칫밥 그 자체라고 해도 과언이 아니었다. 덕배는 고개를 돌려 사무실을 올려다보았다. 현장을 한눈에 내려다볼 수 있는 대형 유리창 안쪽에서 윤사장이 팔짱을 끼고 이쪽을 내려다보고 있었다. 덕배는 망설였지만 그와 동시에 자신에게 선택의 여지가 없다는 것을 깨달았다. 자신은 이미 윤사장이 던진 미끼를 물었을 뿐만 아니라 스스로도 타인에 대한 마음의 문을 닫아버렸다. 아니, 닫힌 마음의 문에 빗장까지 내걸지 않았던가. 구경만 하고 있던 노동자들이 현민을 떠밀어내고 있는 이반장에게로 몰려들었다.

─무슨 일로다 그 사람을 못 들어오게 하는 거요?

─이 자식은 어제 해고됐어.

─사정이나 압시다.

덕배는 꼭꼭 닫힌 마음의 문에 빗장을 두번 세번 걸질렀다. 고통스럽게 살아온 세월의 크기만큼 고통에서 벗어나고픈 욕망은 컸다. 단 한번의 기회가 찾아온 이 시점에서 흔들리면 안된다고 그는 생각했다. 그는 앞으로 나섰다.

─야, 현민이 너 이 자식. 어제 그만큼 알아듣도록 얘기했으면 꺼져야지, 무슨 똥배짱으로다 다시 나타난 거야. 뻔뻔스러운 자식 같으니라구.

─아니, 장반장, 대체 무슨 일입니까?

─저 새끼가 그동안 우리를 감쪽같이 속이고 있었어. 저 새끼 저거 인천에서 빨갱이짓 하다가 쫓겨난 놈이라구. 저 새끼 때문에 인천에서 문을 닫은 공장이 수두룩해.

─이 친구야, 자네가 전과자라는 사실을 알면서도 그동안 모르

는 체하면서 보살펴주신 사장님께 감사할 줄은 모르고, 그래 그게 무슨 짓인가. 그래도 사장님께서 그동안의 정리를 생각해서 경찰에 넘기지 않고 덮어주기로 하셨으니까 더이상 말썽 부리지 말게.

공장장이 중간에 나서서 현민을 향해 침착하게 그러나 무게를 잃지 않고 일장 훈시를 하였다. 그러나 현민은 꿈쩍도 하지 않았다. 되레 그는 물러서기는커녕 반박을 하고 나왔다.

―뭐라고요? 감사를 하라고요? 좋아요, 내가 전과자라는 사실은 그렇다고 칩시다. 그런데 그게 뭐 어쨌다는 겁니까. 내가 농땡이를 치기를 했수, 아니면 사기를 치기를 했수. 그렇다고 도적질이나 화적질을 하기라도 했습니까? 말이 나왔으니 어디 한번 옳고 그름을 따져봅시다. 공장장님은 내가 강도 전과라도 있는 양으로 전과 운운했는데, 좋시다. 내 가진 거 없고 배운 거 없어 인천 공단에 취직했시다. 그래가지고 죽도록 열심히 일했고 그동안에 입 다물고 귀 막고 나 죽었소 하고 살았소이다. 그런데 아무리 열심히 일해도 사장새끼가 월급을 올려주기를 하나, 그렇다고 준다고 철석같이 약속했던 보너스를 제때 주기를 하나, 숨 돌릴 짬을 주기나 하나, 그저 부려먹지 못하고 뼛골을 빼먹지 못해 안달하기만 하니, 내가 바보 등신도 아니고 머저리는 더더욱 아니니 어디 가만히 있을 수 있었겠소? 그래, 일한 만큼 내놔라, 약속한 것은 지켜라, 우리를 짐승 부리듯 하지 말라고 따졌소. 그 일로 빵깐 좀 다녀왔시다. 그래, 사람으로 태어나서 사람대접을 받고자 한 것이 죄란 말입니까. 설사 그게 죄라면 우리 사장은 나와는 비교도 되지 않는 파렴치한 죄

로 똘똘 뭉쳐진 사람이 아니고 무엇이란 말입니까. 저는 우리들이 일한 것을 가지고 계집 옆에 끼고서 부어라 마셔라 수십만원짜리 술을 허구한 날 퍼먹고 다니면서 제 하루 술값도 안되는 노동자들 돈을 떼먹으려고 하지는 않았소. 아마 이곳에 모인 사람들은 다들 나와 같은 심정일 겝니다. 그렇지 않습니까, 여러……

덕배는 물 흐르듯 막힘없이 자기의 주의주장을 펴는 현민의 얼굴을 주먹으로 내갈겼다. 자신도 모르게 저지른 행동이었다. 덕배는 자신의 행동을 이해할 수가 없었다. 주먹세계를 떠나온 이후로 단 한차례도 입에 올리지 않았던 거친 말투가 제멋대로 튀어나온 것은 그렇다 치더라도 주먹까지 휘두를 필요는 없었다. 덕배는 자신이 무엇인가에 쫓기고 있다는 생각을 떨칠 수가 없었다. 그것은 두려움인지도 몰랐다. 그것은 인간으로서 지키고 살아야만 되는, 아니, 그가 옳다고 여겨왔고 생활이 아무리 어려워도 지키고자 애써왔던 것을 버려야만 된다는 두려움이 불러일으킨 행동인지도 몰랐다. 땅바닥에 쓰러진 현민은 덕배를 노려보았다. 그 눈을 맞대하던 덕배는 무춤하며 엉거주춤 뒤로 물러섰다. 덕배를 가만히 쏘아보는 현민의 눈빛은 원망하는 눈빛도 아니요, 미워하는 눈빛은 더더구나 아니었다. 현민의 눈빛 속에 의외라는 놀라움이 없는 것은 아니었지만, 무엇보다 덕배를 무기력하게 만든 것은 현민의 눈에 어려 있는 슬픔이었다. 현민의 눈에는 애잔한 슬픔이 어려 있었고 그것은 바로 덕배를 향하고 있었다. 덕배는 그 눈빛을 잊을 수가 없었다. 현민의 눈은 증오의 불꽃이 활활 타오르지는 않더라도 최소한 원망스러운 빛 정도는 띠었어야 했다. 정말 그랬어야 했다. 그랬더라면 덕배는 지금에 비해 한결 덜 고통스러웠을 것이다. 그러나 공장 정문을 막아선 윤사장의 친인척 틈바구니에 군것지게 있는 덕배를 바라보는 현민의 눈빛은 그렇지 않았다. 원망이 담겨 있어야 할 현민의 눈에는 슬픔이 서려 있었다. 애처로움이 있었고 안타까움이 있었으며 연민이 있었다. 덕배는 그런 눈을 태어나서 처음 보았다. 아니, 딱 한번 있었다. 고등학교에서 퇴학당하던 날 자신을 바라보던 어머니의 눈빛이 그러했다.

윤사장의 계략은 정확히 맞아떨어졌다. 노동자들은 잡혀가는 현민의 뒷모습을 멀거니 바라만 보았다. 노동자들은 잡혀가는 동료 뒤에서 침묵했다. 그리고 동력 스위치가 올려졌고 웅웅거리며 기계가 돌아가기 시작했다. 하지만 물러간 줄로만 알았던 현민은 그 이튿날 아침에 다시금 모습을 드러냈다. 현민은 앞을 가로막는 이반장과 상진을 밀쳐내며 부당해고 철회하라고, 노동자는 기계가 아니며 이 사회를 건설한 주인이라고 목청이 터져라 외쳐댔다. 덕배는 또다시 어제처럼 나서야 하는지 말아야 하는지 망설였다. 그러나 그럴 필요가 없어져버렸다. 무전기를 손에 든 형사 두명이 나타난 것이다. 그들은 현민의 팔을 뒤로 꺾었고 현민이 비명을 지르기도 전에 차에 태워서 사라져버렸다. 순식간의 일이었고 좀처럼 믿어지지 않는 일이었다.

윤사장은 노동자들에게 오만원의 보너스를 지급했다. 공장장과 이반장과 상진이 얼마를 받았는지 알 수 없지만 덕배는 십만원을 받았다. 그리고 상진은 며칠 뒤에 반장으로 승진이 되었다. 덕배에게는 연마기를 들여오는 일만 남아 있었다. 연마기만 들여오면 그 즉시로 사장이 되는 것이다.

덕배는 사흘간의 휴가를 가족들과 함께 강릉에서 보냈다. 아내는 즐거워했지만 덕배는 가시방석에 앉은 것처럼 편치가 못했다. 그는 피곤하다는 핑계를 대고 하루 종일 텐트 속에서 잠만 잤다. 아내는 그런 남편이 못마땅해 투덜댔지만 덕배는 아랑곳하지 않았다.

"무슨 생각을 그렇게 해요?"

병원 건물로 들어서며 정옥이 물었다.

"아…… 아무것도 아냐."

덕배는 당황해하며 말꼬리를 말았다. 병원 대합실은 진찰을 받으러 온 사람들과 문병 온 사람들로 북새통을 이루고 있었다. 일행은 대합실을 지나 승강기를 타고서 중환자실로 향했다. 중환자실이 양쪽으로 늘어선 복도는 이상하리만치 괴괴했다. 복도 전체를 감싸고 있는 죽음의 냄새 때문일까, 일행이 발걸음을 내디딜 때마다 또각또각 복도 가득히 울리는 발소리에 까닭 없이 등줄기가 서늘해졌다.

"아아아아악!"

일행이 막 복길네가 입원해 있는 병실 문을 열려고 하는 찰나, 날카로운 비명소리가 터져나오면서 문이 벌컥 열렸고, 그 안에서 복길이 아버지가 다급히 뛰쳐나왔다.

"간호사! 간호사!"

복길이 아버지는 한쪽으로 비켜선 일행이 보이지 않는 듯 무턱대고 간호사를 불러대면서 복도 저쪽으로 달려갔다. 그사이에 병실 안쪽에서 못으로 철판을 긁어대는 듯한 날카로운 금속성의 비명소리가 쉴 사이 없이 터져나왔다. 일행은 종종걸음으로 병실에 들어갔다. 병실 문턱을 넘던 일행은 예기치 못한 생급스러운 광경이 눈앞에 펼쳐지는 바람에 멈춰 서서 우두망찰하였다.

"아아악…… 나 좀, 나 좀 안 아프게 해줘. 아파 죽겠어. 나 좀 어떻게 좀 해줘……"

네개의 침대 가운데 구석 벽 쪽으로 붙은 침대 위에서 복길네가 온몸을 비틀고 있었다. 그런 그녀의 눈자위가 허옇게 치켜떠져 있었고 한껏 벌어진 입에서는 듣기에도 끔찍한 비명이 쉴 새 없이 쏟아져나왔다.

그러나 일행을 당황스럽게 만들었던 것은 복길네가 고통에 겨워 몸부림친다는 사실보다도 뼈만 남은 그녀의 몰골이었다. 두 눈 똑바로 뜨고 지켜보면서도 일행은 눈앞에서 끙끙거리는 사람이 복길네라고 도저히 믿을 수가 없었다. 세상에, 산송장 산송장 할 때에는 도대체 무엇을 보고 산송장이라고 하나 싶었는데 이건 복길네가 영락없이 살아서 움직이는 송장이었다. 주먹만 하게 치켜떠진 눈은 한치가량 푹 꺼져들어갔고 광대뼈는 금방이라도 튀어나올 것처럼 툭 불거졌으며 온몸 구석구석이 뼛속까지 들여다보일 정도로 팍삭 말랐는데, 피부는 실핏줄을 하나하나 셀 수 있을 만큼 투명했다. 복길네의 모습을 대하자마자 와락 무섬증이 일고 머리카락이 쭈뼛쭈뼛 서면서 송장을 대하고 있다는 착각이 절로 일었다.

일행은 감히 복길네 옆으로 다가설 생각을 하지 못하고 움찔거리며 서 있는데, 복길이 아버지가 간호사를 앞세우고 병실 안으로 뛰어들어왔다. 간호사가 주사기를 챙기는 동안 복길이 아버지가 몸부림치는 아내의 몸을 위에서 눌렀다. 간호사가 능숙한 솜씨로 복길네의 팔뚝에서 동맥을 찾더니 마취제를 놓았다. 마취 기운이 동맥을 따라 온몸에 퍼지면서 뼛속까지 갉아먹으며 들어가던 고통이 차차 가시는지, 복길네는 비비 뒤틀던 몸을 축 늘어뜨렸다. 복길네의 코에서는 길고 긴 날숨이 새어나왔다. 두 눈을 내려뜨리고 가쁜 숨을 내쉬는 복길네의 몸은 식은땀으로 뒤범벅되어 있었다.

복길이 아버지는 그제야 제정신으로 돌아오는지 일행을 돌아보며 알은체를 해왔고 일행은 침대를 에워쌌다. 죽은 듯이 누워 있던 복길네는 마취제 탓이기도 하겠지만 몸속의 진이 다 빠졌는지 어느 결에 잠이 들어 있었다.

"진작에 찾아와봤어야 하는 건데 먹고사는 일에 쫓기다보니 그만……"

덕배가 먼저 말문을 열었다.

"아이구, 천부당만부당한 말씀입니다. 이렇게 찾아와주신 것만 해도 어딘데요."

"그래, 얼마나 고생이 많으십니까."

"저야 어디 고생이랄 건덕지나 있겠습니까……"

말꼬리를 흐리는 복길이 아버지의 눈가가 축축이 젖어들었다. 덕배는 그 모습을 보며 뜻밖이란 생각을 했다. 복길네를 그토록 학대해오던, 복길네에게 원수라고 불리던 이 사람이 복길네 때문에 눈물짓다니, 덕배는 선뜻 이해가 되지 않았다. 이 사람이 일주일에 한번씩 집에 들어와 복길네를 초주검이 되도록 주먹질해대던 그 사람인가 하고 되레 자신의 눈이 의심스러울 정도였다. 그 의아스러움은 아까 복도에서 복길이 아버지를 마주칠 때부터 들었다.

문병을 오기 전, 덕배는 병원에 복길이 아버지가 있으리라고는 상상도 하지 못했다. 덕배가 아내를 통해 복길네가 자궁암에 걸렸다는 소식을 접했을 때 제일 먼저 떠오른 것은 복길이 아버지의 얼굴이었다. 아무리 상상이라는 놈이 엿장수의 가위질처럼 제멋대로라지만, 덕배는 복길이 아버지의 얼굴을 떠올리면서 그가 세상이 떠나가도록 만세삼창을 부르며 좋아할지도 모르겠다는 생각까지 했던 터였다. 그랬던 그가 이토록 슬퍼하다니, 덕배로서는 그저 놀라울 뿐이었다. 가만히 눈치를 보니 애통해하기만 하는 것이 아니라 그동안 줄곧 병원에서 밤을 지새우면서 복길네의 똥오줌 수발을 들고 병구완을 한 모양이었다. 까칠해진 얼굴에 눈은 벌겋게 충혈된 게 금방이라도 쓰러질 것처럼 보였다.

얼마나 지났을까, 복길네가 잠에서 깨어났다. 복길네는 움직거릴 힘조차 남아 있질 않은지 눈알만 되록되록 굴려가며 사람들을 둘러보고 알은체를 했다. 마취제를 놓았는데도 고통의 찌꺼기가 몸속에서 돌아다니는지 복길네는 얼굴을 찡그렸다. 그러자 복길이 아버지는 그 즉시로 몸을 일으켜 아내의 나무젓가락 같은 다리를 주물러댔다.

"바쁠 텐데 어떻게 왔어?"

복길네는 간신히 입술을 움직거려 말을 했다. 일행은 모깃소리보다 가는 그의 말을 알아듣기 위해 귀를 바짝 기울였다. 복길네는 무슨 말을 하려는지 한참 동안 입을 우물거리다가 허공에 묶어두었던 눈길을 사람들에게로 떨어뜨리며 떠듬거렸다.

"전생에 무슨 죄를 지었다고······"

움푹 꺼진 그의 눈망울이 금방이라도 눈물을 떨굴 것만 같았다. 일행은 아무런 말도 못하고 복길네의 입술만 지켜보았다.

"내가 지은 죄라곤······ 자식새끼들 데리고······ 먹고살라고 몸 부림친 것밖에는 없는데······"

복길네의 뺨을 타고 눈물이 흘러내렸다. 복길이 아버지가 손바닥으로 흘러내리는 눈물을 닦아주었다.

"언니, 그런 약한 말씀 마세요. 틀림없이 다시 건강해질 수 있을 거예요."

정옥이 복길네의 손을 감싸쥐며 부드럽게 말했다. 복길네가 그런 정옥의 얼굴을 조용히 쳐다보았고 병실 안에는 무거운 침묵이 감돌았다. 한동안 정옥의 얼굴을 물끄러미 바라보던 복길네가 천천히 그리고 무겁게 말했다.

"죽고 싶어."

"제발 그런 말씀 마세요."

복길네의 눈에서 다시금 눈물이 한움큼 흘러내렸다. 복길네는 체념 조로 띄엄띄엄 그러나 모두가 알아들을 수 있게 또박또박 말했다.

"빨리 죽고만 싶어……"

복길네는 짧게 잘라 말하고 창문 쪽으로 고개를 돌렸다. 그녀의 눈길이 향한 투명한 유리창 밖으로 조각구름이 덧없이 흘러갔다.

병원을 나서는데 일행의 마음은 무겁게 내려앉아 있었다.

복길네가 죽는다니, 그 건강하던 사람이, 누구보다도 힘겹게 살아왔으면서도 웃음을 잃지 않던 그 착한 이가 죽는다니…… 세상의 그 어느 누구를 막론하고 흙에서 나서 흙으로 돌아간다는 것을 모르지는 않지만, 아니, 누구나 죽음을 목에 걸고 다니는 것이 하늘이 정한 이치라는 것을 나이를 먹을수록 무섭게 깨닫게 된다고 하지만, 막상 한울타리 안에서 살던 복길네가 그렇게 된다고 생각하니 까닭을 알 수 없는 허무가 마음속을 온통 헤집고 다녔다. 누가 그랬더라, 세상살이라는 게 허무하고 허무하며 또 허무하다고.

한여름의 식곤증처럼 나른한 무기력증이 육체는 말할 것도 없고 생각까지 잡아먹었는지, 덕배는 공연스레 자기 자신이 죽음을 목전에 둔 것처럼 맥이 풀림을 어쩌지 못했다. 그는 술이라도 한잔 걸치지 않고서는 견딜 수가 없어 일행을 먼저 보내고 술집으로 발길을 돌렸다.

현주네도 왠지 모르게 발뒤축이 터덜터덜 땅바닥에 끌려 일행에

서너걸음 뒤처져 걸었다. 그런 현주네를 힐끗 뒤돌아보던 은비네가 정옥의 귀에다 대고 나직이 소곤거렸다.

"망측하기도 하지. 있잖아 글쎄, 현주네하고 현주 삼촌하고 남매지간이 아니래."

"무슨 소리야?"

은비네는 정옥의 눈이 휘둥그레지는 모양을 재미있다는 듯이 바라보며 입을 가리고 키득거렸다.

"무슨 소리긴, 여보 당신 하는 사이라는 소리지."

"말 같지도 않은 소릴. 그딴 소리는 어디서 주워들었대?"

"정말이래두. 현주네가 술 취해 들어오는 현주 삼촌더러 여보 당신 했다니까."

"정말이야?"

"앙큼스럽긴! 그렇잖아도 내 전부터 이상하더라니까. 열살이나 어린 남자하고 그렇고 그런 게 부끄럽긴 했던 모양이지? 여태 애들 삼촌이라고 공갈을 치고 다닌 걸 보면 말이야."

은비네는 의기양양해하며 회심의 미소를 지었다. 그 꼬락서니가 흡사 남의 일기장을 훔쳐본 사람 같았다. 정옥은 남의 비밀을 들추어내며 즐거워하는 은비네를 탓할 생각도 못하고 그저 놀랍고 천만뜻밖의 일이라 저도 모르게 현주네를 슬쩍 뒤돌아보았다.

그들이 자꾸만 뒤를 흘끔거리며 돌아보는 눈치에 현주네는 가슴이 덜컥거렸다. 그러잖아도 요즘 한집 여자들이 자신을 대하는 태도가 전 같지 않아 여간만 신경 쓰이지 않았는데 잔뜩 호기심을 품은 눈초리가 예사스럽지 않았다. 무언가 눈치를 챈 것이 아닐까 의심을 해보았지만 아무리 생각해보아도 꼬투리 잡힐 만한 일은 하지 않았다. 그러나 낮말은 새가 듣고 밤말은 쥐가 듣는다고 하지 않던가. 한집 사람들이 꼭꼭 감추고 살아온 사정을 꿰차고 있는 것은 아닐까 하며 불안하기 짝이 없었다.

'누굴까, 야비하게 남의 말을 흘리고 다닌 사람이.'

현주네는 복길네에게 묶어두었던 생각을 어느 결에 지워버리고 집 여자들의 얼굴을 하나하나 떠올려보았다. 아무것도 짚이는 구석이 없다가 불현듯 은비네가 마음에 걸렸다.

'그래, 저 여편네라면 그러고도 남을 위인이야. 남의 흉이라면 쌍지팡이를 짚고 나서는 인간이라곤 저치밖에 없지.'

현주네는 당장에라도 은비네의 머리채를 낚아채고 싶었지만 짐작을 뒷받침할 만한 근거도 없거니와 무엇보다도 제 발이 저린 것을 가지고 남 탓을 할 수가 없어 치밀어오르는 화를 꿀꺽 삼키고 말았다.

— 이왕이면 뒈지게 콱 찌르슈.

그때 연풍이 그렇게 나오지만 않았어도…… 현주네는 탄식하듯 읊조리며 은비네의 뒤통수에 박았던 눈길을 발꿈치 아래로 떨어뜨렸다.

아니, 사년 전에 전국을 휘몰아쳤던 그 난리만 없었어도 일이 이렇게 되지는 않았을 것이다. 비록 홀몸으로 두 아이를 키우는 일이 버겁기는 했겠지만 나름대로 떳떳하게 하늘을 우러러보며 살 수 있었으리라.

현주네는 버스의 차창 밖으로 휙휙 스쳐 지나가는 거리의 풍경을 무심히 바라보며 지나간 날들을 떠올렸다.

현주네가 연풍을 만난 것은 버스회사에서였다. 현주네는 버스 세차부에 근무했고 연풍은 운전사였다. 차차 얼굴이 익으면서 두 사람은 직장 동료로서 자연스레 친해졌는데 현주네에게 보이는 연풍의 친절은 각별한 데가 있었다. 가끔씩 과일 따위를 사들고 집으로 찾아와서는 사는 게 어떠냐는 등의 말을 건네는 연풍의 눈치에 이상함을 느끼면서도 홀몸이라니까 불쌍하게 생각해서 그러는 거겠지 하고 현주네는 대수롭잖게 넘겨버렸다. 한 일년 가까이 서로 얼굴을 마주 보며 일했을까, 전국에서 노동자들이 들고일어났다. 그 거대하고 걷잡을 수 없는 불길은 현주네가 일하는 회사까지 번져왔다. 순박하게만 여겨왔던 사람들이 붉은 머리띠를 질끈 이마에 동여매고 사무실을 점거한 상태에서 노조를 발족시켰고, 연풍은 굽이굽이 맺혔던 한을 풀기라도 하듯 그 일에 열성적으로 관여하였다. 몽둥이와 쇠파이프를 든 구사대들은 사무실을 에워싸고 노조원들과 대치를 하였다. 현주네는 그 모든 광경이 무섭고 두려워 뒤에 숨어서 구경만 하였다.

사나흘이 지난 이슥한 밤, 누군가 현주네 부엌문을 조심스럽게 두드렸다. 세상이 워낙 무섭게만 돌아가는지라 현주네는 와락 겁을 집어먹고 내다볼 엄두도 내지 못한 채 아이들을 꼭 껴안고 있었는데 가만 귀를 기울여보니 현주네를 부르는 목소리가 들렸다. 현주네가 용기를 내어 부엌문을 열어보니 칠흑 같은 어둠속에 연풍이 서 있었다.

— 이 시간에 여긴 웬일이오?

외간 남자의 늦은 방문에 기겁을 한 현주네는 나이 차이가 워낙에 많이 나 하대를 하던 평소와는 달리 말을 높였다.

— 나…… 나 좀…… 도와주세요.

현주네는 자신의 발 앞으로 푹 고꾸라지는 연풍을 보고서 앞뒤 잴 겨를 없이 곁부축하여 방으로 들였다. 알전구가 쏟아내는 환한 불빛 아래 그를 눕혀놓고 보니 세상에, 그의 온몸이 피칠갑을 하고 있지 않은가. 무엇에 얻어맞았는지 이마가 깨지고 얼굴은 퉁퉁 부었으며 배고 등이고 할 것 없이 멍들지 않은 곳이 없었다.

— 어떻게 된 거야?

— 구…… 구사대놈들이…… 모두들 나처럼 얻어맞고…… 겨우 도망쳐나왔어요. 잡히면 죽일지도 몰라요. 그러니 나 좀 숨겨주세요.

연풍은 가쁜 숨을 몰아쉬며 말을 토해내는 사이에도 고통으로 연신 얼굴을 찡그렸다. 그날밤, 현주네는 날밤을 꼬박 새워가면서 그를 간호했다. 이튿날, 회사에 나가보니 조용한 가운데 살벌한 기운이 주변을 온통 에워싸고 있었다. 사무실 벽에 내걸렸던 플래카드는 모두 철거됐으며 몽둥이를 든 구사대들이 눈을 희번덕이며 사무실 앞을 지켰고 무전기를 든 형사가 그 주위를 어슬렁거렸다.

현주네는 연풍을 집에 숨겨두고서 정성껏 간호하였다. 젊은 사람답게 연풍의 상처는 하루가 다르게 아물어갔다. 그러던 어느날, 현주네는 연풍에게 먹이려고 과일을 사왔다. 과일을 쟁반에 받쳐 들고 방으로 들어와 껍질을 벗기는데 연풍이 일어나 앉더니 벽에 등을 기댔다.

— 이젠 괜찮아?

— 덕분에 거의 나았어요. 고마워요.

— 고맙긴, 해야 할 일을 한 것뿐인데.

껍질을 다 벗긴 사과를 칼로 쪼개는데 연풍의 눈초리가 이상했다. 현주네는 본능적으로 사태를 간파하고 뒤로 물러나 앉았다. 연풍이 무릎걸음으로 현주네 앞으로 다가왔다. 현주네는 저도 모르게 칼을 곧추세웠다.

— 다가오지 마. 다가오면 찌를 거야.

협박을 해대는 현주네의 목소리가 가늘게 떨렸고, 연풍은 천연덕스럽게 미소를 지었다. 현주네는 그런 연풍을 노려보며 그의 가슴팍을 겨누었다.

— 찌른다니까.

— 어디 찔러봐요.

— 정말이래두.

— 이왕이면 뒈지게 콱 찌르슈. 그래야 고통 없이 죽으니까.

연풍은 웃통을 걷어붙이며 손가락으로 자신의 심장 부위를 쿡쿡 찔러 보였다. 못됐다, 현주네는 맥없이 중얼거리며 칼을 내려놓았다. 연풍이 그런 그녀를 와락 껴안았고, 현주네는 목덜미에 와닿는 그의 뜨거운 숨결에 자신도 모르게 가쁜 신음을 토했다.

버스가 산동네 고개에 멈춰 섰다.

"언니, 뭐 하세요?"

현주네는 멍하게 앉아 있다가 정옥이 부르는 소리에 반짝 정신이 들었다. 운전대 위 거울을 통해 현주네를 바라보는 운전기사의 눈에는 짜증이 잔뜩 실려 있었다.

'그땐 내가 뭐에 씌었던 거야. 사내 품이 그리워 잠시 미쳤던 거라구.'

현주네는 버스에서 내리며 입속말로 중얼거렸다.

"먼저들 들어가. 나는 장 좀 보고 뒤에 들어갈게."

현주네는 자꾸만 자기를 살펴보는 듯한 그들의 시선이 껄끄러워 이렇게 말하고 뒤에 남았다. 비탈길을 오르는 그들의 뒷모습을 바라보는데 산꼭대기에 노을이 번지고 있었다. 해는 서녘 하늘에 붉은 물감을 풀어놓은 듯 길게 띠를 두르며 퍼져가는 노을에 잠겨 하얗게 재로 변해버렸고 간간이 떠 있는 조각구름은 기름 먹은 솜처럼 불이 붙어 노을 속에 박혀 있었다.

그 아래 닥지닥지 엎드려 왈왈거리던 판잣집 사이로 하나둘 보안등이 켜지고, 밥 짓는 구수한 냄새가 지치고 찌든 산동네를 포근히 에워쌌다. 동네를 올려다보고 섰던 현주네는 사람들이 바글거리는 시장 골목으로 접어들었다. 현주네의 모습은 사람들 틈바구니 속으로 점점이 박히더니 결국 보이지 않게 되었다.

밤이 깊어지자 봉천동 네거리는 화려한 네온사인으로 뒤덮였다. 형형색색의 불빛이 밤하늘을 향해 쉼 없이 반짝거렸고 도로는 꼬리에 꼬리를 물고 이어지는 차량의 행렬이 쏘아대는 조명으로 인해 대낮처럼 밝았다.

승객들로 미어터지는 지하철에서 내린 정구는 사방으로 뚫려 있는 출구를 휘둘러보며 어디로 나가야 할지 잠시 망설였다. 출퇴근 때마다 이용하는 지하철이 돼놔서 나가야 할 방향을 모를 리 없건만, 그는 쉽게 발길을 정하지 못했다. 정구는 안주머니에 손을 집어넣고 두툼한 봉투가 들어 있는 것을 확인했다. 그는 월급의 액수를 가늠해보며 한달간의 생활비와 부어야 할 적금 액수를 따져보았다.

방세가 십만원에 차비며 식비, 담뱃값을 합해 십오만원, 근로자 우대적금 십만원에 어머니에게 부쳐드릴 돈이 십만원 해서 총 지출액이 사십오만원이다. 여윳돈이라고 해봐야 기껏 이만원이다. 그 이만원 역시 퇴근길에 회사 사람들과 소주 한잔 걸치다보면 이삼일이 채 지나기도 전에 사라져버릴 게 뻔하다.

"이러니 나 같은 놈한테 어느 골 빈 년이 시집을 오려구 하겠어. 그건 그렇고, 어떻게 한다? 그냥 두 눈 질끈 감고 사고 치는 기분으로 일을 저질러볼까나."

그러나 여윳돈이 없는 탓에 선뜻 내키지가 않았다. 더욱이 그녀 앞에 나설 자신감은 물론이고 복잡한 마음을 그녀에게 풀어헤쳐 보일 용기가 무엇보다도 나지 않았다.

—뜻밖이네요, 한집 사는 분이 저를 다 찾아주시다니.

처음에 정구가 어금니를 질끈 깨물고 입술살롱을 찾아갔을 때 그녀는 이렇게 말했다. 찾아가기 전에는 당혹해하지나 않을까, 화를 내지나 않을까, 자기를 놀리려 드는 거냐며 따지지나 않을까 등 별의별 생각을 다 했으나 그녀는 자연스럽게 미소를 지어 보였다. 그러나 정구는 태연하게 행동할 수가 없었다.

—술 한병은 앞번 일에 대한 보답으로 제가 서비스 드리는 거예요.

그녀는 칼치와의 일을 두고서 고마움을 표시했다.

—천만에요. 당연히 해야 될 일을 했을 뿐인데요. 참, 그건 그렇고 뭐라고 부르죠?

—그냥 김양이라고 하세요.

—한집 살면서 어디 그래 쓰겠수? 이름이 뭐냐고요.

—제 이름 따위는 알아서 뭣에 쓰시게요. 저는 이름 같은 거 없어요.

그때 그녀의 얼굴에 드러날 듯 말 듯 그늘이 비꼈다.

—그건 그렇고, 나이는 몇이우?

—저요? 왜 나이 알아 연애하시게요?

정구는 지금 생각해도 자기가 어리숙했다는 생각이 들었다. 그깟 얘기에 불침을 맞기라도 한 것처럼 가슴이 뜨끔하여 귓불을 붉히다니 말이다. 더욱이 생글거리는 그녀의 미소를 바라볼 때마다 가슴이 울렁거려 하고 싶은 말도 채 하지 못한 것은 도무지 이해할 수가 없었다.

그날은 그냥 멀뚱멀뚱하게 별다른 성과 없이 술만 몇병 축내고 나와버렸다. 정구는 다시 한번 그녀를 찾아가 속마음을 털어놓아야 한다고 생각했지만 턱없이 비싸기만 한 룸살롱의 술값이 그의 발길을 주춤하게 했다. 그는 제자리에 서서 뒷머리를 북북 긁다가 오른손 바닥에 침을 탁 뱉었다. 그 위를 왼 손가락으로 찰싹 내려치니 괴어 있던 침이 낙성대 방향의 출구 쪽으로 튀었다.

"에라이, 하늘의 뜻이다."

그는 침이 튄 방향으로 성큼성큼 발걸음을 떼어놓았다. 지하에서 빠져나오니 명멸하는 네온사인 때문에 눈앞이 어지러웠다. 그는 기억을 더듬어 도로변에서부터 거미줄처럼 뻗어 있는 골목으로 접어들어 죽 걸어가다가 입술살롱이란 입간판 앞에서 걸음을 멈추었다. 가슴이 느닷없이 방망이질을 치기 시작했다. 그는 썬팅이 된 유리문의 손잡이에 손을 갖다대며 꿀꺽 마른침을 삼켰다.

"아이구, 그러잖아도 왜 안 오나 하고 기다렸는데. 저리 들어가시우. 내 얼른 김양을 불러드리리다."

허리가 튼실한 주인여자가 정구의 얼굴을 알아보고 호들갑을 떨어댔다. 정구는 맥주에 마른안주를 시키고서 주인여자가 일러준 룸에 자리를 잡고 앉았다. 얼마 지나지 않아서 허벅지가 훤히 드러나는 미니스커트 차림에 짙게 화장을 한 김양이 쟁반에 술을 받쳐 들고서 나타났다. 앞번처럼 웃을 줄 알았으나 김양은 달갑잖다는 듯이 시큰둥한 표정이었다.

"오시지 말랬는데 뭐 하러 또 오셨어요?"

김양의 목소리에는 짜증이 실려 있었다. 정구는 뜻밖의 반응을 보이는 김양의 태도에 당황하며 말꼬리를 흐렸다.

"그냥 지나가는 길에 거기가 생각나길래……"

"이봐요, 아저씨. 아저씨가 뭣 때문에 내 생각을 해요?"

"………"

"앞번에 내가 친절하게 대해드려서 뭔가 착각을 하신 모양인데, 그때는 내가 신세 진 것도 있고 또 한집 사시는 분이라 그랬던 거라구요. 그런데 자꾸 귀찮게 왜 이러세요. 집에서도 유별나게 친한 척을 하고."

"성가셨다면 내가 사과하겠수. 하지만……"

"하지만 뭐요? 날 사랑이라도 한다는 건가요?"

정구는 한동안 굳게 입을 다물고 술잔만 기울였다.

"유치하게 나오시네 정말. 이봐요, 아저씨. 차라리 남자답게 솔직하게 나랑 한번 자고 싶다고 그러세요. 아저씨도 그러고 싶어서 이러는 거 아닌가요?"

"막말하지 마시우. 갑자기 왜 이러는 거요?"

"왜냐구요? 남자들이란 다 그렇고 그런 존재가 아닌가요?"

"이런 말 하면 우습겠지만 적어도 난 아니우."

"그렇담 다행이군요. 앞으로 날 귀찮게 하지도 않을 테니."

"뭐 하러 이런 생활을 하우 그래?"

"어떤 이유로 묻는 거죠?"

"그냥 다른 방식으로 살 수도 있지 않을까 하는 생각이 들어서."

"뻔한 거 아녜요? 돈 때문에 이 짓 하지 그렇잖다면 뭣 때문에 이 짓 하겠어요."

"돈 때문이라? 그렇지만 이보슈, 돈이 인생의 전부는 아니잖수."

"정말 고리타분하게 왜 이러세요? 그딴 얘기나 늘어놓으려구 오신 거예요?"

"그런 건 아니지만……"

"이 아저씨가 지금 한집 산다고 누굴 놀리려 드시나. 좋아요, 아저씨가 나랑 하룻밤 연애를 하고 싶은 모양인데 돈 가진 거 있어요?"

"돈은 왜?"

"영업비 끊어주고 우리 나가요."

정구는 갑자기 말문이 턱 막혔다. 닳고 닳은 술집여자 분위기를 풍기는 김양이 낯설어 보였다. 비록 술집에 나가지만 순진해 보였던 김양이 이토록 막 나올 줄은 생각조차 못했다. 한편으로는 똑같이 그렇고 그런 처지에 잘난 척하지 말라고 비아냥거리는 말로 들리기도 하여 정구는 피식 웃음을 베어물며 자기가 지금 미친 짓을 하고 있는 것은 아닌가라는 생각을 해보았다. 그러나 이왕 시작한 미친 짓거리라면 머뭇거릴 필요가 없다는 판단을 내리고 정구는 남은 술을 단숨에 들이켜서 몸을 일으켰다.

"까짓것, 좋아."

정구는 술값을 계산하고 밖으로 나왔다. 언뜻 이래도 되는 것일까 싶은 생각이 스치고 지나갔지만 그는 더이상 골치 아프게 생각하지 않기로 했다. 뒤따라나온 김양은 술집 맞은편에 있는 여관으로 앞장서 들어갔다. 정구는 내친걸음이라는 생각으로 여관에 발을 들이긴 했으나 막상 침대에 걸터앉고 보니 배탈이라도 난 것처럼 속이 답답하고 메슥거렸다. 욕실에서 몸을 씻으면서도 무언가 잘못 돼가고 있다는 생각을 떨칠 수가 없었다. 김양은 아랑곳없다는 듯이 옷을 훌러덩 벗어 던지고 이불 속으로 기어들어갔다.

"뭐 해요, 담뱃불 끄고 어서 이리 와요."

정구는 김양이 시키는 대로 이불 속으로 들어갔다. 이래서는 안된다는 생각이 꼬리에 꼬리를 물고 이어졌으나 몸은 의지와는 영딴판으로 움직였다. 정구는 그런 자기 자신이 혐오스러웠다.

정구가 이불 속으로 들어오자 김양은 가만히 눈을 감았다. 정구는 그런 그녀의 얼굴을 찬찬히 눌러보았다. 슬퍼 보이는 얼굴이었고 모든 것을 체념한 얼굴이었다. 희망을 잃은 얼굴이기도 했다. 얼굴에 남아 있는 것이라곤 술에 찌들고 화장독에 찌든 푸석푸석하고 생기 잃은 고달픔뿐이었다.

"아무래도 안되겠어."

정구는 벌떡 윗몸을 일으킨 뒤 양손으로 머리카락을 쓸어넘겼다. 김양은 감았던 눈을 뜨며 이해할 수 없다는 표정으로 그를 올려다보았다.

"왜 그래요?"

"야, 아무리 돈이 좋다지만 이래도 되는 거냐?"

정구는 대뜸 반말을 내지르며 신경질적으로 담배를 꼬나물었다. 김양은 몸을 일으킨 뒤 이불을 끌어다 앞가슴을 가렸다.

"내가 뭘 잘못했다는 거죠?"

"잘한 건 또 뭐냐?"

"이 아저씨가 정말 누굴 희롱하려 드나. 그래서 뭘 어쩌자는 거예요?"

"꼭 이렇게밖에 살 수 없냐?"

"웃기지 좀 마세요. 개같이 벌어서 정승같이 쓰면 됐지, 더이상 뭐가 있어요. 이 세상에 돈이면 다 되는 거 아닌가요? 아저씨는 날 욕하고 싶은 모양인데, 이거 왜 이래요? 난 겨우 몸만 팔았을 뿐이라구요. 떵떵거리는 놈들치고 나보다 깨끗한 놈 있으면 나와보라고 그래요. 그리고 돈 없으면 어디 사람 취급이나 받을 수 있나요? 나도 돈만 조금 벌면 이 짓 때려치울 거라구요. 나도 쪽팔리는 거 알고 어떻게 사는 게 옳은 건지도 안다구요. 하지만 빌빌거리며 사느니 차라리 몸이라도 팔아서 떵떵거리며 사는 게 백번 낫다구요."

비록 우울하면서도 조용조용했지만 김양의 태도에는 거침이 없어 입바른 소리 같았다. 정구는 더이상 마주 앉아 얘기를 덧붙여봐야 구차하기만 할 것 같아 침대에서 내려와 옷을 주워 입었다.

"옷은 왜 입는 거예요?"

"그만 가야 되겠어."

"영업비도 냈는데 그럴 거 뭐 있어요?"

"영업비? 그렇군. 하지만 십만원 버린 셈치고 내 한마디만 할게.

내가 원한 것은 이런 게 아니야. 그리고 넌 돈을 벌기 위해 이 짓을 한다고 얘기하지만 그래서 원하는 돈의 절반이라도 벌었는지 모르겠다."

"동정하는군요."

"동정 따윈 안해."

"지금 이러는 게 동정 아닌가요?"

"맘대로 생각하라구. 하지만 동정을 했다면 널 찾아오지도 않았겠지. 그리고 무슨 사정이 있어서 네가 그런 독한 마음을 먹게 됐는지 모르지만, 어느정도 지금의 네 모습은 네 스스로 내린 선택의 결과일 수도 있어. 그럼 난 갈게."

정구는 말을 마치자마자 신발을 신고 밖으로 나갔다. 집을 향해 발을 내뻗는 그는 마음이 무거웠다. 착잡했다. 김양을 찾아간 일은 후회스럽지 않았지만 한치 앞을 내다보지도 못하고 되는대로 행동한 자기 자신이 원망스러웠다. 아니라고 부정은 했지만 김양의 말대로 정구 자신은 그녀를 동정하고 있었는지도 모른다. 그렇지 않다면 그토록 섣불리 행동하지 않았을 것이다.

그리고 동정이 아니라면 대관절 무엇이란 말인가. 이 애타는 마음의 정체는 무엇이란 말인가. 밀려오는 이 슬픔은 무엇이고 견디기 힘든 이 안타까움은 또 무엇인가.

시장 골목 어귀를 지나쳐 비탈길을 죽 오르다가 삼거리약국 앞에서 승리이발소가 있는 골목으로 발을 들였다. 골목을 올려다보니 실골목 어귀마다 하나씩 박혀 있는 보안등이 쪼르륵 줄을 서서 소의 눈에 낀 눈곱처럼 누런 불빛을 쏟아내고 있다.

　대문을 밀고 집으로 들어서니 부엌문마다 불이 꺼져서 마당은
짙은 어둠에 잠겨 있었다. 마당을 가로지르면서 보니 현주네 집에
불이 켜져 있고 안에서 다투는 소리가 새어나오고 있었다.

　"더이상 숨길 필요가 없잖아."

　연풍은 윗목에 주저앉아 가슴팍 쪽으로 당겨 세운 한쪽 무릎에
팔꿈치를 괴고 있는 현주네를 바라보며 간곡히 말했다.

　"이미 이 집 사람들이 다 알고 있는 일을 가지고 숨길 필요가 뭐
있어?"

　"그래도 난 싫어."

　현주네는 방바닥에다 붙박아놓은 눈길을 돌리지 않고 말했다.
연풍은 소귀에 대고 경을 읽는 기분이 들어 은근히 부아가 치밀었
으나 성질머리를 지그시 눌렀다.

　"벌써 사년이 지났어. 그만큼 살을 맞대고 살았으면 뜻을 꺾을
때도 됐잖아."

　"좌우지간 난 싫대두."

　"내가 싫은 거야?"

　"………"

　"이것도 아니다, 저것도 아니다, 그럼 당신에게 나란 존재는 뭐
야."

　연풍은 천장에 매달려 대롱거리는 알전구를 올려다보며 투덜거

렸다. 그러나 현주네는 방바닥만 내려다보면서 모른 척하고 앉아 대답이 없었다. 연풍은 그런 그녀의 속을 가늠할 수가 없었다. 사년 내내, 거리가 좁혀졌는가 싶어 다가서보면 현주네는 언제나 금을 그어놓았다. 연풍의 기억에 의하면 그렇게 금을 그어대면서도 현주네가 그에게 거부감을 나타낸 적은 단 한번도 없었다.

"지금이라도 늦지 않았으니까 좋은 여자 만나서 새 출발을 하도록 해."

꿀 먹은 벙어리처럼 입을 다물고 있던 현주네가 모처럼 고개를 들어 말했다. 연풍은 그녀를 지그시 노려보았다.

"내가 그랬으면 좋겠어?"

"내 신경은 쓰지 마. 이제는 애들도 많이 컸는걸 뭐."

"이봐, 이유가 뭐야?"

"이유는 없어. 그냥 당신 앞날을 생각해서 그러는 거야."

"내 앞날이 뭐가 어째서?"

"나이도 창창한 사람이 나같이 늙은 여자가 뭐가 좋다고 그래? 더욱이 애도 둘씩이나 딸려 있는데……"

"정말 그렇게 생각하는 거야?"

연풍은 도무지 이해할 수 없는 그녀의 모습에 그만 짜증이 일어 언성을 높였다. 현주네는 고개를 떨구었다. 연풍은 사이를 두지 않고 몰아쳤다.

"그래서 나 떠나가라고 애까지 뗐던 거야? 어디 말 좀 해봐. 그도 아니면 이제 싫증이라도 난 건가? 싫증난 것도 아니면, 젊은 사내

꿰찼다고 다른 사람들이 손가락질할까봐서?"

현주네는 말없이 한숨을 내쉬었다. 연풍은 치밀어오르는 노기를 다스리지 못하고 벌떡 자리를 박차고 일어나 밖으로 나가버렸다. 현주네는 거칠게 부엌문 닫히는 소리를 들으며 벽에다 등을 기대고 다리를 쭉 뻗었다. 무어라고 표현할 길이 없는 복잡하고 미묘한 감정 덩어리가 가슴 저 밑바닥에서부터 목구멍을 타고 올라왔다.

현주네는 아무리 머리를 궁굴려보아도 자기 자신을 이해하기 어려웠다. 연풍과 살을 섞던 그날부터 현주네는 그가 싫지 않았다. 예기치 않게 한 몸으로 어우러진 일에 대해서는 당혹스러움과 부끄러움에 몸 둘 바를 몰라 했지만 싫지는 않았다. 그것은 지금도 마찬가지다. 연풍은 자상하고 따뜻한 사람이었다. 그러나 부부의 연을 맺고 한평생을 같이하기에는 그의 나이가 너무 어렸다. 그 죄책감 때문일까, 내 욕심을 챙기자고 젊은 사람의 발목을 잡았다는 생각을 한 것은. 그것뿐만은 아닐 게다. 처음 그에게 몸을 허락했을 때에는 저도 모르게 그의 머리카락을 움켜쥐었지만, 막상 그 일이 끝나고 나자 죽은 남편의 얼굴이 떠오르면서 밑도 끝도 없이 죄스러움이 앞섰다. 자식들의 얼굴만 바라보고 살다가 그와 살림을 내면서부터 살을 비비며 의지할 사람이 생겼다는 안도감에 마음이 너누룩해지긴 했지만 한편으로는 자식들의 얼굴을 대하기가 민망스러웠다. 실제로도 자신을 대하는 아이들의 눈길이 곱지 않았다. 눈길이 곱지 않음은 이웃들도 마찬가지였다. 그래서 정붙이고 살던 동네를 버리고 지금의 이곳으로 이사를 왔던 것이다. 누구보다도 열심히 교회에 다니던 그녀가 교회 발길을 끊은 때도 그 무렵부터였다. 소문을 전해들은 목사며 전도사는 현주네를 탕녀 취급하기를 서슴지 않았던 것이다.

하루 이틀 시간이 흘러갈수록 현주네의 마음은 무거워졌다. 죽은 남편에 대한 죄책감과 자식들에 대한 죄책감과 연풍에 대한 죄책감은 커져만 갔고, 그 죄책감에 비해서 그녀가 연풍에게 의지할 명분은 보잘것없었다. 그래서였을까, 연풍이 자신의 어정쩡한 태도를 나무라는데도, 이 사람은 언젠가 떠나보낼 사람이라는 막연한 생각만 떠올리곤 했다.

차마 몹쓸 짓을 하고 있다는 자괴감이 하루도 떠나지 않았다. 돌이켜보면 자기 자신이 사내 품이 그리워 그를 꼬드긴 것만 같았다. 하기야 솔직하게 얘기하면, 그를 만나기 전까지 무수히 많은 밤들을 외로움에 몸부림치며 지새우곤 했다. 외로움의 강, 쓸쓸함의 강은 얼마나 넓고 깊던가. 유난히 마음이 스산스러운 날은 이 고생을 해서 뭐 하나 하는 생각까지 들곤 했다. 자식을 위해서 이러는 것이라고 위로를 해봤지만 자식들이야 품에 있을 때 자식이지 어디 다 키워서도 자식인가. 그때는 다들 제 갈 길을 찾아 에미 곁을 떠날 텐데. 하지만 그만한 위로로도 현주네의 괴로움은 덮이지 않았다.

언제부터인가, 현주네는 연풍이 떠나가도록 만들어야 한다는 생각을 하게 되었다. 좋은 시절을 남의 뒤치다꺼리하느라 탕진해버린 연풍을 위해서도 그만큼 욕심을 차렸으면 됐지, 더이상 욕심을 부리는 것은 죄악이라는 생각이 차차 현주네의 마음속에 자리잡아 갔다. 배 속에 들어선 아기를 지워버린 것도 다 그런 연유 때문이었다. 아기를 지우고 난 뒤로 살인을 했다는 죄책감에서 단 하루도 벗어날 길이 없었음에도 현주네는 연풍의 더 나은 앞길을 위해서 기도했다. 그러나 어찌 된 까닭인지, 연풍은 속절없이 타들어가는 현주네의 마음과는 정반대로 쇠기둥처럼 꿈쩍도 하지 않았다.

연풍의 성품 탓일까, 처음에는 눈을 흘기던 현주와 영민이 요새 들어 그를 따르기 시작했다. 현주네는 그런 아이들의 모습과 도무지 마음을 돌리지 않는 연풍의 모습을 대할 때마다 저도 모르게 마음이 흔들렸지만, 그래서는 안된다고 자신을 다그쳤다.

현주네는 끝없이 흔들리는 마음을 달랠 겸 방문 옆쪽에 달려 있는 다락문을 열어보았다. 한평 크기의 좁은 공간에 현주와 영민이 새록새록 잠들어 있는 모습을 한동안 지켜본 뒤 그녀는 다락문을 닫았다.

"여보, 출근 안해요?"

정옥은 벽시계를 바라보며 덕배를 흔들어 깨웠다. 전날 아무리 술을 많이 퍼마셔도 출근시간만 되면 재깍재깍 잘도 일어나던 사람이 오늘 아침에는 아무리 흔들어 깨워도 당최 일어날 생각을 하지 않았다. 어디가 아파서 그런가 싶어 이마를 짚어보고 안색을 살펴도 봤지만 그런 기색은 전혀 없었다. 정옥은 한동안 그의 어깨를 잡아 흔들다가 깨우기를 포기했다.

덕배가 눈을 뜬 것은 아홉시가 다 되어서였다. 늦잠을 잤음에도 그는 무슨 일인지 태연하게 늑장을 부렸다.

"출근 안할 거예요?"

정옥은 밥상머리에서 눈치를 살피며 물었다.

"오늘 출근 않는다고 어제 얘기해뒀어. 그건 그렇고, 우리 은행에 있는 돈이 전부 얼마나 되지?"

"한 오백쯤 될걸요. 갑자기 그건 왜요?"

"그걸 찾아 쓸 일이 좀 있어서. 한 천만원쯤 융자를 받을 수 없을까?"

"자다가 봉창 두들기는 소리 하지 말고 자세히 얘기해봐요."

"별거 아니야. 연마기를 사려는데 돈이 필요해서."

덕배는 수저를 내려놓고 물을 마신 뒤 중얼거렸다. 정옥은 덩달아 밥술을 내려놓으며 눈을 동그랗게 뜨고서 그를 쳐다보았다.

"연마기라뇨?"

"당신한테 얘기를 안했던가? 실은 윤사장이 나더러 연마기를 사서 자기한테 하청을 받으라고 하지 않겠어. 그래서 그러마 해버렸어."

덕배는 느긋하게 담배를 빼어 물고서 현민과 관계된 부분을 도려낸 나머지 자초지종을 이야기했다. 아내는 좀처럼 믿기지 않는다는 듯 멍한 표정이었다.

"그럼 당신이 공장을 차리게 된다는 말예요?"

"따지고 보면 그런 셈이야."

"그런데 그런 중요한 얘길 왜 여태 숨겼대요?"

"숨기긴, 할까 말까 고민하다가 어제사 마음을 정한 건데."

덕배는 담담한 어조로 말했다. 아무리 그래도 그렇지 상의 한마디 없는 게 말이나 되느냐고 정옥이 막 따지려는데 갑자기 부엌문 바깥이 소란스러워졌다. 조용하던 마당이 시장통처럼 수선스러운 것이 아무래도 무슨 일이 벌어진 모양이었다. 정옥은 남편과의 일을 뒤로 미루고 마당으로 나갔다. 그런데 정옥은 나가다 말고 엉거주춤 멈춰 서며 자신의 눈을 의심하였다.

복길이 아버지가 복길네를 둘러업은 채로 이 집 여자들에게 둘러싸여 있는 것이 아닌가. 정옥은 좀체 믿어지지가 않아 두번 세번 눈을 씻고 보았으나 틀림없는 복길네였다. 정옥은 방 안에다 대고 소리쳐서 남편을 불러내었다.

"초롱이 아빠, 어서 나와봐요. 복길네예요."

덕배는 담뱃불을 재떨이에 눌러 끄고 서둘러 밖으로 나왔다. 보라네가 복길이 아버지보다 한발 앞서 2호실로 뛰어들어가 이부자리를 폈다. 복길이 아버지는 깨지기 쉬운 도자기라도 다루듯 조심스레 아내를 이부자리 위에 눕혔다. 그사이에도 복길네는 끙끙거리며 신음을 흘렸다. 집에 있던 사람들이 죄다 복길네를 뒤따라 들어와 가뜩이나 비좁은 방은 발 디딜 틈도 없이 사람들로 꽉 들어찼다. 복길이 아버지는 병원에서 가져온 짐 가방을 뒤적거려 손바닥 크기의 안마기를 꺼내 끙끙 앓는 아내의 하반신에 갖다댔다. 복길네는 안마기에서 웅 하는 모터 돌아가는 소리가 나자마자 아, 하고 신음을 길게 빼어 물었다.

복길네의 몸은 사람들이 문병을 갔을 때와는 비교가 안되리만큼 망가져서 언뜻 보기에도 당장 유명을 달리할 것 같았다. 뼈다귀에 겨우 살가죽을 덮어씌워놓은 듯한 몰골을 바라보노라니 저런 상태로도 숨이 붙어 있다는 게 신기하게만 여겨졌고 그녀의 몸에 손을 대기만 하면 바싹 불탄 종이처럼 바사삭 부서질 것만 같았다. 누에 입에서 막 뽑아낸 실처럼 가느다란 복길네의 숨결은 방을 가득 메운 사람들로 하여금 그녀의 임종을 지키고 있다는 착각을 절로 불러일으키게 만들었다. 실제로 복길네의 얼굴은 반들반들하게 잘 닦아놓은 해골바가지 같았고 그동안 계속해서 머리카락이 빠졌는지 그녀의 머리는 깃 빠진 빗자루처럼 숭숭해 보였다.

복길이 아버지가 안마기를 몸에서 떼어놓자 눈을 감고 있던 복길네는 비로소 떼꾼한 눈을 되록거려 방 안을 살폈다. 덕배는 복길네의 눈을 보자마자 저도 모르게 아, 하고 탄성을 내질렀다. 죽음을 목전에 두고 있는 사람은 눈이 맑아진다더니, 복길네의 눈망울이 그러하였다. 이건 맑은 정도가 아니라 아침 햇살에 반짝이는 고드름보다도 투명할 정도였다. 어찌 보면 새하얀 눈으로 뒤덮인 들판을 비추는 달빛 같기도 했고 껍질을 벗겨낸 청포도의 알맹이 같기도 했다. 그 눈을 계속해서 바라보노라면 그 눈망울이 자신의 속마음을 빤히 들여다보는 것만 같아 머리끝이 쭈뼛할 정도였다. 그러나 덕배가 탄성을 지른 진짜 이유는 그러한 눈망울의 맑음에 있지 않고 그 맑은 눈망울이 무서리 내리는 초겨울 밤 냇가에 살짝 얼어붙은 살얼음 같은, 아니, 달빛에 비쳤을 때 퍼렇게 빛을 발하는 칼날 같은 날카로움, 그리고 칠흑 같은 한밤중에 마루 밑에 숨은 고양이의 눈이 뿜어내는 섬뜩함을 담고 있었기 때문이었다.

"퇴원해서 온 걸 보면 집에서 치료해도 되는 모양이네."

은비네가 누구에게랄 것도 없이 방정맞게 조잘거렸다. 복길이 아버지가 그런 은비네를 쳐다보며 미소를 지었는데 그 미소가 여간만 서글퍼 보이지 않았다.

"사람 목숨이란 게 한번 질기기 시작하면 황소가죽처럼 더없이 질기기도 하지만 그렇지 않을 때에는 바람 앞의 등잔불보다도 못한 모양입디다."

꺼져들어가는 목소리로 말을 하는 복길이 아버지의 눈에 눈물이 글썽거렸다. 사람들은 차마 뭐라고 묻기가 두렵고 조심스러워 그가 말을 계속하기만을 기다렸다. 은비네가 뭐라고 한마디 하려고 들었으나 정옥이 그녀의 옆구리를 찔러 눈치를 주었다. 한동안 눈물을 글썽이며 아내의 얼굴을 내려다보던 복길이 아버지는 땅이 꺼져라 한숨을 내쉰 뒤에 고개를 쳐들었다.

"병원에서 그럽디다. 더이상 찾아올 것도 없고 다른 병원을 찾아다닐 필요도 없다고…… 그러면서 퇴원을 하라는데…… 하늘도 무심하시지, 이 사람이 뭘 죄가 있다고 이런 형벌을……"

복길이 아버지는 더이상 말을 잇지 못하고 멍하니 넋 나간 눈길을 허공에 뿌렸다.

"그래, 이제부터 어쩌시려우?"

뒷전에 앉아 있던 남원댁이 안쓰러운 표정으로 물었다. 복길이 아버지는 여전히 눈길을 허공에 풀어놓은 채로 훌쩍거리며 말문을 열었다.

"어쩌긴요, 내 힘으로라도 살려내야죠."

방 안에 있던 사람들은 더이상 뭐라고 위로할 염도 못 내고서 그대로 물러났다. 아낙네들은 마당에 놓인 납작마루에 둘러앉아 주저리주저리 말들을 주워섬겼다.

"저렇게 죽으면 얼마나 원통하고 절통할까."

"원통하고 절통한들 무슨 소용이람. 다 하늘의 뜻이고 타고난 팔잔걸."

"아무리 그래도 그렇지, 눈이 감기겠어?"

"그러길래 죽는 사람만 불쌍한 겨."

"할머니두 참, 죽은 사람은 그걸로 끝이지만 뒤에 남은 사람은 어디 그렇대요?"

은비네가 입을 삐죽거리며 말했다.

"틀린 말은 아니야. 저 언니가 가고 나면 애들은 어떻게 되겠어?"

정옥은 복길네의 자식들을 떠올리며 한숨을 내쉬었다. 덕배가 저만치 부엌문 가에 서서 그런 정옥을 손짓해 불렀다.

"왜요, 어디 나가게요?"

"기계 좀 보러 다니려구. 자세한 얘기는 이따가 돌아와서 하기로 하고, 당신은 오늘 은행에 가서 돈 좀 알아봐줘."

"알아는 보겠지만…… 아무튼 다녀오기나 해요."

"알아는 보겠지만이라니? 꼭 알아봐."

"알았어요. 참, 오늘 비 온다고 했는데 우산 가지고 가요."

정옥은 시커멓게 내려앉은 하늘을 올려다보며 그에게 우산을 건
넸다. 덕배는 아내에게 재차 다짐을 받고 나서 대문을 나섰다. 그는
중고 기계를 전문으로 다루는 구로동 공구상가 쪽으로 가볼 생각
이었다. 지하철이 구로동을 향해 달리는 내내 마음이 복잡했다. 복
길네의 참혹한 몰골과 복길이 아버지의 넋 나간 모습이 머릿속에
박혀 좀처럼 떠나질 않았다.

'가는 건가. 결국 그렇게 떠나고 마는가. 따스한 햇볕 한줌 보듬
어보지도 못하고 바람 거센 날, 바닷가의 모래성처럼 허망하게 스
러지고 마는가. 사람의 존재란 바람결에 춤추는 연기와 같아서 어
디에서 나서 어디로 사라지는지 그 누구도 알 수 없는 것이라고는
하지만, 한스러운 세월에 상처만 입다가 이토록 허망하게 떠나갈
바에야 뭐 하러 태어났을까. 그렇게 본다면 산다는 것은 무엇인가.
제아무리 모질고 독하게 삶에 대항해 싸운다 한들, 결국에 가서는
저렇게 가고 마는 것을. 어찌 보면 사람의 운명이란 거대한 허무의
강 위를 삿대도 없이 떠돌도록 그렇게 정해져 있는 것이 아닐까.'

덕배는 찬찬히 고개를 들어 지하철 안을 휘둘러보았다. 출근시
간이 지났는데도 지하철은 사람들로 가득 차 있었다. 신문을 보는
사람, 밤새 잠을 설쳤는지 꾸벅꾸벅 조는 사람, 무표정한 얼굴로 창
밖을 내다보는 사람, 아기에게 젖을 물리는 아낙네, 영어 단어를 외

우는 학생과 수다를 떨어대는 아가씨들, 바쁘게 오가며 신문을 파는 소년과 중국에서 들여왔다는 향부채의 효능에 대해 목 아프게 떠들어대는 행상, 검정 색안경을 끼고 한 손에는 소쿠리를 다른 손에는 지팡이를 짚고서 찬송가를 부르며 지나가는 걸인과 수년 내로 세상이 멸망한다고 외치고 다니는 광신자…… 덕배는 자신의 눈에 비친 그 모든 광경이 마치 컴컴한 영화관에 있다가 환한 햇살 아래로 나왔을 때처럼 설어 보이고 현실이 아닌 것처럼 여겨졌다.

현민은 구치소에서 재판 날짜만을 기다리고 있었다. 덕배는 현민이 형사들에게 잡혀간 이후 면회를 가봐야 한다는 생각을 단 하루도 잊지 않았으나 마음과는 달리 발걸음이 천근만근의 무게로 자신의 의지를 거부했다. 덕배는 괴로워했으나 이는 현민의 일 때문만은 아니었다. 덕배의 의식은 극복할 수 없는 혼돈에 빠져 있었다. 형체도 없고 냄새도 색깔도 소리도 없는 혼돈이라는 놈은 덕배의 삶을 송두리째 뒤흔들며 그를 회의의 강에 빠뜨려버렸다.

덕배는 그날 자신이 취했던 행동에 대해서 아무런 정당성도 부여할 수가 없었다. 타인의 땀과 눈물로 이루어진 성(城)에 기생해서 버러지처럼 살아가던 깡패시절에도 의리만은 지키고 살았다. 간혹 자신의 이익을 위해 의리를 헌신짝 버리듯 하는 놈이 없지 않았으나 덕배는 그걸 죽음보다 더한 치욕으로 여겼다. 오히려 그런 놈이 있으면 끝까지 쫓아가서 작신작신 짓밟아놓았다. 하지만 인간답게 살아보겠다며 타인의 피를 빨아먹고 사는 그 더러운 세계에서 발을 뺐는데, 이게 무슨 추한 몰골이란 말인가. 사장과 공장장은 현민을 빨갱이라고 했지만 현민은 자기 자신을 희생해서 모두를 위하고자 하는 멋있는 놈이었다.

그러나 그런 게 다 무어란 말인가. 양심과 도덕이란 무엇이며 인정과 의리, 혹은 타인을 위한 희생이란 대관절 무엇이란 말인가. 그래봤자 결국은 복길네처럼 허무하게 한줌 흙으로 사라지고 말 것을. 초롱이는 하루가 다르게 무럭무럭 자라나고 아내는 나이보다 늙어 보이며 자신은 가정을 책임져야 했다. 그러나 가정을 책임지는 것은 양심이 아니고 돈이었다.

덕배는 비정해야 한다고 생각했다.

'양심이나 도덕이 밥을 먹여주는 것도, 인정과 의리란 놈이 콩나물 대가리 한쪽이라도 먹여주는 것이 아닐 바에야 괴로워할 필요가 없지 않은가. 현민은 창살 아래 갇힌 몸이지만 그는 남이다. 자신이 그 일에 한몫 거들었다고는 하지만 당장 내 코가 석자 아닌가. 죄책감이 없지는 않지만 세상 돌아가는 이치가 다 그럴진대, 괴로워한들 무엇 하리. 패자가 하는 말은 어떤 것이 됐건 구차한 변명에 지나지 않고 승자가 하는 말은 토끼 머리에 뿔이 돋았다고 해도 무용담이라고 하지 않던가.'

덕배는 구로 공구상가를 돌아보며 자신을 다그치고 자신의 나약함을 나무랐다. 상가에 늘어선 공장에서 일하는 노동자들의 비참한 몰골이 그런 채찍질을 더욱 하도록 했다.

기곗값을 알아보고 난 뒤, 덕배는 길가의 식당으로 들어가 김치찌개에 소주를 시켰다. 찌개가 나오기를 기다리며 이 생각 저 생각을 하며 앉았는데 아침부터 낮게 내려앉았던 하늘에서 빗방울이 떨어지기 시작했다. 쥐 오줌만큼이나 가늘게 추적거리던 빗줄기는 차츰차츰 굵어지며 거리를 뒤덮었다.

우산을 받치고 식당을 나온 덕배의 얼굴은 술기운으로 붉게 물들었다. 어디로 갈까, 그는 식당 앞에서 잠시 발걸음을 정하지 못하고 망설였다. 기곗값을 알아봤으니 더이상 돌아다닐 필요는 없다. 그냥 집으로 돌아갈까 생각했지만 선뜻 내키지가 않았다. 졸지에 갈 곳이 없어진 그는 어디 가서 코가 삐뚤어지도록 술이나 퍼마시기로 작정을 하고 영등포 쪽으로 발길을 돌렸다.

영등포는 서울시의 모든 사람을 이곳에 모아놓기라도 한 것처럼 인파로 넘쳐났다. 버스에서 내린 그는 신세계백화점 맞은편 골목에 있는 감잣국집을 목적지로 정하고 걸음을 옮겼다. 한낮의 감잣국집은 의외로 사람들이 득시글거려 덕배는 한참을 기다린 끝에 간신히 한쪽 귀퉁이에 자리를 잡고 앉을 수 있었다. 다른 곳으로 자리를 옮길까 하는 생각도 없지 않았으나 가뜩이나 울적한 심사에 차라리 북적대는 편이 더 낫겠다 싶었다. 주문하기가 바쁘게 모락모락 허연 김을 피워올리는 감잣국이 넘치도록 뚝배기에 담겨서 그의 앞에 놓였다. 감잣국을 대하는 순간 복잡한 마음과는 달리 입안 가득히 신 침이 괴었다. 주먹만 한 감자와 고깃점이 닥지닥지 달라붙어 있는 뼈다귀들이 뻘겋고 걸쭉한 국물에 담겨 있는 모양을 보는 것만으로도 배부른 느낌이 들었다. 그는 성급하게 소주 한잔을 비우고서 오해머만큼이나 큼직한 뼈다귀를 양손으로 붙들고 게걸스럽게 뜯어먹기 시작했다.

그가 뚝배기에 가득 담긴 감잣국을 거의 다 비우고 느긋하게 담배를 한대 빼어 물었을 때 빗줄기는 한층 사납게 몰아치고 있었다. 거리를 오가는 사람들은 우산 속에 몸을 잔뜩 웅크린 채로 종종걸음을 쳤다. 굵직굵직한 빗방울은 우박 덩어리라도 되는 양 허공을 죽죽 내리긋고 있었다. 코앞을 분간할 수 없을 정도로 세차게 비가 퍼부어대자 사람들로 들끓던 감잣국집은 어느 순간 한산해졌다. 덕배는 담배연기를 뿜어내며 바깥 풍경을 무료하게 바라보았다. 거센 빗발 속을 헤치며 이리 뛰고 저리 뛰는 사람들의 모습을 가만히 보노라니 손에 잡힐 듯 낮게 주저앉은 하늘처럼 마음 한켠이 한정 없이 끄무러져왔다.

'현민은 앞으로 어찌 될까.'

덕배는 속엣말로 중얼거렸다.

'나하곤 무관한 일이야. 강 건너 불난 집일 따름이야.'

덕배는 담뱃불을 손가락 끝으로 튕겨내며 주절거렸다. 그는 연거푸 잔을 비우며 우적우적 깍두기를 씹었다. 술기운이 그렇게 많이 오르지도 않았는데 머리가 어지러웠다. 그는 빈 소주병을 밀쳐내며 술을 청했다. 빗줄기는 여전히 맹렬한 기세로 거리를 휩쓸었고 덕배는 잠깐 사이에 세병의 소주를 비웠다. 서서히 취기가 오르면서 덕배의 마음은 빗줄기 속에 있는 사람들의 발자국처럼 혼란스러웠다. 자발적으로 공장을 나가라고 현민을 설득하기 위해 그를 술자리로 불러냈던 날, 그가 하소연이라도 하듯 토해놓던 말이 언뜻 떠올랐다.

— 형님, 세상은 바뀌어야 합니다.

— 허튼소리 늘어놓지 말고 조용히 떠나라.

— 형님, 어제 술자리에서 형님이 같은 집에서 산다던 아주머니 얘기를 했었죠? 나는 그 얘기를 들으면서 하루빨리 세상이 바뀌어야만 된다는 생각을 했었수. 억울한 사연을 간직한 사람이 어디 그 아주머니 한분뿐이겠습니까? 이건 개인의 문제가 아닙니다. 세상을 비관해 농약을 마시고 자살한 농민이 대체 몇명이고, 오르는 방세 때문에 연탄을 피워놓고 식구들이 모두 동반자살한 서민은 또 몇명입디까. 어디 그것뿐입니까. 인간답게 살고 싶다고 외치며 분신자살한 노동자들은 물론이고 가진 놈들이 자기들의 배를 채우기 위해 고문해서 죽이고 몽둥이로 때려서 죽인 사람들도 이루 다 숫자를 헤아릴 수가 없습니다. 게다가 산업재해로 죽은 노동자만 쳐도 수천명입니다. 어디 죽는 게 사람뿐입디까? 돈에 눈이 먼 재벌들과 그들에게서 정치자금을 받아먹는 권력이 결탁해 죽이지 않은 산이 어딨고 강이 또 어딨단 말입니까. 바다도 죽고 하늘도 죽었습니다. 어디 그것뿐입니까. 도덕도 죽고 윤리도 죽었습니다. 얼마 전에 신문을 보니까 미국 다음으로 강간범이 많은 나라가 우리나라라고 합디다. 사회정의가 사라져 폭력배들이 늘어났다는 말은 그렇다고 칩시다. 가진 놈들은 그 폭력배들을 정치깡패로 고용해서 뒤를 봐주니 이놈의 사회가 앞으로 어디로 가겠습니까. 이대로 나가다가는 우리 모두가 죽는다 이 말입니다. 내가 왜 이 일에 뛰어

들었는지 아시우? 바로 내 친구 때문이오. 누구보다도 성실하고 착하게 살았던 녀석이 몇년 전에 불에 타 죽었기 때문이라구요. 노동자가 주인 되는 세상을 만들자고 외치며 제 몸에 불을 붙였는데 회사놈들은 불길에 휩싸인 녀석을 바라보며 오히려 웃었더랬수. 불을 끄려구 달려드는 사람들을 개 패듯이 두들겨패서는 녀석이 죽기를 기다렸다고요. 난 그때 깨달았수. 모순투성이인 이 사회가 바뀌지 않는다면 우리 모두가 죽게 된다는 것을 말이우. 처음에는 그저 인간답게 살고 싶다는 생각만으로 이 일에 뛰어들었지만 지금은 아니우.

─종이 종을 부리면 식칼로 형문(刑問)을 친다고 했다. 세상이 어떻게 바뀌건 결국은 힘 있는 놈의 뜻대로 굴러가게 되어 있다. 그리고 계란으로 바위를 치자고 덤비는 네놈의 잔소릴랑 더이상 듣고 싶지 않다. 잔말 까지 말고 조용히 사라져라. 이건 그동안 일한 네놈의 월급과 퇴직금, 그리고 해고수당이다.

덕배는 세차게 고개를 저으며 일어나서 술집을 나왔다. 황금 같은 기회가 손아귀에 놓인 이상 더는 흔들릴 수 없는 일이었다. 그는 버스에 몸을 실었다. 장대 같은 빗줄기가 차창 밖에 놓인 거리를 쉬지 않고 집어삼켰다. 그는 주먹을 그러쥐었다.

"정신 차리자. 정신을 차리자."

덕배는 집으로 향하는 비탈길을 오르며 나지막하게 부르짖었다. 개 사육하는 오씨네 집 앞에서 방향을 트니 허공을 죽죽 내리긋는 빗줄기 사이로 양철대문이 눈에 들어왔다.

4

산 832번지 양철대문 옆에 조등이 내걸렸다. 하늘 높이 솟은 대나무 장대 끄트머리에 매달려 있는 광목천이 건들바람에 펄럭이자 조등이 까딱까딱 춤을 추었다. 대낮에 흔들리는 조등은 왠지 스산해 보였다. 집은 새어나오는 울음소리 하나 없이 조용하기만 했다. 문상객들이 술 먹고 왱댕그랑하며 복대기지 않더라도 이건 도무지 초상난 집이라고는 믿어지지 않으리만치 휘휘하였다. 간혹 이 집에 사는 사람만 대문을 여닫으며 드나들 뿐 찾아오는 이라곤 한명도 없었다. 문상객이 있었다면 몇명의 동네 노인들이 고작이었다.

두어명의 아낙네가 구멍가게 앞 납작마루에 걸터앉아 흙장난하는 코흘리개를 지켜보고 있었다. 저만치 아래쪽에서는 서너명의 할머니들이 돗자리를 깔고 앉아서 바둑돌을 동전 삼아 민화투를 치고 있고 부모가 모두 일을 나가 돌봐주는 이 없는 꼬마애 하나가 실골목 어귀에 주저앉아 강아지와 놀고 있었다.

무료하게 내리쬐는 한낮의 햇살을 가르며 검정색 로얄살롱이 삼거리약국 앞길을 천천히 올라왔다. 로얄살롱은 시멘트 포장길의 경사가 갑자기 급해지는 곳에서 승리이발소가 있는 골목으로 차머리를 돌렸으나 워낙에 골목길이 좁은 탓에 도저히 그리로 접어들지 못하고 방향을 틀어 빙 돌아가는 큰길을 택했다. 로얄살롱은 산동네를 한바퀴 돌다시피 해서 오씨네 집 앞에 이르렀다. 귀밑머리가 희끗희끗하면서 풍채가 당당한 오십 줄의 중년 사내는 운전사가 문을 열어주기를 기다렸다가 차에서 내렸고 이어서 사십 줄의 여인이 뚱뚱한 몸을 뒤룩거리며 뒤따라 내렸다.

"김기사는 여기서 기다리게."

운전사는 사내의 지시가 떨어지기가 무섭게 깍듯이 허리를 굽혔다. 사내는 양철대문 집을 향해 뚜벅뚜벅 걸어갔다.

"이런 데서 어떻게 살까?"

사내의 뒤를 따르던 여인이 잔뜩 낯을 찡그리며 거만스럽게 주위를 둘러보았다. 사내는 양철대문 앞에서 까딱거리는 조등을 힐끗 쳐다본 뒤에 대문을 밀었다. 납작마루에 무료하게 앉아 있던 노인들이 경계하는 눈초리로 사내를 건너다보았다.

"어떻게 오셨어요?"

때마침 부엌문을 밀고 나오던 정옥이 중년 사내를 발견하고 말을 건넸다. 그러나 사내는 정옥의 말을 깔아뭉개며 그대로 마당을 가로질렀다. 정옥이 어이없어하는데 펑퍼짐한 궁둥이를 뒤뚱거리며 막 뒤따라 들어온 여인이 정옥이며 노인들을 쳐다도 보지 않고 지나쳤다. 마당을 가로지른 그들은 곧바로 널마루에 병풍을 둘러치고 그 앞에 황영감의 초상을 모신 1호실로 들어갔다. 초상을 바라보며 넋을 놓고 있던 남원댁은 그들을 알아보지 못했다. 사내는 신발을 벗고 마루에 올라서자마자 향불을 피운 뒤 절을 하였다.

"뉘신지?"

남원댁은 사내가 절하기를 기다렸다가 물었다.

"아주머니가 남원댁이란 분이시오?"

사내는 남원댁을 꼿꼿이 마주 보며 차갑게 물었다. 남원댁은 그가 황영감의 아들임을 직감으로 알아차렸다.

"자네가 둘째인 모양이구먼. 언젠가 아버님께서 둘째는 키가 훤칠하다고 했구먼."

"말씀 삼가십시오. 아주머니께서 제 부친과 어떤 사이셨는지는 몰라도 제가 아주머니한테서 하대를 받을 이유는 없는 것 같군요."

사내의 표정에는 남원댁을 경멸하는 빛이 역력했다.

"우선 병풍 뒤에 계신 아버님이나 뵙드라고."

"아니, 이 할머니가 누구더러 이래라 저래라 간섭이실까."

여인이 남원댁을 하찮게 보며 대뜸 반말을 했다. 남원댁이 치미는 노기를 삭이며 한마디 하려는데 사십대 후반의 뚱뚱한 사내가 호리호리한 여자를 동반하고 나타났다.

"형님, 언제 오셨습니까? 그런데 큰형님은 아직 도착하지 않은 모양이죠?"

뚱뚱한 사내가 널마루에 올라서며 말했다. 그는 몇년 전에 남원댁을 대면한 일이 있었으면서도 모른 척하였다. 호랑이도 제 말 하면 온다고, 사내가 말을 마치자마자 깔끔한 외모에 눈매가 날카로운 오십대 중반의 사내와 수더분하면서도 세련돼 보이는 오십 줄의 여인이 마당에 들어섰다. 무슨 일인가 싶어 마당에 나와 있던 아낙네들과 납작마루에 앉아 상갓집을 지키던 노인들이 1호실을 기웃거렸다.

"이분이신가?"

날카로운 눈매의 사내가 예를 갖추고 나서 남원댁을 가리키며 물었고 뚱뚱한 사내가 고개를 끄덕여 보였다. 날카로운 눈매의 사내는 책상다리를 하고 남원댁을 마주하였다. 그가 앉자 모두들 주위에 둘러앉았다.

"저희 부친께서는 어떻게 돌아가셨는지요?"

남원댁은 그들의 뻔뻔스러움에 살이 떨리고 가슴이 다 벌렁거렸다. 아무리 막돼먹은 자식이라고는 하지만 남원댁의 상식으로는 도저히 그들의 행동을 이해할 수가 없었다. 이건 이해의 정도를 넘어서 차라리 무섭기까지 했다. 애당초 그들이 황영감의 죽음을 접하고 슬퍼하리라는 기대 따위는 하지도 않았지만 이건 도가 지나쳤다. 그들 중 누구 하나 병풍 뒤에 누워 있는 황영감을 들여다보려고 하지 않았다. 될성부른 나무는 떡잎부터 알아본다고 저희들 몸뚱이 좀 편하자고 늙은 아버지를 내동댕이친 놈들이니 여북하겠나 싶었지만, 이건 오히려 하나같이 아버지가 죽은 것을 다행으로 여기는 눈치가 아닌가.

남원댁은 마음 같아서는 한바탕 내퍼부으며 악장을 치고 싶었으나 콩팔칠팔해봐야 핏줄은 핏줄인지라 일단은 얘기를 전해주는 게 도리다 싶어 말을 냈다.

황영감이 눈을 감은 것은 오늘 새벽녘이었다. 다른 날 같으면 그 시간이 되면 어김없이 소변을 보기 위해 잠을 깼는데 오늘은 아무런 기척이 없었다. 불길한 생각이 들어 확인을 해보니 심장이 멎어 있었다. 남원댁은 가슴이 천갈래 만갈래 찢어지는 듯 슬펐지만 한편으로는 편안하게 눈을 감은 것에 감사했다.

"아주머니는 그만 쉬십시오. 이제부터는 저희들이 나서겠습니다."

황영감의 맏아들이 남원댁이 말을 마치자 사무를 처리하듯 냉랭하게 말했다. 그러면서 그는 남원댁 앞으로 봉투를 내밀었다.

"이거이 뭣이당가?"

"그동안 아버님을 보살펴주신 것에 대한 저희들의 성의올시다. 약소하지만 넣어두시지요."

남원댁은 봉투를 열어보았다. 봉투 안에는 빳빳한 수표로 오백만원이 들어 있었다. 남원댁은 봉투를 도로 밀어놓았다.

"고맙긴 헌디 이 돈은 받덜 못허겄구면."

"왜, 액수가 적어서 그러십니까?"

"사람들이 으쩨 생각허는 거이 그 모양이당가. 나가 돈을 바라고 영감님을 모신 줄 아는가. 그거이 아녀."

"이러지 마십시오. 자식 된 도리를 하고자 하는 것이니 그만 넣어두십시오. 그리고 방이라도 구해서 생활하려면 돈이 필요하실 겝니다."

남원댁은 눈꼬리를 추켜세우고 황영감의 맏아들을 모들떠 보았다.

"시방 날더러 이 집에서 나가라고?"

"아버님이 생존해 계셨을 때에는 상관이 없지만 이제는 당연히 그리하셔야지요."

"난 자네 아버님과 부부의 연을 맺은 사람이여! 그런데 날더러 나가라고?"

"저희는 모르는 일이올시다."

"이 할머니 정말 웃기지도 않네. 그동안 아버님이 근본도 모르는 여자를 들여앉힌 것만으로도 남사스러워서 고개를 들고 다니지 못했는데 이제는 시어머니 노릇까지 하려 들다니, 이거야 원."

황영감의 둘째며느리가 기가 차다는 듯이 말했다.

"제수씨, 가만히 계십시오."

"아주버님, 지금 가만히 있게 생겼어요? 저 미친 할망구가 이 집을 통째로 말아먹겠다고 덤벼드는데, 그래 그 꼴을 가만히 앉아서 보고만 있으라구요? 안 봐도 뻔해요. 이건 처음부터 계획적으로다 아버님에게 접근했던 거예요."

"글쎄, 내게도 생각이 있으니 가만히 좀 계십시오."

발정 난 암고양이처럼 설쳐대던 둘째며느리는 마지못해 입을 다물었다. 둘째며느리와는 달리 황영감의 맏아들은 자세를 흐트러뜨리지 않았다. 남원댁은 눌러 참았던 노여움이 한꺼번에 솟구치는 바람에 말을 제대로 할 수가 없어 가슴을 두드리며 컥컥거렸다.

남원댁은 그제야 그들이 모습을 드러낸 이유를 알아차렸다. 그들은 이 집을 차지하기 위해 우 몰려온 것이었다. 이 집이 없었다면 그들은 황영감의 부고를 전해듣더라도 코빼기조차 내비치지 않았을지도 모른다. 그들은 서로 돌아가며 남원댁을 회유하려 들었으나 남원댁은 와락 누구랄 것 없이 손에 잡히는 대로 멱살을 낚아 챘다. 멱살을 잡힌 황영감의 셋째아들은 남원댁을 떼어 밀쳐냈다. 늙을 대로 늙은 남원댁은 그 힘을 당하지 못하고 널브러졌다. 남원 댁은 널브러진 상태에서 왜장을 쳐댔다. 정옥과 보라네가 밖에서 이 모습을 지켜보고 있다가 달려들어와 남원댁을 부축했다.

"무슨 일인지는 몰라도 노인한테 너무하시는군요."

정옥은 이미 그들에게 무시를 당해 감정이 상해 있던 차에 앞으 로 나서며 따지고 들었다.

"당신은 뭔데 남의 일에 끼어드는 거야?"

황영감의 셋째며느리가 씩씩대며 대뜸 정옥에게 반말지거리를 하였다.

"이 집 사는 사람이오."

정옥은 지지 않고 맞섰다. 황영감의 셋째며느리는 그런 정옥을 같잖다는 눈초리로 보았다.

"이봐, 세 사는 모양인데, 그럼 세 사는 사람답게 주제넘게 굴지 말라구."

셋째며느리는 아주 노골적으로 대놓고 무시를 하였다. 정옥이 팔뚝을 걷어붙이고 대거리를 하려고 드는데 남원댁이 정옥을 옆으 로 밀어내며 나직이 부르짖었다.

"급살을 맞아 뒈질 년."

밖에서 지켜보며 사태를 간파한 동네 노인들이 우 몰려들어 남 원댁 편을 들며 제각기 한마디씩 보태고 나섰다. 남원댁만 상대하면 된다고 생각했던 그들은 예기치 않았던 반발에 부딪히자 당황하였다. 그러나 그들은 당하고만 있지는 않았다.

"당신들 혼나고 싶어!"

오랫동안 검사질을 해온 황영감의 맏아들이 벽력같이 소리를 내질렀다. 떼를 지어 몰려들었던 사람들은 그 당당한 기세에 놀라 주춤하였다. 황영감의 맏아들은 사이를 두지 않고 몰아쳤다.

"내 마음만 먹으면 지금 당장 당신들 모두 구속시킬 수도 있어. 그러니 멋모르고 함부로 찧고 까불지 마. 그리고 할멈, 그동안의 일을 생각해서 내 최대한의 편의를 봐주려고 했는데 정 이런 식으로 나온다면 험한 꼴을 당하게 될 거야. 내 말 한마디면 당신은 사기죄로 늘그막에 철창 신세를 지게 돼. 그러니 잘 생각하라고. 할멈은 우리 아버님과의 쥐꼬리만 한 인연을 가지고 이 집을 삼키려 드는데 지금이라도 늦지 않았으니 욕심부리지 말고 마음을 고쳐먹도록 해."

남원댁은 너무도 원통하고 절통해서 낯빛이 하얗게 질렸다. 정옥은 이러다 큰일 나겠다 싶어 남원댁을 데리고 밖으로 나왔다. 사람들이 남원댁을 위로하려 들었으나 남원댁은 하늘이 무너져라 울부짖었다. 남원댁의 울부짖음은 날이 저물도록 이어졌다.

황영감의 자식들은 어둠이 내리자 몰고 왔던 자가용을 타고 되돌아가더니 이튿날 오전에 다시 모습을 나타냈다. 그러나 밤사이에 무슨 일이 있었는지 그들은 서로가 서로를 경계하고 증오하였다. 보나 마나 집을 사이에 두고 다툼을 벌였을 게 불을 보듯 뻔하였다. 아니나 다를까, 그들은 황영감이 누워 있는 마루에서 핏대를 올려가며 말다툼을 하였다. 맏아들은 장남에게 기득권이 있다며 언성을 높였고, 둘째는 아버지를 내버린 게 누군데 이제 와서 기득권을 주장하느냐며 반발을 했다. 셋째는 셋째대로 그래도 명절에 아버지를 찾아온 사람은 자기밖에 없다며 형들은 자기밖에 모르는 형편없는 속물이라고 몰아쳤다. 그러자 맏아들은 맏아들대로 시근벌떡대며, 네놈이 어디 아버지 걱정이 돼서 그런 거냐, 집을 팔게 만들어서 그 돈을 꿀꺽하려고 그런 거지, 하며 몰아쳤다. 그들은 주먹다짐까지 벌이지는 않았지만 서로 으르렁거리며 아귀다툼을 벌였다.

초상 사흘째가 되는 날에는 그들의 일가친척들이 문상을 와서 싸움이 일단 진정되는 듯 보였다. 더욱이 그들은 일가친척 앞에서 부친이 돌아가셨는데 체면치레라도 곡소리를 내지 않을 수 없어 마음에도 없는 곡을 하였는데, 그제야 겉으로나마 상갓집 분위기가 감돌았다.

그러나 남원댁은 그 전날에 강제로 차에 태워져서 큰아들 집에 감금되었다. 집안 망신도 망신이지만 그들에게는 자신의 아버지가 구입장생이나 하는 천한 여자와 살림을 했다는 사실 자체가 치욕스러웠던 것이다.

장례버스가 경기도 모처로 달려 이백여평에 달하는 묘지에 도착했다. 묘지 가운데에는 황영감의 아내가 묻혀 있는 봉분과 황영감이 묻힐 봉분이 집채만 하게 솟아 있었으며 봉분은 석등과 병풍석으로 치장되어 있었다. 황영감의 일가친척들은 화려하기 짝이 없는 봉분을 보고 자식들의 효성을 입에 침이 마르도록 칭찬하였다.

남원댁은 장례버스가 봉천동을 벗어난 직후에 큰아들 집에서 풀려날 수 있었다. 상상치도 못했던 끔찍스러운 꼴을 당한 남원댁은 반쯤 넋이 나가 있었다. 무엇보다도 황영감이 마지막으로 가는 길을 지켜보지 못했다는 자괴감이 남원댁의 가슴에 못을 박았고 앞으로 죽게 되는 그날까지 묘소 참배를 할 수 없다는 사실이 남원댁의 가슴을 갈가리 찢어놓았다.

처음에는 억장이 무너져내리는 참담함에 자식들에게 부고를 전하지 말걸 그랬나 하는 생각도 해보았지만 아무래도 그 일만큼은 잘했다 싶었다. 그러나 막상 일이 이렇게 되어 뜻이 꺾이고 보니 다시금 후회스러움이 앞섰다. 남원댁은 오래전부터 황영감이 죽으면 집을 팔아서 양로원에 기부하고 약간의 돈을 챙겨서 황영감의 묘지 옆에서 여생을 보낼 생각이었다. 그런데 묘소 참배도 할 수 없게 되어버리다니……

남원댁이 대문을 밀고 허청거리며 마당에 들어서자마자 오늘내 일하는 복길네를 뺀 한집에 사는 모든 사람이 남원댁을 에워쌌다. 남원댁은 그 자리에서 정신을 잃고 까무러쳤다.

양철대문 옆에 놓인 고무통에는 쓰레기가 가득 담겨 있었다. 산비탈을 훑으며 내려온 흉흉한 바람이 비닐 따위를 날리며 골목을 떠돌아다니다 고무통 위에 주저앉았다가는 훌쩍 장대 꼭대기로 날

아울러 광목천에 매달렸다. 집은 텅 빈 집처럼 스산한 분위기에 휩싸여 있었다. 행여 재미난 구경거리라도 있을까 하여 날아올랐던 바람은 쥐 죽은 듯한 마당을 내려다보며 몹시도 실망하여 광목천을 몇번 펄럭펄럭 흔들어대다가 멀리 떠나갔다.

방 안에서 초롱이와 놀아주던 덕배는 공연히 마음이 싱숭생숭하여 애를 아내에게 맡기고 마당으로 나왔다. 요사이 들어 가년스럽지만 도란도란하니 아늑하던 이 집 분위기가 살얼음판을 걷듯 불안해지면서 덩달아 그의 마음까지 울적해졌다. 납작마루에 앉아 담배를 흠빠는데 연풍이 부엌문을 밀고 나왔다.

"이거 집 분위기가 말이 아니군요."

연풍이 한마디 하며 덕배 옆으로 다가와 앉았다. 덕배가 그에게 담배를 권했다.

"누가 아니랍니까. 가뜩이나 복길이네 일만으로도 조심스러운 판에."

"그나저나 장형, 공장을 차릴 거라면서요?"

"공장을 차리긴요, 기계 한대 사서 하청을 받는 일을 가지고."

덕배는 계면쩍어하면서도 과히 기분이 나쁘지 않아 미소를 머금었다.

"축하합니다. 이럴 때일수록 누구 한 사람이라도 잘돼야지요."

연풍은 자기 일처럼 기뻐해주었다. 때마침 황동규가 기지개를 켜며 마당으로 나왔다.

"무슨 일인데 그래?"

"장형이 공장을 차리게 됐다고 오늘 한잔 사겠다는데요."

"야, 그거 잘됐네. 그러잖아도 마음이 심란하고 목도 출출해서 나와봤는데 가는 날이 장날일세."

황동규가 껄껄거리며 납작마루로 다가왔다. 그때 대문이 열리면서 복길이 아버지가 마당으로 들어섰다. 그의 손에는 한무더기의 한약재가 들려 있었다. 마루에 앉아 있던 그들은 얼굴에서 웃음기를 거두었다.

"어디 갔다 오시는 모양이죠?"

황동규가 걸걸한 목소리로 물었다.

"경동시장엘 좀…… 그런데 어쩐 일로 다들 나와 계시오?"

"술 생각이 나서요. 복길이 아버님도 생각 있으면 같이 가시죠."

"좋지요. 내 들어갔다 나오리다."

복길이 아버지는 애써 침울한 표정을 감추며 2호실 문을 여는데 6호실 문이 열리면서 술집 아가씨 둘이 밖으로 나왔다. 짙은 화장에 미니스커트를 걸친 걸로 봐서 출근을 하는 모양이었다. 황동규가 마루 앞을 지나가는 아가씨들에게 말을 걸었다.

"출근들 하는 거야?"

"예."

아가씨들은 황동규를 돌아보며 고개를 끄덕여 보인 뒤 또각거리며 마당을 가로질렀다. 퇴근해 들어오던 정구가 그녀들과 마주치게 되자 옆으로 비켜섰다. 김양은 그런 정구를 거들떠도 안 보고 골목을 빠져나갔다.

"고것들 엉덩이가 탱탱한 게 아주 죽이는구만. 한집 살지만 않는다면 어떻게 해보겠는데."

황동규가 대문을 나서는 아가씨들의 허옇게 드러난 허벅지를 훔쳐보며 중얼거렸다. 멀어져가는 그녀들의 뒷모습을 지켜보며 시무룩한 표정을 짓고 있던 정구가 그 소리를 듣고서 납작마루로 다가와 한마디 했다.

"형님, 술집 나가는 아가씨라고 너무 그러지 마슈."

"이 친구야, 농담이야, 농담. 그런데 자넨 자네 일도 아닌데 왜 그리 흥분해서 난리야?"

"흥분하긴 누가 흥분했다 그러슈? 그냥 그렇다는 거지."

"이 친구 이거, 쟤들한테 푹 빠진 모양인데."

황동규가 얼굴 가득 장난기를 머금고 정구를 놀리려 드는데 대문이 열리면서 황영감의 셋째아들이 집으로 들어섰다.

셋째아들은 마루에 모여 앉은 사람들을 못 본 척하며 마당을 가로질러 1호실로 들어갔다. 남원댁은 방 안에 이불도 깔지 않고 누워 있었다. 그런 남원댁의 얼굴은 며칠 사이에 몰라보게 수척해졌다. 남원댁은 황영감의 셋째아들이 방 안으로 들어오자 기신거리며 뉘었던 몸을 일으켜세워 앉았다.

"아주머니, 긴말할 것 없이 단도직입적으로 말씀드리겠습니다."

황영감의 셋째아들은 무뚝뚝하게 말하며 돈봉투를 남원댁 앞으로 내밀었다. 남원댁은 그를 멀거니 바라보았다.

"육백만원입니다. 이 돈을 받거나 말거나 그건 아주머니의 자유입니다. 하지만 이건 알아두십시오. 저희들은 이 집을 팔려고 내놓았습니다."

"이보게, 그런 것은 아무래도 좋네. 내사 들어올 때도 빈손이었응께로 아무래도 좋으이. 대신 나 부탁 하나만 들어줘."

"그게 뭡니까?"

"자네 부친 산소 좀 알려주소."

"불가능한 일입니다."

"나가 요로코롬 싹싹 빌텡께로 제발 나 부탁 쪼깨 들어줘."

"지금 누구 집안 망신살 뻗치게 하기로 작정을 하셨소?"

"그럼 이 집에 손 못 대여."

"맘대로 생각하십시오. 돈은 놓고 갑니다."

"이눔아, 너그덜도 사람 새끼냐? 이 육시럴 눔덜아."

남원댁은 억장이 무너져내려 소리를 내질렀는데 목소리는 분을 못 이겨 부들부들 떨렸다. 그러나 황영감의 셋째아들은 더이상 대꾸할 가치도 없다는 듯 남원댁을 힐끗 쳐다보고는 일어서서 뒤도 안 돌아보고 마당으로 나와 납작마루로 다가갔다. 모여 있던 사람들은 잔뜩 경계를 하면서 다가오는 그를 싸늘하게 노려보았다. 그는 그런 분위기에는 아랑곳하지 않고 그들에게 말을 던졌다.

"마침 다 모여 있군요. 알려줄 게 있었는데 마침 잘됐소. 이 집은 오늘부로 팔려고 내놨으니 알아서들 대처하시오. 필요한 일이 있으면 이리로 연락해서 내 비서와 의논하시오."

그는 자기가 할 말만 하고 난 뒤 달랑 명함 한장만 놓고 대문으

로 걸어나갔다. 모두들 어이가 없어 서로의 얼굴만 멀뚱멀뚱 쳐다
보고 있을 때 남원댁이 맨발로 뛰쳐나오며 소리쳤다.

"이놈, 거기 서."

황영감의 셋째아들이 뒤를 돌아보자 남원댁은 그가 준 수표를
갈기갈기 찢어버렸다. 황영감의 셋째아들은 가소롭다는 표정으로
그 모습을 보다 말고 대문을 빠져나갔다. 남원댁은 그 뒤에다 대고
바락바락 악을 써댔다.

"이건 나 집이여. 나 눈에 흙이 들어가기 전까정은 아무도 이 집
에 손 못 대. 이 집은 우리 영감님의 집이고 나 집이여. 뭣여, 나가
집을 탐내서 영감님을 꼬드겼다고? 에라이, 천벌을 받을 놈들. 이
갈아먹어도 시원찮을 놈들아. 나가 그 땀시 삼년 동안이나 영감님
의 똥오줌 수발을 들었다고? 자식이란 놈들이 그래, 부모를 걸레짝
버리드끼 버려놓고는 이제 와서는 한다는 소리가 고작 그거여?"

그러나 남원댁의 부르짖음은 공허하게 울릴 뿐이었다. 방 안에
있던 아낙네들이 남원댁이 왜장치는 소리를 듣고 마당으로 나왔
다. 남자들은 큼큼거리며 섰다가 복길이 아버지가 나오자마자 자
리를 피해 구멍가게로 몰려갔다. 모두들 한동안 침울하게 술잔만
기울였다.

"그나저나 집을 내놓았다니 야단인걸."

"천상 이사를 해야겠네요."

황동규의 말을 정구가 받았다. 덕배는 복길이 아버지의 잔에 술
을 쳤다.

"아주머니는 좀 어떠세요?"

"글쎄올시다. 약이란 약은 모조리 사다 먹이는데도 별 효험이 없군요. 어찌 되는지는 신만이 알고 있겠지요."

"돈도 수월찮이 들었겠습니다."

"꾸어다 쓴 돈만 해도 천만원이 되는데 어쩔 수 있나요. 내 죄갚음을 하느라 저렇게 된 것인데 살릴 수만 있다면 지옥불 속에라도 들어가야지요."

"이거 한집 살면서 도와드리지도 못하고…… 참, 아침에 보니까 복길이 할머니가 와 계신 것 같던데요?"

"제가 집사람 옆에만 붙어 있을 수가 없어 올라오시라고 했지요."

"그런데 복길이 아버님, 이렇게 말씀드려도 되는지 모르겠습니다만, 전 이참에 복길이 아버님의 정성에 아주 탄복을 했습니다그려."

황동규가 복길이 아버지에게 쌍잔을 넘겨주며 말했다. 복길이 아버지는 술을 쭉 들이켜며 나직하게 중얼거렸다.

"제가 집사람한테 몹쓸 짓을 많이 한 것이 사실입니다. 그런데 그 사람이 쓰러지고 나니까 이런 생각이 들지 뭡니까. 사람이 오래 살아봐야 백년인데 그 짧은 인생을 살면서 절대로 해서는 안되는 일과 반드시 해야만 되는 일이 있다고. 그런데 돌이켜보면 해서는 안되는 일을 저는 너무도 많이 저질렀지 뭡니까. 한때는 변명을 하기도 했지요. 나도 사는 게 답답하고 암담하다, 날더러 어쩌란 말이

냐, 하고 말입니다. 따지고 보면 세상에 대한 화풀이를 집사람에게
한 셈인데 작금에 와서 보면 너무도 어리석고 무지몽매한 일이었
지요. 제가 죽기 전에 그 죄갚음을 다 할 수 있을는지 모르겠습니
다.”

복길이 아버지는 깊이 한숨을 들이쉬며 술잔을 비웠다.

“이제 보니 복길이 아버님 철학자가 다 되셨습니다. 짧은 인생을
살면서 절대로 해서는 안되는 일과 반드시 해야만 되는 일이 있다,
정말 명언이십니다.”

분위기가 자못 엄숙해지려는데 황동규가 껄껄거리며 말추렴을
하였다.

“그나저나 할머니도 큰일입니다.”

연풍이 남원댁 일을 입에 올리며 혀를 차댔다.

“이 사람아, 세상이 다 그런 걸 어쩌겠나. 이놈의 사회가 돈밖에
모르고 나밖에 모르면서 삭막해지고 살벌해진 게 어제오늘의 일인
가 이 말이야. 앞으로 세상이 어떻게 변하게 될지는 알 수 없지만
하여간에 말세야, 말세.”

황동규가 걱실거리는 몸짓으로 투덜거렸다.

“전 그만 일어나봐야겠습니다. 집사람 약을 달이다 말고 나왔거
든요.”

“아닙니다, 저희들도 같이 일어나야죠.”

덕배는 더이상 사람들과 어울리고 싶지가 않아 잔을 비우며 복
길이 아버지를 따라 일어났다. 황동규가 성에 안 차는 모양으로 한

잔 더 하자고 성화를 부려대는 바람에 결국 복길이 아버지와 덕배만 자리를 비우고 나머지 사람은 남게 되었다.

"아이고, 이놈아, 여편네가 오늘내일하는데 술이 목구멍에 넘어가더냐?"

복길이 할머니가 술냄새를 풍기며 들어오는 아들을 탓하며 꾸짖었다. 그는 대꾸 없이 방으로 들어갔다. 아이들은 윗목에 앉아 코미디 프로를 시청하며 킥킥거렸다. 복길이 아버지는 제 에미가 언제 죽을지도 모르는데 텔레비전을 보며 희희낙락하는 아이들의 철없음에 어이가 없으면서도 복길네가 죽으면 저 어린것들을 어쩌나 하는 생각에 안쓰러움이 앞섰다. 그는 눈을 꼭 감고 가르랑거리며 누운 아내의 머리맡에 앉아 그녀의 손을 꼬옥 마주 잡았다. 복길네는 감고 있던 눈을 살며시 올려떴다.

"좀 어때? 마취제 놓아줄까?"

복길네는 힘없이 고개를 가로저었다. 복길이 아버지는 요즘 들어 부쩍 아내의 목숨이 간댕간댕하다고 여겨져 어쩔 줄을 몰라 했다. 하루에 두번씩 놓던 마취제도 며칠 전부터 세번씩 놔줘야 했고 투여량도 늘려야 했다.

"아범아, 그애 좀 어떻게 설득해봐라."

복길이 할머니가 탕약을 쟁반에 받쳐들고 들어오며 답답하다는 듯 잔소리를 늘어놓았다.

"뭘요?"

"글쎄, 한사코 서산으로는 내려가지 않겠다는구나."

"어머니, 전 내려가지 않을 테야요. 죽어도 여기서 죽을래요."

복길네가 기어들어가는 목소리로 대꾸하였다. 복길이 아버지는 속이 타는지 담배를 꺼내 물고 문가로 나앉았다. 복길이 할머니가 복길네를 내려다보며 말했다.

"너도 참 답답하구나. 쓸데없는 고집만 부리지 말고 한번 생각을 해봐라. 아무리 죽을병에 걸려서 앓아누웠다고는 하지만 그래도 생각은 할 수 있을 거 아니냐. 너는 비록 이렇게 됐다고는 하지만 애비하고 네 새끼들은 살아야 하잖냐. 더군다나 우리가 너를 죽이려고 서산으로 내려가자는 것도 아니고 공기 좋은 데서 요양을 시켜주려고 이러는데 도대체 웬 똥고집이냐, 똥고집이. 아범도 허구한 날 네 옆자리만 지키고 있을 수는 없잖냐. 하다못해 네 약값이라도 벌려면 일을 나가야 하는데 뭘 믿고 이렇게 지각이 없느그래."

복길네는 시어머니의 구구한 잔소리에 비위가 뒤틀렸으나 두 눈을 가지런히 내리감고서 못 들은 체하였다. 시어머니의 말이 단 한 군데도 허튼 데가 없음을 그녀 자신이 모르는 바는 아니었다.

복길네는 지금도 헐레벌떡 병실로 뛰어들어오던 남편의 모습을 잊을 수가 없었다. 놀라움으로 뒤범벅된 남편의 눈, 후회와 탄식으로 그렁그렁한 남편의 눈은 꿈을 꾸듯 믿어지지가 않았다. 그뒤부터 남편이 보여준 극진한 간병은 커다란 감동이었다. 의사에게 사형선고를 받았을 때 제일 먼저 떠오른 사람이 남편이었다. 복길네는 남편을 떠올리면서 남편이 이 사실을 알면 어떻게 행동할까를 추측해보았었다. 불행하게도 복길네의 상상이 만들어낸 남편의 모습은 얼씨구나 잘되었다고 노래하는 모습이었다. 하지만 병실 문을 밀치고 나타난 남편은 그녀 앞에 무릎 꿇고 용서를 빌었다. 복길네는 태어나서 처음으로 행복이라는 감정을 느껴보았다. 그러나 그것이 얼마나 부질없는 짓인가. 자신은 머지않아 바람에 흩날리는 먼지처럼 한줌의 티끌로 사라지고 마는 것을. 남편은 살기를 포기한 그녀를 붙들고 매달렸다. 복길네는 그 순간에 살고 싶다는 생각을 했다. 아니, 살아야 한다고 이를 악물었다. 억울했다. 그냥 죽기에는 너무도 억울했다. 복길네는 혼신의 힘을 다해 병마와 싸웠다. 줄기차게 투쟁을 하였다. 전투를 벌였다. 그러나 병마는 그녀의 힘으로는 어쩌지 못하는 신이 내린 저주인지, 그녀의 생명을 야금야금 갉아먹으며 들어왔다. 작금에 와서 복길네는 바람 앞의 등잔불처럼 까물거리는 자신의 생명을 바라보며 죽음이 임박했음을 예감하였다. 그러나 그녀는 굴복하지 않았다. 그 와중에 시어머니가 서산으로 내려가자는 얘기를 꺼냈다. 복길네는 그 얘기를 듣는 순간 절대로 그럴 수는 없다고 생각했다. 그곳으로 내려간다면 그토록 붙들고 늘어지던 생명의 불꽃이 사르르 꺼져버리고 말 것 같다는 예감이 너무도 생생하게 목덜미를 붙잡았다.

복길네는 이 집을 떠나서는 안된다고 생각했다. 죽을 수는 없는 일이었다. 이 집을 떠나면 죽는다는 논리가 스스로 생각하기에도 어처구니없기는 했다. 그러나 자신에게 병마를 안겨준 것이 이 집에서의 삶에 있다면 가리늦게나마 허랑방탕하던 남편을 자신의 품으로 되돌려준 것도 꼭 이 집에 서린 어떤 영험한 기운 탓일 거라는 허황된 생각이 머릿속에서 떠나지를 않았다. 스스로 생각해보아도 정말 어처구니없기 짝이 없었으나 본능적 직감이 이성적 사고를 앞섰다. 그럼에도 불구하고 복길네는 자신이 머지않아 이 집을 떠나야만 한다는 것을 알고 있었다. 현실이 그랬던 것이다.

"어머니, 그만해두세요."

복길이 아버지가 피우던 담배를 부엌 바닥에 버리며 짧게 말하고 꿉꿉한 방 안 공기를 바꾸기 위해 창문을 열었다. 창문을 열면서 보니 하늘에 초승달이 걸려 있었다. 초승달이 박혀 있는 하늘은 구름 한점 없이 맑았다. 갓난아기의 눈망울처럼 초롱초롱 빛나는 달이 달무리를 두르고 있었다.

불 꺼진 방에서 벽을 기대고 뎅그렁하게 앉아 창밖을 바라보던 남원댁은 달님이 참 곱다고 생각했다. 그 달을 망연히 보고 있노라니 소싯적에 물을 길러 우물가에 갔다가 깊은 우물 속에 떠 있는 달을 보며 한시간이고 두시간이고 넋을 빼던 일이 떠올랐다. 그때도 달이 저처럼 고왔다. 달빛이 흘러내리는 초가지붕 위에 열린 박은 또 얼마나 곱고 예뻤던가. 예쁜 걸로 치자면 어디 그것뿐이겠는가. 남원댁의 가슴속에서 찰랑거리던 꿈은 그 얼마나 미치도록 예뻤던가. 그 시절에는……

남원댁은 눈길을 떨구었다. 황영감이 누워 있었던 자리에 은근하게 스며들어온 달빛이 깔려 있었다.

─자식이 다 무언가. 난 그저 할멈만 있으면 돼.

─실없는 소리 마시구려.

─속아만 살았는가, 어째 사람 말을 못 믿는댜.

황영감의 얼굴이 눈앞에 아른거렸다. 남원댁은 생생하게 떠오르는 황영감의 얼굴을 지우기라도 하듯 뒷머리를 벽에 기대고 눈을 감았다. 그러나 괴로운 마음은 끊임없이 남원댁을 괴롭혔다.

황영감의 자식들은 남원댁을 사기꾼 취급을 하였다. 덕분에 삼년간 똥오줌 수발을 들던 남원댁은 파렴치한 인간이 되고 말았다.

─암만 생각해도 잘못했지 싶네.

─무슨 말씀이어라?

─할멈하고 나 말이야, 그때 당시에 혼인신고를 해버리는 건데 그렸어.

─난 또 무슨 말씀이라구. 아, 시방 우딜 나이가 몇인데, 남사스럽게.

─남사스럽긴.

─서로 요로코롬 의지해가믄서 살면 되았지 더이상 바랄 거이 무에 있어라.

─아녀. 암만해두 그게 자꾸만 목에 걸린 생선 가시처럼 마음에 걸려.

─내사 암시랑도 않구먼요.

─죽을 날이 멀지 않아서인지 어째 벽장에 숨겨둔 꿀단지처럼

두고두고 신경이 쓰이는구먼.

영감은 이렇게 될 것을 미리 알고서 그런 얘기를 했던 걸까, 남원댁의 마음은 더한층 무거워졌다.

"나쁜 사람, 난들 살믄 을매나 더 산다고 이리 가뿐졌을꼬……"

남원댁은 몇시간이고 석고상처럼 움직이지 않았다. 그런 남원댁의 짓무른 눈에서 한줄기 눈물이 소리 없이 흘러내렸다. 그렇게 움직일 줄 모르던 남원댁은 새벽녘이 되자 그림자처럼 일어나 부엌으로 갔다. 남원댁은 찬장 문을 열었다. 짙은 어둠속에서 식칼이 시퍼렇게 날을 빛냈다. 남원댁은 식칼을 들고 방으로 돌아왔다. 칼을 내려놓고 품속에 간직해두었던 사진을 꺼냈다. 황영감이 사진속에서 남원댁의 손을 잡고 서서 웃고 있었다. 동네 노인들과 함께 보라매공원으로 소풍 갔을 때 찍은 사진이었다. 남원댁은 사진을 뺨에 대고 비볐다. 뺨을 타고 흘러내린 눈물이 사진을 적셨다. 남원댁은 사진을 내려놓고 칼을 집었다. 풍상을 겪으며 살아온 세월이 시나브로 눈앞에 떠올랐다가 스러졌다.

남원댁은 식칼로 손목을 그었다. 동맥이 끊기면서 피가 튀었다. 남원댁은 모로 쓰러졌다. 펌프 물처럼 쏟아져내린 피가 사진을 붉게 물들였다. 방바닥을 적신 피가 은빛으로 빛나는 달빛을 받아 반짝거렸다.

밤사이 산동네를 짓눌렀던 어둠을 걷어내며 동녘이 밝아왔다. 하늘이 갈라지고 땅이 찢어졌던 태고 때부터 인고의 세월을 견뎌

온 하늘에서 내려온 안개는 산동네의 아침을 감싸안았다. 신문배달 소년의 바삐 뛰어가는 발소리와 딸랑딸랑 방울소리를 울리며 골목을 지나가는 두부장수의 외침이 안개 속으로 가라앉았다. 발목이 저리도록 짙은 안개는 생존을 위해 새벽 댓바람부터 비탈길을 뛰어내려가는 사람들을 에워싸며 감추었다. 그때 어디선가 장구소리가 들려왔다. 잘못 들었는가 했지만 틀림없는 장구소리였다. 다당, 다당, 다당…… 장구의 선율은 흐느끼는 듯하면서도 울부짖었고 울부짖는 듯하면서도 통곡하였으며 통곡하는가 싶으면서도 절규하면서 끊임없이 부르짖고 원망하고 저주하고 증오하였다. 그러면서도 다독거리고 위로하며 감싸안고 투쟁하면서 마당을 떠돌아다녔다.

"이게 무슨 소리야?"

밥술을 놀리던 덕배가 아내에게 물었다. 정옥은 입맛을 잃어버렸는지 깨작거리던 밥술을 내려놓으며 한숨을 내쉬었다.

"보라네가 굿하는 거예요."

"굿?"

"이 집에 살이 꼈대요. 그래서 굿을 하는 모양이에요. 그 살을 다스리지 못하면 살이 다른 사람에게로 옮아간다면서."

"아무리 그렇더라도 식전부터 저 난리를 피워? 앞번에 할머니 관이 나갈 때도 굿을 했잖아."

"그건 자리걷이고 이건 뭐라더라?"

"한번 하면 됐지 무슨 굿을 저리 자주 하나그래."

"그럴 만도 하죠. 이건 도무지 무서워서 살 수가 있어야죠. 저이 말대로 정말 살이란 게 끼긴 꼈나봐요."

"쓸데없는 소리, 요즘 세상에 그런 게 어딨다고."

"그렇기는 하지만, 할머니가 죽어 널브러진 광경이 자꾸만 눈앞에 어른어른한 게……"

아닌 게 아니라 남원댁이 죽어나간 후 괴기스러운 기운이 집을 덮고 있었다. 눈을 허옇게 치켜뜨고 피범벅이 되어 널브러진 남원댁의 모습은 너무도 끔찍하고 참혹하였다. 한동안 무엇이 되었든 간에 목구멍 안으로 삼키기만 하면 넘어오려고 하여 아무것도 먹을 수가 없었다. 밤에는 한을 품은 남원댁 귀신이 나올 것만 같아 화장실에 가는 것조차 겁이 났다. 술집에 나가는 아가씨들은 이사를 하려고 방을 알아보러 다니는 눈치였고 황동규는 아예 방을 내놓았다. 그러나 황동규는 마땅히 이사를 갈 곳이 없는 다른 사람들과는 사정이 달랐다. 그는 신림동에 조그만 연립을 장만했던 것이다.

한집 사람들이 모여 의논을 해서 남원댁의 시신을 거두어 장례를 치러주었다. 황영감의 초상 때와 마찬가지로 평소 친분이 두텁던 동네 노인 몇명이 문상을 와주었다. 장례는 삼일장으로 치렀고 화장을 하였다.

그 일이 있고 나서부터 동네 사람들은 양철대문 앞을 지나치는 것은 물론이고 쳐다보는 것조차 꺼려 하였다. 소문은 꼬리에 꼬리를 물고 동네에 퍼져나갔다. 황영감의 자식들이 집을 내놨으나 집을 보러 오는 사람은 아무도 없었다.

"우리도 이사를 해야 할까봐요."

"두고 보자고. 그런데 이게 무슨 냄새야? 막걸리 냄새잖아."

정옥이 남원댁을 떠올리며 진저리를 치는데 장구소리가 멎었다. 장구소리가 멎으면서 집에 막걸리 냄새가 진동하기 시작했다. 덕배는 수저를 내려놓고 밖으로 나왔다. 부엌문 밖으로 고개를 내미는데 한치 앞을 가늠할 수 없는 짙은 안개가 시야를 가로막았다. 그 짙은 안개 속에서 보라네가 마당은 물론이고 수돗가며 화단 할 것 없이 막걸리를 죽죽 뿌려대고 있었다. 그것도 그냥 뿌려대기만 하는 것이 아니라 알아들을 수 없는 주문을 쉴 새 없이 중얼중얼 외어댔다. 짙은 안개 속을 헤치고 다니며 발매를 놓는 보라네의 모습이 귀신 같아서 모골이 송연했다. 보라네가 마당을 돌다가 덕배네 부엌문 앞으로 다가와 막걸리를 죽 뿌리자 그는 기겁을 하며 뒤로 물러섰다. 보라네는 부엌문마다 막걸리를 뿌리고 나서야 3호실로 들어갔다. 이제 끝났는가 하여 방으로 들어오는데 다시금 안개를 헤치며 굿거리 하는 소리가 집에 울려퍼졌다.

덕배는 밥상을 밀어놓고 담배에 불을 붙였다. 출근시간이 가까워오고 있었으나 오늘부터는 아무래도 좋았다. 오늘 점심나절에 연마기가 들어오기로 했으니 이제는 그 누구의 눈치도 볼 필요가 없다. 그는 윤사장의 권유대로 태양정밀 마당에 블록을 쌓아올리고 슬레이트 지붕을 얹은 네평짜리 작업장에서 어젯밤 늦게까지 생각에 잠겼었다. 윤사장은 건물 사용료로 월세를 내라고 했으나 그것은 아무래도 상관이 없었다. 덕배는 새로운 인생을 설계해나

갈 그만의 터전을 하나하나 만져보고 살펴보았다. 그러나 아무리 만져보고 살펴보아도 도무지 신명이 나지 않았다. 사랑하는 이와 첫날밤을 보낼 때처럼 가슴이 설레고 울렁거리며 심장이 터져나갈 듯 기쁨으로 충만할 줄 알았는데 웬걸, 그의 마음은 쓸쓸하고 무거우며 고통스러웠다. 공장을 빠져나오자마자 포장마차로 달려가 머리꼭지가 돌도록 술을 퍼마신 것도 그 때문이었다. 집으로 돌아와 한숨 자고 나면 나아지려니 여겼건만 지금까지도 심사가 어지럽고 불편하였다.

"참, 복길이네 오늘 내려간다고 그러지 않았어?"

"아 참, 내 정신 좀 봐. 오늘 아침 일찍 내려간다고 그랬는데."

정옥은 그제야 생각이 난 듯 맞장구를 치는데 마당 쪽에서 웅성웅성하는 소리가 들렸다. 덕배는 담뱃불을 비벼 끄고 초롱이를 안아들고 아내와 함께 마당으로 나갔다. 부엌문을 밀치니 짙은 안개 속에서 복길네를 들어 안은 복길이 아버지의 모습이 희미하게 보였다. 가까이 다가가서 보니 상할 대로 상한 복길네의 모습이 흡사 죽은 사람 같았다.

"오늘 내려가세요?"

"예, 그동안 신세 많이 졌습니다."

"무슨 말씀을요, 도와드린 것도 없는데. 애들은요?"

"할머니 편에 먼저 내려보냈습니다."

"언니, 내려가시거든 몸조리 잘하세요. 꼭 건강해지실 수 있을 거예요."

정옥이 물기 먹은 목소리로 말했으나 복길네는 말없이 눈길을 떨어뜨렸다. 때마침 황동규가 마당으로 나왔고 현주네도 연풍과 어깨를 나란히 하고서 가까이 다가왔다. 그러나 그사이에도 굿거리 하는 소리는 끊이지 않았다.

"이대로 내려가시면 서운해서 어쩌죠?"

"어차피 이삿짐 가져가려면 다시 올라와야 하는데 그때 술 한잔 하십시다."

"아무쪼록 내려가시걸랑 좋은 결과를 보시길……"

"열차 편으로 내려가시는 건가요?"

"그럴까도 싶었지만 사정이 사정인지라 렌터카를 빌려다놨습니다."

모두들 저마다 돌아가면서 한마디씩 건네는데 정작 복길네는 삶을 포기한 사람처럼 눈을 감고 외면을 하였다. 복길이 아버지가 발걸음을 떼어놓기 시작하자 모두들 그의 뒤를 따라갔다. 복길이 아버지는 오씨네 집 옆에 세워놓은 승용차 뒷좌석에 복길네를 눕혔다. 그런 중에도 복길네는 감은 눈을 뜨지 않았고 그런 그녀의 얼굴 가득 체념의 그늘이 더께처럼 내려앉아 있었다.

사람들이 지켜보는 가운데 승용차는 시동을 걸었고 부릉부릉하는 소리와 함께 매캐한 매연을 토해내면서 골목을 천천히 미끄러져 내려가기 시작했다. 정옥이 그 뒤에다 대고 손을 흔들었고 덕배는 무심한 눈으로 멀어져가는 승용차를 좇았다. 그러나 승용차가 미끄러져가면 갈수록 자욱한 안개가 승용차와 덕배 사이를 메워버렸다. 안개 때문일까, 승용차가 물결을 따라 떠내려가는 조각배 같아 보였다. 떠나가는 복길네, 그리고 때를 맞추기라도 한 듯 안개라니, 문득 이상한 일도 다 있다는 생각이 들었다.

안개 속에 시선을 풀어놓고 있는데 언뜻 현민의 얼굴이 떠올랐다. 덕배는 연민의 눈길로 자기를 바라보던 현민의 얼굴을 지우기라도 하듯 카악 하고 가래침을 뱉어냈다. 그러나 한번 뇌리에 박힌 현민의 얼굴은 지워지지 않고 집요하게 따라붙었다. 덕배는 아랫입술을 감쳐물었다. 현민이 두꺼운 안개 속 어딘가에 숨어 있기라도 한 듯 그의 음성이 덕배의 귓전에 들려왔다.

─이대로 나가다가는 우리 모두 죽습니다.

복길네를 태운 승용차는 안개에 가려 더이상 보이지 않았다. 덕배는 눈을 치켜떴다. 멀리 안개의 물결을 뚫고 관악산이 솟아 있는 게 보였다. 스모그 때문에 희미하긴 했지만 까마득히 건너다보이던 시내 전경은 안개의 강 속으로 침몰한 듯 보였다. 한눈에 내려다보이던 판잣집들과 시장 골목, 차량 행렬로 물결치던 도로와 큰 네거리에 밀집한 빌딩숲들도 안개의 강 속으로 가라앉아 보이지 않았다. 덕배는 관악산을 건너다보며 섬을 바라보고 있다는 착각이 들었다. 허연 이를 드러내며 쿨렁거리는 안개의 바다 한가운데 박혀 있는 외로운 섬.

─개인의 문제가 아닙니다.

현민이 말했었다.

'하지만 다들 그렇게 살아가지 않는가.'

─짧은 인생을 살면서 절대로 해서는 안되는 일과 반드시 해야만 되는 일이 있소이다.

복길이 아버지가 말했었다.

'그러나 누구나 때가 되면 죽는 법이고, 죽음을 피할 수 없다면 그런 게 다 무슨 소용이란 말인가. 노동자들을 착취하고 땅 투기를 일삼는 윤사장을 보라. 사람들은 뒤에서 구시렁거릴 줄이나 알았지 막상 그의 앞에서 누구 하나 그가 잘못됐다고 말하는 이가 없다. 설사 말한다손 치더라도 그게 무슨 소용인가. 그것은 자신의 쪽박을 자신이 깨버리는 무모한 짓거리에 지나지 않는 것을. 더욱이 윤사장처럼 될 수 있는 기회를 붙잡은 이 마당에 더이상 말해 무엇하랴.'

─돈 벌긴 어려워도 쓰기는 쉽고 사람 만들긴 어려워도 버리긴 쉽다더니, 그게 저이를 두고서 나온 말인가봐요.

'아내는 은비네를 탓했지만 부러워했고 자신이 그렇게 되기를 바라지 않았던가.'

그러나 덕배의 마음은 편치를 않았고 체하기라도 한 듯 명치께가 답답했다. 머리로는 갖은 명분과 핑계를 앞세우지만 자꾸만 왠지 이게 아니라는 자괴감이 일었다. 그러나 그 자괴감의 정체는 분명하지가 않았다. 마치 안개의 강 속으로 도시가 가라앉듯 자괴감은 자신의 존재를 은폐하는 것 같았다.

─난 그때 깨달았수. 이 세상이 바뀌지 않는다면 우리 모두가 죽게 된다는 것을 말이우.

현민이 말했었다. 덕배는 그때와 마찬가지로 이 말을 이해할 수가 없었다. 그러나 그 와중에 황영감이 숨을 거두었고 남원댁은 자살을 했으며 복길네는 시한부 목숨을 이끌고 서산으로 내려가고, 보라네는 굿을 했다.

덕배는 갑자기 자신이 죽을 뻔한 기억을 떠올렸다. 조립하던 기계에 찧어 목이 잘려나갈 뻔한, 그 끔찍하고 아찔한 기억을 선명하게 되살려냈다.

─ 세상을 비관해 농약을 마시고 자살한 농민이 대체 몇명이고, 오르는 방세 때문에 연탄을 피워놓고 식구들이 모두 동반자살한 서민은 또 몇명입디까. 어디 그뿐입니까. 인간답게 살고 싶다고 외치며 분신자살한 노동자들은 물론이고 가진 놈들이 자기들의 배를 채우기 위해 고문해서 죽이고 몽둥이로 때려서 죽인 사람들도 이루 다 숫자를 헤아릴 수가 없습니다. 게다가 산업재해로 죽은 노동자만 쳐도 수천명입니다. 어디 죽는 게 사람뿐입디까? 돈에 눈이 먼 재벌들과 그들에게서 정치자금을 받아먹는 권력이 결탁해 죽이지 않은 산이 어딨고 강이 또 어딨단 말입니까. 바다도 죽고 하늘도 죽었습니다. 어디 그것뿐입니까. 도덕도 죽고 윤리도 죽었습니다.

'하지만 어쩌란 말인가. 날더러 어쩌란 말인가.'

덕배는 안개 속에 풀어놓았던 눈길을 거두어들이며 고개를 떨구었다. 그는 대문에 등을 기댔다. 현주네와 연풍이 발걸음을 맞춰가며 골목을 내려가기 시작했다. 현주와 영민이 정옥의 곁에 서서 그 뒷모습에다 대고 손을 흔들며 "아버지 어머니, 다녀오세요!" 하고 외쳐댔다. 모여 섰던 이들 모두가 어리둥절하여 골목을 타고 내려가는 현주네와 연풍과 아이들을 번갈아 보았다. 영민이 그 궁금증을 풀어주기라도 하듯이 사람들을 돌아보며 활기찬 목소리로 말했다.

"우리 엄마랑 삼촌이랑 결혼식 올린대요."

"무어? 언제?"

"그건 모르지만 지금 혼인신고 하러 가시는 거예요."

모두들 서로의 얼굴을 마주 보았다. 현주는 사람들이 그러거나 말거나 밝게 웃으며 남동생의 손을 잡고 집으로 뛰어들어갔다. 덕배는 뒤통수를 얻어맞기라도 한 듯 뜨악한 기분이 되었다. 덕배는 마당을 가로질러 집으로 사라지는 아이들의 활기찬 뒷모습을 바라보다 앞서거니 뒤서거니 골목을 빠져나가는 현주네와 연풍의 뒷모습으로 눈길을 돌렸다. 덕배는 차츰차츰 마음이 너누룩해지면서 자신도 모르게 참으로 잘되었다고 중얼거렸다. 얼마나 보기 좋은가. 누가 뭐라거나 말거나 저렇게 서로를 아끼고 위하면서 의지하며 산다는 것은 얼마나 좋은 일인가. 덕배는 안개 속으로 점점 멀어져가는 그들의 뒷모습을 물끄러미 바라보았다. 불현듯 한가지 생각이 덕배의 폐부를 깊숙이 찌르며 파고들었다.

황영감의 죽음을 둘러싼 일련의 사건들은 덕배에게 적지 않은 충격을 안겨주었다. 세상을 험하게 살아온 탓에 여간해서는 놀라는 법이 없는 그에게 황영감의 자식들이 보여준 모습은 이만저만

놀라운 일이 아니었다. 놀라운 일로 치자면 날마다 신문의 사회면을 뒤덮는 일들이 더 심하겠지만 황영감 자식들의 작태는 그에게 각별한 구석이 있었다. 사실 따지고 보면 신문에 실리거나 소문을 통해 접한 일들에 비하면 황영감 아들들의 모습은 참으로 새 발의 피에 지나지 않을 것이다. 애기들을 유괴해서 죽이고, 딸자식을 윤락가에 팔아먹고, 중고생들이 가정집에 흉기를 들고 쳐들어가 식구들이 보는 앞에서 아낙네를 강간하고, 버젓한 유부녀가 정부와 짜고서 병든 남편을 살해하고, 전화 좀 빨리 걸라고 했다 해서 칼로 상대방을 살해하는 등 날로 살벌해져서 밤길을 걷기가 두려운 세상이니 두말해서 무엇 하랴. 어디 그뿐인가. 아파트를 분양한다고 사기를 쳐서 서민들의 피눈물 나는 돈을 가로챈 투기꾼이 검찰의 비호까지 받아가며 버젓이 활보하고, 정치를 하라고 뽑아준 국회의원은 소수의 사리사욕을 위한 거간꾼으로 전락해버리고, 나라의 경제를 좌지우지한다는 모 재벌은 헌법에서도 보장하는 노동조합 활동을 하려는 노동자들을 막으려 깡패를 동원해 식칼까지 휘둘렀는데, 노동자들은 천하에 죽일 놈이요 재벌은 나라의 장래를 걱정해서 그러는, 세상에 둘도 없는 애국자로 둔갑하는 세상이니, 황영감의 세 아들이 보인 작태야 사실 이야깃거리도 안되는 셈이다. 그러나 덕배에게 그들의 작태가 각별하게 느껴지는 것은 그만한 이유가 있었다.

사회에서 내로라하며 한가락씩 한다는 황영감의 아들들이 보인 작태를 보면서 덕배는 막연한 절망감을 느꼈었다. 저리 되는 것인

가. 사람이 물욕에 어두워지면 저리 되고 마는 것인가. 덕배는 그런 절망감을 느끼는 한편으로 일부만 저리 되는 것이라며 스스로를 위로하고자 들었으나 그런 위로는 공허하기 그지없는 메아리에 지나지 않았다. 그 메아리는 몇배의 강한 충격으로 되돌아와 덕배의 머리를 후려쳤다. 그는 극도로 극심한 혼란에 빠져들었다. 이놈의 사회에서 잘산다는 일은 타인을 속이고 타인의 재산을 빼앗고 타인을 짓밟고 죽일 때에나 가능하다. 그러지 않고서 잘산다는 것은 불가능하지 않은가. 열심히 일하고 성실하게 살고 근검절약해서 잘살 수 있다면 세상 사람들 대다수가 풍족하게 살아야지만 말의 앞뒤가 맞는다.

덕배는 황영감의 아들들에게서 자신의 미래상을 본 듯한 착각에 빠져들었다. 저 더럽고 추악하고 혐오스러우면서도 구역질 나는 모습이 앞으로의 자기 모습이라니, 덕배는 좀처럼 믿을 수가 없었다. 그는 자신의 상상이 어이없고 황당무계하다고 여겼다. 하지만 그럴수록 등 뒤에서 쏘는 듯이 자신을 노려보는 시선을 느껴야만 했다. 현민의 눈이었다. 공장을 차리게 해준다는 윤사장의 미끼에 현혹되어 현민을 내쫓는 데 앞장서고 그것으로도 모자라서 현민에게 욕설을 퍼붓고 주먹질까지 한 자신의 모습이 황영감 아들들이 남원댁을 내치던 모습과 비교해서 무엇이 다르단 말인가. 더욱이 그 일이 있고 나서부터 자신을 바라보는 동료들의 눈빛이 예사롭지 않은데, 돌이켜보면 그 눈빛은 자신을 비롯해 한집에 사는 사람들이 황영감의 아들들을 바라보던 바로 그 눈빛이었다.

'하지만 그게 어쨌단 말인가. 그런 게 다 무슨 소용이란 말인가. 잘살 수만 있다면, 그동안 죽어라고 고생하면서 살아온 삶을 보상받을 수만 있다면 그까짓 게 무슨 대수란 말인가.'

질끈 앙다문 덕배의 이 사이로 끙 하는 신음소리가 새어나왔다.

"형님, 어디 아프슈?"

곁에 있던 정구가 덕배의 창백한 안색을 살피며 물었다. 덕배는 가만히 고개를 저었으나 표정이 침통하였다.

"어디 아파서 그러간디, 밤새 방아를 찧어대니 그러는 것이지."

황동규가 예의 그 껄껄거리는 웃음을 섞어 농담을 던지더니 은비네와 함께 집으로 들어가버렸다. 정옥이 남편 덕배의 안색이 예사롭지 않다고 느끼고 있는데 술집에 나갔던 아가씨들이 피곤한 모습으로 골목을 올라와 사람들을 지나쳐 집으로 들어갔다. 아가씨들이 지나칠 때 독한 술냄새가 훅 끼쳤다. 무슨 일인지, 아가씨들이 6호실로 들어가는 모습을 지켜보던 정구가 부리나케 마당을 가로질러 7호실로 들어갔다가 몇초도 지나지 않아서 되돌아나왔다. 그의 손에는 예쁘게 포장된 주먹 크기의 선물 꾸러미가 들려 있었다. 정구는 그 선물을 들고서 6호실의 문을 조심스럽게 노크했다. 덕배는 대문 밖에서 그 모습을 가만히 지켜보았다.

"누구세요?"

"선희씨, 접니다."

"무슨 일인데 그러세요?"

"잠깐이면 됩니다."

이윽고 부엌문이 열리며 선희라고 불린 여자의 짜증스러운 얼굴이 나타났다. 정구는 아무렴 어떠냐는 식으로 김양의 손에 선물 꾸러미를 안겨주고는 도망치듯 후닥닥 대문 밖으로 빠져나왔다. 정구는 그제야 사람들이 지켜보고 있음을 의식했는지 머쓱한 듯 뒷머리를 긁적거리며, 그럼 저 출근합니다, 하고 소리친 뒤 골목 아래로 뛰어내려갔다. 짙은 안개가 뒤처질세라 그의 모습을 삼켜버렸다.

"우리도 그만 들어가요."

덕배의 안색을 살피던 정옥은 아무래도 안되겠는지 그의 팔을 잡아끌었다.

"그동안 공장을 차린다고 너무 긴장을 했나봐요. 그랬던 게 오늘 기계를 들여놓는다고 생각하니 그만 긴장이 풀려버렸는지도 모르죠. 그나저나 많이 아픈 것 같은데 어쩐다죠? 오늘 기계가 들어오는데 말이죠. 하필 이런 날 아플 건 또 뭐람."

덕배는 피식 웃음이 삐져나오려는 것을 간신히 참았다. 그는 아내가 가정상비용 약통에서 몸살이 날 때 먹는 약을 꺼내 컵에 물과 함께 건네는 손길을 뿌리치지 않았다. 머릿속이 복잡해서 낯을 구기고 있다가 예기치 않게 병자 취급을 당하는 것이 어이없기는 하였으나 막상 약을 먹고 나자 몸에서 신열이 나는 듯하였다. 이마에 손을 대보니 약간의 미열이 느껴졌다. 덕배는 등을 대고 앉은 벽에다 뒷머리를 기대고 정구와 자신을 비교해보았다. 왠지 얼굴이 확확 달아오르며 부끄러움이 앞섰다. 세상 사람들이 손가락질하는 여인을 사랑하는 정구가 하청을 받아들이는 댓가로 현민을 짓밟은 자기에 비해 얼마나 참되게 살아가는 사람인가 하는 데서 나온 부끄러움이었다. 그러나 덕배는 자신의 그런 부끄러움 앞에서 무기력하였다. 그 무기력함이 그를 더욱 못 견디게 하였다. 덕배는 몸을 일으켜세워 옷을 갈아입었다.

"좀 누웠다 나가잖고요?"

정옥이 만류하였으나 덕배는 잠바의 지퍼를 올렸다. 그러고 나서 초롱이를 안았다. 그가 출근 때마다 하는 행동이었다.

"우리 초롱이 아빠하고 뽀뽀."

덕배의 말이 떨어지기가 무섭게 초롱이는 더없이 해맑은 눈망울을 반짝거리며 그에게 입맞춤을 하였다. 그는 딸내미의 얼굴을 찬찬히 살펴보며 자조하듯, 나는 이 아이가 자라면 무슨 말을 해줄 수가 있을까, 하고 속엣말을 중얼거렸다. 그는 딸내미를 내려놓고 시계를 보았다. 일곱시가 막 넘어서고 있었다.

"도장이랑 통장은 챙겼어요?"

덕배가 출근을 서두르자 정옥이 물었다. 덕배는 대답 대신 고개를 끄덕였다. 기계가 들어오면 잔금을 치러야 한다. 아내는 무엇이 그리 좋은지 새뜻한 미소를 지었다.

"일찍 들어와요."

아내가 덕배를 배웅하며 말했다. 그 옆에서 초롱이가 조막만 한 손을 흔들며, 아빠, 안녕히 다녀오세요, 하고 인사를 하였다. 덕배는 골목을 내려와 개를 사육하는 오씨네 집 앞에서 방향을 틀었다.

오씨가 개들에게 아침밥이라도 주는지 집 안쪽에서 개 짖는 소리가 요란했다. 덕배는 승리이발소가 있는 골목 어귀의 맞은편에 있는 공중전화 앞에서 발걸음을 멈추었다.

덕배는 망설였다. 아내의 얼굴이 떠올랐다. 그는 동전 투입구에 동전을 넣으려다 말고 자신의 행위가 올바른 것인가 다시 생각해보았다. 그러나 알 수가 없었다. 다만 신중해야 한다는 생각만은 떨칠 수가 없었다. 덕배는 동전을 넣고 수화기를 들었다. 호흡을 가다듬으면서 명함에 박혀 있는 대로 천천히 번호판을 눌렀다. 두어번의 신호음이 울린 뒤에야 저쪽에서 수화기를 들었다.

"여보세요. 거기 우리정밀 사장님 댁이죠? ……아 예, 저는 오늘 거기서 연마기를 사기로 한 사람인데요. ……예, 잠깐 기다리지요. ……아, 안녕하세요. 저 장덕배올습니다. ……다름이 아니고요, 기계 들여오는 날짜를 며칠만 연기했으면 싶어서요. ……갑자기 사정이 생겨서 그럽니다. ……예? ……아, 예. 감사합니다."

덕배는 수화기를 내려놓고서 길게 한숨을 내쉬었다. 그리고 담배를 입에 물었다. 그는 담배연기를 길게 들이마시며 동네를 내려다보았다. 안개가 여전히 동네를 감싸고 있었다. 그는 설악산에서 내려다본 구름바다만큼이나 넓게 드리운 안개를 바라보며 생각에 잠겼다.

나는 어쩌면 안개에 가려진 삶을 살아왔는지도 모른다. 아니, 그랬다. 나는 내가 누군지 몰랐고 지금도 모르고 있다. 세상이 어떻게 생겼는지, 사람들이 어떤 틀 속에서 어떤 방식으로 살아가고 그 방

식은 어디에서 어떤 식으로 규정되는지, 대체 삶이란 무엇이고 죽음이란 또 무엇인지, 희망이란 무엇이고 그 모든 것 속에서 대관절 어떤 꿈을 꾸어야 하는지 나는 모른다. 그 모든 것들은 짙은 안개 속에 가려져왔고 또 가려져 있다.

덕배는 자기 자신이 어디로 가게 될지 알 수 없었다. 과거에도 그랬듯이 앞으로도 그럴 것이다.

조립하던 기계의 새시날이 덕배의 머리를 향해 내리떨어졌었다. 윤사장은 덕배를 유혹하였고 현민은 공장에서 쫓겨나 구치소에 갇혀 있다. 공장 사람들은 덕배를 노려보았고 덕배는 기계를 보러 다녔다. 복길네는 자궁암으로 사형선고를 받았고 황영감은 죽었으며 남원댁은 자살을 하였다. 그리고 덕배는 괴로워했다. 현민은 연민의 눈길로 덕배를 바라보았고 초롱이는 무럭무럭 자라나고 있으며 아내는 나이보다 겉늙어 보였다. 덕배는 깡패였었고 어머니는 그가 콩밥을 먹을 때 돌아가셨다. 덕배는 세상이 미웠다. 윤사장은 덕배를 방패막이로 이용했고 덕배는 현민의 희생을 강요했다. 아내는 기뻐했고 덕배는 괴로워했다. 복길이 아버지는 헌신적으로 아내의 병구완을 하였다. 예전에 복길이 아버지는 아내를 두들겨팼다. 그는 딴살림을 차렸고 처자식을 외면했었다. 현민은 개인의 문제가 아니라고 했고 덕배는 괴로웠다. 모든 것이 뒤죽박죽되어버렸고 뻘밭에 들어갔다 나올 때처럼 엉망진창이 되어버렸다. 공장 사람들은 덕배를 노려보았고 현민은 연민의 눈길로 덕배를 바라보았으며 아내는 기뻐했고 덕배는 괴로워했다.

덕배는 생각을 해야만 했다. 비록 안개 속에 갇혀 장님과 다름없다 할지라도 생각을 해보아야 했다. 자신에 대해서, 자신이 살아온 세월에 대해서, 사람들에 대해서, 사람들이 살아온 세월에 대해서, 세상에 대해서, 세상이 만들어진 그리고 만들어지는 과정과 그 속에서의 자신에 대해서 생각해보아야만 했다.

연마기를 사게 되는지는 덕배 자신도 알 수가 없었다. 분명한 것은 자기 자신은 안개에 갇혀 있으며 안개 속에서 벗어나야 한다는 사실이었다.

덕배는 발걸음을 돌려 공중전화에서 멀어졌다. 안개바다 속으로 뻗어 있는 승리이발소 골목을 미끄러지듯 타고 내려가는 덕배의 발밑에 안개가 깔려 있었다.

승리이발소 주인이 문을 열며 덕배에게 인사를 하였다. 덕배는 그의 인사를 받자 문득 지금 이발을 해야겠다고 생각했다. 머리카락이 많이 자랐기 때문만은 아니었다. 현민을 면회하러 가면서 구차한 모습으로 가고 싶지 않았을 뿐이다. 덕배는 손목시계를 들여다보면서 이발소 안으로 들어갔다.

덕배가 걸어내려온 골목길은 어느새 출근을 서두르는 사람들로 메워졌다. 제각기 어디로 가는지 모르지만 그들은 서둘렀고 종종걸음을 걷는 그들의 뒷모습은 안개 속에 점점이 박히더니 보이지 않게 되었다.

(신작중편소설집 『그 무더웠던 여름날의 꿈』, 민맥 1992)

길 위에서

이재현

　김한수는 차돌처럼 단단하고 야무지다. 냄비 같은 나로서는 얄미울 정도로 그러하다. 일하는 것을 봐도 그렇고, 노는 것을 봐도 그렇다. 고생을 많이 했기 때문일 것이다. 같이 몰려다니는 동료들에 비해 더 '프로페셔널'하다. 그의 작품도 단단하고 야무진 맛이 있다. 주위의 다른 작가들보다 더 오래 준비하고, 더 많이 쓰고, 더 열심히 고치기 때문일 것이다.

　김한수는 1964년 전남 장성 출신이다. 술자리에서 드문드문 들은 그의 개인사를 옮겨적는다면 다음과 같다. 그의 고향 장성의 모습은 그의 기억에 남아 있지 않다. 국민학교 입학 전에는 부산 문현동에서도 잠시 살았고, 그뒤 경기도 광주를 거쳐서 서울까지 흘러들게 되었다고 한다. 서울에서는 시흥, 봉천동, 낙골 등지에서 살았다. 학벌은 강서중학교 중퇴이고 우리 나이로 열여덟 되던 1981년부터 문래동에서 노동자 생활을 시작했다.

나라면 열여덟에, 어설프게도 '문학이 아니면 죽음을 달라'라는 슬로건을 인생의 신조로 삼기 시작했을 터였다. 또 1981년에는 제법 치열한 결단을 거쳐 징역을 살고 있었다. 어느 경우나 나는 간접적으로만 인생을 살았다. 반대로, 김한수는 어린 나이에 선생도 책도 없이 세상을 배우고 있었다. 인생의 수업료로 보거나, 작가에 대한 내 특유의 콤플렉스로 보거나 내가 그의 첫 작품집에 토를 달 처지는 아니다. 하지만 자신있게 김한수와 공감할 수 있는 것은 사춘기 시절에 겪은 아버지에 대한 격렬한 적개심이다.

김한수의 데뷔 작품「성장」(『창작과비평』 1988년 겨울호)은 여러모로 주목을 받은 작품이다. 그 당시 '노동소설'이라고 하면 정화진의「쇳물처럼」만이 알려져 있을 뿐이었다. 당시 무명작가에다가 노동자 출신 작가이던 김한수의 자전적 소설「성장」은 중편이었을뿐더러, 소설 제목이 말하는 바의 '성장'이 주인공 개인에게뿐만이 아니라 이 시대 청년노동자 일반에게 갖는 의미를 잘 드러냈다고 하여 주목을 받았다. 하지만 내게 무엇보다 충격으로 다가온 것은 주인공 창진이 "이 씨팔놈! 도저히 참을 수가 없어. 넌 애비도 좆도 아냐"(55면) 하는 작중의 대사였다. '아항, 나만이 아니구나. 이렇게 격렬하게 아버지와 싸우면서 커온 녀석이……' 하는 게 나의 첫 느낌이었다.

대개 첫 작품이 그러하듯이,「성장」은 거친 부분이 없지 않다. 이미 꽤 커버린 작가 자신의 눈으로 보더라도 그러할 것이다. 그러나 「성장」은 매우 감동적인 작품이었다. 우리 세대의 도덕과 규범 밑바탕에 자리한 집단적 무의식 혹은 타자 일반으로서의 '아버지', 그리고 역시 맏이인 내 개인사에서 늘 무능하면서도 억압적이었던 아버지, 그리고 유신시대 내내 우리의 정치적 무의식에서 우리를 억압해온 체제의 아버지 — 이 세명의 아버지와 싸워오면서 오늘날의 내가 만들어졌다. 이 '나'는 아버지를 '너'라 부름으로써 일단 완성되었다. 아무튼 아버지를 이겨내려는 격렬한 정신적 몸싸움으로 내 사춘기는 피투성이였다. 그뒤로 나는 종교를 가진 이들의 아버지-하느님 자리에 아버지-역사를 다시 받아들임으로써 나 나름의 성장을 해온 셈인데, 작가 김한수의 경우 역시 그 나름의 역사인식을 통해서 아버지에 대한 극단적 부정을 승화시켜나간다. 「성장」의 마지막 대목을 읽으면서 나는 눈물을 흘렸다.

세상에 죽은 것은 없다. 죽은 것처럼 보일 뿐이다. 보아라, 저 눈 속에 아버지의 눈물이 웃음으로 온 천지를 뒤덮고 있는 것을.
트럭은 둑길을 빠져나와 개천을 가로지르는 다리 위로 들어섰다. 창진의 얼굴 위로도 눈이 내려앉았다. 그는 눈물을 닦지 않았다. 그리고 웃었다. 힘차게 밝게 웃었다. 처음으로 웃어보는 웃음이었다. 세상이 온통 하얗게 뒤덮이고 있었다. (143면)

우리가 커감에 따라 아버지는 나이를 먹고 늙어간다. 내가 아버

402

지가 되면, 더이상 내 아버지는 나를 억압할 수 없다. 오히려 나는 내 얼굴에서 내 아버지를 본다. 내가 내 딸에게 "아빠 말을 잘 들어야 착한 딸이지"라고 말할 때 나는 내 아버지가 내게 그랬듯이 내 딸의 타자 일반, 대문자 '너'가 된다.

물론 김한수의 아버지는 현재 내 딸의 아버지보다는 김지하가 그의 시 「황톳길」에서 "나는 간다 애비야 / 네가 죽었고 / 지금은 검고 해만 타는 곳 / (…) / 나는 간다 애비야 / 네가 죽은 곳 / 부줏머리 갯가에 숭어가 뛸 때 / 가마니 속에서 네가 죽은 곳"이라고 읊었던 바의 그런 아버지에 더 가깝다. 나 혹은 1970년대 후반 학번의 인텔리가 박정희나 전두환과 싸우면서 그랬듯이, 김한수는 사장님 혹은 자본가와 싸우면서 개인사의 영역에서 역사적 영역으로 옮아간다. 하지만 이 옮아감은 인텔리 특유의 낭만적 결단에 업힌 것이 아니다. 작가와 작가의 아버지를 묶어주고 있는 것은 작가가 「성장」에서 '원죄'라고 부른 것이다. 「성장」의 주인공 창진은 아버지 노릇을 대신해서 일하고 돈 버는 과정에서 아버지의 '무능'이 아버지 개인의 책임만은 아니라는 깨달음을 얻게 된다.

「성장」이 발표된 직후 한 사석에서 비평가 김재용은 이 작품의 문학사적 의의를 '제2세대 노동자의 출현'에서 찾은 적이 있다. 서정주에게 '애비는 종이었다'가 뜻했던 것만큼, 그리고 김성동이나 이문열에게 '애비는 남로당원이었다'가 뜻했던 것만큼, 김한수에게 '애비는 노동자였다'가 뜻하는 바는 매우 크다. 결코 과장이 아니라고 생각된다. 「성장」에서 부분적으로 그려져 있듯이, 실제로 작가 김한수의 아버지는 실종되었다. 잃어버린 아버지를 찾아나가는 일은 자연인으로서나 작가로서나 김한수의 최대 과제일 수밖에 없었고 또 지금도 그러하다. 그러나 이 일은 쉽지 않다. 아버지의 무능이 사회구조적 문제와 연관이 있다고는 하지만, 그렇다고 해서 모든 아버지가 술주정뱅이인 것은 아닐뿐더러, 더 나아가 내 아버지만이 아니라 우리 아버지 세대의 삶을 총체적으로 짚어내기에는 아직 우리의 역사적 안목이 짧고 인생의 내공이 얕기 때문이다.

아버지 없는 세대, 혹은 아버지 없는 아들의 가장 큰 일은 집안을 일으켜세우고, 집안을 이끌고 가는 일이다. 따라서 집안 식구들이 들어가 살 '집'을 장만하는 것이 항상적인 문제가 되는 것은 당연하다. 작가 김한수가 「성장」에서뿐만이 아니라 「봄비 내리는 날」에서 도시·주택 문제를 심각하게 다루게 된 개인사적 배경은 이 때문일 것이다. 작가에게 실존적으로나 창작상의 동기에서나 아버지를 찾아가는 일은 내 집을 갖는 것과 겹쳐 있다.

다른 작가들에 비해서 순발력 있게 1990년대 최대의 민생문제 중의 하나인 토지·주택 문제를 형상화하게 된 데에는 다 이유가 있는 것이다. 눈물 젖은 빵을 먹어보지 못한 사람은 인생을 논하지 말라는 말이 있지만, 그런 식으로 말한다면 이삿짐 트럭 뒤칸에 짐처럼 얹혀 흔들리며 가면서 눈물을 흘려보지 않은 사람 역시 인생을 논할 자격이 없다. 이 남한땅에서 집 없는 설움이라니…… 심지어 아버지는 있고 집 없는 경우와 아버지는 없지만 집 있는 경우 둘 중에서 하나를 선택하라면 수십번 전셋집을 옮겨본 나로서는 쉽게 후자를 택할 것이다. 그런데 작가는 아버지도 없고 집도 없다. 아버지를 찾으면서 아울러 집도 찾아야 한다.

이런 의미에서 「봄비 내리는 날」의 주인공 만석은 작가 자신이기도 하고, 작가 주변의 친구들, 즉 모두들 백만원이 없어서 아파트 입주권을 팔고 서울 변두리, 마산, 부천, 부평, 인천 등지로 떠나간 친구들, 그리고 이년 지난 뒤 대리입주를 해주어야 했던 이 땅의 집 없는 이들이기도 하다. 작가가 이 소설을 쓴 가장 큰 동기는 바로 이런 분노 때문이었을 것이다. 주인공의 삶 자체가 이 땅에 사는 집 없는 민중의 전형적 삶이라는 점에서 이 작품은 비평가들로부터 고루 칭찬을 받았다.

옆에서 지켜본 이로서 딱히 덧붙이자면, 어떤 의미에서 이 작품은 작가 개인의 것만이 아니라는 점이다. 실제 창작과정에서 무엇보다 여러 사람이 초고를 함께 읽고 토론한 과정에서 태어난 것이 이 작품이다. 물론 작품을 궁극적으로 쓴 이는 작가이며, 작품에 대해 최종적으로 책임을 지는 이도 작가 자신이다. 하지만 이 작품의 산출에는 김한수와 작가적 수련을 함께하는 주위의 동료소설가들의 애정 어린 충고와 비판이 크게 한몫했다. 창작자끼리의 이런 '함께함'은 비평가로서는 샘나는 일이 아닐 수 없다.

집 없는 이는 어디에서 사는가. 길 위에서 산다. 작가 김한수가 본격적으로 집 없는 이의 인생행로를 그린 작품은 바로 「그 무더웠던 여름날의 꿈」이다. 거슬러올라가서 이 길은 작가 황석영이 「삼포 가는 길」에서 그렸던 바로 그 길이다. 단, 황석영의 길이 1960,

70년대 고속성장 시절에 자기 땅에서 뿌리 뽑힌 사람들이 걸었던 길이라면, 김한수의 길은 1990년대 이 땅의 민중이 걷고 있는 길이다. 김한수가 글이 쓰고 싶어서, 소설을 배우기 위해서 황석영을 찾은 것은 우연만은 아닌 듯하다.

이 작품에는 집 없는 이들이 많이 등장한다. 집이 없다는 것은 일차적으로 집에서의 삶이 없다는 것일 게다. 하지만 그렇다고 해서 그들, 혹은 우리들의 삶이 없는가. 그렇지는 않다. 살림살이가 계속되는 한 고통·아픔·슬픔·기쁨·희망이 있다. 그리고 삶이 계속되는 한 사람이 살아가는 이야기, 즉 소설도 계속된다.

일차적으로 이 작품은 노동자의 삶을 전체 민중의 삶으로 확장해서 조명해내는 데 성공했다. 다시 황석영에 견주자면, 「돼지꿈」만한 작품이라고 할 수 있다. 하지만 내가 다른 자리에서 「그 무더웠던 여름날의 꿈」을 노동소설의 전범으로 격찬한 까닭은 김한수의 미덕이 잘 발휘되었기 때문이기도 하다. 그는 다른 누구보다 소설이란 게 '사람 사는 이야기'라는 점을 잘 알고 있다.

사람이 산다는 것은 뭔가. 여기에 답할 때, 우리는 흔히 하는 말로 좌우 편향을 경계하지 않으면 안된다. "산다는 게 뭔지……"라든가 "너도 나이를 먹어봐"라는 말의 우파적 어조와 "애 낳는 일은 운동의 적을 키우는 일"이라든가 "너는 전선 이탈자닷!" 운운하며 1980년대에 우리 모두가 멋모르고 저질렀던 온갖 좌편향의 어조로 답해서는 이제 실패다. 사람 사는 '이야기'란 또 뭔가. 이것에 답할 때 우리는 1970, 80년대에 문학에 대해 걸었던 기대를 고스란히 품어서는 아니된다. 세상은 변했다. 영화가, 비디오가, TV 광고가 문학의 영역을 침범하고 문학의 숨통을 옥죄고 있다. 광고 카피가 시를 밀쳐내고 있고, 소설 역시 철저하게 상품으로 유통되며 팔리고 있다. 이런 상황이 어제오늘만의 일은 아니지만, 요즘 들어서 더더욱 분명해진 사실이기도 하다. 이런 상황에서 소설을 쓴다는 것, 소설가로서 살아간다는 것, 더욱이 잃어버린 아버지를 찾아나서서 길 위에서 헤맨다는 것은 너무나 고달프고 힘든 일이다.

하지만 앞서 말했듯 사람이 살아가는 한, 삶이 계속되는 한, 글로 씌어진 최고의 이야기 형식으로서 소설도 계속된다. 다른 또래 작가들보다 말 하나, 문장 하나에 더 각별하고 끈질기게 신경을 쓰는 김한수가 돋보이는 것도 이 때문이다. 그는 다른 누구보다도 소설이 '사람 사는 이야기'임을 깊이 깨닫고 있다. 뒤집어 말한다면, 소설가가 소설을 쓰는 한 이야기는 계속되고, 이야기가 계속되는 한 우리 삶도 계속된다. 김한수가 즐겨 부르는 노래가 「살아온 이야기」인 것도 다 이와 무관하지는 않다.

내가 어렸을 적 엄마가 말했어요. 서울에 가서 돈 벌어 갖고 시골에 와서 시집가라고. 나는 서울이 너무나 좋아 중학교 졸업하고 서울로 왔답니다. (…) 엄마 엄마 나는 서울이 너무나 싫어 공장이 너무나 무서워 다시는 공장에 안 갈 거라고 (…) 그러나 알겠어요. 우리가 노동자 된 것 우리들 모두의 운명이라고 (…) 어떠한 고난과 시련이 우리 앞에 있을지라도

언젠가 포장마차에서 김한수가 술에 취해 이 노래를 부르자, 포
장마차 아주머니는 그만 눈물을 흘리고 말았다. 마찬가지로, 나는
빈다, 김한수가 앞으로도 '살아온 이야기' '살아가는 이야기'로써
이 땅의 많은 사람들을 울리기를.「성장」으로 나를 울렸듯이.

길 위에서 작가가 맛보게 되는 영광은 결국 그것뿐이다.

이재현 | 문화평론가

철없던 젊은 날, 나이 오십을 넘기면 그냥저냥 성공한 인생이라는 생각을 했었다. 왜 그런 생각을 했었는지 이제는 기억도 나지 않지만 어찌어찌 하다보니 등단하고 삼십년이 하룻밤 꿈처럼 획 지나갔고, 돌아가신 아버지보다 꽤 오래 살았다.

그사이 결혼을 하고, 아이도 낳고, 여러권의 책을 세상에 내놓았다. 딴에는 최선을 다한다고 아등바등 모질음을 쓰면서 살았지만 철들려면 아직도 멀어서 옷깃에 스치는 바람이 쓸쓸하다.

1992년 초겨울 『봄비 내리는 날』을 펴낼 때만 하더라도 객기를 부려가며 목에 한껏 힘을 주기도 했는데 돌이켜보면 그 또한 그립다. 개정판 교정을 보다보니 곳곳에 자의식이 넘쳐나고 문장은 어설퍼서 수시로 웃음이 나왔지만 전체적으로는 힘차고 씩씩해서 거의 손을 대지 않았다.

서툴지만 용감하게 소설을 써내려갔던 젊은 날의 초상을 찬찬히 들여다보니 이제 초심으로 돌아가서 다시 시작해야겠다는 생각이 든다. 앞으로의 삶이 어떻게 펼쳐질지 알 수 없지만 좀더 부지런히 글을 쓰지 않는다면 적잖은 후회가 남을 것 같다. 큰 주목을 받진 못했지만 돌아가시는 날까지 그 누구보다 열심히 시를 써온 선배 한분은 글을 잘 쓸 생각하지 말고 죽는 날까지 쓸 생각을 하라고 간곡히 당부하셨는데 그 얘기가 이제는 머리가 아닌 몸으로 이해된다.

지나온 시간을 돌이켜보면 그냥 모든 게 감사하다. 첫 창작집의 개정판을 낼 수 있다는 자체도 감사하고, 희로애락을 함께해온 모든 인연들에게도 감사하고, 하루하루 무사한 시간들도 감사하다.

그 마음으로 곧 다가올 겨울을 잘 견딜 수 있을 것 같다.

2017년 가을 자유농장에서
김한수

무슨 말을 해야 할지 모르겠다. 그동안 써온 작품들을 묶어서 책을 낸다는 사실이 새삼 두렵다. 내 딴에는 최선을 다한다고 했지만 막상 어쭙잖은 글들을 한자리에 모아놓고 보니 감추어둔 치부를 들킨 것만 같아 착잡한 심정이다.

피로써 쓴 글이 아니면 읽을 가치가 없다고 했는데, 과연 내가 쓴 글들이 얼마만큼 읽을 가치를 지니고 있는지 모르겠다. 글쓰기는 자기 삶의 고백이다. 더도 말고 덜도 말고 살아온 세월만큼만 쓰게 되는 게 소설이라고 나는 믿는다. 그렇기 때문에 만약 내가 쓴 글들이 읽을 가치가 없는 것들이라면 그것은 내가 나태했다는 방증에 다름 아니다.

지난 사년 동안 나는 여러가지 우여곡절을 겪으면서 많은 것들을 배웠고 아울러 여러 사람에게서 많은 도움을 받기도 했다. 친형이나 다름없으면서 든든한 바람막이 같은 이인휘 형, 애인 같고 오래된 친구 같기도 한 김명환 형, 사부님인 동시에 둘째형 같은 윤동수 형, 지금은 미국에 계시지만 소설가로서 첫걸음을 내디딜 수 있게끔 발판을 만들어주었던 황석영 선생님, 삶의 고삐를 늦출 때마다 채찍질을 아끼지 않은 김재석을 비롯한 하안동 친구들, 그외에도 이재현 형, 김민수 형, 이병훈 형, 고형렬 형…… 그 모든 분들과 여기서 이름을 밝히지 못한 분들에게도 그저 감사할 따름이다.

그리고 반평생 동안 자식만을 위해 살아오신 어머니에게 이 책을 바치고 싶다. 명색이 큰아들이면서도 그간 자식 노릇 한번 제대로 하지 못한 채 살아온 걸 생각하면 죄스러움이 앞서 차마 고개를 들 수가 없다. 이 책이 어머니에게 한줌의 위로가 될 수 있으면 좋겠다. 그러나 사람들에게 감동을 줄 수 있는 글을 쓰라고 늘 입버릇처럼 되뇌는 당신의 말씀대로 그런 글을 쓰는 것만이 어머니에게 효도하는 길이리라.

소설가의 길로 들어선 지 사년, 이제 한 고비를 넘은 셈이다. 하지만 아직도 갈 길은 멀고 넘어야 할 산은 첩첩이다.

끝으로 창작과비평사 식구들에게 고마운 마음 금할 길 없다.

1992년 10월

김한수